JENNIFER WEINER

# Nicht ohne dich

*Buch*

Schon seit ihrer Kindheit waren Addie Downs und Valerie Adler die besten Freundinnen. Alles fing damit an, dass Valerie nach der Scheidung ihrer Eltern mit ihrer Mutter in die Straße zog, in der auch Addie mit ihren Eltern und ihrem Bruder Jon wohnte. Die beiden Mädchen gingen zusammen durch dick und dünn, bis ein einschneidendes Ereignis in ihrem letzten High-School-Jahr sie voneinander entfremdete und die beiden sich aus den Augen verloren.
Fünfzehn Jahre später steht Valerie als erfolgreiche Wetterfee im Rampenlicht, während Mauerblümchen Addie immer noch im Haus ihrer Eltern lebt. Eines Abends steht völlig aufgelöst ihre alte Freundin Valerie vor der Tür. Unter Tränen bricht es aus ihr heraus: »Es ist etwas wirklich Schlimmes passiert. Kannst du mir helfen?«

*Autorin*

Jennifer Weiner, 1970 in Louisiana geboren, ist in Connecticut aufgewachsen. Nach dem Studium arbeitete sie als freischaffende Journalistin und Reporterin. Jeder ihrer Romane stand auf den Spitzenplätzen der amerikanischen Bestsellerlisten. Ein Erfolg, den sie mit der Verfilmung von »Zwei Schwestern und ein Hochzeitskleid« (»In den Schuhen meiner Schwester«) noch steigern konnte.
Mehr Informationen zur Autorin unter: www.jenniferweiner.com.

Von Jennifer Weiner außerdem bei Goldmann lieferbar:

Zwei Schwestern und ein Hochzeitskleid. Roman (46497)
In den Schuhen meiner Schwester. Roman zum Film (46123)
Die Tagebücher einer Mami. Roman (46287)
Der Mann im Hochzeitsbett. Roman (46454)
Ein Kleid für alle Fälle. Roman (47129)

Jennifer Weiner

# Nicht ohne dich

Roman

Aus dem Amerikanischen
von Manuela Thurner

GOLDMANN

Die Originalausgabe erschien unter dem Titel
»Best Friends Forever« bei Atria Books,
A Division of Simon & Schuster, New York.

MIX
Papier aus verantwortungsvollen Quellen
FSC® C014496

Verlagsgruppe Random House FSC-DEU-0100
Das FSC®-zertifizierte Papier *Holmen Book Cream* für dieses Buch
liefert Holmen Paper, Hallstavik, Schweden.

1. Auflage
Taschenbuchausgabe Dezember 2010

Umschlaggestaltung: UNO Werbeagentur, München
Umschlagillustration: Getty Images/Peter Hamlin
Redaktion: Ilse Wagner
KA · Herstellung: Str.
Satz: Buch-Werkstatt GmbH, Bad Aibling
Druck und Bindung: GGP Media GmbH, Pößneck
Printed in Germany
ISBN: 978-3-442-47346-5

www.goldmann-verlag.de

*Für Susan Abrams Krevsky*

– meine beste Freundin
auf immer und ewig

»I can't say that I'm sorry
for the things that we done
At least for a little while sir
me and her we had us
some fun.«

Bruce Springsteen, *»Nebraska«*

# Erster Teil

# Das Klassentreffen

# I

*Als Dan Swansea im Dunkeln zu sich kam, wusste er einen Augenblick lang nicht, wer oder wo er war. Er fasste sich an den Kopf und stöhnte, als er an seiner Hand klebriges Blut spürte. Langsam – so kam es ihm zumindest vor – fiel ihm alles wieder ein. Wie er hieß. Dass er draußen auf einem Parkplatz lag, rücklings auf dem Kies. Er fror. Außerdem war er bis auf Schuhe und Socken nackt.*

*Er setzte sich auf. Sein Magen zog sich zusammen, als eine Schmerzwelle seinen Körper durchflutete. Er wischte sich wieder über den Kopf, Blut tropfte auf den Kies. Er war einer Frau gefolgt. Sie … ihr Name lag ihm auf der Zunge, wollte ihm aber nicht einfallen. Eine ehemalige Mitschülerin, mit strahlend weißen Zähnen und roten Schuhsohlen.* Komm mit in mein Auto, *hatte sie geflüstert.* Dort ist es warm. *Sie hatten sich eine Zeit lang geküsst, sie lehnte mit dem Rücken an der Beifahrertür. Ihr Mund war fordernd, ihrer beider Atem dampfte im Dunkeln, bis sie ihn wegdrückte.* Zieh dich aus, *sagte sie.* Ich will dich sehen.

Es ist eiskalt!, *protestierte er, fummelte aber bereits an seinen Hemdknöpfen und dem Hosengurt. Es war kalt, aber sie war 'ne heiße Braut, und diese Gelegenheit würde er sich nicht entgehen lassen. Auf keinen Fall! Er schälte sich aus seinen Klamotten, zog die Hose über die Schuhe, warf alles in einem Haufen auf den Kies, und als er aufsah, nackt und fröstelnd, eine Hand über seinem Schwanz, hielt sie etwas auf ihn gerichtet. Ihm stockte der Atem* – eine Waffe? –, *aber dann konnte er sehen, dass es keine Waffe, sondern ein Handy war.*

*Der grelle Blitz blendete ihn.* Hey!, *schrie er.* Was soll das?

Mal sehen, wie es dir gefällt, *sagte sie verächtlich.* Mal sehen, wie es dir gefällt, wenn man über dich lacht.

*Er wollte sich auf sie stürzen, um ihr das Handy zu entreißen.* Was ist dein Problem?

Was mein Problem ist?, *antwortete sie und wich auf ihren rotbesohlten Schuhen zurück.* Du bist mein Problem. Du hast mein Leben ruiniert!

*Sie sprang ins Auto und schlug die Tür zu, sodass er den Türgriff nicht mehr zu fassen bekam. Der Motor heulte auf. Mit einem Satz war er vor dem Auto, um sie am Losfahren zu hindern, aber nach den Abschürfungen an seiner Seite und seinen mörderischen Kopfschmerzen zu urteilen, war ihm das wohl nicht gelungen.*

*Er rappelte sich stöhnend auf und blickte zum Country Club, der leer und verschlossen war. Im Dunkeln konnte er die Tennisplätze neben dem Haus und den Golfplatz hinter dem Haus sehen sowie ein Stück abseits die Schuppen und Scheunen in einem kleinen Pinienwäldchen.* Zuerst was zum Anziehen, *dachte er und schleppte sich zum nächstgelegenen Gebäude.* Zuerst was zum Anziehen … und dann Rache.

## 2

Im Rückblick hätte mir das Klopfen an der Tür eigentlich Angst einjagen müssen. Zumindest hätte es mich überraschen müssen. Mein Haus – dasselbe Haus, in dem ich auch aufgewachsen bin – steht in der letzten Kurve einer Sackgasse in Pleasant Ridge, einem 14 000-Seelen-Vorort von Chicago mit ruhigen Straßen, gepflegten Gärten und angesehenen öffentlichen Schulen. Im Crescent Drive sind selten Fußgänger oder Passanten unterwegs. In der Regel gibt es nach zehn Uhr abends keine Anzeichen von Leben mehr in der Straße – mit Ausnahme der Abende, wenn meine Nachbarin, Mrs Bass, von einem Treffen ihrer Shakespeare-Gesellschaft nach Hause kommt und die Lichtkegel ihrer Scheinwerfer in mein Schlafzimmer fallen. Ich lebe allein und liege meistens spätestens um halb elf Uhr im Bett. Aber als es klopfte, bekam ich weder Herzklopfen noch feuchte Hände. Irgendwo in den Tiefen meines Unterbewusstseins, in einer Zellregion, in der nach wissenschaftlichen Erkenntnissen unser Gedächtnis sitzt, hatte ich seit Jahren auf dieses Klopfen gewartet. Darauf, dass sich meine Füße zur Tür bewegten und meine Hand den kühlen Messingknauf berührte.

Ich öffnete die Tür und traute meinen Augen nicht. Mir stockte der Atem. Da stand sie, unter dem Verandalicht: meine ehemals beste Freundin, Valerie Adler, mit der ich seit meinem siebzehnten Lebensjahr nicht mehr gesprochen und die ich nach der Schulzeit nicht mehr wiedergesehen hatte. Valerie mit ihrem herzförmigen Gesicht, den fein geschwungenen Lippen und dunklen, kräftigen Wimpern. Sie hatte die Hände in Taillenhöhe gefaltet, so als würde sie beten. Auf einem Ärmel ihres gegürteten Trenchcoats war ein dunkler Fleck.

Einen Augenblick lang standen wir in der Kälte, im Kegel des Verandalichts, und starrten einander an. Die Gedanken, die in mir aufstiegen, waren wie wärmende Sonnenstrahlen und süß wie schwerer Honig. Meine Freundin, dachte ich, während ich Val ansah. Meine Freundin ist zu mir zurückgekommen.

Ich öffnete den Mund – obwohl ich keine Ahnung hatte, was ich sagen wollte –, aber Val kam mir zuvor. »Addie«, sagte sie. Ihre perfekten, geraden Zähne blitzten; ihre Stimme war noch genau so, wie ich sie in Erinnerung hatte: rauchig, verschwörerisch, eine Ich-habe-ein-Geheimnis-Stimme, die sie derzeit als Wetterfrosch in den Spätnachrichten von Chicagos drittpopulärstem Fernsehsender mit großer Wirkung einsetzte. Sie war vor sechs Monaten angeheuert worden, mit großem Trara und reihenweise Reklametafeln entlang der Autobahn (»Frischer Wind in der Stadt!«, stand darauf, unter einem Bild von Val mit windzerzausten Haaren und karmesinrot lächelnden Lippen). »Hör zu«, sagte sie. »Es … es ist etwas wirklich Schlimmes passiert. Kannst du mir helfen? Bitte!«

Ich schwieg. Val wippte auf ihren stecknadeldünnen Absätzen, fuhr sich mit beiden Händen durch die Haare und begann dann den Gürtel ihres Trenchcoats hin und her zu drehen. Hatte ich gewusst, dass sie diese Frisur hatte, dieses Butterblumenblond, diese stufig geschnittenen schulterlangen Haare, die sich im Regen ringelten, als ich meinem Friseur grünes Licht gegeben hatte? Ich schaltete den Sender, für den sie arbeitete, bewusst nicht ein, aber vielleicht hatte ich beim Zappen mal einen Blick auf sie erhascht, oder die Reklametafeln hatten sich doch in mein Gedächtnis eingebrannt, und so stand ich jetzt vor ihr, im Flanellpyjama, in dicken Wollsocken und mit der gleichen Frisur wie meine ehemals beste Freundin.

»Wow«, sagte sie mit leiser, verwunderter Stimme. »Sieh dich an. Du bist ja richtig dünn geworden.«

»Komm rein, Val«, sagte ich. Wenn man die Zeit als Dimension betrachtet, die nicht linear verläuft, sondern wie Wasser, in Wellen und Kreisen, dann hatte ich die Tür bereits geöffnet. Das alles war schon einmal geschehen, so wie es schon immer gewesen war und immer sein würde.

# 3

Ich ging Valerie voran, dem rhythmischen Klacken ihrer Absätze auf dem Parkett lauschend. In der Küche schälte sie sich aus dem Mantel, hängte ihn mit spitzen Fingern über die Stuhllehne und musterte mich von oben bis unten. »Du warst nicht bei dem Klassentreffen«, sagte sie.

»Ich hatte ein Date.«

Sie zog die Augenbrauen hoch. Ich wandte mich ab, füllte Wasser in den Teekessel, stellte ihn auf die Herdplatte und zündete das Gas an. Mehr wollte ich dazu nicht sagen.

Mein Abend war bisher nicht besonders erfreulich verlaufen. Auf Anraten der Partnersuche-Website hatte ich mich mit meinem Date – das sechste Blind Date in sechs Wochen – in einem Restaurant verabredet. (»Laden Sie NIEMALS einen Fremden zu sich nach Hause ein!«, warnte die Website. »Verabreden Sie sich immer in der Öffentlichkeit, haben Sie immer ein Handy, Ihre Autoschlüssel und/oder genügend Bargeld für ein Taxi dabei, und informieren Sie einen Freund oder eine Freundin darüber, wo Sie sind!«) Ich hatte die ersten beiden Ratschläge befolgt – ich war selbst gefahren, hatte mein Handy eingesteckt und genug Geld im Portemonnaie, um die Rechnung bezahlen zu können –, aber ich war nicht in der Lage gewesen, auch Rat Nummer drei zu befolgen, weil ich im Moment keine Freunde hatte. Deshalb hatte ich einen Zettel in extra großer, fetter Schrift ausgedruckt und an meinen Kühlschrank geklebt: *Ich war am Freitag, den 23. November, mit Matthew Sharp verabredet. Sollte mir irgendetwas zustoßen, ist es wahrscheinlich seine Schuld.* Dann hatte ich noch seine Telefonnummer sowie den Namen und die Adresse des Restaurants dazugeschrieben und daneben eine Kopie meiner Versicherungskarte befestigt. Schließlich hatte ich noch ein PS hinzugefügt: *Ich hätte gerne ein Militärbegräbnis ...* denn wer hätte das, unter uns gesagt, nicht? Ein von Hornisten geblasener Zapfenstreich, und die Tränen waren vorprogrammiert.

Der Mann begrüßte mich am Eingang des Restaurants. »Addie? Ich bin Matthew Sharp.« Er war pünktlich, und er war groß, wie versprochen. Das war schon mal eine nette Abwechslung. Seine fünf Vorgänger hatten nämlich im Allgemeinen nicht dem entsprochen, was sie versprochen hatten. Matthew Sharp war eine gepflegte Erscheinung. Er trug ein Tweedsakko über einem dunkelblauen Hemd, eine Hose mit Bügelfalten und Halbschuhe. Als er sich zu mir vorbeugte, um mir die Hand zu schütteln, bemerkte ich die Zimtnote in seinem Atem – und er hatte einen Schnurrbart. Na gut, dachte ich. Damit kann ich fürs Erste leben. Der Schnurrbart war eine unangenehme Überraschung, ganz klar, und sein Haaransatz war auch weiter zurückgewichen, seit er für sein Onlinefoto posiert hatte, aber woher sollte ausgerechnet ich das Recht nehmen, mich zu beschweren?

»Freut mich, Sie kennenzulernen«, sagte ich und ließ meinen schwarzen Wollmantel von den Schultern gleiten.

»Danke, dass Sie gekommen sind.« Er musterte mich von oben bis unten, wobei sein Blick kurz auf meiner Figur verweilte, bevor er mir wieder ins Gesicht sah. Er wirkte weder schockiert, noch machte er den Eindruck, als würde er am liebsten gleich wieder gehen. Ich trug meine Date-Uniform: einen schwarzen Rock, der mir genau bis zur Kniemitte reichte (lang genug, um nicht nuttig zu wirken, und kurz genug, um nicht altbacken auszusehen), eine dunkelrote Seidenbluse, eine schwarze Strumpfhose und flache schwarze Stiefel, für den Fall, dass er falsche Angaben über seine Körpergröße gemacht hatte oder dass ich vor ihm weglaufen müsste – was eher unwahrscheinlich, aber denkbar war. »Unser Tisch ist bereit. Möchten Sie vorher noch einen Drink an der Bar?«

»Nein, danke.« Die Website empfahl, maximal ein Glas Wein zu trinken, um einen klaren Kopf zu behalten und sich nicht den Ruf einer Alkoholikerin einzuhandeln.

Die Tischanweiserin nahm uns die Mäntel ab und gab Matthew einen Garderobenbon. »Nach Ihnen«, sagte er, während ich Schal und Mütze in meiner Handtasche verstaute und meine Haare ausschüttelte. Meine Waden waren endlich so schlank, dass ich den Reißverschluss meiner Stiefel bis zum Knie zuziehen konnte. Ich war am Vormittag beim Friseur gewesen, eigentlich nur zum Nachschneiden, aber animiert von Paul, der, als ich schließlich fertig war, fast in Tränen ausbrach und immer wieder »unglaublich« und »umwerfend!« sagte, ließ ich mich zu einem Formschnitt samt Tönung und chemischer Behandlung im Wert von sechs Arbeitsstunden und fünfhundert Dollar überreden und verließ den Salon mit einem kurzen Stufenschnitt (der mich, wie mir Paul hoch und heilig versicherte, von bestimmten Winkeln aus wie sechzehn aussehen ließ), honigblonden Highlights und einer Haarspülung mit französischem Namen, die mir für die nächsten vier Monate glattes, glänzendes Haar in Aussicht stellte.

Ich bestellte ein Glas Chardonnay, einen Caesar Salad und gegrillte Seezunge, die Soße separat. Matthew wählte einen Cabernet, Calamari als Vorspeise, und als Hauptgericht Steak.

»Wie war Ihr Thanksgiving?«, fragte er.

»Nett«, sagte ich. »Sehr ruhig. Ein Familientag.« Was auch stimmte. Ich hatte das komplette Festessen eingepackt – Kürbissuppe, Truthahn, Kastanienfüllung, Süßkartoffelauflauf mit karamellisierten Marshmallows und den obligatorischen Kürbiskuchen – und war damit zu meinem Bruder

Jon gefahren, der in einem Heim für betreutes Wohnen in der South Side lebt. Wir hatten auf dem Fußboden seines kleinen, überheizten Zimmers gegessen, mit dem Rücken an sein Bett gelehnt, und uns seinen Lieblingsfilm angesehen, *Starship Troopers.* Ich war um fünfzehn Uhr aufgebrochen und um sechzehn Uhr wieder zu Hause gewesen. Dort hatte ich mir eine Tasse Tee aufgegossen, einen Schuss Whisky dazugegeben und für die kleine schwarze Katze, die sich oft an meiner Hintertür blicken ließ, ein Schälchen Truthahnfleisch und Bratensoße rausgestellt. Den restlichen Abend hatte ich, eine Hand auf meinem Bauch, im Wohnzimmer gesessen und das Farbenspiel am Himmel, von Grau bis Lavendelblau, beobachtet, bis der Mond aufging.

»Und wie war es bei Ihnen?«

Matthew erzählte, dass er mit seinen Eltern, seiner Schwester und deren Familie zu Abend gegessen hatte. Er hatte den Truthahn gemacht, ihn innen mit Butter und Salbei eingerieben und langsam auf einem Zwiebelbett geschmort. Er koche gern, sagte er, ich auch, erwiderte ich. Ich erzählte ihm von meinen abenteuerlichen Versuchen, Guacamole zu machen. Er erzählte mir von den Kochsendungen, die er sich gern im Fernsehen anschaute, und von dem neuen In-Lokal in Chicago, das er unbedingt ausprobieren wolle.

Der Ober brachte unser Essen. Matthew steckte sich einen Tintenfischring in den Mund. »Wie ist der Salat?«, fragte er. An seinem Schnurrbart hing ein Stückchen Panade, und ich hätte am liebsten die Hand danach ausgestreckt, um es ihm abzuwischen.

»Großartig.« Der Salat ersoff schier in Salatsoße, jedes Salatblatt troff nur so vor Öl, aber das war okay – ein schlechter Salat war ein durchaus annehmbarer Tausch gegen ein ordentliches Date. Endlich, Gott sei's gelobt. Ich kaute, und wir lächelten uns an.

»Und was machen Sie beruflich?«, fragte Matthew.

»Ich bin Grußkartenillustratorin.«

Er schien sich tatsächlich dafür zu interessieren, was ebenfalls eine nette Abwechslung zu meinen bisherigen Dates war. Wie ich dazu gekommen sei? (Durch meine Mutter, die als Texterin für dieselbe Grußkartenfirma gearbeitet und vor Jahren, ohne mich zu fragen, eines meiner Aquarelle eingereicht hatte.) Ob ich zu Hause arbeitete? (Ja, ich hatte mir im Esszimmer ein Atelier eingerichtet, mit der Staffelei am Fenster, wo das Licht am besten war.) Er erkundigte sich nach meinen Arbeitszeiten, meiner Ausbildung und wollte wissen, ob ich mich nicht einsam fühle, da ich doch allein zu Hause arbeitete. Zum Thema Einsamkeit hätte ich ihm einen Monolog, einen Essay, ein ganzes Libretto vortragen können. Stattdessen sagte ich nur: »Es macht mir nichts aus, allein zu sein.«

Er selbst war Geschäftsführer einer Mietlager-Firma in Illinois und Wisconsin. Ich fragte ihn, wo er aufgewachsen war und wo er jetzt wohnte, wobei ich ein aufgeweichtes Crouton zum Mund führte und es dann, ohne es zu kosten, zurücklegte, in Erwartung dessen, was bisher noch bei jedem Date gekommen war, nämlich dass der Typ anfing, über seine Exfrau herzuziehen. Von den fünf Männern, mit denen ich ausgegangen war, hatten vier ihre Exfrauen für verrückt erklärt (einer hatte seine Diagnose sogar zu »geisteskrank« gesteigert). Der fünfte, ein Witwer, sah in seiner Frau eine Heilige, was für eine potenzielle Nachfolgerin noch schlimmer war als eine Verrückte.

Er ist nett, dachte ich, während mir Matthew begeistert von einer Wanderung erzählte, die er eine Woche zuvor mit dem Sierra Club gemacht hatte. »Ich nehme mehrmals im Monat an Clubveranstaltungen teil«, sagte er. »Vielleicht möchten Sie ja mal mitkommen?«

Mein erster Gedanke war, dass er Witze machte. Ich und wandern? Wohin? Von der Konditorei zur Eisdiele? Ich musste mir noch immer ständig ins Gedächtnis rufen, dass ich mittlerweile mehr oder weniger normalgewichtig war und dass Matthew mein früheres Ich nicht kannte. »Ja, klar. Hört sich nett an.« Eine Waldwanderung. Ich stellte es mir vor: ich in einem roten Fleecepullover, mit Mütze und dazu passenden Handschuhen. Ich würde eine Thermoskanne Kaffee mitbringen, und wir würden auf einer Decke im Laub sitzen, am Ufer eines sprudelnden Bächleins.

Unsere Hauptgerichte wurden serviert. Mein Fisch war außen mehlig, innen glasig und schmeckte so tot, als hätte er nie gelebt. Ich brachte gerade mal zwei Bissen runter, während Matthew von einem Kollegen erzählte, einem mittleren Manager mittleren Alters namens Fred, der sich urplötzlich zu einem Augenlifting entschlossen hatte. »Er kam ins Büro und sah aus wie – na ja, eine der Sekretärinnen meinte, er sähe aus wie ein Eichhörnchen mit einem Stock im …« Er hielt inne. Ein Grübchen erschien auf seiner Wange. »Wie ein erschrockenes Eichhörnchen. So als würden ihm gleich die Augen aus den Höhlen quellen. Seine Großmutter soll geweint haben, als sie ihn nach der Operation das erste Mal sah.« Er lachte. Ich lächelte. Liebe mich, dachte ich, während ich an meinem Weinglas nippte und mit meinem manikürten Daumennagel zärtlich am Ausschnitt meiner Bluse entlangstrich, unter dem sich meine in Spitze gehüllten und von einem Push-up-BH angemessen in Szene gesetzten Brüste wölbten.

Matthew beugte sich über den Tisch, wobei seine Krawatte dem blutigen Steak auf seinem Teller gefährlich nahe kam. »Sie sind echt was Besonderes«, sagte er.

Ich lächelte und beschloss, ihm seinen Schnurrbart nachzusehen.

»Ich fühle mich sehr wohl mit Ihnen. So als könnte ich Ihnen alles erzählen.«

Ich lächelte weiter, während er mich durch seine Brillengläser hindurch anhimmelte. Er hatte nette Augen. Gütige Augen. Vielleicht könnte ich ihn auch dazu überreden, den Bart abzurasieren. Ich sah uns bereits nebeneinander auf einem von buntem Herbstlaub bedeckten Hang sitzen, eine Tasse duftenden Kaffee in den behandschuhten Händen. Bitte sag nichts mehr, flehte ich ihn telepathisch an. Sobald du den Mund aufmachst, gefährdest du unser wunderbares gemeinsames Leben.

Leider kam die Nachricht nicht bei Matthew an. »Vor sechs Monaten«, begann er und ließ mich nicht aus den Augen, »vor sechs Monaten wachte ich auf, weil helles Licht durch mein Fenster ins Schlafzimmer fiel. Als ich aufblickte, sah ich eine riesige grüne Scheibe über meinem Haus schweben.«

»Ha!« Ich lachte. »Hahaha!« Ich lachte, bis ich merkte, dass er nicht lachte, woraus ich schloss, dass es ihm ernst war.

»Ich habe Grund zur Annahme«, fuhr er fort, »dass ich in jener Nacht von Außerirdischen entführt wurde.« Sein Gesicht war jetzt so nahe, dass ich seinen Steakfleisch-Atem an meiner Wange spürte. »Man hat mir wahrscheinlich eine Sonde implantiert.«

»Nachtisch?«, fragte der Ober und platzierte die Speisekarten vor uns.

Ich konnte nur den Kopf schütteln. Ich brachte kein Wort heraus. Stimmt, ich war Single. Stimmt, ich hatte Torschlusspanik. Ich hatte bisher mit einem einzigen Mann geschlafen, und peinlicherweise erst in dem fortgeschrittenen Alter von dreiunddreißig Jahren. Bis auf meine Eltern hatte noch keiner »Ich liebe dich« zu mir gesagt. Trotzdem würde ich nicht mit einem Typen nach Hause gehen, der behauptete, von Außerirdischen entführt worden zu sein. Jede Frau hat ihre Grenzen.

Als die Rechnung gebracht wurde, legte Matthew seine Kreditkarte in die Ledermappe und sah mich kläglich an. »Ich sollte wohl besser nicht gleich beim ersten Date von meiner Entführung durch Außerirdische erzählen.«

Ich rückte meinen Ausschnitt zurecht. »Wahrscheinlich nicht. Ich warte in der Regel auch bis zum dritten Date, bevor ich meinen Schwanz erwähne.«

»Sie haben einen Schwanz?« Jetzt war er es, der nicht wusste, ob ich Spaß machte.

»Er ist ziemlich klein.«

»Sie sind echt komisch.« In seiner Stimme schwang die Verzweiflung eines Ertrinkenden mit. Ich kannte den Tonfall gut. *Hilf mir,* besagte er. *Wirf mir einen Rettungsring zu, schenk mir ein Lächeln, sag mir, dass alles in Ordnung ist.* Ich stand auf, während Matthew in seinen Taschen nach einem Trinkgeld für die Garderobiere kramte, dann folgte ich ihm zum Ausgang und wartete, bis er mir die Tür aufhielt. »Sie scheinen ein guter Mensch zu sein«, sagte Matthew auf dem Parkplatz und griff nach meiner Hand. Ich trat zur Seite, gerade so weit, dass er mich nicht erreichen konnte. Sie irren sich, dachte ich. Das bin ich nicht.

Draußen hatte sich der feine Dunstschleier von vor dem Dinner zu kaltem Nebel verdichtet. Die Straßenlaternen schimmerten trübe. Matthew fuhr sich durchs Haar. Trotz der Kälte schwitzte er; Schweißtröpfchen glänzten auf seinem Schnurrbart. »Darf ich Sie anrufen?«, fragte er.

»Klar.« Natürlich würde ich nicht rangehen, aber das zu erwähnen erschien mir unklug. »Sie haben meine Nummer ja noch, oder?«

»Hab ich.« Er lächelte mit schier devoter Dankbarkeit und beugte sich zu mir vor. Ich brauchte eine Sekunde, um zu kapieren, dass er mich küssen wollte, und noch eine, um zu merken, dass ich es zuließ. Sein Schnurrbart streifte meine Oberlippe und meine Wange. Ich fühlte absolut nichts. Er hätte mir einen Flaschenreiniger oder ein Stahlwollkissen auf den Mund drücken können; ebenso gut hätte ich seinen Sakkoaufschlag oder die Kühlerhaube meines Hondas küssen können.

Als ich nach Hause kam, hatte er mir bereits eine lange, ausschweifende Nachricht auf dem Anrufbeantworter hinterlassen. Es täte ihm leid, falls er mir Angst gemacht hätte. Er fände mich toll. Er freue sich darauf, mich wiederzusehen, vielleicht am Sonntag? Zurzeit liefe da ein Film, der in der *Chicago Tribune* eine gute Kritik erhalten hatte, alternativ gäbe es da noch ein Heißluftballon-Festival. Vielleicht könnten wir zusammen hinfahren, mit einem Picknick … Er verstummte hoffnungsvoll. »Also dann, bis bald«, sagte er und hinterließ noch einmal seine Telefonnummer. Ich drückte die Löschtaste, zog die Stiefel aus, band mir meine neuen blonden Haare mit einer Plastikspange zusammen, setzte mich auf die Bettkante, ließ meinen Kopf in die Hände sinken und gestattete mir ein kurzes, trockenes Altjungfern-Seufzen. *Machen Sie sich keine großen Hoffnungen.* Das stand nicht auf der Website. Das sagte ich mir, um mich gegen die Wunschvorstellung zu impfen, die sich beharrlich wie Unkraut hielt, dass einer dieser Typen der Richtige sein könnte, dass ich mich verlieben, heiraten, Kinder kriegen, dass ich normal sein könnte. *Mach dir keine großen Hoffnungen.* Ich wiederholte es jedes Mal wieder wie ein Mantra, auf dem Weg zu Starbucks oder Applebee's oder zur Bowlingbahn, wo Date Nummer vier, wie sich herausstellte, die geniale Idee hatte, unsere erste Verabredung mit einer Geburtstagsparty für seinen fünfjährigen Sohn zu kombinieren. (Seine Exfrau war ebenso wenig erfreut gewesen, mich kennenzulernen, wie sein Sohn.) *Machen dir keine großen Hoffnungen.* Aber ich tat es jedes Mal wieder, und jedes Mal wieder wurde auf meinem dummen Herzen herumgetrampelt.

»Was soll's!«, sagte ich laut. *Sie sind echt komisch.* Es hatte gutgetan, das zu hören. Aber es war so ungerecht! Um im Internet ein Date zu bekommen, musste eine Frau alles Mögliche sein – angefangen von *dünn* über *attraktiv* und *nett* bis hin zu *eine gute Zuhörerin* und *eine angenehme Begleiterin.* Selbstverständlich jung. Nach wie vor gebärfähig und süß, mit einer guten Figur und einem anständigen Job und einer Familie, die sie unterstützte (ohne sich aber zu sehr einzumischen). Die Männer hingegen mussten nicht einmal zurechnungsfähig sein.

Ich sah auf die Uhr, die antike rosa und grün lackierte Standuhr auf klobigen Goldfüßen, die ich mir selbst zum Geburtstag geschenkt hatte. Es war erst kurz nach zehn. Das Klassentreffen war sicher schon in vollem Gange. Merry Armbruster hatte mich am Nachmittag angerufen und mich ein letztes Mal überreden wollen zu kommen. »Du siehst jetzt fantastisch aus! Und bestimmt hat jeder vergessen, dass … na ja, du weißt schon. Wir sind alle erwachsen geworden. Man wird sich über andere Sachen unterhalten.«

Danke, aber nein danke. Ich nahm meine Vitamine mit einem Glas Wasser und spülte sie mit einem Schluck Weizengrassaft hinunter. (Ich trank das Zeug seit zwei Jahren, und es schmeckte noch immer wie frisch gemähter, pürierter Rasen.) Ich hängte meine Date-Uniform in den Schrank, ersetzte den Spitzen-BH durch einen bequemeren aus Baumwolle, zog mir meinen Lieblingsflanellpyjama und Wollsocken an und setzte mich, urplötzlich erschöpft, wieder auf die Bettkante. In letzter Zeit dachte ich oft an das Mädchen, das ich gewesen war, und was es wohl von der Frau halten würde, zu der ich geworden war. Ich stellte mir vor, wie mein kleines Ich in der Tür zu meinem Schlafzimmer stand, das früher einmal meinen Eltern als Schlafzimmer diente, in einem adretten Baumwollpullover und einem Faltenrock, das dunkelbraune Haar mit einem passend zu den Kniestrümpfen gewählten Haarband zum Pferdeschwanz gebunden. Die kräftige Farbe würde ihr gefallen, in der ich das Schlafzimmer gestrichen hatte, und auch mein Ölgemälde über dem Fenster, auf dem ein Leuchtturm einen goldenen Lichtstrahl über das Meer warf. Auch die Lackvase auf dem Nachttisch würde ihr gefallen, ebenso der Bettvolant aus gestärktem Leinen und das schmiedeeiserne Kopfteil, aber dann würde ihr auffallen, dass es das frühere Schlafzimmer meiner Eltern war. *Du bist noch immer hier?*, würde sie denken, und ich müsste ihr erklären, dass ich das nicht geplant hatte. Dass ich versucht hatte, mein Zuhause für das Studium zu verlassen, dass ich mir mein Leben anders vorgestellt hatte – in einer Großstadt, mit einem Freund und einem interessanten Job, mit Reisen, Freunden und einer eigenen Wohnung, die ich mit Souvenirs, Skulpturen und Fotos meiner vielen Weltreisen schmücken würde, aber irgendwie …

Ich drehte mich auf die Seite. Das Blut rauschte mir in den Ohren, und meine Gedanken sprangen wild umher – von meinem Date, das sich so vielversprechend angelassen hatte, über die Website, die es mir vermittelt hatte, bis hin zu meinem Exfreund Vijay, der seit vier Monaten mein »Ex« und eigentlich nie so richtig mein Freund gewesen war. Wir waren nur ein Mal zusammen ausgegangen, aber ich hatte ihn mit einer Intensität geliebt, von der ich dachte – oder zumindest hoffte –, sie könne nur dem Mann gelten, der einem als Erster das Herz brach.

Ich kniff die Augen zu, legte die Hand auf den Bauch und hielt den Atem an, als ich drückte. Er war noch immer da. Der Knoten – eher eine Verhärtung – zwischen meinem

Schambein und meinem Bauchnabel. Ich drückte und tastete ihn mit den Fingerspitzen ab. Es tat nicht direkt weh, aber es fühlte sich auch nicht normal an. Ich war mir nicht sicher, wie lange er schon da war – ich war jahrelang so dick gewesen, dass ich wahrscheinlich mit Zwillingen hätte schwanger sein können, ohne es zu merken –, aber ich war mir ganz sicher, was es war. Schließlich hatte ich mitangesehen, wie meine eigene Mutter daran starb: zuerst ihre Brüste, dann die Leber, dann die Lungen und die Knochen, und zuletzt war er überall gewesen, im ganzen Körper.

Ich hatte mir für nächste Woche einen Arzttermin besorgt. Den nächsten freien Termin. Die fröhliche Stimme der Sprechstundenhilfe wurde merklich kühler, als sie meinen Namen hörte, und ich wusste auch, warum. Letztes Jahr hatte ich voller Panik angerufen, nachdem ich eine seltsame Beule seitlich unterhalb meines Magens ertastet hatte – die sich als mein Hüftknochen entpuppte. Aber woher hätte ich das wissen sollen?, dachte ich genauso missmutig wie damals, als die Krankenschwester die Diagnose verkündet hatte und dann aus dem Behandlungszimmer gegangen war, um sich krumm und schief zu lachen. Schleppen Sie mal zehn Jahre lang einhundertsechzig Kilo mit sich herum, und dann wollen wir mal sehen, ob Sie Ihre eigenen Knochen erkennen, wenn Sie sie wiederfinden.

Aber dieses Mal fühlte es sich anders an. Groß, seltsam steif, und es wurde mit jedem Tag größer. Ich wusste, was es war, und tief im Innern hatte ich immer gewusst, dass es so weit kommen würde. Das Pech klebte an mir. Ich war nun mal ein Pechvogel. Der Krebs hatte meine Mutter mit Haut und Haaren aufgefressen, und jetzt war er in den Crescent Drive zurückgekommen, in der Hoffnung, ich würde ihm ebenso gut schmecken. Und vielleicht wäre das gar nicht so schlimm, dachte ich, auf meiner schicken Bettwäsche liegend, den Blick zur Decke gerichtet, die ich mit falschem Stuck verziert hatte, während neben mir die Standuhr leise tickte. Ich könnte endlich alles sein lassen, angefangen bei den Internetbekanntschaften. Keine Freaks mehr, keine Irren mit Schnauzer, keine Typen, die normal aussehen und mir dann von ihren Begegnungen der dritten Art erzählen. Ich könnte einfach nur im Bett liegen, lesen, Butterkekse und Eis essen und auf das Ende warten … und in diesem Moment hörte ich es klopfen, und als ich nach unten ging und die Tür öffnete, stand meine beste Freundin vor mir, genau wie früher.

## 4

Als Jordan Novick, der Polizeichef von Pleasant Ridge, auf dem Parkplatz des 24-Stunden-Drugstores eintraf, war die Frau den Tränen nah. »Keine Ahnung, warum es nicht funktioniert.« Sie wedelte mit ihrem elektronischen Autoschlüssel und sprach lauter, um das brüllende Baby auf ihrem Arm zu übertönen. »Das Auto ist nagelneu. Man soll mit dem Schlüssel einfach nahe rangehen, man muss nicht mal mehr auf etwas drücken, aber ich versuch's immer und immer wieder, und die Tür geht einfach nicht auf.«

»Jetzt beruhigen Sie sich erst einmal«, sagte er und unterzog die Frau einer schnellen, selbstverständlich rein professionellen Musterung. Zirka eins siebzig, sechzig Kilo, weiß, braun, braun. Jogginghose, Pferdeschwanz, ein Fleck auf dem T-Shirt, der entweder Erbrochenes oder eingetrocknetes Apfelmus war, eine Windeltasche über der Schulter, eine Einkaufstüte aus recyceltem Kunststoff in der Hand, panischer Blick und dunkle Augenringe. »Setzen Sie sich doch mit dem Baby ins Polizeiauto. Dort ist es warm.«

Sie nickte und stammelte immer wieder *danke, danke,* während er sie zu seinem Auto begleitete und auf den Rücksitz verfrachtete. Er nahm den Schlüssel der Frau, der kein echter Schlüssel mehr war, sondern nur noch ein Plastikrechteck, blieb einen Augenblick stehen und ließ seinen Blick über den Parkplatz schweifen. Der Drugstore befand sich an einem Ende des kleinen Stadtzentrums von Pleasant Ridge – das, so hatte Patti gewitzelt, im Bebauungsplan als »putzig« ausgewiesen war. Neben dem Parkplatz war das Rathaus, ein imposantes Backsteingebäude mit dorischen Säulen und einem Marmordenkmal für die Gefallenen des Zweiten Weltkriegs auf dem Vorplatz. Als Nächstes kamen der Biosupermarkt, ein Café, das vier Dollar für einen Scone und fünf Dollar für einen Cappuccino verlangte, die Post, eine Buchhandlung und eine Handvoll Geschenkgalerien, die Sachen wie Teelichter und Töpferwaren verkauften. Er kratzte sich nachdenklich die Bartstoppeln und wedelte dann neben der Fahrertür des Honda Prius, auf den die Frau gezeigt hatte, mit dem Schlüssel auf und ab. Nichts. Er blickte sich um und sah drei weitere Hondas. Der zweite hatte einen Kindersitz auf der Rückbank, und die Türschlösser sprangen auf, als er sich näherte. »Das wäre erledigt«, sagte Jordan, dann drehte er sich um, um sich zu vergewissern, dass ihn niemand gehört hatte.

Im Polizeiauto hatte die Frau ihr T-Shirt hochgezogen, und das Baby nuckelte friedlich an der Brust. Jordan erhaschte einen flüchtigen Blick auf den nackten weißen Bauch und Busen der Frau, bevor er sich hastig abwandte.

»Es tut mir so leid«, sagte sie zerknirscht. »Wir hatten kein Aspirin mehr im Haus, und mein Mann ist verreist, und ich wusste nicht, was ich sonst tun sollte.«

»Schon gut«, sagte Jordan. »Ich glaube, ich habe das Rätsel gelöst.« Er erklärte ihr, ohne sie anzusehen, dass sie mit dem Schlüssel auf das falsche Auto gezeigt hatte.

Die Frau ließ sich in den Sitz zurückfallen und schlug mit

der flachen Hand gegen ihre Stirn. »Sie halten mich bestimmt für den größten Trottel der Welt.«

»Nein, Madam«, sagte er. Und er meinte es auch so. Der größte Trottel der Welt ist der Kerl – der Detective! –, dessen Frau eine Affäre mit ihrem Zahnarzt hat und dem nicht auffällt, dass sie plötzlich neue Unterwäsche trägt, Mitglied im Fitnessstudio ist und mit blendend weißen Zähnen herumläuft. »So etwas kann schon mal passieren.«

Er wartete, bis das Baby ein Bäuerchen gemacht hatte (es hieß Spencer, sodass sich Jordan nicht sicher war, ob es ein Junge oder ein Mädchen war), und brachte sie dann zu ihrem Auto. »Fahren Sie vorsichtig«, sagte er, als sie Spencer in den Kindersitz schnallte, dann sich selbst angurtete und Jordan müde zulächelte.

Er vergrub die Hände in die Taschen seines Parkas und betrachtete den Nachthimmel. Etwas ist im Anmarsch, dachte er – auch wenn er nicht sagen konnte, warum er das dachte oder was genau das sein könnte. Wahrscheinlich Schnee – in Chicago fiel oft Ende September der erste Schnee –, aber vielleicht war auch noch etwas anderes im Anmarsch, etwas Besseres. Jordan atmete tief durch, dann stieg er ins Auto, um zum Revier zurückzufahren und seinen Bericht über den verschlossenen Prius zu tippen, das mit Abstand aufregendste Ereignis seiner Schicht. Etwas war im Anmarsch, und er musste einfach darauf vertrauen, vorbereitet zu sein, wenn es kam.

## 5

Ich war neun Jahre alt, als Valerie Adler im Juni 1983 in das grün und gelbbraun gestrichene Haus auf der anderen Straßenseite einzog. Sie kamen an einem Samstagvormittag. Mein

Bruder, meine Mutter und ich saßen am Küchentisch, als der Umzugswagen um die Ecke bog. Durch den Lärm neugierig geworden, gingen wir ins Wohnzimmer, um nach draußen zu schauen. Ich hörte das Tuckern des Rasenmähers von nebenan (wo Mr Bass in Unterhemd und Ledersandalen, die seine dicken gelben Fußnägel frei ließen, den Rasen mähte, während seine Frau mit einem Buch auf der mit Fliegengitter versehenen Veranda saß und auf die Stellen zeigte, die er übersehen hatte).

»Neue Nachbarn«, rief Jon meinem Vater zu, der am Herd stand und seine berühmten Pancakes zubereitete.

»Wirklich?« Meine Mutter legte Jon die Hände auf die Schultern und stellte sich auf die Zehenspitzen, um über ihn hinweg nach draußen zu schauen. Sie beobachtete eine Weile den Lastwagen und ging dann zurück in die Küche. An jenem Morgen trug sie ihren blauen Baumwollbademantel und hatte ihre Haare zu einem dicken Zopf geflochten, der über eine Schulter fiel. Ihre Brüste wippten über dem Gürtel, der ihr knapp um die Taille reichte, und ihre dicken Füße quollen aus den Hausschuhen.

Es war das Jahr, in dem mir langsam bewusst wurde, dass meine Mutter anders war als die meisten Mütter, dass meine Familie anders war als andere Familien in Pleasant Ridge. Einige meiner Mitschüler hatten schlanke Mütter, andere dicke, aber keine von den dicken war auch nur annähernd so dick wie meine Mutter, die jedes Mal Mühe hatte, sich aus einem Stuhl oder unserem Kombi zu hieven und bei den Elternabenden stehen musste, weil sie nicht hinter die Pulte passte.

»Wow, schau dir die an«, flüsterte Lauren Felsey Kara Tait zu, als meine Mutter am Berufskundetag in die Schule kam. Ich war wütend auf Lauren, aber auch wütend auf meine Mutter, weil sie keine normale Mutter war, die Jeans oder eine Khakihose trug, eine ordentliche Frisur und ein forsches Auftreten hatte. Meine Mutter war dick und sanft und verträumt, und bis zu jenem Zeitpunkt fand ich sie wunderschön. Sie hatte blasse Haut und rosige Wangen, wie eine angemalte Puppe, runde blaue Augen und hellbraune Haare, die ihr fast bis zum Po reichten. Abends lag ich gern auf ihrem Bett und sah zu, wie sie ihr seidenweiches Haar kämmte. Sie hatte eine wunderschöne Stimme, und obwohl sie sich langsam bewegte, war sie elegant und leichtfüßig, wie von unsichtbaren Böen getragen. Im Kindergarten hatte ich Bilder von ihr gemalt, mit großen, luftigen Wolken, die ihren Körper darstellten und deren Umrisse ich mit blauer Wachsmalkreide nachgezogen hatte. Mich selbst hatte ich als fleischfarbenen Stummel mit braunem Kritzelhaar gezeichnet, der auf dem Boden hockte und ihre Schnürsenkel festhielt, um sie am Wegfliegen zu hindern.

Meine Eltern hatten sich im Alter von siebzehn Jahren im Ferienlager kennengelernt. Meine Mutter war im Camp Wa-Na-Kee-Tah für den Chor und das Abschlussmusical zuständig gewesen, und mein Vater, braun gebrannt und breitschultrig, hatte im Jungenlager auf der anderen Seeseite Bogenschießen unterrichtet. Sie erzählten mir nie, wie sie sich kennengelernt hatten. Manchmal stellte ich mir vor, dass es im Wasser gewesen sei: dass meine Mutter an einem schönen Sommernachmittag mit einem verirrten Pfeil in der Hand den See durchquert hatte und mein Vater vom anderen Ufer auf sie zugeschwommen war.

Nach dem College und nachdem mein Vater in Vietnam gewesen war, sahen sie sich mit fünfundzwanzig Jahren bei einem Treffen der Teilnehmer des Ferienlagers wieder. Mein Vater schlug sich damals mit Gelegenheitsarbeiten durch – unter anderem als Schulbusfahrer und Tellerwäscher in einem Restaurant. Meine Mutter arbeitete als Werbetexterin für die Kaufhauskette Marshall Field's, wo sie die Zeitungsreklamen für Hüte, Anzüge und Kleider verfasste, und in ihrer Freizeit sang sie bei Aufführungen des Gemeindetheaters. Sie teilte sich mit zwei Mitbewohnerinnen eine Wohnung in Downtown-Chicago. »Ich bin einfach auf sie zugegangen und habe sie gefragt: ›Wie geht's dem hübschesten Mädchen in Koje acht?‹«, lautete die Version meines Vaters. »Ach, Ron«, sagte meine Mutter dann immer und schlug nach ihm, mit der Hand oder einem Geschirrtuch, aber es war ihr anzusehen, dass ihr die Geschichte gefiel. Acht Monate später hatten sie geheiratet. Die Mitbewohnerinnen meiner Mutter waren ihre Brautjungfern gewesen.

Meine Eltern zogen nach Pleasant Ridge und bekamen einen kleinen Jungen, meinen Bruder Jon, und achtzehn Monate später mich. Es war sehr ruhig bei uns zu Hause; keiner wurde je laut oder knallte die Türen. Später erfuhr ich, dass der Grund dafür mein Vater war beziehungsweise das, was er in den vier Monaten im Krieg erlebt hatte, über die er nie sprach. Er sah noch genauso gut aus wie auf den alten Fotos vom Ferienlager, aber jetzt war er blass und nachdenklich, nervös und unruhig, es sei denn, er hatte einen Hammer, Schraubenzieher oder ein anderes Werkzeug in der Hand. Er zuckte zusammen, wenn die Kühlschranktür zu laut zufiel oder einer von uns unerwartet eine Coladose aufmachte. Einmal saßen wir am Tisch, als auf der Straße der Knall eines Auspuffs zu hören war, wie ein Schuss, und mein Vater zuckte zusammen, als hätte man ihn geohrfeigt. Ich weiß noch, wie meine Mutter die Arme um ihn legte, ihn ins Wohnzimmer führte, ihm die Haare aus der Stirn strich und leise auf ihn einredete. »Mama?«, flüsterte ich, während ich hinter ihnen ins Zimmer schlich.

»Addie, bring deinem Vater ein Glas Wasser«, sagte sie, ohne ihn loszulassen oder mich anzusehen. Ich rannte in die Küche, und als ich wieder zurückkam, saßen sie auf der

Couch. Meinem Vater stand der Schweiß auf der Stirn, aber er rang sich für mich ein Lächeln ab, und seine Hand, mit der er das Glas nahm, zitterte nur leicht.

»'Tschuldige, Kumpel«, sagte er. »Mir war plötzlich nicht gut.«

Als Erwachsene wurde mir klar, dass es der Krieg war, der nicht gut für ihn gewesen war. Mein Vater hatte am College gute Noten gehabt und hätte Jura oder BWL studieren können, aber nach seinen Erlebnissen in Vietnam war es damit vorbei. Er konnte keiner geregelten Arbeit nachgehen, genauso wenig wie er fähig war, sich den ganzen Tag in geschlossenen Räumen oder Büros aufzuhalten, unter Termindruck zu arbeiten, einem Chef unterstellt zu sein oder ständig Menschen um sich zu haben. Stattdessen arbeitete er als Mädchen für alles, erledigte kleine Reparaturen, machte Maler- und Dachdeckerarbeiten und schaufelte im Winter Schnee. Alle paar Monate half ich ihm dabei, im Lebensmittelladen oder in der Post Flugblätter aufzuhängen. *Schon erledigt, Schatz!* lautete sein Werbespruch. *Ich erledige alle Arbeiten, die Ihr Schatz nicht macht!* Ich schmückte die Flyer mit Zeichnungen von meinem Vater, wie er auf einer Leiter stand, um ein Haus zu streichen oder die Glühbirnen in einem Kronleuchter auszuwechseln, und er schwor, dass er auf die illustrierten Flugblätter hin doppelt so viele Anrufe bekam als auf die anderen.

Meine Mutter arbeitete Vollzeit. Zuerst schrieb sie Werbetexte für Zeitungsprospekte, und später war sie für die Grußkartenfirma Happy Hearts tätig, wo sie sich für alle möglichen Anlässe Reimpaare einfallen lassen musste: Geburtstage, Hochzeitstage, Genesungs- und Beileidskarten. Ende der achtziger Jahre waren dann auch Sprüche für Chanukka-, Kwanzaa- und Secretary's-Day-Karten gefragt. Irgendwann textete sie dann nur noch für die Reihe »Moderne Momente« – Karten für Leute, die sich beispielsweise zu einem Entzug durchgerungen hatten. (»Es freut mich / für dich und alle, die dich lieben / dass du diesen wichtigen Schritt machst / und dir die Hilfe holst, die du brauchst.«)

Wir wohnten in einem Ranch-Style House, unten in Backstein und oben hellgelb gestrichen, mit drei Schlafzimmern im oberen Bereich (zwei davon winzig, das andere klein), einer Küche, Ess- und Wohnzimmer im unteren Bereich sowie einem Keller. Der Keller war mein Lieblingsraum. Die eine Seite diente als Spielzimmer – auf dem Betonboden lag ein rot-blau-gemusterter Teppichboden, ein Rest aus Jons Zimmer, und darauf stand eine Spielzeugkiste aus Holz mit abblätterndem grünen Lack. Auf der anderen Seite hatte mein Vater seine Werkstatt – mit einem hellen Flechtteppich auf dem Boden und einer alten schwarzen Ledercouch an der Wand, und davor ein Couchtisch mit einem uralten Fernsehgerät. Seine Werkzeuge – Ahlen und Hämmer, Wasserwaagen, Meißel und Sägen – waren fein säuberlich an einer Aufhängeplatte aufgereiht, und neben einer Gehrungssäge war auf zwei Sägeböcken eine lange Arbeitsplatte aufgebockt. Die Tischkante säumten Plastikbehälter mit Stofflappen, Garn, Perlen, Farbtuben und Drähten, und daneben stand ein Kofferplattenspieler mit knallorangefarbenem Griff, auf dem mein Vater seine Comedy-Alben abspielte – Bill Cosby, George Catlin, Richard Pryor, Steve Martin, Bob Newhart und Monty Python –, während er seine Puppen baute, komplizierte Marionetten mit Gliedergelenken und Kieferscharnieren und bemalten Gesichtern.

Die meisten seiner Werke waren für Jon und mich bestimmt. Mein Bruder hatte ein komplettes Set Wikingerpuppen in einem holzgeschnitzten Ruderboot, außerdem ein Dutzend Holzsoldaten mit kleinen roten Filzmänteln und Superman, der an einer Angelschnur über seinem Bett baumelte und tatsächlich zu fliegen schien. Ich hatte Flora, Fauna und Sonnenschein sowie die junge Prinzessin Aurora höchstpersönlich sowie ein Puppenpaar, das meinen Eltern ähnlich sah (die Haare der Frau waren aus Flaum, für den ich Baumwollkügelchen zerzupft und gekämmt hatte, und der Mann trug eine Ministrickweste wie Mr Rogers). Für meinen zehnten Geburtstag bastelte mein Vater bereits an einer Miniatur-Addie, mit Haaren aus goldbraunen Fäden und einer winzigen Ausgabe von *Anne auf Green Gables*, die er an ihre Hand klebte. Zusätzlich zu den Puppen, die er für Jon und mich baute, machte er auch welche für die Nichten und Neffen meiner Mutter, und jedes Jahr im Dezember packte er Dutzende Puppen in Pappkartons und verteilte sie an die Obdachlosenheime in Chicago. »Du könntest sie verkaufen«, schlug ich einmal vor. Er dachte darüber nach und schüttelte dann den Kopf. »Sie sind nicht schick genug, dafür würden die Leute kein Geld zahlen«, sagte er. Schick oder nicht, ich fand sie wunderschön.

Während meine Mutter mit ihrem Block auf unserer Glasveranda saß und arbeitete, kümmerte sich mein Vater um »Ordnung und Sicherheit« im Haus, wie er es ausdrückte. Er machte den Ölwechsel bei unserem Kombi, reparierte tropfende Wasserhähne oder quietschende Türen. Er räumte den Kühlschrank aus, putzte die Einlegeböden, wischte sie trocken und schob sie dann wieder an ihren Platz. Er wischte und fegte den Garagenboden, sortierte die Klamotten, die uns nicht mehr passten, und fuhr zwei Mal die Woche zum Einkaufen. Nachmittags ging er in den Keller. Er stellte die Schwanenhalslampe, die er im Sperrmüll gefunden hatte, so ein, dass der Lichtkegel seine jeweilige Arbeit beleuchtete – ob er ein Kleid oder einen Mantel für eine Puppe zuschnitt oder einer Holzpuppe ein Paar Schuhe aufmalte. Dazu hörte er meistens eines seiner Comedy-Alben, und manchmal stand auch eine geöffnete Bierdose auf dem Tisch. »He, Kumpel«, sagte er und reichte mir den Besen, damit ich die duftenden Holzspäne zusammenfegte, bevor er nach oben verschwand.

Im Sommer verbrachte Jon seine Nachmittage im Freibad. Wenn er im Winter aus der Schule kam, schleuderte er seinen Rucksack in den Schrank und war kurz darauf schon wieder aus der Tür, die Schlittschuhe über der Schulter. Im Herbst spielte er Fußball, im Frühjahr T-Ball, später Baseball. Ich war in keiner Sportmannschaft – meine Schüchternheit in Kombination mit meiner Ungelenkigkeit hatte sich schon sehr früh als fatales Hindernis erwiesen. Auf Schlittschuhen stand ich wackelig, und beim Schwimmen blieb ich immer im flachen Bereich am Beckenrand, wo ich noch Boden unter den Füßen hatte und mich festhalten konnte. Meistens verbrachte ich die Nachmittage bei meinem Vater in der Werkstatt. Ich setzte mich auf die Couch, machte meine Hausaufgaben, und wenn ich damit fertig war, zeichnete und malte ich, während mein Vater sägte und schmirgelte und über die Monty-Python-Sketche lachte. »Dies, Sir«, sagten wir unisono, »ist ein Expapagei!« Er hatte einen kleinen Kühlschrank mit Bier für sich selbst und Traubensaft für mich, und manchmal teilten wir uns auch einen Schokoriegel. Auf dem Kühlschrank stand ein Wasserkocher zum Zubereiten von Pulverkaffee oder einer heißen Schokolade im Winter.

Niemand sonst in der Nachbarschaft oder in meiner Schule hatte einen Vater, der zu Hause blieb, während die Mutter arbeitete. Die meisten Väter nahmen den 7-Uhr-44-Zug nach Chicago. Ich sah sie jeden Morgen vom Schulbus aus, wie sie mit Anzug, Aktentasche und dreimal gefalteten Zeitungen in Reih und Glied am Bahnsteig warteten. Mir gefiel es, dass mein Vater zu Hause war. Für mich war es das

Schönste überhaupt, unten im Keller auf der Couch meine Mathe- oder Englischaufgaben zu machen und mich von ihm »Kumpel« nennen zu lassen. Ich liebte diesen Kosenamen. In der Schule war ich niemandes Kumpel. Obwohl ich fast alle Mitschüler seit dem Kindergarten kannte, schien sich da ein kompliziertes Geflecht aus geheimen Allianzen gebildet zu haben, als ich gerade nicht aufgepasst hatte. Jedes Mädchen war bereits an eine beste Freundin vergeben, und wenn sich nicht gerade eine Lehrerin erbarmte und mir gestattete, mittags im Klassenzimmer zu essen oder in den Pausen meine Bilder zu malen, hatte ich niemanden. Später wurde mir klar, dass diese frühe Bekanntschaft mit den Comedy-Sketchen nicht gerade hilfreich gewesen war. Bill Cosbys Zahnarzt-Sketch oder den von George Catlin über das Fehlen blauer Lebensmittel wortwörtlich wiedergeben zu können war wohl nicht der richtige Weg, um Mädchenfreundschaften zu schließen.

Jon und ich sahen zu, wie hinter dem Umzugswagen ein verblichener roter VW-Käfer hielt, aus dem eine große, braun gebrannte Frau mit blonden, hochgesteckten Haaren ausstieg. Sie trug einen knöchellangen indischen Wickelrock, eine riesige Sonnenbrille wie ein Filmstar, Ledersandalen und jede Menge türkis- und silberfarbene Armreifen an einem Handgelenk.

»Hippies«, sagte mein Vater, der mit der Teigschüssel unterm Arm ans Fenster kam. Er war frisch rasiert und hatte sich die Haare aus der hohen weißen Stirn gekämmt. Wahrscheinlich hatte er die Nacht wieder auf der Couch im Keller verbracht. *Er hat schreckliche Träume*, sagte meine Mutter, wenn ich sie darauf ansprach. Jons Theorie war eine andere; er glaubte, mein Vater schlafe im Keller, weil sie sich nicht mehr liebten. *Mama ist 'ne blöde Kuh*, hatte er gesagt, woraufhin ich ihm mit voller Kraft auf den Arm schlug und zu weinen begann. Er starrte mich einen Augenblick lang an und legte dann seinen anderen Arm unbeholfen um mich. *Nicht weinen,* sagte er. *Es ist nicht deine Schuld.* Was nicht dasselbe war, als wenn er gesagt hätte, dass es nicht stimmte.

»Hippies im Crescent Drive?«, rief meine Mutter aus der Küche. Jon schürzte die Lippen zu einem lautlosen Pfiff, als die Frau mit den Armreifen ihre Hände über den Kopf reckte und dabei einen schmalen Streifen Haut am Bauch entblößte. Dann ging die Beifahrertür des Käfers auf. Ein Mädchen stieg aus, ungefähr in meinem Alter. Sie trug weite, ausgefranste Jeansshorts, ein schmuddelig weißes T-Shirt und zerschlissene weiße Basketballschuhe (Jungenschuhe, dachte ich und fühlte, wie ich mich für das Mädchen schämte). Sie war groß und schlaksig, hatte spitze Ellbogen und dünne Arme.

»Sie haben ein kleines Mädchen, Kumpel«, sagte mein Vater.

»Wie schön!«, rief meine Mutter aus der Küche. »Geh doch rüber, Addie, und sag Hallo.«

Ich schüttelte den Kopf. Es gab Menschen – mein Bruder zum Beispiel –, denen es leichtfiel, mit Fremden zu reden. Und dann gab es Menschen wie mich, die vorher überlegen und üben müssen, was sie sagen, und dann trotzdem kein Wort herausbringen oder aber ins Stottern geraten und mit langen Bill-Cosby-Passagen herausplatzen.

»Na los, geh schon«, sagte meine Mutter. »Wir können zur Begrüßung Kekse backen!«

Die Kekse waren verlockend, aber nicht verlockend genug. Ich schüttelte wieder den Kopf. Meine Mutter kam ins Wohnzimmer und drückte mir die Hand. Sie roch nach Seife und Vanille, und darunter mischte sich der Duft von Haarspray und ihrem Parfum namens Anaïs Anaïs, das in einem weißen Fläschchen mit Blumendekor kam. »Addie.«

Sie beugte sich zu mir hinab. »Stell dir vor, du wärst dieses kleine Mädchen. Du bist gerade in eine neue Stadt gezogen, du kennst keine Menschenseele … wäre es da nicht schön, wenn dich jemand von den Nachbarn willkommen heißen würde?«

Ich antwortete nicht. Ich wusste nicht, was ich von diesem neuen Mädchen halten sollte, das sich im Gegensatz zu mir anscheinend absolut wohl in seiner Haut fühlte, so als hätte es keine Ahnung, dass seine Klamotten, seine Schuhe und seine Frisur total daneben waren. Jon sah wieder aus dem Fenster. »Sie schaut zu uns herüber«, sagte er. Ich hielt die Luft an, als das Mädchen, die Hände in den Hosentaschen, den Blick auf unser Haus richtete. Auf dem Gehsteig war mit Kreide ein Himmel- und Höllespiel aufgemalt, und daneben stand mein Fahrrad mit Bananensattel und flieder- und silberfarbenen Luftschlangen an den Griffen. Ebenso gut hätte man auf unserem Rasen ein Schild aufstellen können: HIER WOHNT EIN NEUNJÄHRIGES MÄDCHEN!

Das Mädchen starrte noch immer zu unserem Fenster, und einen Augenblick lang hatte ich das Gefühl, sie würde mich direkt ansehen. Dann überquerte sie die Straße und ging entschlossenen Schrittes über unseren Rasen. Als sie an die Tür klopfte, drehte ich mich zu meiner Mutter um. »Geh du hin!«, flüsterte ich.

»Adelaide, du kannst selbst die Tür aufmachen«, sagte sie amüsiert.

Ich schüttelte den Kopf und überlegte, ob ich noch schnell in die Küche sausen und einen Pancake verdrücken könnte. Jon stand seufzend auf. »Komm schon.« Er nahm mich, nicht unfreundlich, an der Hand, zerrte mich zur Tür und öffnete sie. Da stand das Mädchen. »Hallo«, sagte sie. Ihre Stimme war rau und tief, eine beeindruckende Stimme. »Ich bin Valerie Violet Adler. Und wer seid ihr?«

»Ich bin Jon, und das ist Addie. Schön, dich kennenzulernen.« Mein Bruder gab mir einen Klaps auf den Rücken, fast einen Stoß, und ließ mich stehen. Das Mädchen und ich sahen einander an. Ihre Wangen waren mit großen Sommersprossen übersät, und sie hatte hervorstehende Schneidezähne. An einem Fußknöchel trug sie einen blauen Faden mit aufgereihten bunten Perlen; noch nie hatte ich mir so etwas gewünscht, aber plötzlich war ich überzeugt, keinen Tag mehr ohne so ein Fußkettchen leben zu können.

»Wir sind gerade aus Kalifornien angekommen«, sagte sie und strich ein paar Strähnen hinters Ohr, die sich aus ihrem Pferdeschwanz gelöst hatten.

»Hallo«, sagte ich so leise, dass ich meine Stimme selbst kaum hören konnte.

»Dein Fahrrad ist super«, sagte das Mädchen.

»Willst du damit fahren?« Oje, dachte ich mit glühenden Ohren, das war falsch. Ich hätte sie fragen sollen, ob sie auch ein Fahrrad hat, ich hätte sagen sollen: *Vielleicht können wir ja mal zusammen Rad fahren …*

Das Mädchen schüttelte den Kopf. »Meines ist da drin.« Sie deutete auf den Umzugslaster. »Vielleicht können wir später zusammen herumfahren. Dann kannst du mir alles zeigen.«

Ich sah das neue Mädchen an. Ich war bereit, ihr das Wertvollste zu geben, das ich besaß, ein Geheimnis, das ihr wahrscheinlich niemand sonst verraten würde. »Die Frau, die in eurem Haus gewohnt hat, ist darin gestorben.«

Das Mädchen machte große Augen. »Wirklich? Sie ist im Haus gestorben?«

Ich nickte. »Es war mitten in der Nacht, und der Krankenwagen kam und hat uns alle aufgeweckt.« Ich erzählte ihr nicht, dass Mr DiMeo neben der Bahre aus dem Haus gekommen war und seiner toten Frau weinend die Hand gehalten hatte oder dass er eine Woche darauf ins Altenheim zog, wo er bald darauf ebenfalls starb. Das wollte ich mir für später aufheben.

»Hm«, sagte Valerie, »das war meine Oma.«

»Wirklich?« Ich sah sie überrascht an und fragte mich, warum ich sie dann noch nie hier gesehen hatte.

Das Mädchen fuhr mit der Zunge über ihre schiefen Schneidezähne. »Weißt du, in welchem Zimmer es passiert ist?«

»Wahrscheinlich im großen Schlafzimmer.« Ich überlegte bereits, wann ich sie fragen sollte, ob sie meine Busenfreundin werden wolle und ob ich das Wort »Busen« überhaupt in den Mund nehmen könnte. »Keine Sorge. Dort schlafen wahrscheinlich deine Eltern.«

»Meine Mutter«, sagte sie. »Wir sind nur zu zweit, meine Mama und ich. Meine Eltern sind geschieden.«

»Ach so.« Ich kannte niemanden, dessen Eltern geschieden waren. Es kam mir gleichzeitig tragisch und glamourös vor. Vor allem tragisch, beschloss ich und dachte an meinen Vater, wie er im Keller sang und mit seinem Taschenmesser einen Schokoriegel teilte und mir die Hälfte anbot.

»Deshalb sind wir ja hierhergezogen. Mein Vater ist Stuntman, also musste er in Kalifornien bleiben. Das ist da, wo die Filme gemacht werden.«

»Ach so«, sagte ich wieder. »Wow.«

So standen wir eine Weile herum, Valerie mit ihren Sommersprossen, ihren verschorften Knien und den zerzausten Haaren, ich mit meinem gestärkten Rock, der mir um die Knie raschelte, die Hand auf dem Türgriff. Ich erinnere mich noch genau an das schmutzige Pflaster auf ihrem Ellbogen, den Geruch nach Sirup und Speck aus der Küche, die schwüle, graspollengeschwängerte Luft. Ich weiß noch, dass ich schon damals das Gefühl hatte, dass diese Begegnung entscheidend in meinem Leben sei, ein Wendepunkt, ab dem es in die eine oder andere Richtung verlaufen könnte.

Die schöne Frau winkte von der anderen Straßenseite zu uns herüber, wobei die Silberreifen klirrend ihren Arm hinabrutschten. Ich winkte zurück, aber Valerie sah sich nur unglücklich um. »Hey«, sagte sie. »Kann ich reinkommen? Sie will wahrscheinlich gleich mit dem Auspacken anfangen.« Sie gähnte herzhaft. »Wir sind …« – erneutes Gähnen – »die ganze Nacht durchgefahren.« Sie schnippte ihren Pferdeschwanz über die Schulter. »Das heißt, nicht ganz. Wir haben auf einem Rastplatz im Auto geschlafen. Hast du das schon mal gemacht?«

Ich schüttelte den Kopf. Wenn wir mit dem Auto verreisten, dann waren wir mit einem Infopack des Automobilclubs bewaffnet, unsere Zimmer entlang der Strecke waren reserviert, und meine Mutter hatte das Essen eingepackt: Putensandwiches, hart gekochte Eier, Karottenspalten und eine Thermoskanne Milch.

»Du kannst auch draußen schlafen«, sagte Valerie. »In eurem Garten. Ich zeige dir, wie man ein Zelt baut. Du brauchst nur ein altes Bettlaken.« Ich nickte und sah es schon vor mir: ein frisches weißes Bettlaken, zu einem perfekten Dreieck gespannt, und darunter Valerie und ich, Seite an Seite, unsere Gesichter im Schein einer Taschenlampe. Valerie hob schnuppernd den Kopf. »Frühstückt ihr gerade?«

»Hast du Hunger?«, fragte ich.

Noch ehe sie antworten konnte, knurrte ihr Magen. Ich machte die Tür weit auf und verbeugte mich leicht, mit einer weit ausholenden Geste, die ich wahrscheinlich im Fernsehen gesehen hatte. »Komm rein«, sagte ich, und das tat sie.

# 6

In der Küche pfiff der Wasserkessel. Ich drehte die Flamme niedriger und sah meine alte Freundin prüfend an. Sie trug ein eng anliegendes rotes Kleid mit tiefem Rückenausschnitt, einen Gürtel mit großen Goldgliedern und hochhackige, spitze Pumps. An ihren Ohrläppchen und an ihrer rechten Hand funkelten Diamanten, und über der Schulter trug sie eine große Tasche aus weichem roten Leder. »Bist du allein?«, fragte sie.

*Nein, in meinem Schlafzimmer ist ein Trupp Chippendale-Tänzer mit nichts am Leib außer Babyöl und winzigen Tunikas!* »Ja, Valerie. Ich bin allein. Was willst du?«, fragte ich nicht unbedingt freundlich.

»Ich kann nicht glauben, dass du immer noch hier lebst.« Sie sah sich in der Küche um, die sich sehr verwandelt hatte, seit Val das letzte Mal hier gewesen war. Der Linoleumboden war glasierten Terrakottafliesen gewichen. Die verspiegelte Spritzschutzwand, ein Relikt der 1970er Jahre, war verschwunden, und das schmutzige Gelb und Avocadogrün der Resopalablagen und Küchenschränke war durch weichere, sanftere Farbtöne wie Creme, Butter und an den Wänden Rostrot ersetzt worden. Unter dem Fenster, das zum Garten zeigte, war eine Landhausspüle mit einem kunstvoll geformten, sündhaft teuren Wasserhahn. Der runde Küchentisch war aus Eichenholz, cremefarbene Vorhänge schmückten die neuen Fenster, und die Küchenschränke hatte ich selbst gestrichen ... aber der Alkohol, die verstaubten Chivas- und Ronrico-Rumflaschen, die ich teils geschenkt bekommen, teils von meinen Eltern geerbt hatte, befand sich noch an seinem angestammten Platz, in einem Schrank über dem Kühlschrank.

Val stellte sich auf die Zehenspitzen und angelte nach einer Flasche Wodka. Dann durchstöberte sie das Gefrierfach nach einer Handvoll Eiswürfel. »Du auch?«, fragte sie. Ich schüttelte den Kopf. Sie gab das Eis und einen Schuss Wodka in ein Saftglas und trank es leer. Dann hievte sie sich auf die Ablage neben der Spüle – wie früher. Ich hatte sie dort unzählige Male sitzen sehen, mit ihren langen Beinen, den schmutzigen weißen Socken und den meist aufgeschürften, mit ein, zwei Pflastern versehenen Knien. »Wo sind Ron und Nancy?« Sie gab sich hörbar Mühe, ihrer Stimme den alten Tonfall zu geben, diese Das-Leben-macht-Spaß-Leichtigkeit, mit der sie früher mit meinen Eltern oder über sie gesprochen hatte. (Sie hatte es total lustig gefunden, dass sie genauso hießen wie unser Präsidentenpaar!)

Ich nahm den Kessel vom Herd. »Sie sind tot.«

»Beide?«

»Ja.«

Ein Anflug von Trauer huschte über Valeries Gesicht. Ihre Lippen zitterten, und ihre sorgfältig gezupften Augenbrauen zogen sich zusammen. Es war wahrscheinlich derselbe Gesichtsausdruck, mit dem sie den Chicagoern ihr Bedauern darüber kundtat, dass eine angekündigte Sturmfront ihnen das Ferienwochenende vermasseln würde. »Das tut mir leid«, sagte sie. »Ich dachte, ich hätte etwas in der Richtung gehört, aber meine Mutter war ja damals bald weg. Wann ist das passiert?«

»Das ist schon eine Weile her.« Ich nahm zwei Tassen aus dem Regal, dazu Löffel, Teebeutel und Zucker. »Möchtest du auch Tee, oder bleiben wir heute Nacht bei den harten Sachen?« Val schüttelte den Kopf. Ich stellte eine Tasse zurück und goss mir heißes Wasser ein, während sie mit den Händen über ihre Oberschenkel strich und dann ihre Arme um ihren Oberkörper schlang.

»Und Jon?« Sie sprang von der Ablage herab, ging in der

Küche umher und blieb vor einem Bild stehen, das einen Apfel in einer Kupferschüssel zeigte. »Hast du das gemalt?«

Ich nickte.

»Hübsch«, sagte Val und las den Zettel, der am Kühlschrank klebte. »Ein Militärbegräbnis?«, fragte sie. »Bist du in die Armee eingetreten?«

»Valerie«, sagte ich, »wir haben seit Jahren kein Wort miteinander gesprochen, und jetzt kommst du mitten in der Nacht hierher, du siehst aus, als hättest du ein Gespenst gesehen, auf deinem Mantel sind Blutflecken …«

Sie verzog das Gesicht. »Ich kann's dir erklären.« Ihre Stimme klang nicht rauchig, sondern heiser. »Ich erzähl dir alles, aber du musst mir versprechen, dass du mir hilfst.« Ich wollte gerade den Mund aufmachen, um ihr zu sagen, dass ich ihr gar nichts versprechen würde, als Val sagte: »Es geht um Dan Swansea.«

Ich bekam eine Gänsehaut. Mein Mund war wie ausgetrocknet. »Was ist mit ihm?«

»Er war bei dem Klassentreffen.«

Ich zuckte die Achseln. Das überraschte mich nicht. Dan Swansea war einer der Footballstars und der bestaussehende Junge in unserem Jahrgang gewesen. Aber auch ein Unruhestifter, der Mädchen am BH zupfte oder aus purer Langeweile einen Streber in den Spind sperrte, ein Störenfried, der Essensschlachten und Schulschwänzaktionen anzettelte, ein kreativer und notorischer Schwindler. Den Großteil meiner Schulzeit war er außerdem mein großer, absolut geheimer Schwarm. Bis er dann im letzten Schuljahr etwas ganz anderes wurde.

»Er war da.« Sie schüttelte den Kopf. »Ich hätte nie gedacht …«

»Warum nicht?«, sagte ich tonlos. Dan Swansea und seine Freunde hatten nicht an der Abschlussfeier teilnehmen dürfen, aber vermutlich hatte damals niemand daran gedacht, sie auch von künftigen Klassentreffen auszuschließen. Ohnehin machten sie sich schon damals einen Jux aus ihrer Bestrafung. Aus Solidarität mit den Jungs schwänzte der halbe Jahrgang die Schulfeier, und wie ich später hörte, hatte sich Dan mit seinen Kumpels auf den schicksten Partys in den besten Vierteln herumgetrieben, wo die Eltern Bierfässer und Discjockeys spendiert hatten. Sie gingen auf Partys, in Surfershorts und Baseballhemd, spielten Wasserpolo in den Privatpools und lieferten sich mit Bikinimädchen auf den Schultern Hahnenkämpfe. Als ich mein Zeugnis entgegennahm, gab es im Publikum vereinzelte Buhrufe, und am Nachmittag half ich meinem Vater den auf unsere Auffahrt gesprühten Schriftzug FETTE HURE abzuschrubben, während Dan und seine Freunde tranken und tanzten und vermutlich Vals Cheerleaderkolleginnen in den Autos vögelten, die ihre Väter ihnen zum Schulabschluss geschenkt hatten.

»Weißt du, was? Nein.« Ich schob meinen Stuhl nach hinten und stand auf. »Ich glaube, du solltest gehen.«

Wie auf Kommando stiegen Tränen in ihre großen blauen Augen, die noch leuchtender waren, als ich sie in Erinnerung hatte. (Hatte sie farbige Kontaktlinsen?) Valerie blinzelte, als ihr die Tränen über die Wangen liefen und ihr Make-up zerstörten. Unter der Grundierung und dem Puder kamen ihre Sommersprossen zum Vorschein. Zeugen einer besseren Zeit. »Bitte.« Sie streckte eine feingliedrige Hand nach mir aus. »Bitte hilf mir.«

»Und wenn ich nicht will?« Ich wollte mich kühl und distanziert anhören. Stattdessen klang ich nur bockig wie eine Dreijährige, die ihren Eltern sagt, dass sie noch nicht vom Karussell runter will.

»Addie, *bitte.*« Mehr Tränen liefen ihr übers Gesicht. »Sei nicht so hart.«

»Ich bitte dich«, murmelte ich … aber weiter kam ich nicht. Ich hatte sagen wollen: *Du hast mir das Herz gebrochen,* aber das konnte ich nicht. Das sagte man zu seinem Freund, seinem Geliebten, aber nicht zur besten Freundin. Sie würde mich auslachen. Und ich hatte es satt, ausgelacht zu werden. Ich hatte schwer dafür gearbeitet, an einen Punkt zu kommen, wo mir das nicht mehr passierte und ich nicht mehr wie eine wandelnde Zielscheibe durchs Leben lief, wo es nur mich und meine Farben, meine Pinsel und Nacht für Nacht mein großes leeres Bett gab. »Du warst keine gute Freundin«, sagte ich stattdessen.

»Ich weiß«, flüsterte sie. »Das war ich nicht. Du hast recht. Aber, Addie …« Sie wischte sich die Tränen von den Wangen und sah mich mit großen Augen an. Sie richtete die ganze Kraft ihrer Schönheit und Verletzlichkeit auf mich wie ein Flutlicht oder Traktorscheinwerfer, wie etwas, das man nicht ignorieren und dem man nicht widerstehen konnte. »Ich bin in Schwierigkeiten. Bitte.«

Ich sagte nichts, aber als ich mich wieder an den Küchentisch setzte, hellte sich Valeries Miene auf. »Du wirst mir also helfen?«

»Erzähl erst einmal, was passiert ist.«

Sie hievte sich wieder auf die Ablage. »Es ist eine lange Geschichte.«

»Wie wär's mit der Kurzversion?« Ich schaute ostentativ zur Uhr über dem Küchenherd. »Ich muss morgen arbeiten.« Was auch stimmte. Valerie musste ja nicht wissen, dass ich zu Hause und nicht nach der Stechuhr arbeitete. Grußkarten zu illustrieren war kein Job, bei dem es um Leben und Tod ging, auch wenn ich vielleicht einen winzigen, bescheidenen Beitrag dazu leistete, um mit jeder Karte, für weniger als drei Dollar, ein wenig Schönheit und Freude zum Leben der Menschen beizusteuern. Mein aktuelles Projekt war ein gelber Osterglockenstrauß mit einer Tulpe in leuchtendem Orange in der Mitte. Der dazugehörige Kartentext lautete: *Du bringst Farbe in mein Leben.*

Valerie wickelte ein Geschirrtuch um die Fingerspitze und tupfte sich vorsichtig die Augen ab.

»Dan Swansea«, gab ich ihr als Stichwort vor.

Sie holte zittrig Luft. »Also. Du wusstest von dem Klassentreffen, oder?«

»Ja.« Seit neun Monaten wurde mein Briefkasten unablässig von Postkarten überflutet, die mich, Adelaide Downs '92, zu Essen und Tanz in den Lakeview Country Club einluden – wo damals auch der Schulball stattgefunden hatte, an dem ich natürlich nicht teilgenommen hatte. *Bring Fotos mit!,* hieß es auf den Postkarten. *Schick uns Neuigkeiten!* Ich hatte die Karten allesamt in den Müll geworfen, weil ich ihren Anblick noch nicht mal im Altpapier ertragen wollte.

»Dan war da …« Sie strich sich wieder über ihr Kleid.

»Und?« Meine Stimme war ruhig.

»Und ich glaube, ich habe ihn vielleicht umgebracht.«

Ich setzte mich kerzengerade. »Was?«

Sie seufzte. »Es kann sein, dass ich ihn umgebracht habe. Vielleicht. Ich bin mir nicht sicher.«

Ich sah sie mit offenem Mund an. »Du hast Dan Swansea umgebracht?«

»Wenn nicht, dann sollte es jemand anders tun!« Val sprang aufgeregt von der Ablage und ging mit klackernden Absätzen in der Küche auf und ab.

»Valerie …« Ich wollte sie an den Schultern packen, aber sie drückte sich an mir vorbei. »Valerie.«

Sie drehte sich um und starrte mich an, als fiele ihr erst jetzt auf, dass ich auch noch da war. Ich nahm sie an der Hand und zog sie zu einem Stuhl am Küchentisch, auf dem sich die Zuckerdose, meine Teetasse mit Löffel, ihr Glas und die Flasche

Wodka befanden, alles noch genauso wie vorher. Ich zwang mich zur Ruhe und betete, meine Stimme möge fest bleiben. Wenn ich nicht in Panik geriet, würde sie es auch nicht tun und mir die ganze Geschichte erzählen – eine Geschichte mit Hand und Fuß, mit Anfang und Ende, eine Geschichte ohne Leiche. »Erzähl mir, was passiert ist. Fang einfach von vorn an, okay?« Noch ein Atemzug. »Fang bei Dan an.«

Sie blickte zu Boden. »Er stand an der Bar«, sagte sie. »Mit seinen Freunden.« Ich wartete. Valerie presste die Hände zusammen. »Ich wollte ihn erst gar nicht beachten, aber er sprach mich an, und anfangs war es okay. Er sagte, er habe mich im Fernsehen gesehen und wie schön es sei, eine Berühmtheit in unserem Jahrgang zu haben.« Bei dem Wort »Berühmtheit« huschte für einen kurzen Moment ein eitles Grinsen über ihr Gesicht. Ich brachte es nicht übers Herz, ihr zu sagen, dass man als TV-Wetterfrosch noch längst kein Filmstar war. Außerdem hatte sie recht. Im Vergleich zu den Biographien der 296 noch lebenden Schüler unseres Jahrgangs war Valerie die größte Berühmtheit – außer man war geneigt, diesen Rang Gordon Perrault zuzuerkennen, der sich beim Laubrechen einen Bandscheibenvorfall geholt hatte, in der Folge das Pech hatte, von Fentanylpflastern abhängig zu werden, und aktuell eine fünf- bis siebenjährige Haftstrafe verbüßte, weil er mit einer Burger-King-Maske überm Gesicht einen Drugstore ausgeraubt hatte.

»Ich amüsierte mich, unterhielt mich und trank ein paar Drinks. Kurz vor Schluss hörte ich, wie Dan sich an der Bar mit Chip Mason und Kevin Oliphant unterhielt. Erinnerst du dich an die beiden?«

Ich nickte und erinnerte mich vage an zwei Riesenkerle in Footballmontur.

»Kevin sagte etwas zu Dan wie: ›Hey, da ist Valerie. Willst du dir einen Nachschlag holen?‹ Und Dan lachte. Er *lachte.*«

Ich schwieg. Natürlich hatte er gelacht. Typen wie Dan lachten nun mal.

»Sie wussten nicht, dass ich es gehört hatte.« Vals Stimme wurde immer schriller. »Also bin ich wieder an die Bar und fing an mit ihm zu flirten. Du weißt schon, ich berührte ihn am Arm, stellte ihm einen Haufen Fragen und tat so, als fände ich ihn ganz toll. Ich sagte ihm, dass ich draußen auf ihn warten würde, um ihn nach Hause zu bringen. Er kam raus, und wir machten rum und dann ...« Sie schluckte. »Dann befahl ich ihm, sich auszuziehen.«

Ich sah sie fassungslos an. »Warum?«

»Weil ich ihn demütigen wollte«, sagte sie, als wäre das offensichtlich. »Außerdem ist es eiskalt. *Mega*schrumpfeffekt. Ich habe ihn mit meinem Handy fotografiert.«

»Was man in so einer Situation eben so macht«, murmelte ich.

Val ignorierte meine Bemerkung. »Ich stieg ins Auto und wollte wegfahren, du weißt schon, ihn einfach liegen lassen, er sollte sehen, wie es sich anfühlt, ausgelacht zu werden. Ich ließ den Motor an, und er griff nach dem Spiegel, und ich drückte aufs Gas, und dann muss er mir vors Auto gesprungen sein, und es kann sein, dass ich vielleicht den ersten Gang und nicht den Rückwärtsgang drin hatte, und dann ... dann war er ...« Sie vergrub ihr Gesicht in den Händen.

»Du hast ihn überfahren?«

Sie ließ den Kopf hängen, ihre Schultern bebten.

Ich wiederholte den Satz, dieses Mal nicht als Frage. »Du hast ihn überfahren.«

»Es war ein Unfall«, wisperte sie und sah mich trotzig an. »Das Auto war schuld. Ich habe einen neuen Jaguar. Ich konnte nicht einschätzen, wie viel Power in dem Motor steckt.« Sie strich sich die Haare hinter die Ohren, zuerst auf der einen, dann auf der anderen Seite – eine Geste, an die ich mich gut erinnerte. »Er hat es verdient«, sagte Valerie. »Nach dem, was er mir angetan hat.«

Ich sah sie nur stumm an. Valerie rang die Hände in ihrem Schoß. »Ich habe versucht, nicht daran zu denken … an das, was damals passiert ist. Was … was er mir angetan hat. Und dir. … Es tut mir so leid, Addie«, flüsterte sie. »Du wolltest damals das Richtige tun. Das weiß ich jetzt.«

»Das ist egal.« Ich hatte einen Kloß im Hals, und meine Augen brannten. »Das ist lange her.«

»Aber du warst meine *Freundin.*« Vals Stimme versagte, und ich wandte den Blick ab, weil ich wusste, dass ich sonst mit ihr weinen würde und dass mich das erinnern würde. Zum Beispiel an einen Karton mit ineinander verwickelten Marionettendrähten; oder an den verständnislosen, verwirrten Blick meines Bruders, als ihn der stellvertretende Schulrektor ungeduldig fragte, wer von den Jungs seinen Rucksack die Treppe hinuntergeworfen habe; oder an den Halloweenabend, als die Polizei zu uns kam und die Warnleuchte des Streifenwagens unsere Wände in Rot, Blau, Rot, Blau tauchte. Ich würde mich an die Stimme von Mrs Bass erinnern, die mich telefonisch über die Sache mit meinem Vater informierte. Ich würde mich daran erinnern, wie ich meine Mutter mit einer selbstgestrickten Decke zudeckte und ihr sagte, dass sie sich ausruhen solle.

»Was ist dann passiert?«, fragte ich.

»Er lag neben dem Müllcontainer. Er lag einfach da und blutete. Sein … sein …« Sie fasste sich mit einer Hand an die Schläfe. »Er bewegte sich nicht. Ich wollte mit ihm reden, aber er war irgendwie bewusstlos, und dann wollte ich die Polizei anrufen, aber ich wusste, dass sie den Anruf zurückverfolgen können, und dann würde es in der Zeitung stehen, und weil ich nicht wusste, was ich sonst tun sollte, raffte ich seine Klamotten zusammen, legte sie ins Auto und kam hierher.« Sie blickte auf. »Wir müssen hinfahren. Du musst mitkommen. Wir müssen nachsehen, ob er … ob er …«

»Tot ist?«, ergänzte ich. Sie gab einen wimmernden Ton von sich und griff zur Wodkaflasche.

»Nur damit wir uns richtig verstehen«, sagte ich. »Du bist nicht in den Country Club zurückgegangen? Du hast es niemandem gesagt?«

Val goss Wodka in ihr Glas. »Ich hatte totale Panik! Ich hatte Blut an den Händen und am Mantel, und du weißt ja, dass ich kein Blut sehen kann.«

»Man könnte meinen, das würde dich daran hindern, jemanden zu überfahren«, sagte ich. Mein Telefon – ein neues, schickes Schnurlosgerät – stand an derselben Stelle wie früher der Drehscheibenapparat meiner Eltern. Ich nahm den Hörer und hielt ihn ihr hin. »Ruf die Polizei.«

»Und was soll ich sagen?«, fragte sie. »Hallo, ich glaube, ich habe gerade einen ehemaligen Mitschüler überfahren. Könnten Sie bitte nachsehen, ob er tot ist?«

»Das käme in etwa hin.«

»Lass uns zum Club fahren und selbst nachschauen!«, flehte sie. »Wenn er noch lebt, rufen wir einen Krankenwagen. Versprochen!«

»Und wenn er tot ist?«

Sie trank ihr Glas leer und hob das Kinn. »Dann rufe ich die Polizei an und erstatte Selbstanzeige.«

Ha! Als ob jemand wie Valerie Adler die Polizei anrufen und sich selbst anzeigen würde. Jemand wie Valerie Adler würde eher ein Auto klauen und sich über die Grenze nach Mexiko absetzen. Und ihre ehemals beste Freundin als Geisel beziehungsweise Komplizin auf den Beifahrersitz packen. Valerie war tapfer und clever, sie kannte weder Skrupel noch Angst. Deshalb hatte ich sie ja so geliebt, als wir noch Mädchen gewesen waren.

»Wir sollten einen Krankenwagen rufen und nicht tatenlos hier herumsitzen.«

»Genau«, sagte sie und packte meine Hand. »Los, zieh dich an. Wir fahren.«

*Nein,* insistierte meine Vernunft, obwohl ich bereits auf dem Weg nach oben ins Schlafzimmer war, das für mich in Gedanken noch immer das Schlafzimmer meiner Eltern war, und Jeans, Pullover und schwere schwarze Clogs anzog. *Du musst nicht tun, was sie dir sagt!*

Ich nahm Handtasche, Schlüssel, Portemonnaie, Mantel, Schal und Mütze, wobei ich das Gefühl hatte, dass sich meine Hände ganz ohne mein Zutun bewegten. Und dann waren wir auch schon draußen. Der Nebel hatte sich in einen eiskalten Nieselregen aufgelöst. Vals Diamantohrringe funkelten im Mondlicht, und irgendwann im Strom der Zeit hatte sich das Wasser verschoben, und all das war bereits geschehen, nur dass ich es zu dem Zeitpunkt noch nicht wusste.

Sie reichte mir ihre Autoschlüssel. »Kannst du fahren?«

»Offenbar besser als du.«

»Ha«, sagte sie und stieg auf der Beifahrerseite ein. Ich suchte nach irgendwelchen Spuren – einer Delle, einer verbeulten Stoßstange, Blut an den Scheinwerfern –, konnte aber nichts finden. Gott segne die britische Ingenieurskunst! Ich setzte mich ans Steuer, lenkte den Jaguar langsam rückwärts aus der Auffahrt und fuhr dann in Richtung Highway.

## 7

Valerie und ihre Mutter zogen in der letzten Juniwoche ein, und bereits im Juli waren Valerie und ich unzertrennlich. Jeden Morgen winkte ich ihr nach dem Aufwachen durchs

Wohnzimmerfenster aus zu, und sie winkte grinsend von ihrem Wohnzimmerfenster zurück. Wenn Jon und ich mittags von den Tagesferien im Jugendzentrum nach Hause kamen, saß Valerie in abgeschnittenen Shorts und übergroßen Flipflops auf den Stufen vor unserem Haus. Mal las sie einen Kinderkrimi, mal spielte sie mit einem roten Gummiball, den sie immer in ihrer Hosentasche hatte, aber meistens saß sie einfach nur ganz ruhig da und wartete geduldig in der schwülen Hitze. Meine Mutter machte uns etwas zu essen, und wenn mein Vater zu Hause war, aßen wir alle zusammen belegte Brote, Kartoffelchips, Essiggurken und Obst. Dazu gab es selbst angerührte Brauselimonade.

Nach einer Woche hatten wir uns angewöhnt, den Tisch für eine zusätzliche Person zu decken und einige Brote mehr zu machen. Für mich reichten normalerweise ein bis eineinhalb Brote mit Schinken und Käse oder mit Erdnussbutter und Marmelade, Jon aß immer zwei, aber Valerie konnte drei Brote mit haufenweise Chips und mehreren Gläsern Limonade verdrücken, dazu einen Pfirsich, eine Pflaume oder manchmal auch beides, und einmal verspeiste sie außerdem noch eine ganze Schale Blaubeeren.

Bei Tisch fragten uns meine Eltern, wie unser Vormittag gewesen war, was wir im Werkunterricht gebastelt und mit wem wir gespielt hatten. Jon ratterte fünf, sechs Jungennamen herunter, während er sein Essen mit einer Geschwindigkeit in den Mund schaufelte, die meine Mutter ihm gerade noch nachsah. Ich schwieg und ließ ihn reden. Da war ein Mädchen namens Heather; sie ließ mich in der Pause neben sich sitzen, aber nur, wenn ich ihr meine Knäckebrote gab. Als ich meiner Mutter davon erzählte, sah sie mich traurig an und sagte, es wäre wohl das Beste, wenn ich mich einfach zu den Erzieherinnen setzen würde.

Nach dem Essen ging meine Mutter mit ihrem Notizblock

und einer Kanne Eistee wieder auf die Veranda. Mein Vater verschwand in den Keller oder in die Garage. Jon stellte sein Geschirr in den Ausguss, sprang auf sein Fahrrad und ließ sich erst wieder zum Abendessen blicken. Und ich packte uns Kirschen, Salzbrezeln, Äpfel und Müslischnitten als Imbiss ein und überließ Valerie die Entscheidung, was wir am Nachmittag tun würden. Sie steckte immer voller Ideen, und ich schloss mich gerne an. *Los, komm, wir gehen auf dem Summit Drive skaten,* sagte sie, und schon zogen wir los, um uns ein Skateboard auszuleihen. Oder: *Los, wir nehmen die Räder und fahren ins Kino!* Ich hatte schreckliche Angst, auf den stark befahrenen Straßen Fahrrad zu fahren, aber noch mehr Angst, dass Valerie sich eine andere Freundin suchen würde, wenn ich ihr meine Bedenken gestand. Also trat ich hinter ihr in die Pedale und biss mir die Lippen blutig, während ich mich über die zwei Meilen lange Strecke zum Kino mit schwitzenden Händen an die Griffe klammerte.

Meistens gingen wir aber ins Freibad, für das Jon und ich Ferienpässe hatten. Val hatte kaum ihr Fahrrad aus dem Umzugswagen geladen, als wir uns zu dritt auf den Weg machten. Während ich mein Fahrrad sorgfältig an einem Ständer anschloss, las Val auf dem Schild am Eingang, dass der Eintritt fünfzig Cents kostete. »Ich habe kein Geld«, sagte sie.

»Oh.« Mir wurde heiß im Gesicht. Das war eine unerwartete Komplikation. »Wir könnten noch mal nach Hause fahren. Ich kann mein Taschengeld …«

»Lass mich mal überlegen.« Val blickte nachdenklich auf das Schild. »Warte hier«, sagte sie und sprang auf ihr Fahrrad. Ein paar Minuten später kam sie wieder, rot, verschwitzt und mit zufriedener Miene. »Also«, sagte sie. »Ich sag dir, was wir tun.« Sie schlug mir vor, dem Kaugummi kauenden Mädchen am Eingang, das gelangweilt in einer Zeitschrift las, meine Karte zu zeigen, mir im entferntesten Winkel des Geländes einen Platz zu suchen und dann Valerie meine Karte durch den Maschendrahtzaun zuzustecken.

»Aber ist das nicht Betrug?«, fragte ich.

Val schüttelte den Kopf. »Im Prinzip bezahlst du ja für den Bademeister, aber ich brauche keinen Bademeister. Ich bin eine sehr gute Schwimmerin. In Kalifornien bin ich im Meer geschwommen.« Ich war gebührend beeindruckt. Ich zeigte dem Mädchen an der Kasse, das kaum von ihrer *Cosmopolitan* aufsah, meine Karte, und suchte mir einen Platz in der Nähe des Zauns. Kurz darauf erschien Val auf der anderen Seite des Zauns; ich rollte meine Karte zusammen, sah mich um, um sicherzugehen, dass uns niemand beobachtete, und steckte ihr das Röllchen zu. Keine Minute später schlenderte Val mit einem zerschlissenen Handtuch unterm Arm und ihrem Bikinioberteil unterm T-Shirt am Becken vorbei in meine Richtung. »Siehst du?« Sie breitete ihr Handtuch neben mir aus. »Ein Klacks.«

Wenn es regnete, blieben wir zu Hause, um in der Küche aus Erdnussbutter, Kokosflocken und allem, was wir sonst noch in der Speisekammer schnorren konnten, Kekskreationen herzustellen. Oder wir gingen in den Keller, wo wir abwechselnd mit meinen alten Rollschuhen im Kreis fuhren und dabei Vals Lieblingsplatte abspielten. Soweit ich wusste, war es ihre einzige Platte, eine Single mit Kenny Rogers' »The Gambler«. Manchmal sang mein Vater mit.

Eines Samstagmorgens klopfte Val wieder an unsere Haustür, drückte sie, wie am Wochenende üblich, einfach auf und stand in der Küche. »Hey, Addie, kommst du rüber? Meine Mama und ich streichen mein Zimmer.«

Ich sah meine Eltern an. Mein Vater machte gerade Rührei-er. Meine Mutter wusch die Gläser in der Spüle und summte leise vor sich hin. »Von mir aus«, sagte sie. »Wollt ihr vorher noch was frühstücken?«

Das brauchte man Valerie nicht zweimal zu fragen. Sie setzte sich auf die Stuhlkante, mit ihren dünnen Beinen und den verschorften Ellbogen, verdrückte Eier, French Toast und Speck, und wartete dann ungeduldig, während meine Mutter gegen die ersten beiden Outfits, die ich anprobierte, ein Veto einlegte, um dann endlich einer alten Shorts und einem zerrissenen T-Shirt, das längst für die Lumpensammlung aussortiert worden war, grünes Licht zu geben. Val und ich rannten aus dem Haus, über den Rasen, packten uns an den Händen und sprinteten über die Straße.

Mrs Adler hatte das Haus im Crescent Drive von ihren Eltern geerbt. Ihr Bruder – Vals Onkel, der in Sheboygan wohnte – hatte die gesamte Einrichtung bekommen, und Mrs Adler hatte noch keine neuen Möbel gekauft. In der Küche gab es einen Klapptisch und zwei Metallstühle, und im Wohnzimmer einen Fernseher auf vier orangefarbenen Plastikkisten gegenüber der alten Couch der DiMeos, einem wuchtigen antiken roten Samtsofa aus dunklem Holz, das der Onkel entweder nicht wollte oder das nicht durch seine Tür passte.

Als die DiMeos noch lebten, bestand die Schlafzimmereinrichtung aus einem großen Doppelbett, zwei Nachttischen und einem breiten Lesesessel mit rosengemustertem Bezug. Jetzt war das Zimmer fast leer, und der verblichene, fleckige gelbe Teppichboden, der nur dort, wo das Bett und der Sessel gestanden hatten, seine ursprüngliche Farbe aufwies, war mit einer Plastikfolie abgedeckt. Das heißt, nicht mit einem zusammenhängenden Stück Folie. Valerie oder Mrs Adler, wer auch immer, hatte viele kleine Folienteile mit Tesafilm aneinandergeklebt. Die nackten Lichtschalter ragten aus der Wand, und die Boden- und Deckenleisten waren abgeklebt. Ein dritter Klebebandstreifen teilte die Wand in zwei Hälften. Auf dem Fußboden standen zwei Kuchenbackformen aus Aluminium, die eine mit rosaroter, die andere mit grüner Farbe darin. Vals wackelige Holzkommode und ihr kleines Metallbett standen in der Mitte des Raums. Mrs Adler lag mit aufgestütztem Ellbogen auf dem Bett.

»Guten Morgen, Addie«, sagte sie gedehnt. Ihre Joggingshorts – marineblaue Baumwollshorts mit weißen Streifen – waren so kurz wie die von Daisy Duke in *Ein Duke kommt selten allein*, und sie trug keinen BH unter ihrem weißen Baumwollshirt. Sie roch nach Menthol-Zigaretten und Shampoo und sah nicht wie eine Mutter, sondern eher wie ein Teenager aus, wie sie so dalag, barfuß, die Haare unter einem blauen Tuch und ein dünnes Goldkettchen um den Hals.

»Was macht deine Mutter eigentlich den ganzen Tag?«, fragte ich Val einmal im Freibad, während wir im tiefen Becken Wasser traten (ich blieb nahe genug am Beckenrand, um mich notfalls daran festhalten zu können). Ich kannte nur viel beschäftigte Mütter, die ständig jammerten: »Ich weiß nicht, wie ich das alles schaffen soll« oder: »Ich bin so erschöpft!« Sie chauffierten ihre Kinder durch die Gegend, leiteten Pfadfindertreffen oder unterrichteten in der Sonntagsschule, sie fuhren einkaufen, machten Gartenarbeiten, kochten und putzten. Manche arbeiteten halb- oder ganztags in einer Arztpraxis, einer Bank oder als Verkäuferin. Und die arme Mrs Shea am Ende unserer Straße, die elf Kinder hatte, musste ständig Wäsche waschen, wenn sie nicht gerade ihre täglichen zwanzig Liter Milch im Lebensmittelladen abholte. Aber Mrs Adler schien gar nichts zu tun. Sie war immer zu Hause, lag auf dem Sofa und schaute Seifenopern, oder sie lag in ihrem weißen Häkelbikini auf einem Handtuch im Garten und hörte Musik auf ihrem kleinen Radiorekorder, den sie auf der Veranda eingestöpselt hatte.

»Sie bekommt Unterhalt«, sagte Val und erklärte mir, dass

ihr Vater Zahlungen leistete, damit ihre Mutter für sich und Valerie sorgen konnte.

»Aber was macht sie den ganzen Tag?«, fragte ich noch einmal.

Val hatte im Wasser die Achseln gezuckt. »Wahrscheinlich wartet sie. Sie wartet, dass es Abend wird.«

Ich sagte schüchtern Hallo, als ich Vals Zimmer betrat. Mrs Adler machte mich nervös. Nicht nur, weil sie aussah wie ein Teenager; sie benahm sich auch so. Sie fluchte und rauchte und setzte sich in einer Küchenecke auf den Fußboden, um lange, intensive Telefonate mit einem Exfreund in Kalifornien zu führen. Sie kümmerte sich nicht um eine ausgewogene Ernährung und hielt Popcorn und Päckchensuppe für ein ordentliches Abendessen, notfalls gar für ein anständiges Frühstück. Manchmal duschte Val tagelang nicht – ihre Mutter meinte, das Schwimmen wäre ausreichend. Für Val gab es keine offizielle Schlafenszeit. Im Fernsehen durfte sie sich ansehen, was sie wollte, sogar Spielfilme und Horrorserien auf dem Kabelsender, wohingegen Jon und ich ständig ermahnt wurden, uns die Hände zu waschen oder unsere Hausaufgaben zu machen, und was die Serien und Spielfilme anging, so hatten wir gar kein Kabelfernsehen. Mrs Adler – *Du kannst Naomi zu mir sagen* – wirkte manchmal wie eine ungeduldige Babysitterin, die darauf wartete, dass Valeries richtige Eltern nach Hause kamen, um sie von ihren Pflichten zu befreien und sie in ihr eigenes Leben zu entlassen.

An jenem Vormittag lag sie also auf Vals Bett, mit einer Muschel vor sich, die sie als Aschenbecher benutzte. »Meine Tochter« – sie zeigte mit dem Ellbogen auf Val – »will ihr Zimmer pink und grün streichen.«

»Weil es hübsch ist«, sagte Val.

»Was soll ich tun?« Ich konnte es kaum erwarten, die Schuhe auszuziehen, meine Haare zurückzubinden und mich mit Farbe zu bekleckern.

»Nimm dir einen Roller.« Mrs Adler gähnte und zog dann ein Perlmuttfeuerzeug und eine Schachtel Salem Lights aus ihrer Gesäßtasche.

»Mama, muss das sein?« Val hustete. »Denk dran! Lungenkrebs!«

Mrs Adler schnippte fröhlich mit den Fingern. »Wir müssen alle mal sterben.« Fasziniert sah ich zu, wie sie eine Zigarette aus der zerknitterten Packung fischte, sie anzündete und den Rauch einatmete.

»Das ist eklig«, verkündete Val. Ich wartete auf eine Zurechtweisung nach dem Motto *Was fällt dir ein, so mit deiner Mutter zu sprechen?*, die bei mir zu Hause garantiert gekommen wäre. Aber sie blieb aus. Mrs Adler sah mich nur erfreut an, so als wollte sie sagen: *Diese Valerie! Ganz schön frech, hab ich recht?* Sie blies den Rauch durch ihre Nasenlöcher und klopfte die Asche am Muschelrand ab.

Ich durchquerte das Zimmer, wobei ich mit meinen nackten Füßen immer wieder an der Frischhaltefolie kleben blieb, und nahm einen Roller. Ich war mir bewusst, dass Mrs Adler mich amüsiert beobachtete. »Addie Downs«, sagte sie. (Mrs Adler sprach gern über mich, so als wäre ich gar nicht da.) »Der gute Einfluss auf meine Tochter.«

Ich nickte und tupfte ein wenig rosarote Farbe an die Wand. Valerie klatschte indessen die grüne Farbe auf den unteren Bereich der Wand, dass es nur so spritzte – so als könne sie die Tapete gar nicht schnell genug zum Verschwinden bringen. Stirnrunzelnd beobachtete ich, wie sich die Tapete unter der feuchten Farbe wellte.

»Äh«, sagte ich. Mrs Adler zog die Augenbrauen hoch. »Muss man die Tapete vor dem Streichen denn nicht abmachen?«

Mrs Adler sah erst mich, dann die Wand an. »Hm.«

Valerie warf ihren Farbroller auf den Boden, wo er einen dicken minzgrünen Fleck auf der Folie hinterließ. »MAMA!«

Ich wartete angespannt, dass Mrs Adler Valerie sagen würde, sie solle nicht so schreien. Aber sie zuckte nur mit den Schultern. »Liebes, ich habe nie behauptet, dass ich mich damit auskenne.« Sie drückte ihre Zigarette in der Muschel aus.

»Wir könnten meinen Vater um Hilfe bitten«, bot ich an. »Er hat im Winter Jons Zimmer gestrichen. Ich glaube, er hat sich ein Dampfgerät ausgeliehen. Man weicht die Tapete mit Dampf auf und kratzt sie ab. Und dann streicht man die Wände erst einmal in Weiß, mit einer Grundierung.«

»Hm«, sagte Mrs Adler. »Das klingt ja richtig kompliziert.« Valerie starrte noch immer die teilweise gestrichene Wand an. Ihr Kinn zitterte.

»Du BIST DOOF!«, sagte sie, ohne ihre Mutter anzusehen. »Du bist die SCHLECHTESTE MUTTER ALLER ZEITEN! Wir machen das total falsch!«

Mrs Adler richtete sich gemächlich auf, schwang die Füße auf den Boden, stemmte ihre Hände in die Hüften und bog sich nach hinten. Ihre Haare lösten sich aus dem Tuch und fielen ihr fast bis zum Po. »Du hast recht«, sagte sie emotionslos. »Ich habe es verbockt. Aber ich habe auch nie behauptet, ein Profi zu sein.«

»Dazu muss man kein Profi sein!«, schrie Val. »Du hättest nur ein Buch lesen müssen oder was weiß ich!«

»Du hast recht«, sagte Mrs Adler wieder.

»Oder eine Anleitung. Einfach nur eine klitzekleine Anleitung!«

Mrs Adler legte Val die Hand auf die Schulter. »Lass es mich wiedergutmachen.«

Val schüttelte die Hand ihrer Mutter so heftig ab, dass die silbernen Armreifen klirrten. »Das kannst du nicht. Es ist eine Katastrophe. Ich wollte einfach nur ein schönes Zimmer, in Pink und Grün, so wie das von Addie, und du hast gesagt, dass ich …«

»Mein Papa kann helfen«, bot ich erneut an, aber niemand hörte zu. Ich erkannte, dass es eine schlimme Situation war, aber gleichzeitig war ich ganz aufgeregt vor Freude: Val wollte ein Zimmer, das so war wie meines.

»Eine Katastrophe«, stimmte Mrs Adler zu. »Du hast recht. Ich schlage vor, wir gehen Muschelsammeln.«

Valerie schniefte. »Ich will keine Muscheln sammeln. Ich will einfach nur mein Zimmer streichen. Du hast es mir versprochen.«

»In diesem Sommer gibt es nicht mehr so viele schöne Wochenenden. Dein Zimmer können wir immer noch streichen. Aber der Sommer dauert nicht ewig.«

Valerie runzelte die Stirn. »Und wie sollen wir nach Cape Cod kommen?«

»Mit dem Auto.«

Ich drückte mich langsam zur Tür. Ich war mir nicht sicher, ob das Gespräch für meine Ohren bestimmt war, aber ich wollte auch nicht gehen. Vor drei Jahren war ich mit meinen Eltern und Jon für eine Woche zum Charlevoix-See gefahren, wo wir eine Hütte gemietet hatten. Die Hütte war muffig und voller Spinnweben, und auf der Hinfahrt hatte Jon andauernd gefurzt und den Gestank kommentiert. (»Der riecht wie ein Hamburger von McDonalds … und der wie Babybrei.«) Ich hielt mir die Nase zu und trat ihm ans Schienbein. Daraufhin zog Jon an meinem Sitzgurt, bis er mir fast die Luft abschnürte. Mein Vater schnauzte uns an (»Schluss jetzt, ihr zwei!«), und meine Mutter versuchte, uns mit einem Autokennzeichenspiel abzulenken, doch die Konzentration fiel einem nicht leicht, wenn man in einem Auto gefangen war, das wie Stuhlgang auf Rädern roch.

»Aber da sind wir doch mindestens zwei Tage unterwegs«, sagte Val. Sie hatte einen Atlas unter ihrem Bett hervorgeholt und ihn aufgeklappt auf den Boden gelegt. »Siehst du? Hier?« Sie tippte auf die Karte. »Hier ist Illinois, und hier« – sie tippte wieder – »ist Massachusetts. Und das da« – sie schlug so kräftig auf die Seite, dass der Atlas vibrierte – »ist Cape Cod. Ganz hier oben.«

Mrs Adler rückte ihr Kopftuch zurecht. »Wann fängt die Schule wieder an?« Sie sah ihre Tochter an. Valerie sah mich an.

Ich schluckte. »Am dritten September.«

»Das ist noch eine Woche hin!«, sagte Mrs Adler. »Wir haben genug Zeit.«

Val zog eine Schnute. »Wir brauchen eine Genehmigung.«

»Wir nehmen die von Poppy.«

»Und ein Kanu.«

»Wir leihen uns eins aus. Na los, komm schon!«, sagte Mrs Adler. »Abenteuer! Geh und hol deinen Badeanzug!«

»Wir sollten zuerst bei Poppy anrufen.«

»Und eine Zahnbürste! Pack deine Zahnbürste ein!«

»Haben wir Benzin im Tank? Hast du Geld zum Tanken?«

»Mach dir nicht so viele Sorgen«, sagte Mrs Adler und gab Val einen Schubs. »Geh und pack ein paar Coladosen in die Kühlbox. Ach, und, Addie«, sagte sie, während sie mit schwingenden Hüften und klimpernden Armreifen das Zimmer verließ, »frag deine Eltern, ob du mitkommen kannst.«

Ich atmete aus, ganz schwindelig vor Aufregung und Erleichterung. Val hatte sich mit zusammengepressten Lippen gebückt, um die Farbe aus den Backformen in die Farbeimer zurückzugießen und die Deckel zu schließen. Als sie sich aufrichtete, war wieder das alte Funkeln in ihren Augen. »Magst du Muscheln?«

»Ich liebe Muscheln!« Ich hatte noch nie welche probiert,

aber ihr das zu gestehen, schien mir nicht der richtige Zeitpunkt zu sein.

»In Ordnung.« Val legte einen Finger ans Kinn. »Du brauchst einen Badeanzug und einen Pyjama.« Sie öffnete ihren Schrank – der erstaunlich leer war – und griff nach einem pinkfarbenen Rucksack und einem Schlafsack mit einer aufgerissenen Naht. Dann spähte sie verstohlen in den Flur, presste ihren Mund an mein Ohr, sodass ihr feuchter, nach Ahornsirup riechender Atem meine Wange streifte, und flüsterte: »Und nimm Geld mit, falls du welches hast.«

Zuhause zogen sich meine Eltern ins Wohnzimmer zurück, und nach einem kurzen, ruhigen Gespräch war es beschlossene Sache, dass ich mitfahren konnte. (Im Nachhinein denke ich, sie hätten mich mit Valerie Adler auch zum Mond fliegen lassen, so erleichtert waren sie, dass ich endlich eine Freundin gefunden hatte.) Meine Mutter gab mir dreißig Dollar, die ich ordentlich gefaltet in meine Hosentasche steckte, bevor ich eilig meinen Rucksack packte, mein Sparschwein und die Speisekammer plünderte … und dann saßen wir auch schon im Auto, hupten zum Abschied und fuhren Richtung Meer.

Obwohl ich damals erst neun Jahre alt war, erinnere ich mich an jedes Detail: den klebrigen Vinylschalensitz des VW-Käfers, der mir sein Kreuzschraffur-Muster in die Oberschenkel brannte, der künstliche Geschmack des Diätcolas. Ich spüre noch den Wind in meinen Haaren, als wir mit heruntergekurbelten Fenstern auf dem I-90 Indiana und Ohio durchquerten. Mrs Adler ließ einen Arm aus dem Fenster hängen, und Val, die mit dem Atlas im Schoß auf dem Beifahrersitz saß, fuhr die Strecke mit dem Finger auf der Karte nach.

Um fünf Uhr verkündete Val, dass es Zeit zum Essen sei. Mrs Adler wirkte überrascht, chauffierte uns aber zu einem

McDonalds, wo Val und ich genüsslich einen Cheeseburger mit Pommes verdrückten, während sie an einem Diätcola nippte und eine Zigarette rauchte. Gegen Mitternacht befanden wir uns nach Auskunft von Val irgendwo zwischen Buffalo und Albany im Bundesstaat New York. Mrs Adler parkte an einer Raststätte und hielt so weit wie möglich von den anderen Autos und den Lichtern. Ich folgte Val mit meinem Rucksack zu den Waschräumen, wo wir aufs Klo gingen, uns das Gesicht wuschen, die Zähne putzten und unsere Pyjamas anzogen. Danach rollte sich Val unter ihrem Schlafsack auf dem Rücksitz des Käfers zusammen. Mrs. Adler setzte sich wieder hinters Steuer und stellte ihre Lehne so weit wie möglich nach hinten. Aus der Selbstverständlichkeit, mit der die beiden dieses Arrangement handhabten, konnte ich schließen, dass sie nicht das erste Mal so unterwegs waren.

»Alles okay, Addie?«, flüsterte Val und steckte den Kopf zwischen die Vordersitze, um mich anzusehen. Ihre Augen leuchteten im Dunkeln.

»Alles okay.« Ich kippte den Beifahrersitz nach hinten, bis er fast waagrecht lag. Ich war begeistert. Das war mit Abstand das tollste Abenteuer meines Lebens.

»Gute Nacht da hinten!«, rief Mrs Adler.

»Gute Nacht da vorn«, murmelte Val widerwillig. Ich hätte ihr gerne gesagt, dass sie nicht sauer sein sollte, dass eine wunderschöne Mutter, die solche Ausflüge mit einem machte, hundert Mal besser war als ein pink und grün gestrichenes Zimmer. Ich wollte ihr versprechen, ihr Zimmer zu streichen, dass mein Vater und mein Bruder dabei helfen würden und dass ich alles für sie tun würde, wenn wir nur für immer und ewig beste Freundinnen bleiben würden.

»Gute Nacht, Addie«, sagten Val und ihre Mutter, und ich wünschte ihnen dasselbe. Ich war überzeugt, nicht schlafen zu können – im Auto war es heiß, und der Sitz war zu schmal, und auf dem Parkplatz war es heller als in jedem Schlafzimmer, in dem ich je gewesen war. Außerdem kamen durch die halb geöffneten Fenster Insekten ins Autoinnere, die summend um uns herumschwirrten. Ich schlug nach einer Mücke und schloss die Augen … und als ich sie wieder öffnete, schien bereits die Sonne, und ich war ganz steif und hatte einen trockenen Mund und musste dringend aufs Klo. Es war kurz nach sechs Uhr morgens. Mrs Adler ging mit uns in ihrer typischen gemächlich-geschmeidigen Gangart auf die Toilette. Als wir gewaschen und gekämmt wieder im Auto saßen, fuhr sie vom Highway herunter, um Donuts, Milch, Kaffee und Zigaretten zu kaufen. Am Sonntagmittag um zwölf Uhr, vierundzwanzig Stunden, nachdem wir Pleasant Ridge verlassen hatten, passierten wir ein rotweißes Schild, das eine Strandszene mit einem neckisch in den goldenen Sand gesteckten Sonnenschirm zeigte und uns mit den Worten WILLKOMMEN IN CAPE COD begrüßte.

Wir verbrachten den Nachmittag am First Encounter Beach in einem Städtchen namens Eastham, wo sich ein Salzwasserfluss durch die Sümpfe schlängelte und ins Meer ergoss. Mrs Adler holte ein Bettlaken aus dem Kofferraum, schüttelte es und breitete es auf dem Sand aus. Sie rieb sich Arme, Beine und Bauch mit Babyöl ein und lieh sich von der molligen, rotwangigen Mutter unter dem Sonnenschirm neben uns Sonnenöl, um uns das Gesicht und den Rücken einzuschmieren. »Macht euch einen schönen Nachmittag, Mädels«, sagte sie und legte sich schläfrig auf das Laken. Valerie zeigte mir, wie man über den Sand lief und sich so ins Wasser legte, dass einen die Strömung vom Sandstrand herunter und ins offene Wasser trug. Als die Sonne hoch am Himmel stand und die anderen Familien ihre Kühltaschen plünderten, bot ich verlegen meine mitgebrachten Brote an. Das weiche Weißbrot mit Erdnussbutter und Himbeermarmelade schmeckte noch leckerer, wenn man es mit salzigen Fingern aß und mit einem warmen Cola hinunterspülte.

Spätestens um fünf Uhr hatten die anderen Mütter ihre Sonnenschirme zusammengeklappt, die Strandtücher ausgeschüttelt und ihre Kinder aus dem Wasser gerufen. Mrs Adler schlüpfte in ein verblichenes pinkfarbenes Tanktop und einen knöchellangen weißen Baumwollrock und band ihre Haare zu einem lockeren Knoten. Sie packte uns wieder ins Auto und brachte uns zu einem »Muschelschuppen«, wie Val es nannte, ein flaches, quadratisches Gebäude mit grauen Holzschindeln und einer gelb-weiß gestreiften Markise, eingehüllt in den verführerischen Geruch von Frittiertem. Die Reihe der anstehenden Urlauber reichte bis zum Parkplatz.

»Wer möchte Hummer?«, fragte Mrs Adler. Die Sonne hatte ihre Nase und Wangen gerötet, sodass der Kontrast zu ihren blauen Augen und blonden Haaren noch stärker war. Sie nahm ihr Portemonnaie aus der Handtasche und betrachtete stirnrunzelnd den Inhalt: drei zerknitterte Eindollarscheine und die Tankquittung vom selben Tag.

»Herrgott noch mal«, murmelte Val und trat gegen die Muscheln, die den Parkplatz übersäten.

»Keine Sorge. Wartet da drüben.« Mrs Adler legte ihre Geldbörse wieder zurück in die Tasche und zeigte auf eine Bank vor der Ausgabetheke, wo einige sonnenverbrannte Männer mit Baseballkappen und winzigen, mit Walstickereien verzierten Shorts auf ihre Bestellungen warteten. Valerie stöhnte, setzte sich aber dann doch, ließ die Beine baumeln und kratzte sich am Unterarm, wo sie gestochen worden war. Ich setzte mich neben Val, während sich Mrs Adler über die Haare strich, sich im Außenspiegel des Käfers betrachtete und dann hinten in der Schlange anstellte. Hinter der Theke arbeiteten zwei Mädchen und ein Junge, alle in weißen

T-Shirts mit Hummermotiven auf der Brust. Nach zwanzig Minuten war Mrs Adler endlich an der Reihe, aber als eines der beiden Mädchen »Der Nächste, bitte« rief, ließ sie eine Familie vor, bis der Junge sie an die Kasse rief. Ich hörte nicht, was sie sagte, sah aber, dass sie lächelte und sich so dicht zu ihm vorbeugte, dass sich ihre Nasen fast berührten.

»Ich hasse es, wenn sie das macht«, flüsterte Val. Sie hatte sich blutig gekratzt. Ich reichte ihr eine Serviette aus dem Spender auf der Theke.

»Was macht?« Ich konnte nicht verstehen, was da vor sich ging. Mrs Adler ließ ein glockenhelles Lachen hören und nestelte an ihrer Goldkette. Der Junge hinter der Theke sagte etwas. Mrs Adler schüttelte den Kopf.

»Sie will den Jungen dazu bringen, uns die Hummer umsonst zu geben«, sagte Valerie mit frostiger Stimme.

Mein Blick wanderte zur Preisliste über der Theke. Ein Pfund Hummer kostete 8,99 Dollar. »Ich habe noch Geld«, sagte ich und zog die letzten zwölf Dollar von dem Geld meiner Mutter aus der Tasche (ich hatte das Essen bei McDonald's und auch einige Mautgebühren bezahlt). Außerdem hatte ich noch die acht Dollar und ein paar zerquetschte aus meinem Sparschwein. »Reicht das für zwei Pfund Hummer?«

Val schüttelte den Kopf. »So funktioniert das nicht. Man bezahlt für den ganzen Hummer, auch für das, was man nicht isst.«

Ich warf einen Blick auf die krabbelnden Hummer in dem großen, grünen Tank neben der Kasse. Ihre Panzer waren schwarzgrün, und die Scheren mit einem Gummiband zusammengehalten. Ich konnte mir nicht vorstellen, einen davon zu essen. »Das macht nichts«, sagte ich. »Ich habe noch ein paar Brote. Sie sind ein bisschen matschig, aber sonst noch gut. Wir brauchen keinen Hummer.« Ich sah auf die

Speisekarte. »Wir könnten Hotdogs bestellen oder frittierte Muscheln …« Aber da stellte der Junge bereits zwei Tabletts vor Mrs Adler, die daraufhin demonstrativ in ihrer Handtasche und ihren Kleidertaschen kramte. Sie drehte sich zu Val um. »Liebes, hast du meine Geldbörse gesehen?«

Val schüttelte mit verschlossener Miene den Kopf. Ich hielt die Luft an. Mrs Adler beugte sich über die Theke und streckte ihre Hand nach dem Unterarm des Jungen aus. Valerie stand auf. »Pass auf.«

»Gibt's ein Problem?«

Ein Mann kam aus der Schlange nach vorn. Er trug eine Khakiuniform mit einem dunkelbraunen Gürtel und einem Abzeichen auf der Brust. Mrs Adler drehte sich um und bedachte ihn mit einem strahlenden Lächeln, während sie ihre Hände schüchtern wie ein kleines Mädchen im Rücken verschränkte. »Ich habe diesem netten jungen Mann gerade gesagt, dass ich meine Geldbörse verlegt habe, und ich bin mit zwei hungrigen kleinen Mädchen hier. Wir sind aus Chicago und haben einen weiten Weg hinter uns. Ich habe ihnen Hummer versprochen und will sie auf keinen Fall enttäuschen.«

Valerie schnaubte. »Vielleicht kann ich meine Eltern anrufen«, flüsterte ich, während Mrs Adler sich weiter mit dem Mann unterhielt. Val schüttelte den Kopf.

Der Uniformierte lachte über eine Bemerkung von Valeries Mutter. »Entschuldigung, könnten wir bitte bedient werden?«, rief eine Frau aus der Reihe. Sie hatte ein Kleinkind auf der Hüfte, und ein kleiner Junge zerrte an ihrem Rock. Und da, wie durch ein Wunder, zog der Mann in Uniform ein paar Dollarscheine aus einem silbernen Geldclip und gab sie dem Jungen, der bediente. »Gestatten Sie«, sagte er.

Mrs Adler strahlte ihn an und klatschte vor Freude in die Hände. »Danke«, sagte sie. Ich spürte, wie Val sich entspannte, und hörte sie erleichtert ausatmen.

Chris Jeffries, Muschelaufseher und nicht Polizist, wie ich zuerst annahm, hatte uns ein wahres Festmahl spendiert: Maiskolben, Muschelsuppe und graue Muscheln in roten Plastiknetzen, die Val und ihre Mutter als »Klaffer« bezeichneten. Dazu gab es Krautsalat, Pommes und einen Berg dünne, knusprige Zwiebelringe, eisgekühltes Cola in großen Pappbechern und zerlassene Butter in Plastikschälchen. Ein Dutzend Austern lagen auf einem Bett aus zerstoßenem Eis, und zwei riesige hellrosa dampfende Hummer präsentierten sich in voller Größe auf ovalen Tellern. Ich sah Mrs Adler zu, wie sie die Salzcracker aus einem Tütchen in ihre Suppe schüttete.

»Lecker«, sagte sie und rührte mit dem Löffel in der dicken Creme. Sie kostete, schloss die Augen und seufzte voller Wonne, unter den Augen des Muschelaufsehers. »Wisst ihr, wie das schmeckt? Wie Sommer. Findet ihr nicht auch?«

Val antwortete nicht. Chris Jeffries löffelte Cocktailsoße und Meerrettich über die Austern. Er hatte grobe Gesichtszüge, eng zusammenstehende braune Augen und eine wettergegerbte Haut. Ich tat mich schwer, das Alter von Erwachsenen zu schätzen, aber er kam mir jünger vor als Mrs Adler. Vielleicht hatte er gerade das College abgeschlossen. Oder er studierte noch, und das war sein Ferienjob. Aber woher hatte er dann das Geld, um uns das Essen zu spendieren? »So habe ich das noch nie gesehen«, sagte er.

Valerie zog den Kopf ein wie eine Schildkröte und riss eines der Netze auf. Sie löste das Muschelfleisch geschickt aus der Schale, tunkte es in Wasser, um den Sand abzuwaschen, danach in geschmolzene Butter und steckte es in den Mund. »Willst du auch eine? Sie schmecken lecker.« Sie spießte eine Muschel auf eine rote Plastikgabel, tunkte sie ein und reichte sie mir. »Iss nur den Sack, nicht den Fuß«, sagte sie und zeigte auf den Teil der Muschel, der wie ein dicker, wurmähnlicher Schwanz aussah. Ich nahm die gräuliche Muschel vorsichtig in den Mund und machte mich auf etwas Fischiges, Schleimiges gefasst. Meeresfrüchte kannte ich bis dahin nur in Form von Fischstäbchen, die meine Mutter in den Ofen schob. Ich schloss die Augen und kostete; zuerst empfand ich das Schleimige als etwas unangenehm, aber als ich die süße, salzige, butterartige Note auf der Zunge schmeckte, öffnete ich begeistert die Augen. »Die sind toll!«

Mrs Adler lachte, und der Muschelaufseher klatschte sogar in die Hände. »Lasst es euch schmecken«, sagte er. Ich aß ein ganzes Netz Sandklaffmuscheln und einen Maiskolben, den ich mit Butter und Meersalz beträufelte. Ich gab einen Spritzer Zitrone auf eine rohe Auster, setzte dann, Mrs Adlers Beispiel folgend, die raue Kante an die Lippen und schlürfte die Flüssigkeit mit dem Fleisch. Nach mehreren ungeschickten Versuchen konnte ich leidlich mit der Hummerzange und der winzigen dreigezackten Gabel umgehen, schälte rosaweißliches Fleisch aus den Hummerscheren, beträufelte sie mit Butter und ließ mir die Stückchen auf der Zunge zergehen, erstaunt darüber, wie zart, gehaltvoll und süß sie waren.

Der Muschelaufseher erzählte uns von einer Walbeobachtungstour, die er in Provincetown mit seinem Bruder und dessen Freundin aus Minnesota unternommen hatte. Das Meer war stürmisch, die Passagiere waren seekrank, und die Besatzung war die ganze Zeit damit beschäftigt gewesen, Tabletten und Plastiktüten auf dem Schiff zu verteilen. »Ich habe noch nie so viel Kotze gesehen«, sagte er, und Val und ich lachten darüber, wie er Kooootze sagte. »Es war echt der Hammer.«

»Der Hammer«, wiederholte ich. Meine Finger und mein Gesicht glänzten von der Butter und der Muschelsoße. Ich wischte sie an meiner Serviette ab, bis sie durchscheinend war, und warf sie dann zu den Abfällen in der Tischmitte, während sich Mrs Adler und Chris Jeffries über ihre Lieblingsstrände unterhielten und darüber, wo man in Provincetown am besten den Sonnenuntergang beobachten konnte. Valerie und ich tranken Cola, die Erwachsenen Bier aus grünen Glasflaschen. Die leeren Flaschen stellten wir neben die Tabletts mit Muschelschalen, Strohhalmen, Krautsalatresten und Hummersaft. Schließlich setzte sich Mrs Adler schräg auf die Bank, zog ihren Rock hoch, schlug ihre langen, gebräunten Beine übereinander und schob sich eine Zigarette zwischen die Lippen. Chris, der Muschelaufseher, kramte hastig ein Streichholzbriefchen hervor und gab ihr Feuer.

»Ich bin pappsatt«, verkündete sie. Die Brise wurde stärker. Ich bekam Gänsehaut an meinen nackten Armen und Beinen und dachte plötzlich an den Herbst. Daran, wie es sich anfühlen würde, im Oktober mit Val von der Schule nach Hause zu laufen, wenn es schon früh dunkel wurde und ein kalter Wind blies, und sich mit ihr darüber zu unterhalten, welches Thanksgiving-Festmahl die Sechstklässler vorbereiten würden und was wir uns zu Weihnachten wünschten. Wie es sich anfühlen würde, zum ersten Mal in meinem Leben im Unterricht, bei den Schulkonzerten und in den Ferien eine Freundin an meiner Seite zu haben.

»Möchte jemand Kaffee?«, fragte Chris Jeffries. Er kam mit zwei Bechern zurück an den Tisch und gab Val einen Fünfdollarschein. »Kauft euch ein Eis.« Wir holten uns an einem Verkaufsfenster auf der rückwärtigen Seite des Restaurants ein Eis – eine Kugel Vanille für mich, eine Kugel Schoko für Val – und lehnten uns mit unseren Eiswaffeln an die sonnengewärmte Kühlerhaube des Käfers, während Mrs Adler und Chris Jeffries ihren Kaffee tranken. Sie hatte den Platz gewechselt, sodass sie jetzt neben ihm saß. Sie gestikulierte mit den Händen und berührte mal seinen Unterarm, mal seine Schulter. Ich beobachtete, wie sie ihren Kopf an seine Brust sinken ließ, während er einen Arm um sie legte und sie an sich drückte.

»Wir müssen bald los«, sagte Valerie. »Poppy geht früh schlafen.«

»Wer ist Poppy?«, fragte ich.

»Mein Großvater. Der Vater meines Vaters. Früher sind wir jeden Sommer hergekommen, um ihn zu besuchen.« Sie schleckte einen Tropfen Eis auf, der an ihrer Waffel herabrann. »Wir haben schon ewig nicht mehr mit ihm gesprochen. Wahrscheinlich weiß er gar nicht, dass wir kommen.« Während ich mir darüber Gedanken machte, knabberte Val an ihrer Waffel und starrte in den Himmel. »Ich wäre so gern noch in Kalifornien«, sagte sie. »Ich wünschte mir, ich könnte bei meinem Papa wohnen.«

Ihre Worte gaben mir einen Stich ins Herz. »Du kannst nicht weggehen«, sagte ich. »Nächste Woche fängt die Schule an.«

Val schleckte Eis von ihrem Arm. »Vielleicht kannst du mitkommen«, sagte sie. »Kalifornien ist viel besser als Chicago. Dort ist es immer warm. Wir könnten an den Strand gehen.«

Ich nickte, begeistert und beunruhigt zugleich. Ich könnte nie meine Eltern verlassen, aber insgeheim war ich selig, dass Val mich dabeihaben wollte, dass sie mich so sehr mochte, dass sie mich mitnehmen wollte.

Am Picknicktisch flüsterte Mrs Adler Chris Jeffries etwas ins Ohr, dann stand sie auf und sah in der Dämmerung zu uns herüber. »Auf geht's, Mädels«, rief sie. »Wir müssen los.«

Val und ich stiegen ins Auto, mit fettigen, klebrigen Händen und Gesichtern. Valerie rollte sich wie ein Kätzchen auf dem Rücksitz ein und schloss die Augen. Ich beugte mich vor und blickte auf die Straße, die erst nach Osten, dann nach Süden führte, da die Halbinsel einen Bogen beschrieb, während im Rückspiegel Scheinwerferlicht auf und ab hüpfte – wahrscheinlich vom Wagen des Muschelaufsehers. Die Räder surrten über den Asphalt, und als ich die Augen wieder aufschlug, war es dunkel und Mrs Adler rüttelte mich an den Schultern und flüsterte: »Addie, wach auf.«

Ich stolperte schlaftrunken aus dem Auto. Wir befanden uns auf dem Rasen vor einem großen, dunklen Haus, das auf einem Hügel stand und sich in alle Richtungen auszudehnen schien: nach oben, nach hinten und zur Seite. In der Nähe war das Rauschen der Brandung zu hören. Mrs Adler zerrte Valerie aus dem Auto und stellte sie neben mich. »Wartet hier.« Ich schaute ihr angestrengt nach, als sie in der Dunkelheit die Schuhe auszog und barfuß zum Haus huschte, die Tür öffnete und uns zu sich ins Haus winkte.

Während Mrs Adler über die breiten Dielen zur Treppe schlich, erhaschte ich nur flüchtige Blicke von der Einrichtung: alte Orientteppiche, ein langer ovaler Tisch in einem Raum, der vermutlich als Esszimmer diente, ein Kamin, so groß, dass ein Kind aufrecht darin stehen konnte. Sie führte uns zwei Stockwerke höher in ein kleines, weiß gestrichenes Dachzimmer mit zwei Einzelbetten unter weißen Chenilledecken. »Geht schlafen«, flüsterte sie. Ihre Haare hatten sich aus dem Knoten gelöst und ringelten sich um ihr Gesicht. Ich stellte meinen Rucksack ab und war plötzlich so müde, dass ich es gerade noch schaffte, meine Turnschuhe auszuziehen und ins Bett zu kriechen.

»Ich muss aufs Klo«, sagte Val mit weinerlicher Babystimme.

»Wenn's sein muss«, erwiderte ihre Mutter ungeduldig. »Aber nicht spülen!«

Ich legte mich hin und versuchte, mir einen Reim darauf zu machen. Bei uns zu Hause wurde die Klospülung immer betätigt. Mir fielen die Augen zu. Wenige Minuten später –

so kam es mir zumindest vor – rüttelte mich Mrs Adler wieder an der Schulter. »Addie«, flüsterte sie. »Wach auf. Die Ebbe setzt ein.«

Ich setzte mich gähnend auf. Durch das Fenster fiel das Licht in zartem Rosé, eine Farbe, die ich noch nie zuvor gesehen oder mir vorgestellt hatte, und die gelb-weiß gemusterten Baumwollvorhänge schaukelten sanft in der Brise. Val lag in dem anderen Bett. Sie war noch vollständig bekleidet und lag steif auf der Decke, so als würde sie sogar noch im Schlaf wütend sein. Am Fußende der Betten stand ein Puppenhaus, und im Wandregal reihte sich eine ganze Kollektion abgegriffener Bobbsey-Twins- und Nancy-Drew-Romane. Mrs Adler folgte meinem Blick. »Nimm dir ruhig eines«, sagte sie und zeigte dann zur Tür. »Die Toilette ist dort. Denk daran: nicht spülen. Wir müssen ganz leise sein.«

Das Badezimmer hatte einen Fußboden aus schwarz-weißen, teilweise angeschlagenen Achteckfliesen, und die Toilette war von der altmodischen Art, mit einer Zugschnur, die von der Decke baumelte. Über dem Waschbecken befand sich ein beschlagener Spiegel. Ich spritzte mir kaltes Wasser ins Gesicht und hatte gerade meine Zahnpasta aus dem Rucksack geholt, als es klopfte und Val hereinkam.

»Ich kann nicht glauben, dass wir hier sind!« Ihre Shorts und ihr T-Shirt waren zerknittert, und sie hatte noch den Kissenabdruck im Gesicht, aber sie lächelte und glich schon wieder der Valerie, die ich kannte.

»Das ist aber ein schönes Haus.« Ich ahnte, dass es nicht direkt ein *Haus* war, sondern eher eine Villa, die für mich bisher nur in Büchern existiert hatte. Durch das halbmondförmige Badezimmerfenster sah ich das hellgrüne Rechteck eines Tennisplatzes und im Hintergrund einen graugoldenen Sandstrand vor dem schaumgekrönten Meer. Als wir ins Schlafzimmer zurückkamen, machte Mrs Adler, noch immer in Flipflops, ausgeblichenem pinkfarbenem Tanktop und blauen Baumwollshorts, gerade die Betten, schüttelte die Kissen auf und strich die Decken glatt. Sie musterte uns, warf einen letzten Blick auf die Betten und flüsterte: »Seid so leise, wie ihr könnt.«

Val schnappte sich drei von den alten Büchern aus dem Regal. Wir nahmen unsere Rucksäcke und schlichen die Treppe hinunter. Die Uhr über dem riesigen Tisch zeigte fünf Uhr morgens, und der Himmel war in wunderschöne Rosa- und Goldtöne getaucht. »Die Tür nicht zuknallen«, sagte Mrs Adler. Vor der Tür flüsterte sie Val etwas ins Ohr, woraufhin Val die Stufen hinabrannte und unter der Veranda zwei große Muscheleimer und einen kleinen Rechen hervorholte.

Ich nahm auf dem Rücksitz des Käfers Platz. Val setzte sich mit den Eimern nach vorn und hielt die Tür auf. Mrs Adler stieg ein, schaltete in den Leerlauf und lenkte mit einer Hand, während wir die Straße hinabrollten. Ich sah das Haus im Rückspiegel kleiner werden, und dann ging im ersten Stock ein Licht an. Kurz darauf riss ein weißhaariger, nur mit Pyjamahose bekleideter Mann die Haustür auf und rief uns von der Veranda etwas hinterher, das ich nicht hören konnte. Mrs Adler legte den Gang ein und ließ den Motor an.

»Wer war das?«, fragte ich, während Val und ihre Mutter die Autotüren schlossen. Mrs Adler schaltete das Radio ein und zog dann eine Zigarette aus der zerknitterten Packung in der Sonnenblende. Val knabberte an ihrem Daumen und blickte angespannt geradeaus. »Poppy«, sagte Mrs Adler.

Ich wusste nicht, was ich davon halten sollte. Ich lehnte mich zurück und ließ die Straße an mir vorbeiziehen. Zwanzig Minuten später erreichten wir den Parkplatz eines kleinen Supermarkts. Mrs Adler stieg aus. Val blieb stocksteif sitzen und starrte mit verkniffener Miene geradeaus. Sie schien stinkwütend zu sein.

»He, Val?«, flüsterte ich.

Sie drehte sich nicht um. »Sie hat mich nicht mal Hallo sagen lassen«, quetschte sie wütend hervor. »Mein eigener Großvater, und ich konnte nicht einmal …« Sie klappte den Mund zu und verschränkte die Arme vor der Brust, als Mrs Adler mit zwei braunen Papiertüten aus dem Supermarkt kam. Ich fragte mich, woher sie das Geld für das Frühstück hatte, als sie Donuts, Bananen und einen riesigen Becher Kaffee aus der Tüte holte. Hatte sie Vals Großvater beklaut? Ich verdrückte zwei Bananen und einen Donut, während Mrs Adler von der Route 6 auf einen schmalen Kiesweg einbog, der in einen ungepflasterten Parkplatz mündete, der an einer Seite von Holzgestellen mit bauchigen Metall- und Holzkanus begrenzt war. Die Sonne schien und erwärmte die Luft. Auf dem Wasser tanzten fünf, sechs Ruder- und Motorboote auf und ab, und über uns zogen schreiende Möwen ihre Kreise. »Wir sind da, Mädels«, sagte Mrs Adler.

Val und ich zwängten uns auf dem Rücksitz in unsere Badeanzüge, wobei wir abwechselnd ein Handtuch vor die Heckscheibe hielten, obwohl wir allein auf dem Parkplatz waren. Mrs Adler füllte die Kühlbox mit den Tüten und Flaschen aus dem Supermarkt. Sie vergewisserte sich, dass wir uns mit Sonnencreme einrieben, und sprühte uns mit Insektenspray ein. Dann inspizierte sie die Boote und zeigte schließlich auf ein Metallkanu, das wir vom Gestell hoben und auf den Sand legten. Mrs Adler legte die Eimer, den Rechen und die Kühlbox in die Mitte des Kanus, und Val und ich zogen es ans Ufer. (Es handelte sich nicht, wie ich erst dachte, um einen See, sondern um einen Salzsumpf, der sich bis ins Meer erstreckte, wie mir Val erklärte.)

Val und ich setzten uns in die Mitte des Kanus. Mrs Adler, die ihr Tanktop ausgezogen hatte, trug ein blaues Bikinioberteil. Sie schob uns in das seichte Wasser, bis es ihr an die

Unterkante der Shorts reichte, sprang dann ins Boot und begann zu paddeln. Vorbei an Sandbänken mit dichtem grünem Sauergras und Rohrkolben nahmen wir Kurs auf die Stelle, wo der Sumpf auf die gekräuselten, dunkelblauen Wassermassen des Ozeans traf.

Das Wasser glitzerte in der Sonne. Kleine Wellen schlugen winzigen Händen gleich an die Metallwand des Kanus. Val ließ sich vor meine Beine gleiten und lehnte sich mit dem Rücken an meine Knie. Mrs Adler hielt auf eine Sandbank zu, und als der Bug den Sand berührte, sprang sie aus dem Boot und zog es an Land. »Los, Addie, komm«, sagte Val.

Wir knieten uns hin, und Val zeigte mir, wie man im Sand nach Bläschen suchte und dann mithilfe des Rechens und der Finger vorsichtig buddelte, um die Muschelränder zu ertasten. Es dauerte ein paar Minuten, bis wir den Bogen raushatten, aber dann holte Val mit einem Freudenschrei ihre erste Muschel aus dem Sand. »Hier«, rief sie. »Hier sind haufenweise Muscheln!« Ich lief zu ihr und ließ mich neben ihr auf die Knie fallen. Schulter an Schulter, die ihren knochig, die meinen rund und gebräunt, gruben wir im Sand, ich in meinem blauen Badeanzug, Val in einem rot und pink gestreiften Bikini, der ihr ständig über die flachen Brüste und schmalen Hüften rutschte. Wir gruben mehrere Handvoll Muscheln aus, lachten, als sie uns bespritzten, und warfen sie in den Eimer, den wir ins Wasser gestellt hatten.

Die Sonne stieg immer höher. Ein Eimer war bereits voll, und wir nahmen uns den nächsten vor. Zwischendurch saugten wir immer wieder an unseren Fingerspitzen, die von den Muschelschalen winzige Schnitte hatten. Val stand alle paar Minuten auf und spähte zur Küste hinüber.

»Was ist los?«, fragte ich sie beim dritten oder vierten Mal.

»Man braucht eine Genehmigung zum Muschelsammeln«, sagte sie.

»Haben wir eine?«

»Weiß ich nicht.« Sie schüttelte den Kopf. »Ich glaube nicht. Wahrscheinlich nicht.«

»Ich habe noch Geld«, sagte ich. »Wir sagen einfach, dass wir aus Illinois sind und die Vorschriften nicht kennen.« Val schenkte mir ein schwaches Lächeln, bevor sie sich wieder auf den Boden plumpsen ließ, um weiterzugraben. Zum Mittagessen gab es Wurst- und Käsebrote, Kartoffelchips und warmen Apfelsaft aus der Kühltasche. Wir setzten uns zum Essen im Schneidersitz ans Wasser und schlugen nach den Bremsen, die sich auf unseren Armen und Beinen niederließen. Dann wuschen wir uns die Hände und setzten unsere Muschelsuche fort. Als auch der zweite Eimer voll war, legten wir uns nebeneinander in den Sand und ließen uns von der einsetzenden Flut umspülen – die Zehen, die Knie, dann die Hüfte, die Taille und die Brüste. Schließlich ließen wir uns vom Wasser tragen, die Haare trieben in der Strömung, Hüfte und Hände hoben und senkten sich im Rhythmus der Wellen, bis Mrs Adler das Kanu ins Wasser schob und meinte, dass es Zeit sei, zurückzufahren.

Wir kletterten ins Boot und paddelten an Land. Die Eimer mit den Muscheln, die wir mit Mrs Adlers Kopftuch ans Boot gebunden hatten, trieben neben uns im Wasser, und unsere salzverkrusteten Haare trockneten an unseren zerstochenen Schultern. Beim Anblick des blauen Wassers, der grünen Gräser, des silbrigen Sandes und dem graublau und apricot schimmernden Himmel dachte ich sehnsüchtig an meine Aquarell- und Wachsfarben. Je näher wir dem Strand kamen, desto nervöser wurde ich, aus Angst, die Familie, der das Kanu gehörte, würde uns erwarten, unsere Muscheln beschlagnahmen und uns festnehmen lassen. Der Parkplatz war mittlerweile voller Autos, aber der Strand war leer, und bis auf das Rauschen der Wellen und die Schreie der Möwen war alles ruhig. Wir halfen Mrs Adler, das Kanu wieder auf das Gestell zu hieven, und sahen zu, wie sie die Muscheleimer in Papiertüten einwickelte und auf dem Rücksitz verstaute.

»Der Hammer«, sagte Val verträumt, als sie ins Auto stieg. Sie sagte es genauso wie der Muschelaufseher.

»Kotze«, erwiderte ich. *Kooootze.* Val bog sich vor Lachen.

Ich erinnere mich noch an das Jucken meiner sonnenverbrannten Nase, an meine rauen, eingerissenen Fingernägel, an meine zerstochenen Oberschenkel. Ich weiß noch, dass wir immer wieder die Autobahn verließen, um uns mit Zigaretten, Diätcola und schwarzem Kaffee für Mrs Adler einzudecken, mit Sprite für Val und Saft für mich, mit Müllsäcken und Fünfkilobeutel Eis für die Muscheln.

Nachdem wir noch eine Nacht auf einer Raststätte verbrachten (*Gute Nacht da hinten! Gute Nacht da vorn!*), waren wir Montag am späten Nachmittag wieder zu Hause. Meine Mutter schickte mich umgehend in die Badewanne und warf meine schmutzigen Klamotten mit spitzen Fingern in den Wäschekorb. Ich musste meine Fingernägel einweichen und mit einer Bürste schrubben, die sie aus ihrer Toilettentischschublade hervorkramte, und mir zwei Mal die Haare waschen. Nachdem Mrs Adler mehrmals beteuert hatte, dass die Muscheln garantiert nicht verdorben waren, warf meine Mutter einen Blick in ihr Kochbuch und machte uns Linguine in Muschelsoße – mit Weißwein, viel Knoblauch und frischer Petersilie. Dazu gab es Salat und knuspriges Baguette. Ich weiß noch, dass wir zu sechst – ich, meine Eltern und mein Bruder, Valerie und ihre Mutter – um unseren Küchentisch saßen, Teller um Teller Pasta verdrückten und Brotstückchen in die Knoblauch- und Weinsoße tunkten. Ich weiß noch genau, wie es sich anfühlte, neben meiner besten Freundin unter diesem wunderschönen Himmel im Wasser zu treiben. Es war die schönste Zeit meines Lebens.

# 8

*»Home sweet home«*, verkündete Jordan Novick, als er seine Haustür aufschloss. Keine Antwort. Was angesichts der Tatsache, dass er allein lebte, nicht weiter überraschend war.

Er warf seine Jacke in den Schrank und schleuderte die Stiefel von sich, dann schob er ein Tiefkühlgericht in die Mikrowelle und zog Sakko und Krawatte aus. Sein Festplattenrekorder hatte eine neue Folge der *Gute-Nacht-Show* aufgezeichnet, was er wie immer mit einer seltsamen Mischung aus Scham und Freude zur Kenntnis nahm. Als die Mikrowelle piepte, zog er die Plastikfolie von seinem Essen, öffnete eine Flasche Bier und machte es sich in seinem Campingstuhl vor dem Fernseher gemütlich.

Das Essen – eine Art Fleischpastete – schmeckte fürchterlich: Die Kruste war aufgeweicht und gummiartig, die klebrige Füllung stellenweise noch gefroren, an anderen Stellen so heiß, dass man sich den Mund verbrannte. Jordan trank sein Bier aus, trug die leere Flasche zurück in die Küche und inspizierte die Verpackung, die natürlich in großen, kaum zu übersehenden Buchstaben verkündete: NICHT FÜR DIE MIKROWELLE GEEIGNET. »Scheiße«, sagte Jordan und blickte finster zum Backofen, dessen hochkomplizierte Kindersicherung einzig und allein seine Frau gemeistert hatte.

Die Kindersicherungen hatten bei der Entscheidung für dieses Haus in der Tat eine entscheidende Rolle gespielt. »Es ist bereits voll und ganz für ein junges Paar ausgerichtet«, hatte der Eigentümer bei der Besichtigung verkündet und ihnen mit strahlender Miene die Herdsicherung, die Treppenschutzgitter und die kindergesicherten Steckdosen gezeigt. »Jetzt müssen Sie nur noch für das Baby sorgen!« Er hatte gelacht. Patti und Jordan hatten gelacht. Selbst der Makler hatte sich darüber amüsiert. Sie kauften das Haus, und als Patti 2004 das erste Mal schwanger war, mussten sie keinerlei Änderungen vornehmen und kaum Anschaffungen tätigen. (Pattis Schwester, die selbst drei Kinder hatte, überließ ihnen nur allzu gern ein Kinderbett, einen Wickeltisch und einen geheimnisvollen Hightech-Windeleimer.) Als alles vorbereitet war, programmierten sie zur Feier des Tages ihren Festplattenrekorder auf Kindersendungen: *Blau und schlau, Barney und seine Freunde, Max & Ruby* und die *Gute-Nacht-Show.*

Jetzt war er der Gelackmeierte. Er war allein, ohne Baby und ohne Frau, allein in einem Haus, das sich ihm widersetzte. Wie viele Stunden hatte er schon mit dem Kampf gegen die gesicherten Türgriffe oder das Spülkastenschloss in der Toilette verschwendet? Sein Saison-Abo fürs Kindertheater hatte er gekündigt, aber er hatte keine Ahnung, wie er dem Computerchip in seinem Festplattenrekorder beibringen konnte, dass es hier keine Kinder gab und nie geben würde. Und so zeichnete das Gerät weiterhin Dutzende Kleinkindersendungen auf, unter anderem die *Gute-Nacht-Show,* die von der Gute-Nacht-Fee moderiert wurde, einer sympathischen Brünetten, die in gerippten V-Pullovern Schlaflieder sang und gewaltfreie Märchen erzählte. Jordan fand die Gute-Nacht-Fee affenscharf. Er kapierte es einfach nicht. Er hatte sogar überlegt, einen Brief an den Sender zu schreiben und zu fragen, warum man eine Sendung für Dreijährige von einer so geilen Braut moderieren ließ. War er der einzige Mann, der die Sendung ansah und hoffte, sie würde sich bücken, um eine der Requisiten aufzuheben – das Märchenschloss aus Styropor, die Filzkrone der Prinzessin? Er schämte sich, obwohl er wusste, dass niemand plötzlich vor ihm stehen und sagen würde: *Was schaust du dir denn da an?* Oder: *Ist das nicht eine Sendung für Kinder?* Oder einfach: *Du Perversling!*

Jetzt, da er allein war, spielte es keine Rolle. Er konnte tun und lassen, was er wollte: sich von Frittiertem ernähren, sein Wohnzimmer mit Campingstühlen aus dem Sommerschlussverkauf möblieren, oder sich beim Anblick einer Frau mit einer Schneckenpuppe auf dem Finger einen runterholen. Es war einzig und allein seine Sache und ging niemanden etwas an.

## 9

Der Lakeview Country Club war ein weiß verschaltes Gebäude mit sechs Tennisplätzen auf der einen Seite, einem Swimmingpool auf der anderen, und einem Golfplatz, der sich hinter dem Haus erstreckte. Um zwei Uhr morgens waren alle Fenster dunkel, und der Parkplatz war leer. Nachdem ich den Motor des Jaguars abgestellt hatte, war nur das leise Summen eines Stromgenerators zu hören.

»Dort drüben, neben dem Müllcontainer«, sagte Valerie und zeigte auf die Stelle.

Ich löste den Sitzgurt, öffnete die Tür und sah Valerie im Schein der Innenbeleuchtung an. »Dann los, komm.«

Sie fuhr sich übers Gesicht, dann schüttelte sie den Kopf. »Ich kann nicht.«

»Was soll das heißen? Du kannst nicht?«

»Ich kann nicht«, wiederholte sie. »Du weißt doch, wie ich bei solchen Sachen bin. Geh du und schau nach. Ich warte hier, und sobald du mir ein Zeichen gibst, rufe ich die Polizei an.«

»Wir gehen beide«, sagte ich, aber Valerie schüttelte den Kopf.

»Ich kann nicht.«

»Valerie …«

»Ich *kann* nicht.«

Ich holte tief Luft, wog die Alternativen ab, und kam dann zu dem Schluss, dass Dan Swansea da draußen auf dem Kies in jeder Sekunde, die ich hier mit Val im Auto verlor, verbluten könnte. Hinter einem Müllcontainer. Egal, was er Valerie angetan hatte, egal, was er mir angetan hatte, ich wollte nicht für seinen Tod verantwortlich sein.

»Also gut.« Ich ließ den Schlüssel stecken und stieg aus. Valerie blieb wie versteinert sitzen. Die Autotür fiel mit einem leisen Klicken hinter mir ins Schloss. Während ich den Parkplatz überquerte, redete ich mir gut zu: *Okay, bring's hinter dich, vielleicht entpuppt sich das Ganze ja als blinder Alarm, vielleicht hat Val sich alles nur eingebildet …*

Dann sah ich im Schatten des Müllcontainers etwas Glänzendes und ein Stück Leder, das wie eine Schlange zusammengerollt am Boden lag. Mir stockte der Atem. Ich bückte mich in Zeitlupe und sah, dass es ein Gürtel war, ein schwarzer Herrengürtel. Daneben war ein dunkler, feuchter Fleck auf dem Kies. Aber keine Spur von Dan Swansea, weder lebend noch tot noch irgendetwas dazwischen.

Ich ging in die Hocke, berührte den klebrigen Fleck und roch dann an meinen Fingern. Blut. Ich nahm den Gürtel, rollte ihn auseinander und dann wieder zusammen. Als ich mein Handy aus der Jackentasche nehmen wollte, fiel mir ein, dass es in meiner Handtasche im Auto war. Ich richtete mich auf, um Val zuzuwinken, hielt aber mitten in der Bewegung inne und starrte ungläubig auf das Auto. Das Auto war leer. Valerie war weg.

# 10

Mit Val als bester Freundin war ich nicht mehr so abhängig von meinem Bruder. Es machte ihr nichts aus, für mich, für uns beide, für jedermann das Wort zu ergreifen, und sie steckte voller Ideen für Abenteuer, was zur Folge hatte, dass Jon seine eigenen Wege gehen konnte. Mein Bruder war immer ein Glückskind gewesen, braun gebrannt und gut aussehend, und meistens war er nett zu mir, auch wenn er mich manchmal blöde Ziege nannte, mir den Arm auf den Rücken drehte oder mir erzählte, dass ich adoptiert sei.

Wenn mir Zweifel kommen, ob er wirklich so gut aussehend, so elegant, so beliebt gewesen war, habe ich als Beweis die Fotos, auf denen er zu sehen ist: als fröhlich strahlendes Baby, als flachshaariger Knirps, als pausbäckiger, spitzbübischer Junge, der zu einem jungen Mann mit gewelltem Haar, langen Wimpern und einem unbeschwerten Grinsen heranwuchs. Auf einem Foto trägt er ein Trikot in den Schulfarben Braun und Creme mit seinem Namenszug auf dem Rücken und läuft gerade durch das Zielband; auf einem anderen steht er auf dem Dreimeterbrett und setzt zu einem seiner perfekten Rückwärtssaltos an, bei denen das Wasser beim Eintauchen kaum hochspritzt. Jon war jedermanns Kumpel, jedermanns Freund. Die Jungs mochten ihn alle, und auch bei den Mädchen war er sehr beliebt. Für mich hatte Jon als Fünfzehnjähriger nur noch gelegentlich ein nettes Wort oder eine rücksichtsvolle Geste übrig. Die meiste Zeit ignorierte er mich. Ich hatte das Gefühl, als würde er innerlich bereits von uns Abschied nehmen. Wir drei waren für ihn wie Fremde, die zufällig im Bahnabteil neben ihm saßen, Fremde, die beim Sprechen wild gestikulierten und seltsame, stark riechende Dinge aßen. Er hatte sich damit abgefunden, uns bis ans Ende der Fahrt höflich zu behandeln, weil er wusste, dass er uns nie wiedersehen würde, sobald er sein Ziel erreicht hatte.

Morgens benutzten Jon und ich abwechselnd das Bad, dann frühstückten wir in der Küche. Das heißt, ich saß am Tisch und aß Toast und Müsli mit Milch, während Jon, schlank und geschmeidig, an der Ablage lehnte, den Orangensaft direkt aus der Flasche trank, wenn meine Mutter nicht hinsah, sich eine Banane oder eine Handvoll Cracker schnappte und aus dem Haus rannte.

Nach der Schule hatte er Training. Bereits im zweiten Highschool-Jahr hatte er die Aufnahme in die Schulmannschaft geschafft, sodass die meisten seiner Teamkollegen schon in der Abschlussklasse waren und einen Führerschein besaßen. Nach dem Training ging er normalerweise zu einem Freund oder fuhr mit der ganzen Mannschaft zum Pizzaessen in die Stadt. Abends, wenn es dunkel wurde, bog dann ein Auto in unsere Auffahrt ein. Gelächter und laute Musik, wenn die Tür aufging; eine Runde »ciao« und »bis dann«, wenn Jon ausstieg. Aber er war noch nicht richtig an der Haustür, da war sein Gesicht verschlossen, sein Lächeln verschwunden, und er zog die Schultern nach vorn, so als müsse er sich gegen einen Schlag wappnen. Er richtete den Blick auf seine Füße, auf den Boden, in ein Schulbuch oder eine Zeitschrift – egal, wohin, solange er uns nicht ins Gesicht sehen musste.

Wenn er nach Hause kam, begrüßte ihn meine Mutter an der Tür, barfuß, in Leggins, einem langen Rock, einer weiten Baumwollbluse und, wenn es kalt war, einem Fransenschal um die Schultern. »Hallo, mein Schatz«, rief sie. »Wie war's in der Schule?«

»He, Champ«, sagte mein Vater, wenn er aus dem Keller kam und sich am Ausguss die Hände wusch. »Wie war das Training heute?«

Jon ließ seinen Rucksack auf den Boden fallen und schob ihn mit dem Fuß in den Schrank. »Gut.«

Während er Schuhe und Jacke auszog, löcherte ihn meine Mutter mit Fragen. Wie der Erdkundetest gelaufen sei. Ob er Hunger hätte. Ob er glaubte, dass sie den Wettkampf am Wochenende gewinnen würden oder …

Er sah sie ausdruckslos an. »Du musst nicht kommen.«

»Ich möchte aber kommen«, sagte sie. Ich verfolgte das Ganze vom Küchentisch aus, ein mulmiges Gefühl im Magen. Jon verhielt sich, als würde er meine Mutter hassen. Er verzog das Gesicht, wenn sie ihn anfasste, ihre Fragen beantwortete er so wortkarg wie möglich, und er war immer auf dem Sprung – ins Schwimmbad, zur Party eines Freundes, zu einem Sondertraining, das der Coach einberufen hatte, zu einem Mannschaftstreffen oder zu einer Schulfeier. Vielleicht ist es nicht Hass, dachte ich, wenn er in sein Zimmer hinauflief und die Tür hinter sich abschloss. Vielleicht schämt er sich für sie. Was natürlich noch schlimmer war.

*Teenager*, sagte meine Mutter gelassen, während sie wieder an die Arbeit oder zurück an den Herd ging, auf dem eine Suppe oder ein Eintopf vor sich hinköchelte. *Teenager sind nun mal so.* Meine Mutter ließ keinen Wettkampf aus. Sie kleidete sich in den Schulfarben von Pleasant Ridge und feuerte ihn von einem Tribünenplatz aus, in der Nähe der Ziellinie, an. Ich hatte sie zwei Mal begleitet und gesehen, dass auch andere Mütter sich so verhielten – sie trugen zu den Wettkämpfen rot-cremefarben gemusterte Sweatshirts und Schals und brüllten und johlten, wenn ihre Söhne keuchend und rotwangig, die Augen zu kleinen, qualvollen Schlitzen verengt, an ihnen vorbeiliefen –, aber keine Mutter war auch nur annähernd so dick wie unsere. Wenn sie klatschend auf und ab hüpfte und »Los, Jon, lauf!« rief, dann wackelte und vibrierte ihr ganzer Körper, sogar noch, wenn sie wieder still stand. Die Leute starrten sie an. Die Jungs vom gegnerischen Team stießen sich an und zeigten lachend mit dem Finger auf sie, und Jon drehte uns den Rücken zu, um mit seinem Trainer zu reden oder sich Wasser in den Mund und ins Gesicht zu spritzen. Falls meiner Mutter je aufgefallen sein sollte, dass er sie ignorierte, dann ließ sie es sich nie anmerken ... sie klatschte einfach begeistert weiter und bejubelte jeden Pleasant-Ridge-Läufer, der die Ziellinie überquerte.

Ich versuchte einmal, mit Jon darüber zu reden, im Oktober, als die Wettkampfsaison bereits sechs Wochen alt war. Meine Mutter war auf der Veranda, mein Vater unten in seiner Werkstatt, aus der das Surren einer Säge oder eines Bohrers zu hören war. »Verzieh dich!«, schrie Jon, um den wummernden, wütenden Bass von Tom Pettys »Refugee« zu übertönen, als ich an die Tür klopfte.

»Ich brauche Hilfe bei den Matheaufgaben.« Selbst wenn es gestimmt hätte, wäre Jon dafür nicht der Richtige gewesen, aber er schloss die Tür auf, und ich bahnte mir behutsam einen Weg durch sein Zimmer, das mit zerknüllten Zetteln und Comic-Heften, schmutzigen Turnschuhen, T-Shirts und Shorts, fettigen Servietten und Schweißsocken zugemüllt war. Seine Bettdecke lag auf dem Boden, und das blaukarierte Laken war halb von der Matratze gerutscht. In der Ecke stand ein Karton mit Marionetten, die mein Vater für ihn gebastelt hatte; sie lagen wild durcheinander, mit staubigen Holzgliedern und ineinander verwickelten Schnüren. »Warum bist du so gemein zu Mama?«

»Wovon redest du?« Er saß barfuß am Schreibtisch, in Shorts und Sweatshirt, und hielt eine Ausgabe von *Wer die Nachtigall stört* zwischen Daumen und Zeigefinger. Im Zimmer roch es nach Schweiß und verfaulten Bananen, und seine Fußsohlen waren fast schwarz und mit einer dicken Hornhaut überzogen.

»Du bist nie zu Hause«, begann ich.

»Na und?«, sagte Jon. »Du bist zu oft zu Hause. Du solltest öfter mal raus.«

»Hier geht's nicht um mich.« Ich spürte, wie ich errötete. Vielleicht hatte er recht. Ich war dreizehn. Meine Mitschülerinnen ließen sich Ohrlöcher stechen, manche sogar zwei, und gingen in gemischten Gruppen ins Kino, aber all das interessierte mich nicht. Ich war glücklich zu Hause, bei meinen Eltern, meinen Büchern, meinen Farben und meiner besten Freundin.

»Warum hast du ihr gesagt, dass sie nicht zum Wettkampf kommen soll?«

Jon streckte seine nackten Beine aus und hob sie vom Boden ab – wahrscheinlich eine Dehnübung für Läufer. »Ich habe nur gesagt, dass sie nicht kommen muss. Sie kann kommen, wenn sie will. Ich habe nie gesagt, dass sie nicht soll.«

»Kannst du nicht einfach nett zu ihr sein?«

Jon legte das Buch auf den Tisch, nahm seinen Magic-8-Ball und drehte ihn in den Händen.

»Ich weiß ja, dass sie … na ja, du weißt schon … dass sie ein bisschen dick ist.«

»Ein bisschen dick«, wiederholte er wütend. »Klar. Und die Sonne ist ein bisschen heiß. Und das Meer ist ein bisschen tief. Weißt du, was die anderen Jungs über sie sagen?«

Ich schüttelte den Kopf. »Was kümmert es dich?«

»Du hast doch keine Ahnung«, sagte er. »Du bist nicht in einer Mannschaft. Dich betrifft das nicht.«

»Warum sagst du ihnen nicht einfach, dass sie den Mund halten sollen?«

»Addie«, sagte er in übertrieben geduldigem Tonfall, »sie sind in der Oberklasse.«

»Na und? Du bist schneller als sie. Sag ihnen, sie sollen den Mund halten. Ich wette, sie würden auf dich hören.«

Er schüttelte den Kopf und schwieg.

»Was ist mit Papa?«

Er sah mich ausdruckslos an. »Was soll mit ihm sein?«

»Wenn er vielleicht zu den Wettkämpfen mitkommen würde …« Aber Jon schüttelte den Kopf, noch bevor ich meinen Gedanken zu Ende gedacht hatte.

»Ja, klar«, sagte er. »Das wäre toll. An einem Werktag um drei Uhr nachmittags! Damit jeder weiß, dass er keine richtige Arbeit hat.«

Ich schluckte. Ein Vater ohne richtige Arbeit wäre kein Ausgleich für eine dicke Mutter. Es würde die Sache nur noch schlimmer machen.

»Sei mir nicht böse, aber du weißt nicht, wovon du redest«, sagte Jon. »Und jetzt muss ich das hier zu Ende lesen.« Er wandte sich ab und schlug sein Buch auf. Nach einer Weile stapfte ich durch sein Gerümpel aus dem Zimmer.

An jenem Abend lag ich noch lange wach. Lange nachdem ich die schleppenden Schritte meiner Mutter auf der Treppe gehört hatte, lange nachdem das Licht unter Jons Tür ausgegangen war. Andere Familien waren nicht so. Was stimmte nicht mit uns? Warum waren wir so anders?

*Warum zerbrichst du dir darüber den Kopf?*, hörte ich Val sagen. *Das ist doch egal.* Auch sie hatte keine normale Familie, und es schien sie nicht im Geringsten zu kümmern. Aber ihre Mutter war schön, und irgendwie war es wohl einfacher, einen geschiedenen Vater zu haben als einen Vater, der zu Hause war, sich aber nicht so verhielt wie die anderen Väter. Mir war es jedenfalls nicht egal, dass wir anders aussahen und anders waren als die anderen, dass Jon als normal durchgehen konnte, indem er sich von uns distanzierte …. und dass ich dazu vielleicht nie in der Lage sein würde.

Ich lag da und schaute auf meinen Digitalwecker, bis die

Leuchtanzeige ein Uhr morgens anzeigte. Dann schlüpfte ich aus dem Bett und schlich auf Zehenspitzen die Treppe hinunter. Ich hielt den Atem an und drückte das Ohr an die Tür, die in den Keller führte. Ich lauschte eine Weile dem Schnarchen meines Vaters, dann schlich ich in die Küche. Ich hatte drei Oreo-Kekse zum Nachtisch bekommen, und die Packung im obersten Fach der Speisekammer war noch fast voll. Ich nahm sechs Kekse und ging damit wieder hinauf in mein Zimmer. Ich legte mich auf mein Bett, unter ein Poster von David Hockney, das ich im Sommer auf einer Kunstmesse gekauft hatte – ich war wie verzaubert gewesen von dem Blau des Swimmingpools und den Lichtspielen auf dem Wasser – und steckte einen ganzen Keks auf einmal in den Mund. Ich ließ den Keks auf der Zunge zergehen, bis er sich zu einem körnigen, schwarzen Brei auflöste. Ein Keks, zwei Kekse, drei Kekse, sechs Kekse. Nachdem ich alle aufgegessen hatte, säuberte ich mir die Zähne mit der Zunge, schloss die Augen und schlief endlich ein.

»Warum ist Jon so ein Ekel?«, fragte ich Valerie am nächsten Morgen an der Bushaltestelle.

»Ich finde nicht, dass er ein Ekel ist. Ich finde ihn süß«, sagte Val. In einer Woche war Halloween, aber es war schon empfindlich kalt, an manchen Tagen kletterten die Temperaturen morgens kaum über null Grad. Val trug eine steife Jeans, die sie an den Hosenbeinen schlampig hochgekrempelt hatte, und einen lilafarbenen Pullover, der ihr viel zu weit war. Sie war größer als die anderen Mädchen und auch die meisten Jungs der achten Klasse, dünn, flachbrüstig und versteckte ihre spitzen Ellbogen und knochigen Knie unter lagenweise T-Shirts, Rollkragenpullovern, Sweatshirts und den unvermeidlichen Jungenjeans. Ihre Zähne waren nicht schön. Ihre Schneidezähne waren schief, und in die Lücke zwischen ihren vorstehenden Vorderzähnen hätte eine Münze gepasst.

Aber Val schien sich nicht bewusst zu sein, dass sie komisch aussah … oder es schien ihr nichts auszumachen. Jedes Jahr wieder bewarb sie sich um die Aufnahme in den Schulchor, obwohl sie nicht singen konnte (wobei man zu ihrer Verteidigung sagen musste, dass sie ihr fehlendes Können mit Begeisterung und Lautstärke wettzumachen versuchte). Jedes Jahr im Juni sprach sie für die Hauptrolle im Sommermusical vor. Wochenlang probte sie ihr Lied und ihren Monolog und ergatterte doch nur einen Part als Statistin – als stummer Straßenjunge in *Annie*, als Nonne ohne Text in *The Sound of Music*, als Baum in *Peter Pan*. Aber ihr Selbstvertrauen war durch keine Absage oder Zurückweisung zu erschüttern. Sie klebte Filzblätter auf ihren grünen Gymnastikanzug oder posierte im Nonnenschleier vor dem Spiegel, als wäre sie der Star der Show, als wären alle nur gekommen, um sie zu sehen.

»Hat Jon was angestellt?«, fragte sie und schlug ihr Sozialkundebuch (*Wir erkunden unsere Welt*) auf. »Hat er dir was angetan?« Bevor ich antworten konnte, fragte sie: »Hast du das Arbeitsblatt ausgefüllt?«

Ich gab es ihr. Val war intelligent – zumindest hatten die Einstufungstests in der fünften Klasse darauf hingedeutet –, aber ihre Einstellung zu Hausaufgaben und zum Lernen ließ sich bestenfalls als suboptimal beschreiben. »Er hat Mama gesagt, dass sie nicht zu den Wettkämpfen kommen soll. Er …« Es auszusprechen war nicht einfach. »Er schämt sich für sie.«

Val schürzte nachdenklich die Lippen. »Vielleicht könnte sie eine Diät machen.«

»Ich weiß nicht«, murmelte ich.

»Meine Mutter kennt eine gute«, sagte Val, ohne von ihrem

Arbeitsblatt aufzusehen, in das sie meine Antworten kopierte. »Zum Frühstück ein hart gekochtes Ei, zum Mittagessen ein Ei und eine halbe Grapefruit und zum Abendessen einen Salat mit einer Dose Thunfisch und Zitronensaft statt Salatdressing. Sie macht das jedes Jahr an Neujahr. Ungefähr eine Woche lang.« Sie rümpfte die Nase. »Sie muss dann ziemlich oft pupsen. Aber es funktioniert.«

»Ich weiß nicht«, murmelte ich wieder. Obwohl mir damals schon klar war, dass die Welt anderer Meinung war, klammerte ich mich nach wie vor an den Gedanken, dass meine Mutter wunderschön war, eine Mensch gewordene Wolke, und dass sich alle anderen irrten.

»Oder wie wär's mit diesen Diätvideos?«, fragte Val, als der Schulbus um die Ecke bog. »Ich habe mal eine Werbung dafür gesehen. Man bekommt ein Fitness-Video und Rezeptkarten fürs Mittag- und Abendessen.«

»Vielleicht.« Der Bus kam vor uns zum Stehen. Val gab mir mein Arbeitsblatt zurück und nahm ihren Rucksack. Wir setzten uns auf unseren Stammplatz in der dritten Reihe links, und damit war das Gespräch beendet – bis ich nachmittags von einem Pfadfinderinnentreffen nach Hause kam und Val vor unserer Haustür saß.

»Jon hat bestimmt feuchte Träume«, verkündete sie auf dem Weg zum Lebensmittelladen. Obwohl Val keinen Bruder hatte, schien sie über Jungs viel mehr zu wissen als ich. Mein Wissen stammte großteils aus einem Buch, das mir meine Mutter zu meinem zwölften Geburtstag geschenkt hatte. Valerie und ich hatten dem Buch mit dem Titel *Wo komm ich eigentlich her?* viele lustige Stunden zu verdanken. Es enthielt Comiczeichnungen von einem Mädchen mit Brüsten und gelocktem Schamhaar und hatte einen Index, in dem man Begriffe wie »Penis«, »ejakulieren«, »Masturbation« und »nächtlicher Ausfluss« nachschlagen konnte, was

Val, kaum dass sie das Buch in den Händen hielt, auch getan hatte.

»Igitt.« Seit ich über feuchte Träume Bescheid wusste, verspürte ich jedes Mal eine Mischung aus Übelkeit und Mitleid, wenn ich sie mit meinem Bruder in Zusammenhang brachte. Es musste doch schlimm sein für Jungs, wenn alles so offensichtlich da draußen herumhing, wenn Körperteile größer und steifer wurden oder Flüssigkeiten verspritzten, ohne dass man es kontrollieren konnte.

»Hat er eine Freundin?«, fragte Val. Sie stellte zwei Coladosen und eine Tüte Kartoffelchips auf den Tresen. Ich kramte drei Dollar aus meiner Tasche und schüttelte den Kopf, obwohl ich mir nicht sicher war. Mit seinen fünfzehn Jahren führte Jon bereits sein eigenes Leben, und ich konnte nur raten, was dieses Leben beinhaltete.

»Ich wette, er hat eine Freundin«, sagte Val und öffnete ihre Dose.

»Findest du eigentlich …« Ich hielt inne. Ich wusste, was ich fragen wollte – *Findest du eigentlich, dass meine Familie seltsam ist?* –, aber ich wusste nicht, wie ich es sagen sollte.

»Wir sollten uns an Halloween als Cheerleaderinnen verkleiden«, sagte sie. »Wir können uns einen Rock und Pompons kaufen und dazu einen weißen Pullover anziehen.« Wir gingen eine Weile schweigend nebeneinander her, vorbei an den Häusern unserer Nachbarn, den Sheas, den Buccis und den Hattons, und ich überlegte, wie ich Val die Frage stellen konnte, die mir wirklich auf der Seele brannte: *Was stimmt nicht mit uns? Was stimmt nicht mit mir?*

»Wir könnten auch als Barbiepuppen gehen«, sagte Val. »Oder als Hexen. Was immer du willst.«

Letztendlich gingen wir als Hexen, weil der Kostümladen keine Pompons, dafür aber eine reiche Auswahl an schwarzen Spitzhüten hatte sowie grüne Gesichtsfarbe und schwarz-weiß gestreifte Strumpfhosen, die wir unter unseren schwarzen Chorgewändern trugen. »Ich schmelze, ich schmelze!«, schrie Val, während ich so tat, als würde ich einen Eimer Wasser über ihr auskippen und meine Mutter Fotos schoss. »Was für eine Welt!«

Jon beteiligte sich nicht am Süßes-oder-Saures-Spiel. »Kinderkram«, sagte er, als er in Jeans und seinem Mannschaftspulli die Treppe herunterkam. Ein Kombi fuhr die Straße entlang in unsere Auffahrt und bremste mit quietschenden Reifen wenige Zentimeter vor unserem Garagentor. Meine Mutter runzelte die Stirn. Sie trug ebenfalls einen Hexenhut, knallroten Lippenstift und hochhackige rote Schuhe.

»Ich muss los«, sagte Jon. Er war bei einem Teamkollegen zu einer Party eingeladen, und Jon hatte meiner Mutter versprochen, dass dessen Eltern zu Hause waren und es keinen Alkohol gab. Er hatte ihr sogar die Telefonnummer gegeben, wenn auch unter Protestgemurmel, dass sie ihn nicht mehr wie ein Baby behandeln solle. Aber jetzt kramte er beim Hinausgehen in seiner Tasche und legte Val und mir zu meiner Überraschung jeweils einen Hershey's Kiss auf unsere Kissen. »Hier«, sagte er, »für den Anfang.«

»Um Mitternacht bist du wieder zu Hause!«, rief meine Mutter.

»Alles klar«, sagte Jon und sprang in das wartende Auto, das mit aufheulendem Motor davonfuhr.

Val und ich gingen in der eiskalten Nacht eine Stunde lang von Tür zu Tür, in einem Pulk von Kleinkindern, die als Prinzessinnen, Piraten und Gespenster verkleidet waren. Da wir gegen den Rat meiner Mutter unsere Wintermäntel nicht angezogen hatten, zitterten wir vor Kälte in unseren Chorgewändern. »Vielleicht sind wir zu alt dafür«, sagte Val, schulterte ihren Sack Süßigkeiten und zerrte sich den Hexenhut vom Kopf.

»Kann sein. Wahrscheinlich.« Das hatten auch einige Erwachsene gesagt, als sie uns die Tür öffneten. »Das ist das letzte Mal, dass ich euch was gebe«, verkündete Mrs Bass, bevor sie augenzwinkernd eine Handvoll Mini-Schokoriegel in unsere Taschen fallen ließ. Während ich nur so bibberte vor Kälte und kein Gefühl mehr in den Fingern hatte, fand ich die Aussicht, nie wieder an Halloween um die Häuser zu ziehen, ganz okay.

Val grinste mich an, wobei sich das Weiß ihrer schiefen Zähne deutlich gegen die grüne Haut absetzte. »Heute Abend läuft *Poltergeist* im Fernsehen. Erinnerst du dich noch an die Szene mit dem Fleisch, das über die Ablage kriecht?«

»Igitt«, sagte ich. Im wirklichen Leben konnte Val kein Blut sehen, aber sie liebte Horrorfilme, vor allem die, in denen sie einen flüchtigen Blick auf ihren Vater zu erhaschen glaubte, wie er erschossen oder erstochen wurde oder aus einem brennenden Fenster sprang.

»Frag doch, ob du bei uns übernachten kannst.«

Meine Eltern saßen bei gedämpftem Licht im Wohnzimmer. Meine Mutter hatte eine Plastikschüssel mit Süßigkeiten im Schoß, und mein Vater, eine Tasse Tee in der Hand, sah sich eine alte Comedy-Show im Fernsehen an. »Kann ich heute bei Valerie übernachten?«

»Wenn ihr nicht zu lange aufbleibt«, sagte meine Mutter. Einen Augenblick lang überlegte ich, ob ich nicht doch lieber zu Hause bleiben sollte, mich umziehen, zu meinen Eltern ins Wohnzimmer setzen und Süßes an die Kinder verteilen, wenn sie bei uns klingelten – aber Val und *Poltergeist* warteten. Ich nahm meinen Schlafanzug und eine Zahnbürste und ging über die Straße. Val hatte bereits ihr Kleid gegen eine Jogginghose getauscht und machte Popcorn. Ich hätte liebend gern meine Pastellstifte dabeigehabt, um das Bild festzuhalten: meine Freundin mit grün bemaltem Gesicht und dem Hexenhut auf den blonden Haaren.

»Du siehst aus, als hättest du eine Lebensmittelvergiftung.«

Sie nahm eine Handvoll Papierservietten und wischte sich die Farbe von den Wangen. »Hier. Die muss geschmolzen werden«, sagte sie und warf mir ein Stück Margarine zu, das ich auswickelte und in ein Plastikschälchen legte. Ich stellte die Schale in die Mikrowelle, während Val Popcorn in den Topf auf dem Herd warf und diesen kräftig schüttelte, bis die ersten Körner platzten. Danach teilten wir unsere Halloween-Ausbeute auf, zuerst nach Größe, dann nach Sorte, und dann in der Reihenfolge, in der wir die Sachen essen würden. Ich tauschte meine SweeTarts gegen Smarties ein, und wir waren uns beide einig, dass Minzschokobonbons die scheußlichsten Süßigkeiten aller Zeiten waren. Wir schafften es bis zu der Szene, wo das Stück Fleisch über die Ablage kriecht und die Maden daraus hervorquellen (»Das ist so geil!«, schnaubte Val, während ich mit einem flauen Gefühl im Magen wegsah), und dann schliefen wir beide, in Decken gewickelt, auf dem Boden ein.

»Liebes?« Ich hörte Mrs Adlers Stimme und roch ihren Duft nach Zigaretten und Shampoo. »Addie? Bist du wach?« Einen Augenblick lang glaubte ich, wieder im Auto zu sein, auf der Rückfahrt von unserem Ausflug ans Meer. *Gute Nacht da vorn! Gute Nacht da hinten!*

Ich schlug die Augen auf. Es war noch sehr früher Morgen. Der graue Himmel schimmerte perlmuttfarben. Durchs Fenster sah ich ein Polizeiauto vor unserem Haus stehen. Das Warnlicht tauchte unsere Wände in Rot, Blau, Rot, Blau.

»Addie«, sagte Mrs Adler. »Liebes. Wach auf. Es ist ein Unfall passiert.«

Ich setzte mich auf. Val drehte sich neben mir auf die Seite; ihre blonden Haare bildeten einen hellen Kontrast zu dem alten dunklen Teppichboden der DiMeos. »Was ist passiert?«

»Dein Bruder hatte einen Autounfall. Dein Vater hat gerade angerufen.«

Ich stand auf und ging ans Fenster. Die Haustür war offen, und meine Mutter stand im Bademantel, die Hände auf die Brust gedrückt, in der Tür. Ein Polizist in einem blauen Uniformhemd und einer schwarzen Hose sagte etwas zu ihr. Dann nahm er sie am Arm und führte sie zum Polizeiauto.

»Ich sollte gehen.« Ich sah mich nach meinen Schuhen um.

Mrs Adler schüttelte den Kopf. »Dein Vater meinte, du sollst hier bleiben. Sie rufen an, sobald sie mehr wissen.«

Draußen fuhr der Streifenwagen rückwärts aus der Auffahrt. Mein Vater kam aus dem Haus gerannt. Sein weißes Pyjamaoberteil schien unter dem grauen Himmel zu leuchten. Er stieg in unseren Kombi und folgte dem Streifenwagen.

Mrs Adler legte eine Hand auf meine Schulter. »Versuch, dir keine Sorgen zu machen«, sagte sie. »Es ist bestimmt alles in Ordnung.«

Ich setzte mich aufs Sofa, das Gesicht zum Fenster gewandt, und ließ unsere Haustür nicht aus den Augen, bis die Sonne aufging und der Zeitungsjunge die Straße entlangradelte, der jedes Mal, wenn er eine Zeitung zur Haustür warf, mit seinem Fahrrad ins Wackeln geriet.

»He«, sagte Val. Ich drehte mich um, und sie sah mich verschlafen an. »Was ist los? Hat man euer Haus mit Toilettenpapier eingewickelt?«

Meine Zunge fühlte sich dick an. »Jon hatte einen Unfall. Meine Eltern sind ins Krankenhaus gefahren.«

»Du liebe Güte!« Val sprang auf und setzte sich neben mich aufs Sofa. »Was ist passiert?«

Ich zuckte die Achseln. Ich konnte sie nicht ansehen. Ich durfte unser Haus nicht aus den Augen lassen. Vielleicht war es ein Test, und wenn ich weiter alles im Blick behielt und nicht blinzelte, wenn ich nichts verpasste, dann würde vielleicht alles in Ordnung sein. Mit Val an meiner Seite starrte ich auf unser Haus und machte es zu einem Stillleben. Mein Vater hatte im August die Fassade creme-braun gestrichen, und ich hatte ihm dabei geholfen: Farbeimer geschleppt, ihm Limonade gebracht, die Leiter gehalten.

Ich fixierte das Haus, die Rollläden, den Messingklopfer an der Haustür und die beiden Ulmen im Garten. Ich versuchte, nicht zu weinen, bewegte mich nicht und atmete kaum, bis am späten Nachmittag meine Eltern in die Auffahrt einbogen und die Straße überquerten, um mich zu holen.

»Dein Bruder …« Meine Mutter war blass und aufgedunsen, und die Haare standen ihr in zerzausten Büscheln vom Kopf ab. Eine Hand hielt zerknüllte Papiertaschentücher, die andere lag zur Faust geballt am Knie.

»Es war dumm«, sagte mein Vater und rieb sich die geröteten Augen. »Jon hätte es besser wissen müssen.«

»Was ist passiert?«

Wie die ganze Stadt bald herausfand, war Folgendes passiert: Es waren drei Jungs vom Crosslauf-Team im Auto gewesen, zwei vorne, Jon hinten. Sie waren nicht betrunken – zumindest nicht juristisch relevant –, aber sie hatten Alkohol getrunken und waren viel zu schnell unterwegs. Um rechtzeitig zu Hause zu sein, bretterten sie mit hundertfünfzig Sachen über eine Straße, die berüchtigt war für ihre Kurven. Der Fahrer hatte die Kontrolle über das Auto verloren, es war gegen einen Baum geknallt und hatte sich überschlagen. Die beiden Jungs auf den Vordersitzen waren nicht angeschnallt gewesen. Sie waren sofort tot (und bis Montagmorgen ging in der Schule das Gerücht um, dass einer von ihnen enthauptet worden sei). Jon war angeschnallt gewesen und hatte Abschürfungen, Blutergüsse, Prellungen, Rippenbrüche und eine Gehirnerschütterung davongetragen. Und eine Gehirnschädigung. »Man kann noch nicht sagen, wie schlimm es ist«, sagte meine Mutter und knetete das Taschentuch in ihren Händen. »Dazu ist es noch zu früh.«

»Aber er wird doch wieder gesund werden? Es wird ihm doch wieder gut gehen?« Ich sah abwechselnd meine Mutter und meinen Vater an, in der Hoffnung, einen Vers nach dem Motto »Mach dir keine Sorgen, Addie« und einen Refrain à la »Alles wird gut« aus ihrem Mund zu hören. Stattdessen wandte sich meine Mutter mit einem leisen Schluchzen ab. Mein Vater rieb sich das Kinn.

»Wird Jon wieder gesund werden?«, fragte ich noch einmal.

Keiner von beiden antwortete. Also wusste ich Bescheid. Jon würde nicht wieder gesund werden. Es würde ihm nicht wieder gut gehen. Der Bruder, den ich gekannt hatte, den ich geliebt und gehasst und beneidet hatte, der an meiner Stelle mit Busfahrern, Verkäufern und Fremden geredet hatte, diesen gewieften, selbstsicheren Jungen gab es nicht mehr. Was vier Monate später aus der Reha-Klinik nach Hause kam, war ein blasser, pummeliger, mondgesichtiger Jon-förmiger Klumpen, der epileptische Anfälle, einen unsicheren Gang und Probleme bei der räumlichen Tiefenwahrnehmung hatte. Ein Jon-förmiger Klumpen, der beim Fernsehen oder Essen gleichgültig auf den Bildschirm oder seinen Teller starrte und dabei manchmal in der Nase bohrte oder, vor allem in den ersten Monaten, eine Hand in den Hosenschlitz steckte. *Enthemmung*, sagte meine Mutter, als würde es durch den Fachausdruck erträglicher. *Es geht vorbei.*

Jon musste alles neu lernen – das Anziehen, Zähneputzen und Schuhebinden, das Zerkleinern, Kauen und Schlucken von Essen, lesen und auf die Toilette gehen. (Letzteres brachte man ihm zum Glück großteils noch im Krankenhaus bei, denn es war ein schrecklicher Gedanke, dass meine Mutter das alles noch mal durchmachen müsste.) Aber das waren nur die Sachen, in denen sich die Ärzte einig waren. Dazu kam die Enthemmung, das Nasenbohren und Ähnliches. Er hatte Anfälle – kurze Phasen, wenn er einfach apathisch vor sich hinstarrte, oder Wutausbrüche, weil es ihm nicht gelang, seine Schnürsenkel zu binden oder die Milchflasche zuzudrehen, und manchmal schimpfte und fluchte er auch einfach grundlos vor sich hin. Er schrie meine Mutter an: »Schwuchtel! Schwuchtel! Schwuchtel!« und trat wie wild um sich, gegen die Stühle und die Küchenschränke, bis es ihr gelang, ihn zu beruhigen. Er hatte außerdem Probleme mit seinem Kurzzeitgedächtnis, was hieß, dass er die Ergebnisse der Fußballpartien wusste, bei denen er als Achtjähriger mitgespielt hatte, oder wen er zu seinem zehnten Geburtstag eingeladen hatte, sich aber nicht mehr erinnern konnte, welche Zahlenkombination sein Spindschloss hatte, wie seine Lehrer hießen oder wo er am Abend zuvor seine Schuhe hingestellt hatte.

Wie lange würde das dauern? Würde Jon jemals wieder der Alte werden? Nach Auskunft der Ärzte würde sich das erst im Laufe der Zeit herausstellen, die größten Fortschritte würden allerdings im ersten Jahr eintreten. »Es wäre besser, wenn er älter wäre«, hörte ich eine der Therapeutinnen zu meiner Mutter sagen. Sie hieß Sue Stumps und kam zwei Mal die Woche zu uns nach Hause. Sie trug einen Krankenhauskittel mit Teddybärmotiven, doofe, babymäßige Sachen, die ich hasste, weil Jon kein Baby war, und die er ebenfalls gehasst hätte, wenn er der Alte gewesen wäre. »Wenn er älter wäre, hätte er die Sachen, die er jetzt neu lernen muss, bereits über einen längeren Zeitraum hinweg eingeübt – Rasieren, Fahrrad fahren. Bei jungen Menschen …« Sie sprach den Satz nicht zu Ende, aber ich wusste, was sie sagen wollte. Bei jungen Menschen war es schlimmer.

Mein Vater verbrachte mehr und mehr Zeit im Keller, so als könnte er den Anblick dessen, was aus Jon geworden war, nicht ertragen. Meine Mutter war überfürsorglich, strich Jon über die Haare und wischte ihm den Mund ab. Ich hielt mich im Hintergrund und beobachtete Jon, wenn er Selbstgespräche führte und vor sich hinmurmelte. Manchmal sabberte er auch, meistens beim Fernsehen. Das, so erklärten mir meine Eltern, sei eine Nebenwirkung von Jons Medikamenten, er täte es nicht absichtlich, und ich könne ihm helfen, indem ich ihm Taschentücher reichte und ihn daran erinnerte, sie zu benutzen. »Du wirst dich um ihn kümmern müssen«, sagten sie mir immer und immer wieder, als er noch im Krankenhaus und später in Chicago in der Reha-Klinik war. Zuerst konnte ich mir das gar nicht vorstellen. Dass ich mich um meinen Bruder kümmern sollte, klang ungefähr so wahrscheinlich und plausibel wie dass mir Flügel wachsen würden, aber der Jon, der nach Hause kam, war ein anderer Bruder als der Jon, der an Halloween leichtfüßig aus dem Haus gelaufen war, und dieser neue Jon brauchte meine Hilfe.

Im Frühjahr und Sommer war er zu Hause, ging zur Mal- und Basteltherapie, machte Übungen mit Gymnastikbällen und lernte mit Hilfe von Schönschreibheften für Erstklässler wieder schreiben. Abends lasen ihm meine Eltern abwechselnd vor, bis er laut schnarchend einschlief. In der Schule wurde er einige Klassen zurückgestuft und kam im Herbst in dieselbe Jahrgangsstufe wie Valerie und ich. Zuvor war er einer der Besten gewesen und hatte allerlei Wahlfächer belegt; jetzt war er in der Förderklasse zusammen mit den wenigen Kindern, die, anstelle eines Studiums, eine Lehre machen oder zur Armee gehen würden. Drei Tage die Woche wurde er von einem Tutor begleitet, der aufpasste, dass er mitschrieb, sich konzentrierte und nicht mitten in einem Vortrag oder einer Prüfung einschlief oder zu schreien anfing.

Anfangs zeigten sich seine Mitschüler von ihrer besten Seite. Sie boten an, ihm bei den Hausaufgaben zu helfen oder seine Bücher zu tragen; in der Cafeteria machten ihm seine ehemaligen Teamkollegen bereitwillig Platz, damit er sich zu ihnen setzen konnte. Aber das hielt nicht lange an. Bereits Ende September kümmerte sich niemand mehr um Jon, der wie ein alter Mann durch die Gänge schlurfte und sich mit ausgestrecktem Arm an den Wänden entlangtastete. Seine ganze Eleganz und Anmut waren weg. Im Bus und beim Mittagessen saß er allein, außer freitags, wenn wir zur selben Zeit Mittagspause hatten und ich mich zu ihm setzte. Es war, als würde ihn eine unsichtbare Barriere umgeben, die niemand zu überschreiten wagte. Zettelbotschaften wurden über ihn hinweggeworfen, die Mädchen, die ihn früher umschwärmt hatten, machten jetzt einen großen Bogen um ihn. Eine Rückkehr in das Crosslauf-Team war ausgeschlossen. Durch die Medikamente kam es zu einer Gewichtszunahme, und auf Grund seiner Verletzung war sein Gleichgewichtssinn gestört. Unser Telefon klingelte nicht mehr. Seine Freunde vergaßen ihn. Es war nicht ihre Schuld. Er war nicht mehr derselbe.

Nach der Schule saß Jon am Küchentisch und legte tausendteilige Puzzles, wobei er voller Konzentration die Zunge in einen Mundwinkel schob und die Stirn in Falten legte. Am liebsten mochte er Bilder von der Milchstraße, von Mondlandschaften, von Venus, Mars und der Raumfähre Challenger. Wenn er ein Puzzle geschafft hatte, klatschte meine Mutter in die Hände, und ich fragte mich, wenn ich ihren traurigen Applaus hörte, ob sie daran dachte, wie sie bei den Wettkämpfen auf und ab gehüpft war und ihm zugejubelt hatte, wenn er mit der Brust das Zielband zerriss. Jetzt antwortete er, wenn sie ihn etwas fragte. Er saß bei allen Mahlzeiten mit uns am Tisch, und nach dem Abendessen sah er mit uns fern. Jetzt kamen keine Autos mehr hupend in unsere Auffahrt gefahren, um ihr ihren Sohn wegzunehmen. Er gehörte wieder ihr, ganz und gar ihr.

Ich versuchte, mich nützlich zu machen. Ich vergewisserte mich, dass er sich die Schnürsenkel gebunden hatte, dass sein Rucksack geschlossen war, dass er seinen Gürtel und den Reißverschluss seiner Hose zugemacht hatte, wenn er aus der Toilette kam. Ich blieb in seiner Nähe und hoffte auf die seltenen Momente der Klarheit, die sich hin und wieder unerwartet einstellten. Als der Schulbus im Frühjahr einmal bei Rot an der Ampel stehen blieb, sauste draußen ein Auto vorbei, in dem ein paar von Jons alten Freunden saßen. Der Fahrer hupte, und das Mädchen auf dem Beifahrersitz hatte ihre Füße auf das Armaturenbrett gelegt und lachte. Jon, der in der Reihe hinter Val und mir saß, tippte mir auf die Schulter. Ich drehte mich um und rechnete damit, dass er mich um ein Taschentuch oder ein Hustenbonbon bitten oder mir sagen würde, dass er sein Pausenbrot, seine Bücher oder beides daheim vergessen hätte, aber stattdessen sah er mich nur traurig an. »Ich hatte einen Autounfall, stimmt's?«

Es verschlug mir schier den Atem. »Stimmt«, sagte ich.

Er schwieg. Kurz darauf trübten sich seine Augen wieder ein, und er flüsterte: »Schwuchtel.« Val seufzte. Ich hatte einen Kloß im Hals.

»Jon, weißt du nicht mehr? Das ist ein ›Wort für drinnen‹.« Die Therapeutin hatte uns angewiesen, das zu sagen. »Ich liebe dich«, sagte ich. »Es tut mir leid, dass du verletzt worden bist.«

»Schwuchtel«, sagte er noch einmal, fast seufzend. Er lehnte sich mit geschlossenen Augen ans Fenster. Unter seinen

Haaren war eine gezackte Narbe zu sehen. Darunter befand sich eine Metallplatte; sie bedeckte die Löcher, die man zur Druckentlastung in seine Schädeldecke gebohrt hatte. Aus seinem geöffneten Mund tropfte Speichel auf seinen Hemdkragen. Kurz darauf war er eingeschlafen. Ich wandte meinen Blick ab, bis der Bus vor der Schule stehen blieb.

## 11

»Val?« Ich drehte mich um, mein Atem war wie ein weißes Wölkchen vor meinem Gesicht. Ich ging zum Auto und zerrte am Griff. Abgeschlossen. Na prima! Und alle meine Sachen – meine Tasche, meine Schlüssel und vor allem mein Handy – waren im Auto. »Ich Idiot«, murmelte ich und lehnte mich an die Tür. Wie konnte ich nur so dumm sein? Wie konnte ich bloß denken, dass sie sich geändert hatte? Dass sie geläutert zu mir zurückkam, als wahre, loyale, dankbare Freundin, die mich nie wieder verlassen würde, sobald sie zugegeben hatte, was in der Highschool wirklich passiert war? Menschen änderten sich nicht. Weder ich noch Val noch Dan Swansea. Ich würde immer ängstlich bleiben, sie würde immer egoistisch sein, und was Dan Swansea anging, würde er wahrscheinlich bis an sein Lebensende Verbrechen begehen und dafür nie zur Rechenschaft gezogen werden. Ich würde an Krebs sterben, und es würde niemanden kümmern. Wahrscheinlich würde es nicht mal jemand mitkriegen. Ich würde allein und einsam sterben, und man würde meine Leiche erst finden, wenn der Geruch jemandem auffiel, und das konnte weiß Gott ewig dauern, weil Mrs Bass Probleme mit den Nasennebenhöhlen hatte und so gut wie gar nichts mehr roch.

Ich trat so fest ich konnte gegen den Kies und murmelte

»Scheiße«, was weder die Situation noch meine Laune verbesserte. Was sollte ich jetzt tun? Ich ging an dem Müllcontainer vorbei in Richtung Straße. Die nächste Tankstelle war ein paar Meilen entfernt; wir waren daran vorbeigefahren. In einer halben Stunde könnte ich dort sein. Ich würde ein Telefon auftreiben, die Polizei anrufen und ihnen die Wahrheit erzählen: Wie Valerie zu mir nach Hause gekommen war und was sie mir erzählt hatte; dass ich zum Parkplatz gefahren war und dort Blut und einen Gürtel, aber keinen Dan Swansea gefunden hatte.

Ich vergrub die Hände in den Taschen und zog fröstelnd die Schultern hoch. Da fuhr mir ein Gedanke durch den Kopf: Was war, wenn sie mir nicht glaubten? Wenn sie dachten, dass *ich* Dan Swansea etwas angetan hatte? Wenn Valerie wieder log, sich auf seine Seite stellte und ihn in Schutz nahm, so wie sie es schon mal getan hatte? »Warum erzählst du diese Lügen über mich und Dan?«, würde sie sagen, so wie damals in der Cafeteria, mit schneidender Stimme, bis alle still waren und mich anstarrten. Ich gab nicht klein bei und stellte mich vor sie. »Ich sage die Wahrheit, und das weißt du.« Ich errötete, während ich das sagte, und meine Stimme war nur ein Flüstern. Vals verächtliches Lachen war unerträglich laut. »Du bist doch nur eifersüchtig«, sagte sie wie zu sich selbst, aber laut genug, damit es alle hören konnten. *Nur eifersüchtig. Die fette Addie.* Das war ich.

Ich schniefte. Egal, was Val sagte, ich musste die Polizei davon überzeugen, dass ich die Wahrheit sagte. »Verdammt noch mal«, murmelte ich und bückte mich, um meine Fingerabdrücke von dem Gürtel zu wischen, als ich Valerie meinen Namen rufen hörte.

Ich drehte mich um.

»'tschuldige, dass es so lange gedauert hat«, sagte sie und kam hinter einem Gebüsch hervor.

Ich funkelte sie wütend an. »Wo, zum Teufel, hast du gesteckt?«

»Ich musste Pipi machen.«

»Du musstest *Pipi machen?*«

»Ich musste erst einen guten Platz finden«, erklärte sie und zog sich ihr Kleid über die Hüften. »Ich trage einen Bodysuit. Ich konnte ja nicht einfach überall gehen. Es wäre nicht sehr würdevoll gewesen.«

Als ich die Sprache wiederfand, sagte ich: »Bist du nicht mal während einer Wetteransage auf einem mechanischen Bullen geritten? Wenn du mich fragst, ist der Würde-Zug schon lange ohne dich abgefahren.«

Val hatte doch tatsächlich den Nerv, geschmeichelt dreinzublicken. »Hast du die Sendung gesehen?«

»Ich habe davon *gelesen*«, sagte ich. »Wie ich höre, hast du viele Fans in der Zielgruppe der dreizehnjährigen Jungs.«

»He, damals in der Woche wurden die Einschaltquoten gemessen. Und ein Zuschauer ist ein Zuschauer. Ist er tot?«

Ich wartete, bis sie nervös wurde – geschieht ihr recht, dachte ich –, dann sagte ich: »Keine Ahnung, ob er tot ist oder nicht. Er ist nicht da.«

Valerie hörte gar nicht zu. »Ich mache jedenfalls keine Selbstanzeige. Die können mich mal. Erstens war es ein Unfall, und zweitens ist es nur gerecht. Selbstjustiz. Jemand hätte ihn schon vor langer Zeit um die Ecke bringen sollen.«

»Val, da ist niemand.«

Sie verstummte und sah mich überrascht und mit einem leichten Hoffnungsschimmer auf dem Gesicht an. »Da ist niemand?«

»Da ist Blut«, sagte ich. »Und ein Gürtel. Aber kein Dan Swansea.«

»Hm.« Sie legte den Kopf schief, wodurch ich ihr Profil zu sehen bekam. Meine Überzeugung wuchs, dass es irgendwie chirurgisch verändert worden war: die Nase eine Spur schmaler, das Kinn ein wenig fester. Schließlich fragte sie: »Denkst du, es ist sein Blut?«

»Herrgott noch mal, Val. Woher soll ich denn das wissen?«

Sie runzelte die Stirn und ging zum Müllcontainer, um sich die klebrige Stelle im Kies genauer anzusehen. Als sie sich aufrichtete, wirkte sie erleichtert, aber auch verwirrt. »Ob er einfach nach Hause gefahren ist?«

»Vielleicht wurde er entführt«, sagte ich. »Der Typ, mit dem ich heute Abend aus war, meinte, dass hier hin und wieder ein Raumschiff vorbeikommt.«

Val funkelte mich wütend an. »Deine Witze helfen uns auch nicht weiter.«

Ich hüpfte auf der Stelle, um mich aufzuwärmen. »Vielleicht wurde er entrückt. Obwohl in dem Fall seine Klamotten noch hier sein müssten. Und die sind doch in deinem Auto, oder?«

Sie verdrehte die Augen. »Du weißt also nicht, ob es sein Blut ist, aber du weißt genau, was mit den Klamotten passiert, wenn man ausflippt.« Ich zuckte die Achseln. Val knabberte an ihrem Daumen. »Weißt du, was wir tun sollten? Wir sollten uns die anderen auch noch vorknöpfen.«

»Val.« Ich unterdrückte ein Lachen. »Du bist Wetteransagerin. Ich bin Grußkartenillustratorin. Das hier ist nicht der Wilde Westen. Wir sind nicht Thelma und Louise.«

»Thelma und Louise hatten auch einen Brotberuf«, sagte sie. »Und was die Tatsache angeht, dass ich das Wetter ansage, so möchte ich dich nur darauf hinweisen, dass es eine lange und ehrenhafte Tradition von Wetterfröschen gibt, die an radikalen Aktionen beteiligt waren. Du hast vielleicht schon mal von den *Weathermen* gehört?«

»Val.« Ein Kichern perlte wie Champagner meine Kehle hoch. »Du weißt, dass das keine Meteorologen waren, oder?«

Sie ignorierte meine Frage. »Wir sollten ihn suchen und uns vergewissern, dass er nichts ausplaudert. Und dann schnappen wir uns die anderen. Kevin und Mark und …«

»Wir? Nein, auf keinen Fall. Ohne mich, Schwester. Das ist nicht mein Problem.«

Sie sah mich ungläubig an. Dann wirkte sie auf einmal gekränkt – gekränkt und blutjung in ihren hochhackigen Schuhen und ihrem roten Kleid. »Du willst mir nicht helfen?«

Ich vergrub die Hände noch tiefer in den Taschen und sprach langsam, jedes Wort deutlich artikulierend, sodass sie mich nicht missverstehen konnte, und ich dachte dabei an den Tag in der Cafeteria, als Val, umringt von ihren Freundinnen, auf der einen Seite und ich allein auf der anderen Seite stand. »Vielleicht erinnerst du dich nicht mehr, aber als ich dir das letzte Mal helfen wollte, ist mir das nicht sehr gut bekommen.«

Sie biss sich beschämt auf die Lippen. »Ich sagte doch schon, dass es mir leidtut.«

»Tja, weißt du, was? Fürs Leidtun« – ich zeichnete Anführungszeichen in die kalte Nachtluft – »ist es ein bisschen zu spät. Hast du überhaupt eine Ahnung, wie es mir im letzten Schuljahr erging?« Ich dachte an das andauernde Flüstern in meinem Rücken: *Fette Hexe. Fette Hure. Fette Petze.* Immer *fette* irgendwas, als sei »fett« das Schlimmste, was man über mich oder über ein Mädchen im Allgemeinen sagen konnte.

»Hast du denn eine Ahnung, wie es mir damals ging?«, gab Valerie zurück.

»Ja, stell dir vor«, sagte ich. »Ich war dabei, falls du dich erinnerst. Es ist bestimmt die Hölle, wenn man sich nicht entscheiden kann, mit welchem Typen man auf die Abschlussfeier gehen soll.«

»Du hast doch keine Ahnung.«

»Nein, das hab ich nicht. Ich kann mir garantiert nicht im Geringsten vorstellen, wie es ist, groß und blond und begehrt zu sein und seine beste Freundin den anderen zum Fraß vorzuwerfen.«

»Ich habe dich gehasst«, sagte Valerie mit tonloser Stimme.

Ich starrte sie an. »Wie bitte?«

»Ich habe dich gehasst, weil du alles hattest.« Sie drehte sich um und zeigte mit ihrem Schlüssel auf den Jaguar. Die Verriegelung sprang mit einem Klicken auf. »Los, steig ein. Ich fahr dich nach Hause.«

»Warte. Weil ich alles hatte? Wovon redest du?«

Sie drehte sich zu mir um, die Absätze in den Kies, die Hände in die Hüften gestemmt. »Du hattest eine Mutter. Du hattest einen Vater. Du hattest einen Bruder. Bei euch war der Kühlschrank immer voll, was, falls es dir nicht aufgefallen ist, bei uns nie der Fall war, weil meine Mutter nur Cola trank und diese Scheiß-Wheat-Thins aß. Du hattest saubere Klamotten. Du hattest jemanden, der dir die Elternerlaubnis für die Schulausflüge unterschrieb und dir Geld gab, damit du dir in der Pause was zu essen kaufen konntest. Du hattest jemanden, der zu den Elternabenden ging. Du musstest nie deine Mutter aufwecken, weil sie mit einer Zigarette in der Hand auf dem Sofa eingeschlafen war. Du hattest einen Vater und eine Mutter, die dich liebten …« Ihre Stimme überschlug sich. »Du hattest alles.« Sie wandte sich ab und riss die Beifahrertür auf. »Steig ein.«

»Valerie.« Ich bekam keine Luft. Es war, als hätte man mir einen Schlag in die Magengrube versetzt. Wovon redete sie? Ihre Mutter war wunderschön, lebendig und abenteuerlustig. Klar, auch ein bisschen zerstreut, aber liebevoll und gutherzig. Wenigstens hatte ich das immer gedacht. Konnte ich mich so getäuscht haben?

»Ich wollte irgendwo dazugehören«, fuhr Val fort.

Ich sah sie erstaunt an. »Und wie konntest du das, indem du mich verraten hast?«

Sie zuckte ihre hageren Schultern und ließ den Kopf hängen. Meine Wangen brannten in der kalten Nachtluft, und ich stand da und wusste nicht, was ich sagen sollte. Sooft ich mir diese Szene auch vorgestellt, sie im Kopf durchgespielt hatte, es wäre mir nie in den Sinn gekommen, Mitleid für Val zu empfinden. Ich war das Opfer, sie die Täterin. Ich war das hässliche Entlein, sie der Schwan. Sie war Pleasant Ridge entflohen, und ich steckte noch immer hier fest, angebunden durch meinen Bruder und meine Angst. In all den Jahren, in denen ich nachtragend und wütend auf Val gewesen war, in all den Jahren, in denen ich meinen Groll wie eine Handtasche mit mir herumgetragen hatte, die ich mich nicht eine Sekunde hatte absetzen trauen, hatte ich nie in Betracht gezogen, dass es auch noch eine andere Sicht auf die Dinge geben könnte, eine andere Wahrheit.

Ich atmete in der eiskalten Nacht tief ein. »Wenn Dan nicht hier ist, wo könnte er dann deiner Meinung nach sein?«

Val zuckte die Achseln.

»Wir sollten versuchen, ihn zu finden.« Wenigstens das könnte ich für sie tun. Das schuldete ich ihr für all die Jahre, in denen sie meine Freundin gewesen war.

»Warum?«

»Weil ...« Ich hatte das Gefühl, als wäre ich irgendwie aus meiner normalen, von Logik und Regeln bestimmten Welt in eine andere Welt gerutscht – eine Welt, in der man ungestraft davonkam, wenn man jemanden mit dem Auto überfuhr; eine Welt, in der es folgenlos blieb, wenn man sich an den Menschen rächte, die einem wehgetan hatten; eine Welt, aus der diese Menschen einfach verschwanden, vielleicht zurück in die wirkliche Welt mit ihren Regeln und Vorschriften. Alles war durcheinander und auf den Kopf gestellt. »Weil er verletzt sein könnte.«

Sie drehte sich langsam um und wirkte plötzlich wieder absolut erwachsen, wie eine Version ihrer Mutter, die sich mit einem netten Lächeln und einem wohldosierten Flirt aus jeder misslichen Lage hatte retten können. »Das ist nicht unser Problem.«

»Aber wenn du diejenige bist, die ihn überfahren hat …«

Sie wippte auf den Fersen. »Was, wenn heute Nacht eine Art … eine Art Joker ist?«

Ich sah sie an. Ahnte sie, dass ich mir gerade etwas Ähnliches gedacht hatte?

»Was, wenn du alles tun könntest, was du wolltest?«, fragte sie. »Wenn wir uns rächen und es den Jungs heimzahlen könnten?«

Nein, dachte ich. So funktioniert das nicht. Nichts ist umsonst; früher oder später hat alles seinen Preis. Aber dann dachte ich daran, wie mein bisheriges Leben verlaufen war. Ich hatte meine Mutter, meinen Vater und meinen Bruder verloren. Ich hatte meine beste Freundin und meinen Geliebten verloren. Schlimmer noch, ich hatte meine Träume verloren. Und falls ich mit meiner Vermutung richtig lag, was diesen Knoten in meinem Bauch anging, würde ich auch noch mein Leben verlieren, wahrscheinlich schon bald, sodass ich für die dreiunddreißig Jahre, die ich auf dieser Erde verweilt hatte, nichts weiter vorzuweisen hatte als eine Handvoll Grußkarten, die für einen Dollar neunundneunzig in Drugstores verkauft wurden, drei Kaffeebecher, eine Löffelablage und einen Bruder, der schon mal vergaß, dass wir miteinander verwandt waren und dass ich keine dreizehn mehr war. Ich hatte nichts außer Val, meiner besten Freundin, die nach all den Jahren zu mir zurückgekommen war.

An der Einfahrt zum Parkplatz fuhr ein rostgeflecktes Auto vorbei. Wortlos setzten wir uns in den Jaguar, Val ans Steuer, ich auf den Beifahrersitz. Der Motor sprang mit einem sanften Schnurren an, und die Reifen spuckten Kies, als Val das Auto auf die Straße lenkte.

»Wohin fahren wir?«, fragte sie, während sie beschleunigte und in Richtung Highway fuhr. »Wen machen wir als Erstes fertig?«

Aus irgendeinem Grund musste ich nicht an einen unserer Mitschüler denken, sondern an die Beratungslehrerin, eine der Erwachsenen, die mich hätte beschützen sollen. Ihr Name war Carol Demmick, und sie hatte immer ein Fläschchen Essig auf ihrem Schreibtisch, um damit die Karottenscheiben zu beträufeln, die sie als Zwischenmahlzeiten aß. Sie zitierte mich ein paar Monate vor Schulende in ihr Büro, bat mich, Platz zu nehmen, erkundigte sich, was ich nach dem Abschluss vorhätte, und fragte mich dann mit sanfter Stimme, wie es mir in dem Schuljahr bisher ergangen war. Es war so lange her, seit mich an der Schule jemand freundlich angesehen und mit mir gesprochen hatte, ohne desinteressiert oder verächtlich zu wirken, dass ich ehrlich zu ihr war. »Schrecklich«, sagte ich mit erstickter Stimme. Und dann sprudelte es aus mir heraus: Wie mir die anderen ständig ein Bein stellten und mich schubsten oder mein Essen umkippten, die Kritzeleien in den Toiletten, dass mich sogar die Lehrer zu hassen schienen und mich behandelten, als hätte ich eine ansteckende Krankheit. Die Beratungslehrerin sah mich lange an, wobei die grüne Kunststoffbrille, die man ihr wahrscheinlich als »hip« oder »cool« angedreht hatte, ihre großen, grünen Froschaugen noch größer wirken ließ.

»Addie«, sagte sie mit zuckersüßer Stimme, »ich möchte nicht unfreundlich sein, aber vielleicht könntest du dir in den Sommerferien mal über eine Diät Gedanken machen.«

Ich starrte sie mit versteinerter Miene an. Meinte sie wirklich, ich hätte mir noch nie über eine Diät Gedanken gemacht? Dass mir diese Möglichkeit noch nie in den Sinn gekommen wäre? Dass ich nicht seit sechs Monaten eine Diät machte, die ich jeden Tag bis neun Uhr abends sklavisch einhielt? Und wie kam ausgerechnet sie dazu, mir mein Gewicht vorzuwerfen? Auch sie war fett! »Der erste Eindruck zählt«, fuhr sie mit zitterndem Doppelkinn fort. »In jedem dicken Menschen steckt ein dünner, der unbedingt raus will! Diese Sprüche hast du doch bestimmt schon mal gehört!«

Ich bückte mich und packte meinen Rucksack. Was für einen ersten Eindruck glaubte sie denn zu hinterlassen mit ihrem Katzenkalender an der Wand (*Halt durch!* stand da unter einem Foto eines weißen Kätzchens, das sich an einen Ast klammerte) und ihrer seit Jahren unveränderten, blondierten Mamie-Eisenhower-Frisur? »Ich muss los. Wir haben Mathe«, sagte ich.

Ms Demmicks rundliches Gesicht wurde weicher. »Addie. Offensichtlich habe ich deine Gefühle verletzt. Das war nicht meine Absicht. Ich wollte dir doch nur …«

… *helfen*, ergänzte ich, als ich auf den vollen Korridor hinaustrat und die Tür hinter mir zufallen ließ. Ganz klar. Alle wollten mir nur helfen: der Arzt, meine Mutter, die Jungs, die mir in den Gängen hinterherliefen und quiekten – sie alle wollten mir ja nur helfen! Die Mädchen, die auf der Toilette über mich lästerten – *Sie muss doch an die hundert Kilo wiegen. Fast doppelt so viel wie ich!* kicher kicher –, sie boten mir ja nur ihre Hilfe an! Die Welt wimmelte von barmherzigen Samaritern, die alle nur darauf brannten, der armen fetten Addie Downs zu helfen.

»Addie?«, sagte Val.

Ich katapultierte mich zurück in die Gegenwart, in die beheizten Sitze des Jaguars, zu meiner ehemals besten Freundin, die neben mir saß. »Mit wem war Dan gekommen?«, fragte ich.

»Chip Mason.«

»Zuerst sehen wir uns in der Nähe des Country Clubs um. Vielleicht liegt er irgendwo im Straßengraben. Und dann fahren wir zu Chip.«

»Können wir uns vorher noch ein paar Donuts besorgen?« Sie sah mich mit großen, erwartungsvollen Augen an.

Ich musste mir erneut das Lachen verkneifen. Fahrlässige Tötung im Straßenverkehr, danach was Süßes. Klar! Warum nicht? Es klang nach Spaß, und den hatte ich schon lange nicht mehr gehabt.

## 12

»Das kann nicht stimmen«, sagte ich und schaute auf die Hausnummern, während Valerie im Schritttempo durch die Straße fuhr.

Sie blickte in das aufgeschlagene Klassenverzeichnis in ihrem Schoß und dann wieder hinaus auf die dunkle Straße. Wir waren in Aurora, einem fünfundvierzig Minuten westlich von Pleasant Ridge gelegenen Vorort. »Larchmont 396. Hier muss es sein.«

»Aber das ist …« Vals Scheinwerfer beleuchteten das weiße Schild, das vor dem zweistöckigen verschalten Gebäude auf dem Rasen stand. *First Presbyterian Church: Danken und geben. Gottesdienst sonntags, 10 Uhr. Kinderbetreuung.* »Das ist eine Kirche.«

Sie stellte den Motor ab und löste ihren Sitzgurt. »Vielleicht ist sie in Eigentumswohnungen umgewandelt worden.«

Ich stieg aus und blickte zum Haus, dann noch einmal auf das Schild. Ganz unten, unter der klein gedruckten Mitteilung, dass sich die Anonymen Alkoholiker mittwochs um 10 Uhr trafen, stand: *Charles Mason, Pastor.* »Val«, sagte ich, »als du dich auf dem Klassentreffen mit Chip Mason unterhalten hast, ist dir da vielleicht ein schwarzes Hemd mit weißem Kragen aufgefallen? Ein Priestergewand? Ein Rosenkranz? Ein großes Holzkreuz?« Mein Vater war nichtpraktizierender Jude gewesen, meine Mutter stammte aus einer evangelischen Familie, und Jon und ich waren weder in dem einen noch dem anderen Glauben erzogen worden. Im Dezember hatten wir sowohl eine Menora als auch einen Weihnachtsbaum im Haus, und im Frühjahr gab es gefärbte Eier und Schokohasen, ohne dass uns jemand erklärt hätte, was es damit eigentlich auf sich hatte. Folglich wusste ich auch nicht genau, woran man eine Glaubensgemeinschaft oder einen Pfarrer erkannte.

Val verzog das Gesicht. »Ach so, entschuldige. Hätte ich etwa zum Klassentreffen gehen sollen, um mir die Geschichten anderer Leute anzuhören?«

»Wohl nicht.«

»Ein Haufen Bruthennen und Erzeuger, die einem ständig Fotos von ihren Kindern unter die Nase halten«, murmelte sie und bediente sich aus der Tüte mit den Donuts, die wir unterwegs gekauft hatten. »Als ob das jemanden interessieren würde.« Sie biss herzhaft in einen Schmalzkringel. »Die Babys sehen doch eh alle wie Ed Asner aus.«

»Bis auf die Schwarzen«, sagte ich.

»Ha ha.« Val wusste ebenso gut wie ich, dass unter den zirka dreihundert Schülern unseres Jahrgangs nur ein knappes Dutzend Afroamerikaner gewesen war. Sie waren im Rahmen eines Förderprogramms jeden Tag mit dem Bus aus Chicago hergefahren und gleich nach der Schule wieder zurückbefördert worden, sodass sie keine Gelegenheit hatten, einer Mannschaft beizutreten oder Freundschaften zu schließen. Die Chance, dass sich auch nur einer von ihnen dem Jahrgang so verbunden fühlte, dass er oder sie zum Klassentreffen gekommen wäre, war gleich null.

Ich nahm Valerie das Klassenverzeichnis aus der Hand und suchte Chips Namen. »Reverend Charles Mason«, las ich. »Reverend. Hier steht's doch. Schwarz auf Weiß.«

Val runzelte die Stirn. »Hm, jetzt, wo du's sagst. Er hat irgendetwas von Sakramenten erwähnt. Ich dachte, er meint irgendwelche Schimpfwörter.«

»Großer Gott!«, sagte ich. Wir gingen über einen gepflasterten Weg und ein paar Stufen zum Eingang der Kirche. Val legte die Hände seitlich ans Gesicht und spähte durch das Türglas. »Kirchenbänke. Und vorn ist ein großes Kreuz.« Sie machte einen Schritt zur Seite und lugte durch die nächste Glasscheibe. »Ein Schild, auf dem steht, dass am siebzehnten ein weihnachtliches Orgelkonzert stattfindet, aber ich kann niemanden ...«

»Entschuldigung!«

Val drehte sich um. »Runter!«, zischte sie. Ich sprang von der Treppe und duckte mich unter die Veranda, während ein Mann in gestreiftem Pyjama und Bademantel – wahrscheinlich der von uns gesuchte und mittlerweile von Gott gefundene Chip Mason – hinter der Kirche hervorkam. Sein Haar war schütter, seine Pyjamahose spannte über seinem Bauch, und er sah müde aus. Allerdings war es auch schon sehr spät. »Was machen Sie da?«, fragte er, dann stutzte er. »Valerie?«

Val brachte ein schwaches Winken zustande. »Hi, Chip.« Sie hielt ihm die Wachspapiertüte hin. »Willst du einen Donut?«

»Ist alles in Ordnung?«, fragte er, eher verdutzt als wütend.

»Ich ... ich bin ... ich bin gekommen, um ...«

Scheiße, dachte ich und beugte mich nach vorn, um notfalls zu Vals Verteidigung aus meinem Versteck zu springen ... oder wegzulaufen.

»Mein Seelenheil zu finden«, beendete Val ihren Satz. »In

letzter Zeit habe ich ... du weißt schon ... viel nachgedacht. Über Gott und so.«

*Gott und so.* Ich wäre am liebsten im Erdboden versunken. Aber Chip Mason schien es ihr tatsächlich abzukaufen. Val tippelte die Stufen hinab auf den frostknirschenden Rasen und stellte sich mit gesenktem Kopf dicht vor ihn. »Es gibt Dinge in meinem Leben ... Dinge, die ich getan habe, auf die ich nicht stolz bin.« Dann machte sie noch einen Schritt auf ihn zu, schleuderte ihre Haare nach hinten und sah ihn an. »Und meine letzte Beichte liegt schon Jahre zurück.«

Chip runzelte die Stirn. »Du weißt, dass das hier keine katholische Kirche ist.«

»Ja, natürlich.« Sie kicherte schrill. »Natürlich. Aber ich dachte, du weißt schon, jemand, der mich kennt ... und der Gott kennt, das wäre dann so, als würdest du uns verkuppeln! Die besten Blind Dates sind immer die, bei denen jemand beide Parteien kennt.«

»Vielleicht können wir uns am Sonntag darüber unterhalten«, sagte er. »Komm doch einfach zum Gottesdienst. Danach nehme ich mir gern für dich Zeit.«

»In Ordnung, aber ... na ja, es ist nur, dass mir gerade etwas im Kopf herumgeht. Letzte Nacht hatte ich ... na ja, man kann es vielleicht so etwas wie eine Erleuchtung nennen.« Sie führte Chip zum Auto, und als sie direkt unter der Straßenlaterne standen, drehte sie sich zu mir um und formte mit den Lippen die Worte *such Dan.*

Toll! Ich wartete, bis sie das Auto aufgeschlossen und Chip Mason irgendwie dazu gebracht hatte, auf dem Beifahrersitz Platz zu nehmen, vermutlich damit er ihr Rendezvous mit dem Allmächtigen einfädelte. Dann lief ich geduckt an der Hauswand entlang. Hinter der zweistöckigen Kirche befand sich ein einstöckiger Backsteinanbau, der als Wohnung zu dienen schien – in einem Fenster brannte Licht, und ich sah einen Ofen mit einem Wasserkessel und einen unordentlichen Küchentisch, auf dem eine Vase mit roten Nelken stand. Ich spähte durch das Fenster. Keine Spur von Dan. Ich holte tief Luft und ging zur Tür der Pfarrei oder des Pfarrhauses oder wie auch immer Gläubige das Wohnhaus des Priesters nennen. Die Tür war nicht abgeschlossen.

Ich betrat eine kleine Diele mit einer Garderobe, neben der ein Paar Winterstiefel stand und eine Schneeschaufel an der Wand lehnte. Die Küche war leer. Unter einer laut tickenden Kunststoffuhr hing ein Holzschnitt mit betenden Händen, und auf der Ablage lag eine Packung Kekse. Die Gästetoilette war sauber und ebenfalls leer. Im Wohnzimmer stapelten sich Pfarrblätter und diverse Ratgebertexte in den Regalen. Eine ledergebundene Bibel lag aufgeschlagen auf dem Holzcouchtisch. Auf dem Sofa oder in den beiden Sesseln saß niemand. Ich rannte über den Flur ins Schlafzimmer. Ein ungemachtes Doppelbett, leer; ein Schrank mit Hemden und Hosen an Drahtbügeln. Ein Bad mit Duschkabine, und neben dem Waschbecken eine Mundddusche und ein Mittel gegen Haarausfall.

Ich zog den Duschvorhang zurück und schaute unter das Bett. Nichts. Nirgends Anzeichen, dass jemand hier war – keine unaufgeräumten Schuhe, keine Jacke über einem Stuhl, keine Blutspuren im Waschbecken.

Ich huschte wieder nach draußen, zog die Haustür hinter mir zu, rannte um das Haus herum, duckte mich hinter die Hecke und kroch dann so weit nach vorn, bis ich Valeries Jaguar sehen konnte. Der Motor lief. Aus dem Auspuff kam weißer Rauch. Die Scheiben waren beschlagen. Ich setzte mich, zitternd vor Kälte, in die Hocke. Pater Chip würde seinen geistigen Beistand bestimmt bald beenden. Sobald er ins Haus zurückging, würde ich ins Auto steigen, und Val und ich könnten unser weiteres Vorgehen beraten. Die Zeit verging. Die Autotür blieb zu. Ich verlagerte mit knirschenden Knien mein Gewicht und verharrte in dieser Haltung, bis meine Oberschenkel zu zittern anfingen. Schließlich ging ich zum Auto. Vielleicht könnte ich an die Heckscheibe klopfen, um Val zum Aufbruch zu drängen ... aber als ich näher kam, sah ich, dass der Fahrersitz leer war. Pastor Charles Mason saß auf dem Beifahrersitz, und Valerie saß auf ihm. Sein Mund war an ihrem Hals, und seine Hände befummelten durch ihren schwarzen Spitzenbody ihre Brust.

»Herrgott noch mal, das darf doch nicht wahr sein«, sagte ich so laut, dass sie es gehört hätten, wenn sie auf mich gehört hätten, was sie aber eindeutig nicht taten. Ich wartete, bis das Auto zu schaukeln anfing. Dann klopfte ich zwei Mal kräftig an die Scheibe und drehte dem Auto den Rücken zu. Kurz darauf stieg Chip Mason aus und strich sich über den merklich ausgebeulten Bademantel.

»Addie?« Er sah mich überrascht an. »Addie Downs? Du liebe Güte, du bist ja richtig dünn geworden!«

»Und du richtig religiös!«, sagte ich.

Seine Glatze glänzte im Mondschein. Er räusperte sich. »Ich hatte gehofft, dich heute Abend beim Klassentreffen zu sehen«, sagte er. »Ich wollte mich entschuldigen. Dafür, dass ich damals ...« Er räusperte sich erneut und sah mich an. »Ich habe mich geändert«, sagte er. »Ich bin ein anderer Mensch geworden.«

»Schön für dich«, sagte ich, als Val ebenfalls aus dem Auto gestolpert kam und sich die Haare richtete. Sie sah aus wie ein Vampir, der frisches Blut getrunken hatte. »Wir müssen los.«

»Kommst du am Sonntag?«, fragte Chip Mason.

Val rutschte mit einem hellen Lachen hinters Lenkrad. »Mal sehen.« Ich stieg ein, sie gab Gas, und wir ließen Chip in seinem Bademantel stehen.

»Keine Spur von Dan?«, fragte Val, wenig Hoffnung in der Stimme.

»Keine Spur von Dan«, bestätigte ich. »Ach, und übrigens, was hätte das denn werden sollen?«

»Ich musste ihn doch ablenken«, sagte sie, als wäre es offensichtlich. »Außerdem war es irgendwie geil. Wie in *Dornenvögel.*«

»Val«, sagte ich. »Presbyterianische Priester leben nicht im Zölibat. Sie dürfen sogar heiraten.«

»Im Ernst?« Sie schien enttäuscht zu sein. »Bist du dir da sicher?«

»Absolut.«

Val hielt unter einer Straßenlaterne und zerrte das Klassenverzeichnis aus dem Spalt zwischen den Sitzen, wo es sich festgeklemmt hatte. »Weißt du was? Vielleicht sollten wir einfach zu Dans Wohnung fahren und nachsehen, ob er zu Hause ist.«

Ich spürte, wie sich mein Magen zusammenzog, sagte aber nichts, während Val das Verzeichnis aufschlug, Dans Adresse suchte, sie in ihr Navi eingab und wieder losfuhr.

## 13

Die Silvesterparty war Valeries Idee, und ich war überrascht, dass meine Eltern darauf eingingen. Vielleicht hätte ich das nicht sein sollen. Valerie, so sagte meine Mutter immer, könne mit ihrem Charme jeden um den kleinen Finger wickeln, und wenn man Val so zuhörte, klang es, als wäre die Party das Aufregendste, was Pleasant Ridge oder zumindest unsere Straße jemals erlebt hatte. »Eine Silvesterfeier«, verkündete sie, während wir in meinem Zimmer auf dem Teppichboden lagen – wie üblich Kopf an Kopf, mit aufgestützten

Ellbogen, die Beine in entgegengesetzte Ecken des Zimmers gestreckt. Val trug Jeans und ein Jungenhemd und blätterte in einer *Mademoiselle.* An ihrem Kleidungsstil hatte sich nichts geändert, aber sie las neuerdings Modezeitschriften und kam manchmal mit toupierten Haaren und Lipgloss auf den Lippen zur Bushaltestelle. Ich trug Jeans und ein übergroßes, hüftlanges Sweatshirt und arbeitete mich durch eine Tüte Käseflips, wobei ich jeden Flip einzeln unter der Zunge zergehen ließ. »Für die ganze Straße.«

»Nicht nur für uns Kinder?«

Sie schüttelte den Kopf. »Eine Erwachsenenparty. Zu der man sich fein anziehen muss.«

»Du meinst einen Smoking?« Die Männer in unserer Straße fuhren in Anzug oder zumindest Hemd und Krawatte zur Arbeit, aber am Wochenende trugen sie meist eine Jeans oder eine Khakihose und ein Polohemd.

»Wer keinen hat, kann sich einen leihen.« Sie legte sich auf den Rücken und schaute an meine rissige Gipsdecke. »Und die Damen sollten Abendkleider tragen. Um Mitternacht gibt's Champagner, und wir dekorieren das Haus mit diesen kleinen weißen Christbaumkerzen.« Sie sprang auf, hüpfte auf die Zehenspitzen und klatschte kurz zwei Mal vor der Brust in die Hände. Ich erkannte den Bewegungsablauf vom Cheerleader-Team und fragte mich unglücklich, ob Val sich im Frühjahr dafür bewerben wollte und ob das der eigentliche Grund für ihr *Mädchen*-Abo und den Haarschaum war. »Los, wir fragen sofort deine Mama.«

Wir fanden sie auf der Glasveranda, wo sie es sich mit einem Schreibblock in einem Berg von Kissen gemütlich gemacht hatte. Im Jahr zuvor war ihre bis dato erfolgreichste Karte erschienen, eine Geburtstagskarte, auf der eine kleine alte, weißgelockte Dame mit Gehstock abgebildet war. Auf der Vorderseite stand: *Sieh's mal so: Du wirst nicht nur älter,* und wenn man die Karte aufschlug, las man: *Du wirst auch kleiner.* Ich wusste nicht so recht, was daran komisch sein sollte, aber nach Auskunft meiner Mutter verkaufte sich die Karte wie warme Semmeln.

»Eine Silvesterparty?« Ihre Haare waren damals schon mehr silbern als braun, und ihre großen blauen Augen waren in ein Nest aus kleinen Fältchen gebettet. Ich konnte auf dem Notizblock einzelne Wörter und am Rand eine Zahlenkolonne erkennen. Ich wusste, dass sie Geldsorgen hatte – manchmal, spät abends, unterhielten sich meine Eltern flüsternd über die Ausgaben für Jons Therapeuten, über Kreditkartenrechnungen und Eigenbeteiligungskosten. Mein Vater hatte seine Flugblätter in der ganzen Stadt aufgehängt und sich sogar bis in die Nachbarsorte vorgewagt, und meine Mutter hatte immer und überall ihren Notizblock dabei, im Auto, in der Küche, wahrscheinlich sogar im Badezimmer.

»Eine rockige Silvesterfete«, sagte Val. »Wir können die ganze Straße einladen.«

Meine Mutter stützte sich auf einen Ellbogen. »Glaubst du, deiner Mutter würde das gefallen?«

Val nickte. In jenem Sommer hatte Mrs Adler einen neuen Freund, Randy, einen Börsenmakler. Am Sonntag blieb er immer über Nacht, und ich sah ihn, wenn er am Montagmorgen in Anzug und Krawatte Vals Haus verließ, um sich am Bahnhof zu den anderen Vätern zu gesellen. Aber im November war Randy wieder weg, und Mrs Adler lag noch öfter als sonst auf der Couch, das stumme Telefon auf der Brust, und blies Rauchringe an die Decke.

»Wie habt ihr euch das Ganze denn vorgestellt?«, fragte meine Mutter. »Dass jeder etwas mitbringt?« Mr und Mrs Bass richteten jedes Jahr im Winter eine Party aus, zu der jeder ein Gericht mitbrachte: Tunfischauflauf mit Kartoffelchipskruste, Nudeln mit Soße, gebackene Bohnen, Wiener Würstchen.

Val schüttelte den Kopf. »Ich finde, es sollte eine Cocktailparty sein, mit Champagner und feinem Essen. Meine Mutter macht leckere Blätterteig-Krabben.«

Das stimmte. Blätterteig-Krabben waren tatsächlich eins von zwei Gerichten, die Mrs Adler meines Wissens jemals kochte. Blätterteig-Krabben und mit Sake glasierte Ente, was beides köstlich schmeckte, was man aber nicht jeden Tag kochen oder essen wollte.

Meine Mutter setzte sich auf und zupfte ihren Schulterumhang zurecht. Ich sah ihr an, dass sie sich ein Lächeln abrang und so tat, als würde sie es für eine tolle Idee halten.

»Und man sollte sich schick anziehen«, fuhr Val fort.

»Schließlich ist es ja Silvester«, sagte meine Mutter.

»Kann ich etwas Neues bekommen?« Der Gedanke, mich für die Party schick anzuziehen, war aufregend und beängstigend zugleich. Meine Sachen waren bereits die größte Größe in der Kinderabteilung, sodass ich bald in den Spezialgeschäften für Mollige einkaufen müsste. Und Dan Swansea, mein heimlicher Schwarm, würde mich nie bemerken, falls es mir nicht gelang, etwas dagegen zu tun: eine Diät einzuhalten; meine nächtlichen Fressanfälle zu stoppen, wenn ich um zwei Uhr nachts aufwachte und nicht mehr einschlafen konnte; um sechs Uhr aufzustehen und joggen zu gehen, anstatt den Wecker auszuschalten und mich noch mal umzudrehen. Aber Vals Enthusiasmus war ansteckend. Vielleicht würden die funkelnden Lichter in Kombination mit der Musik und dem mitternächtlichen Champagner Wunder wirken. Vielleicht würde ich ein Kleid finden, in dem ich mich wie neugeboren fühlte. Vielleicht würde mich meine Mutter vorher noch mal zum Friseur gehen lassen. Während ich ihre Antwort abwartete, gelobte ich, sofort die

Käseflips wegzuwerfen, wenn wir wieder in meinem Zimmer waren.

Meine Mutter sah auf ihren Block. »Ich finde, es klingt nach einer tollen Idee.«

Valerie zählte all die Sachen auf, die wir bräuchten: Champagner und Champagnerflöten, Serviertabletts für die Canapés, Lichterketten, die nach Weihnachten bestimmt im Angebot sein würden. Meine Mutter verfasste ein Gedicht für die Einladungen; Mrs Bass, die sich in ihrer Freizeit mit Kalligrafie beschäftigte, schrieb sie; und ich schmückte jede Karte mit einem kleinen Aquarell, das unsere Straße unter einem dunkelblauen Himmel zeigte, mit einem einzelnen Stern über dem Haus des jeweiligen Gastes. Dann verzierten Valerie und ich die Einladungen mit Silberschleifchen und steckten sie in die Briefkästen.

Die zehntägigen Weihnachtsferien verbrachte ich damit, Songs vom Radio aufzunehmen: Whitney Houston und Simple Minds, Steve Winwood und Bon Jovi. Meine Mutter kaufte mir tatsächlich etwas Neues zum Anziehen, einen langen, hauchdünnen goldenen Rock mit winzigen Glöckchen am Saum und einem weiten Gummibund, den ich mit einem schwarzen Bodysuit und schwarzen Leggins mit Spitzen kombinieren wollte. Sie nähte mir sogar ein passendes Stirnband aus einem Stück schwarzer elastischer Spitze.

Die Party begann, wie es sich für kultivierte Partys gehörte, um neun Uhr, nachdem alle zu Abend gegessen und die Familien mit kleinen Kindern ihre Babysitter begrüßt und die Kinder ins Bett gesteckt hatten. Die Nacht zuvor hatte es geschneit, und die Rasenflächen waren von einer weißen Frostschicht überzogen. Valerie und ich hatten die Hecken und Bäume mit Lichterketten geschmückt, und Val hatte aus Sand, Kerzen und braunen Papiertüten Dutzende Windlichter gebastelt, die unsere Auffahrt säumten und den Gästen den Weg zur Tür wiesen.

Jon begrüßte die Gäste im Flur. Als Erste kamen Mr und Mrs Bass von nebenan, gefolgt von Mrs Shea, die allein kam und in ihrer grünen Hose, dem roten Pullover und mit einem dicken Rougefleck auf der Wange einen erschöpften Eindruck machte. Während sich die drei mit einem Glas Champagner vor dem Kamin aufwärmten, erzählte Mrs Shea, dass ihr Mann zu Weihnachten einen Hundewelpen nach Hause gebracht hatte – »wo doch die Babys gerade erst aus den Windeln heraus sind!« Dann klingelte es, und es kamen immer mehr Leute: die Carvilles, die Buccis und die Prestons. Als Mr und Mrs Kominski eintrafen, stupste mich Val grinsend an. Das junge Paar war erst vor kurzem in unsere Straße gezogen, und Mr Kominski war süß, solange er seine Baseballmütze aufbehielt und man nicht sah, dass er schon fast keine Haare mehr hatte.

Jon brachte die Mäntel nach oben und legte sie aufs Bett. Für ihn war der Abend bisher bestens gelaufen. Er war nicht so langsam und ungeschickt wie sonst, er sabberte nicht, er fuhr sich nicht ständig mit der Zunge über die Lippen, und wenn er etwas gefragt wurde, antwortete er mit kaum merklichem Zögern.

Obwohl meine Mutter es ihr ausreden wollte, hatte Val darauf bestanden, den Zusatz »Festliche Abendgarderobe erbeten« auf die Einladung zu setzen. Die meisten Gäste hatten es nicht so wörtlich genommen, aber sie waren definitiv schicker gekleidet als bei einem Grillfest. Die Männer trugen Krawatten, manche kamen im Anzug, einige wenige im Smoking, die meisten Frauen im Wollrock und Pullover mit weihnachtlichen Rentiermotiven oder angenähten Glöckchen. Mrs Bass trug ein glamouröses bodenlanges, schwarzes Samtkleid, das leicht nach Mottenkugeln roch, und einige jüngere Mütter trugen Jeans, weit ausgeschnittene Tops und Blazer. Mrs Alexander, bei der Val und ich manchmal zum Babysitten waren, trug eine enge schwarze Hose und ein silbergraues Bustier, das ihre sommersprossigen Schulterblätter frei ließ. (Mrs Alexander hatte eine Spirale und Verhütungsgel im Nachttisch, und wenn ich mit Val bei ihr war, überprüften wir immer, ob aus der Tube etwas fehlte.)

Vals Mutter kam kurz vor elf. Als sie ihren Mantel auszog, bekam sogar Jon große Augen. Sie trug ein blassrosa Kleid, das ihre Brüste und Hüften hauteng umschloss, und silberfarbene Stöckelschuhe. »Das war ihr Hochzeitskleid«, flüsterte Val.

Das wusste ich. Ich erkannte das Kleid von den Fotos wieder. Valeries Eltern hatten in Cape Cod am Strand geheiratet. Mrs Adler hatte uns von ihrem Hochzeitstag erzählt: Wie der Wind an ihren Haaren zerrte, den Rock ihres Kleides bauschte und der Pfarrer das Ehegelübde im tosenden Wind nicht hören konnte und sie zur allgemeinen Heiterkeit mehrmals aufforderte zu sagen: »Ja, ich will!« Der Empfang fand auf einem Weingut statt, und es wurde bis nach Sonnenuntergang getanzt. Es klang so romantisch. Ich hatte erst an einer Hochzeit teilgenommen, vor drei Jahren, als die Cousine meiner Mutter heiratete. Die Trauung fand in einer Kirche statt und die Party im Marriott Hotel. Das Ehegelübde wurde nicht von salzigen Windböen verschluckt, und Braut und Bräutigam tanzten weder eng umschlungen in einem Laubengang, noch schoben sie sich gegenseitig mit den Fingern Hochzeitstorte in den Mund. Stattdessen gab es ein Buffet mit einer verkochten Lasagne, die auf einem Spiritusbrenner warm gehalten wurde, und der DJ legte *»Maneater«* auf, was ich schon damals, mit elf Jahren, als höchst unpassend empfand.

*»Sara / You're the poet in my heart«*, sang Stevie Nicks

auf der Kassette, die ich aufgenommen hatte. Valerie ging mit dem Champagner herum. Mrs Adler drehte sich mit geschlossenen Augen, wehendem Rock und wirbelnden Haaren verträumt im Kreis. Val machte einen stolzen Eindruck, als sie ihr dabei zusah.

Die Kassetten hörten sich auf der Stereoanlage meiner Eltern viel besser an als auf meinem kleinen, blechernen Kassettenrekorder. Als die erste Kassette zu Ende war, wollte ich gerade *The Dream of the Blue Turtles* von Sting einlegen, als mir mein Vater zuvorkam. Er trug seinen Hochzeitssmoking, aber irgendwann im Laufe des Abends hatte er die Oberjacke und den Kummerbund abgelegt. In der schwarzen Hose und dem weißen Hemd sah er schlank und elegant aus. »Ich mach das, Kumpel«, sagte er und stellte sein leeres Champagnerglas ins Bücherregal. Sein blasses Gesicht war gerötet, seine feuchten Haare ringelten sich über der Stirn, und ich hatte ihn noch nie so entspannt und glücklich gesehen. Er holte einen Stapel Langspielplatten aus dem Schrank, legte *Sticky Fingers* von den Rolling Stones auf und drehte die Lautstärke höher. Aus den Lautsprechern dröhnte *»Brown Sugar«*. Jon, der an der Tür stand, zuckte erschrocken zusammen. Mrs Adler warf lachend die Hände in die Luft. Mein Vater ging zu ihr auf die Tanzfläche, nahm ihre Hand und wirbelte sie um die eigene Achse, und ich stellte verblüfft fest, dass sie rein äußerlich besser zueinander passten als mein Vater und meine Mutter. Es gab mir einen Stich ins Herz, als Mrs Adler sich mit gekonntem Hüftschwung drehte und meinen Vater über die Schulter anlächelte.

»Yeah!«, rief jemand ... und dann tanzte noch ein Paar und noch eines und noch eines. Innerhalb kürzester Zeit war unser Wohnzimmer voller tanzender Menschen, die die Arme über den Kopf streckten und den Songtext mitbrüllten. Jon lehnte mit offenem Mund an der Wand wie ein kleiner Junge bei einem Feuerwerk. Val kam zu mir und rief mir ins Ohr: »Toll, oder?« Sie goss mir Champagner nach und stieß mit mir an. Auf *»Sway«* folgte *»Wild Horses«*, und ich hielt den Atem an, als Mr Kominski auf uns zukam. Obwohl es mich nicht überraschte, war ich doch ein kleines bisschen enttäuscht, als er Val zum Tanzen aufforderte und in die Mitte führte. Val sah lächelnd zu ihm auf und reckte sich immer wieder, um ihm die Antworten auf seine Fragen ins Ohr zu rufen. Dann presste sie, wie es in letzter Zeit ihre Gewohnheit war, ihre Lippen aufeinander, um ihre Zähne zu verstecken. Ich setzte mich auf das Sofa, das wir an die Wand gerückt hatten, und vibrierte mit der Musik. Es war okay, dass Val bei den Jungs beliebter war als ich. Irgendwann würde auch ich jemanden finden, der mich liebte. Irgendwann würde mich ein Junge wählen, so wie Val mich damals gewählt hatte. Draußen bogen sich die Äste im Wind, und die Fensterläden klapperten, aber drinnen war es warm und sicher, und alle waren glücklich und zusammen.

»Gleich ist es so weit!«, rief einer der Männer. Die Musik brach mit einem Nadelkratzen ab, und Mr Preston schaltete gerade rechtzeitig den Fernseher ein, als sich der Glitzerball auf dem New Yorker Times Square nach unten in Bewegung setzte. »Vier … drei … zwei … EINS!« Alle brachen in lauten Jubel aus. Ehemänner küssten ihre Ehefrauen, aber nicht auf die höfliche Art, mit geschlossenen Lippen, wie Val und ich es beim Babysitten sahen, wenn sie von der Arbeit nach Hause kamen, sondern leidenschaftlich und innig.

Plötzlich war Val neben mir und zog mich von der Couch hoch. »Komm mit!«

»Wohin?«, fragte ich, als sie mich durch den Flur zur Küche zerrte. »Was ist los?«

»Pscht«, zischte sie. Sie lugte um die Ecke und winkte mich dann zu sich. Ich stellte mich auf die Zehenspitzen und verrenkte mir den Hals. Zuerst erschien mir das, was ich sah, nicht weiter bemerkenswert: Mein Vater lehnte in seinem schweißverklebten Smokinghemd und mit einer Flasche Champagner in der Hand am Kühlschrank, vor ihm Mrs Adler, die mit ernster Miene auf ihn einredete. Sie war barfuß – sie musste irgendwann ihre silbernen Schuhe ausgezogen haben – und hatte schüchtern den Kopf schiefgelegt und die Hände im Rücken verschränkt. Mein Vater sagte etwas, und sie nickte so heftig, dass ihre Brüste unter ihrem engen Ausschnitt auf und ab wippten.

»Genau so ist es!«, sagte sie. »Wahnsinn! Du kapierst es wirklich. Wenn man von Kalifornien hierherkommt! Hier ist es so spießig. So engstirnig.«

Ich runzelte die Stirn. Das ergab keinen Sinn. Mit Ausnahme seines Studiums und seiner Zeit in Vietnam hatte mein Vater sein ganzes Leben in Illinois verbracht, also wie konnte er das »kapieren«? Und da, vor Vals und meinen Augen, schlang Mrs Adler meinem Vater die Arme um den Hals und küsste ihn.

Mir stockte der Atem. Wie von weither spürte ich, wie Val meine Hand nahm und flüsterte: »Ist das nicht toll?« Ich kniff die Augen zu, konnte aber nach wie vor alles hören – das leise Flüstern von Mrs Adler (*sag doch Naomi zu mir!*), die tiefe Stimme meines Vaters, als er antwortete.

»Ich sollte meine Mutter holen.«

Val hielt mich fest. »Warum? Das ist doch perfekt.«

Ich zwang mich, die Augen zu öffnen. »Wovon redest du?«

»Weil wir dann Schwestern werden«, sagte sie.

»Und was ist mit meiner Mutter?«

In der Zwischenzeit löste sich mein Vater aus Mrs Adlers Umarmung und legte ihr die Hände auf die Brust. »Ich glaube«, sagte er, »wir haben beide etwas zu viel getrunken.«

»Aber nein«, sagte sie mit großen Augen und quengelnder

Kleinmädchenstimme. »Mir geht's wunderbar. Ich amüsiere mich bestens.«

»Kommen Sie.« Mein Vater legte seine Hand auf ihre Taille und dirigierte sie aus der Küche. »Wir bringen Sie nach Hause.«

Sie sträubte sich. »Bringst du mich nach Hause?«

»Addie und ich werden Sie nach Hause bringen.« Mein Vater sah Val und mich an der Tür stehen. »Val, holst du deiner Mutter bitte den Mantel?«

Ich konnte Vals Gesichtsausdruck nicht deuten, als sie sich umdrehte und die Treppe hinaufrannte. Ich hörte ihre Stimme in meinem Kopf: *Das ist doch perfekt.* Ich war wütend auf Val, falls sie es so gemeint hatte, wie ich vermutete, aber ich war auch wütend auf ihre Mutter und meinen Vater. (Sie hatte ihn zuerst geküsst, aber er hatte den Kuss erwidert.) Gleichzeitig hatte ich ein schlechtes Gewissen, weil mich auch eine Art Neugier erfüllte. Wie wäre es, wenn Mrs Adler und mein Vater heiraten würden? Wenn Valerie und ich richtige Schwestern werden würden? Meine Mutter könnte hier bleiben und sich um Jon kümmern. Mein Vater könnte zu Mrs Adler ins Haus der DiMeos ziehen – er war geschickt, er würde es herrichten, die blätternde Farbe abspachteln, die Löcher in den Wänden zugipsen. Eine Zeit lang wäre es bestimmt eigenartig, aber man gewöhnt sich an alles Mögliche. Val würde einen Vater haben. Wir würden endlich ihr Zimmer rosa und grün streichen, wir würden die gleichen Betten bekommen, die Val mir einmal in einer Zeitschrift gezeigt hatte, und …

»Hier, Mama.« Val half ihrer Mutter mit zusammengepressten Lippen in den Mantel. Dann kniete sie sich hin und steckte Naomi die silberfarbenen Stöckelschuhe an die Füße. »Komm«, sagte sie. »Die Party ist vorbei. Wir gehen nach Hause.«

## 14

»Was ist mit deinen Eltern passiert?«, fragte Valerie, während wir auf dem leeren, breitspurigen Eisenhower Expressway in östlicher Richtung nach Chicago fuhren. Es war fünf Uhr morgens. Ich war schon seit Jahren nicht mehr die ganze Nacht aufgeblieben, und ich war müde und aufgedreht zugleich, aber Val wirkte frisch und munter, ihre Haut war kremig weich, und ihre Haare fielen ihr in Locken auf die Schultern.

»Mein Vater starb im Herbst nach unserem Schulabschluss an einer Aneurysmablutung.« Von Mrs Bass erfuhr ich, dass Valerie zu dem Zeitpunkt schon in Kalifornien war – wegen ihres Vaters hatte sie dort ihren Wohnsitz anmelden und sich an einer der staatlichen Unis einschreiben können. Mrs Adler war theoretisch noch unsere Nachbarin, verbrachte aber die meiste Zeit in Cleveland bei ihrem neuen Freund. Ich war gerade mal seit zehn Tagen in New York, hatte mich in meiner WG eingerichtet und am Pratt College die ersten Kurse in Kunsterziehung und Kunstgeschichte besucht. Mein Vater war auf dem Nachhauseweg gewesen, nachdem er den ganzen Tag in Elm Ridge, einer Neubausiedlung, Fenster installiert hatte. Nach Aussage der Fahrer hinter ihm war sein Auto langsamer geworden, von der Straße abgekommen, durch die Leitplanken gekracht und fast anmutig einen Hang hinabgerollt, bevor es in einem Graben zum Stehen gekommen war. Er war erst sechsundvierzig Jahre alt. Wahrscheinlich hatte das Hirnstammgefäß schon jahrelang eine Schwachstelle gehabt, bis es schließlich geplatzt war.

Ich war wie betäubt, als Mrs Bass mich auf meinem eben erst freigeschalteten Telefonanschluss anrief und mir die Nachricht mitteilte. Ich fühlte mich wie eine der Holzmarionetten meines Vaters, als ich meiner Mitbewohnerin erzählte, was passiert war, das Studienamt kontaktierte und im Reisebüro anrief, um einen Flug zurück nach Hause zu buchen. Ich war noch immer wie betäubt, als ich meinen Koffer packte, mit dem Taxi zum Flughafen fuhr und ins Flugzeug stieg, aber nach dem Start musste ich plötzlich an einen Samstagvormittag im vorherigen Frühjahr denken.

Ich war früh aufgestanden und machte das, was ich in letzter Zeit am Wochenende immer tat: Ich versteckte das Schokoriegelpapier und die leere Eiskremschachtel ganz unten im Abfalleimer, schaltete die Kaffeemaschine ein, zog Jogginghose und Schuhe an, nahm Eimer und Bürste aus der Diele und ging nach draußen, um die Auffahrt zu schrubben. Meistens half mir mein Vater dabei. Wir schrubbten, und wenn wir alles weggewischt hatten, gingen wir ins Haus und tranken schwarzen Kaffee. An jenem Morgen aber sagte er: »Weißt du, Kumpel, irgendwann wird damit auch mal Schluss sein.« Je größer und dicker ich geworden war, desto spärlicher waren seine Zärtlichkeiten ausgefallen, aber an jenem Morgen hatte er mich in die Arme geschlossen und mich unbeholfen an sich gedrückt. »Ich bin stolz auf dich«, sagte er. »Du machst das schon.« Die Erinnerung fuhr mir wie ein Messerstich ins Herz und löste meine Betäubung; stattdessen verspürte ich einen so qualvollen Schmerz, dass ich zu sterben glaubte. Ich krümmte mich auf Platz 16 D, schluchzte und rang nach Luft. Mein Sitznachbar rief die Stewardess, deren verächtlicher Blick auch durch das Make-up nicht zu überdecken war. Ich gab bestimmt keinen hübschen Anblick ab, eingepfercht in den engen Sitz, dessen Gurt mir in den Bauch schnitt, mit geröteten Wangen und tränennassem Gesicht. »Ist alles in Ordnung, Miss?«, fragte sie. Ich versuchte mich zu beruhigen. »Mein Vater ist gestorben«, stieß ich hervor.

»Das tut mir leid«, sagte sie und reichte mir einen Stapel Servietten und eine Diätcola – was unter den Umständen wahrscheinlich das Beste war, was sie tun konnte.

Zu Hause saß meine Mutter auf der Glasveranda, mit einem leeren Notizbuch auf dem Schoß. »Ich kann nicht glauben, dass er nicht mehr da ist«, sagte sie, während ihr die Tränen über die Wangen liefen. Ich dachte an all die Beileidskarten, die sie verfasst hatte, ihren Job, der darin bestanden hatte, für Augenblicke wie diese die richtigen Worte zu finden, und jetzt, da sie selbst betroffen war, lief alles auf den einen Satz hinaus, den sie den ganzen Abend und in den darauffolgenden Tagen ständig wiederholte: *Ich kann nicht glauben, dass er nicht mehr da ist.*

Am nächsten Morgen war ich diejenige, die mit Jon ins Kaufhaus fuhr, um ihm einen neuen Anzug zu kaufen und ihm immer und immer wieder zu erklären, warum er ihn brauchte. Eine Weile merkte er es sich, dann sah er an sich herab und befühlte stirnrunzelnd das steife weiße Hemd und die Krawatte. »Addie?«, sagte er, und ich nahm ihn beiseite und erklärte es ihm noch einmal.

Wir hatten eine Todesanzeige in die Zeitung gesetzt. Ich wartete darauf, dass Valerie anrufen oder schreiben, vielleicht sogar zum Gottesdienst oder zur Beerdigung kommen würde, aber das tat sie nicht. Sie war weg, ihre Mutter auch, und ich sagte mir, dass wahrscheinlich keiner von beiden die Neuigkeiten gehört hatte.

Mein Vater starb an einem Dienstag. Obwohl er zu Lebzeiten kaum religiös gewesen war, wurde er im Tod ein gläubiger Jude. Gemäß der jüdischen Tradition wurde er so schnell beerdigt, wie wir es arrangieren konnten, zwei Tage nach seinem Tod – in einem einfachen Kiefernholzsarg mit einem eingeschnitzten Davidsstern im Deckel und in Anwesenheit eines Rabbiners mit schwarzem Anzug und schwarzem

Scheitelkäppi aus Seide, der in einer mir unbekannten Sprache betete, während der Leichnam in die Erde hinabgelassen wurde.

Am Samstagmorgen stand ich früh auf, um den Keller auszuräumen und die Werkzeuge und Marionetten meines Vaters in Kisten zu packen. Am Vormittag den Keller und am Nachmittag seinen Schrank, dachte ich und schlich hinunter in die Küche, um mir Toast und Kaffee zu machen. Vielleicht würde Jon ein paar Sachen als Andenken haben wollen, seine Manschettenknöpfe oder seine Uhr.

»Addie.« Ich erschrak, als ich die Stimme meiner Mutter hörte. Sie saß im Dunkeln am Küchentisch, in ihrem blauen Bademantel. Ihre ungekämmten Haare hingen ihr wirr ums Gesicht, und ihre Hände umklammerten eine Tasse, die ich einmal im Ferienlager für sie bemalt hatte: mit einem roten Herz und den kursiv gesetzten Worten *Ich liebe dich.* »Ich muss mit dir reden.«

Ich setzte mich auf meinen Platz am Tisch. Ich musste ständig zum Herd sehen, so als würde mein Vater dort seine berühmten Pancakes machen und sagen: *He, Kumpel, hast du was Schönes geträumt?*

»Ich habe schlechte Nachrichten.« Sie sah alt aus in dem staubigen Licht, das durchs Fenster fiel; auf ihren Händen traten die Venen hervor, und ihr Gesicht wirkte angespannt und verhärmt. »Ich habe im Mai einen Knoten in der Brust entdeckt. Es wurde eine Biopsie gemacht und ein Termin für eine Mastektomie anberaumt.«

Mir blieb die Luft weg. »Mama!«

»Ich wollte es dir an Thanksgiving sagen, wenn du nach Hause kommst. Ich dachte, dass bis dahin das Schlimmste vorbei sein würde – die OP und die Chemo – aber jetzt …«

»Ich bleibe hier«, sagte ich sofort. »Ich rufe das Zulassungsamt an, ich kann mich bestimmt beurlauben lassen.

Wahrscheinlich bekomme ich sogar die Studiengebühren zurückerstattet.«

»Nein, Liebes. Das möchte ich nicht.« Aber ihren Worten fehlte die Kraft, und sie senkte den Kopf, so als hätte sie Angst, mir in die Augen zu schauen. In dem darauffolgenden Schweigen verstand ich zum ersten Mal, dass nicht nur sie meinem Vater dabei geholfen hatte, sich in der Welt zurechtzufinden, sondern dass er sich auch um sie gekümmert hatte … und dass das jetzt meine Aufgabe war.

Ich rief im Zulassungsamt an und beantragte einen Studienaufschub. Meine Mitbewohnerin schickte mir meine Sachen, die ich gerade erst ausgepackt hatte, darunter die leuchtenden Farbdruckgrafiken von Helen Frankenthaler, die ich wenige Tage zuvor an die Wand getackert hatte. Zusammen mit meiner Mutter fand ich eine Reha-Einrichtung für Jon, ein gut geführtes Haus, das wir uns von seiner Invalidenrente leisten konnten. »Es ist an der Zeit«, sagte meine Mutter. »Er sollte allein leben und so gut es geht sein eigenes Leben führen.« Jon lebte sich rasch ein, gewöhnte sich an die Sozialarbeiter, seine Mitbewohner, seine Arbeit in einem Drugstore. Danach waren wir nur noch zu zweit.

Ich fuhr meine Mutter ins Krankenhaus – zuerst zur OP, dann zu ihren Chemobehandlungen und Bestrahlungen. Wenn wir nach Hause fuhren, hielt ich das Lenkrad fest umklammert, wich Schlaglöchern aus und fuhr so langsam wie möglich, während sie blass und still neben mir saß, mit Pflastern in den Armbeugen und einer Plastikschale im Schoß.

Ich holte ihre Medikamente in der Apotheke und kochte für sie – weiche, milde Gerichte, die ihr keine Übelkeit verursachten und die offenen Stellen in ihrem Mund nicht reizten. Ich entlieh Bücher und Videos in der Bibliothek und kaufte teure Lotionen und Hautcremes im Angebot. Ich brachte mir das Stricken bei und strickte ihr Schals und

Mützen – eine kecke, fliederfarbene Baskenmütze, eine gestreifte Bommelmütze.

Wenn sie zu müde zum Arbeiten war, setzten wir uns auf die Veranda, und sie erzählte mir Geschichten: Wie sie und ihre Schwester beim Ostereiersuchen im Kamin stecken blieben, wie sie während des Studiums mit ihren Mitbewohnerinnen einen Ausflug nach Kanada machte, wie sie meinen Vater kennenlernte (nicht im See, wie sich herausstellte, sondern beim Abschlussmusical ihres Ferienlagers, wo er für die Beleuchtung zuständig gewesen war).

Mittwochabends besuchten wir Jon. Wir gingen entweder zu einem nahegelegenen Griechen oder brachten ihm seine geliebten Piroggen ins Heim. Manchmal gingen wir auch ins Kino, in die Buchhandlung oder in den großen Elektromarkt, wo Jon Videospiele ausprobieren konnte. Seine Interessen waren die des Teenagers, der er zum Zeitpunkt des Unfalls gewesen war. Er liebte Junkfood und Ballerfilme, Comic-Hefte, Tom Petty und Bruce Springsteen. In mancherlei Hinsicht würde er zeit seines Lebens ein Kind bleiben, was einerseits natürlich tragisch war, andererseits hatte es auch fast etwas Märchenhaftes. Jon würde älter werden, aber er würde nie erwachsen werden müssen; er würde sich nie über Dinge Gedanken machen müssen, über die sich Erwachsene den Kopf zerbrachen.

Wenn wir von Jon nach Hause fuhren, versuchte meine Mutter das Gespräch immer auf meine Zukunft zu bringen. Egal, was passiert, instruierte sie mich, ich müsse wieder ans College gehen und nach meinem Studium so viel wie möglich reisen. Ich solle mindestens ein Semester in Europa verbringen, Italien und Spanien bereisen, den Louvre und den Prado besichtigen und mir so viele Vermeer-Gemälde wie möglich ansehen. Wenn sie so auf dem Beifahrersitz saß, war sie kaum wiederzuerkennen – sie hatte in kürzester Zeit so viel abgenommen, dass sich die Knochen unter ihrer blassen, schlaffen Haut abzeichneten. Sie hatte keine Haare, keine Wimpern und keine Augenbrauen mehr. *In Ordnung, Mama,* antwortete ich, während sie mir sagte, welche Bücher ich lesen und welche Gemälde ich mir ansehen sollte, welche Kirchen, Strände und Städte ich besichtigen sollte, Orte, die sie auch nur aus Büchern kannte. *In Ordnung.*

»Egal, was mit mir ist«, sagte meine Mutter mit leiser, sanfter Stimme, während wir am Haus der Sheas in unsere Straße einbogen. Nach zweiundzwanzig Jahren Ehe und fünfzehn Kindern hatten sich Mrs Shea und ihr Mann im Vorjahr scheiden lassen. Jetzt wohnte Mrs Shea allein in dem Haus, trug ihre silbergrauen Haare kurz, und wochentags sah man sie morgens in Spandexhosen aus dem Haus gehen, die Bibel in der einen, die Yogamatte in der anderen Hand, auf dem Weg zum Frühgottesdienst um sechs Uhr und zur Yogaklasse um sieben. »Egal, was mit mir ist, es wird alles gut.«

Das wisse ich, sagte ich, obwohl ich nicht daran glaubte. Während sie krankheitsbedingt immer dünner wurde und nach der doppelten Mastektomie so flachbrüstig wie ein Junge war, wurde ich immer dicker. Wenn sie im Chemozimmer saß, sich von klassischer Musik berieseln und Gift in ihre Venen tropfen ließ, fuhr ich mit dem Aufzug drei Stockwerke höher in die Klinikcafeteria, wo ich fade Schoko- und Sahneschnitten in mich hineinstopfte und mich fragte, ob das Essen auch bestrahlt oder mit geschmackstötenden Chemikalien vollgepumpt wurde. Es schmeckte mir nicht, aber ich konnte es nicht lassen – weder die Kuchen und Torten noch die Kekse und Süßigkeiten, die ich nachts in meinem Zimmer in mich hineinstopfte, wenn ich das Licht löschte und krampfhaft so tat, als würde ich meine Mutter nicht weinen hören.

Ich stellte eine Staffelei im Esszimmer auf, und wenn ich nicht gerade ins Krankenhaus, zum Einkaufen, zur Apotheke oder zu meinem Bruder fuhr, nahm ich mir hin und wieder ein, zwei Stunden Zeit zum Malen. Im November schickte meine Mutter eines meiner Bilder – ein Aquarell von einem Weihnachtsbaum mit einem leuchtenden Stern und den Worten *Friede auf Erden* – an ihre Redakteurin. Die Redakteurin war begeistert, und eh ich's mich versah, bekam ich einen Scheck über zweihundert Dollar und das Angebot, weitere Arbeiten vorzulegen. Den ganzen Herbst hindurch bis in den Winter hinein malte ich, während es immer kälter wurde, die Bäume ihre Blätter verloren und die Auslage des neuen Gourmetladens im Stadtzentrum wechselte – von Kürbistorte und Kastanienfüllung über Bûche de Noël bis zu Tiefkühl-Diätgerichten für all diejenigen, die gute Neujahrsvorsätze hatten. Ohne es geplant zu haben, hatte ich plötzlich einen Beruf. Meine Mutter wurde immer dünner und schwächer, und ich malte und aß und malte und aß und träumte von New York City – einer Stadt, die mit jedem Tag in weitere Ferne rückte, so als hätte ich nur davon geträumt.

Der Winter war in jenem Jahr brutal. Untertags kletterten die Temperaturen kaum über null Grad, und nachts, wenn der Wind heulend durch die Straßen fegte und gegen die Mauern schlug, fielen sie weit unter den Gefrierpunkt. Wenn wir abends Suppe und Pudding gegessen hatten, half ich meiner Mutter unter die Dusche. Wir standen gemeinsam im Wasserstrahl, und sie stützte sich an der gefliesten Wand ab, während ich sie wusch und dabei ihre vorstehenden Hüft- und Wirbelsäulenknochen sowie die blauen Flecken an ihren wabbeligen Armen und Oberschenkeln zu ignorieren versuchte. Wenn sie abgetrocknet und gepudert war und ein frisches Nachthemd trug, las ich ihr aus ihren Lieblingsbüchern als Kind vor: *Stolz und Vorurteil, Oliver Twist, Große Erwartungen, Ein Baum wächst in Brooklyn.* Sie regrediert, dachte ich. Ihre Brüste waren weg, ihre Hüften und

Haare waren weg, und wenn sie nachts manchmal leise weinte, klang es so, wie ich mir das Weinen eines Babys vorstellte.

Als es dem Ende zuging, als es keine Operationen, Chemositzungen oder Bestrahlungen mehr gab, nur noch die Hospizschwester und die Morphiuminfusionen, und ich an ihrem Bett saß, ein Buch im Schoß und meine Stricksachen in der Tasche neben mir, drehte sich meine Mutter eines Tages auf die Seite und nahm meine Hand. »Addie, du musst mir versprechen, dass du zurück an die Uni gehst. Du kannst nicht einfach hier bleiben.«

»Ich weiß, Mama.« Wir hatten diese Unterhaltung schon viele Male geübt.

»Ich weiß, dass du Angst hast«, sagte sie. »Aber du musst mir glauben. Da draußen gibt es auch viel Gutes. Gute Menschen. Gute Männer.« Ihre hellen Augen wurden sanft. »Du könntest ein Kind bekommen.«

Ich sah an mir hinab, auf meine Brüste, die dick und schwer auf meinem Bauch lagen, auf meinen Bauch, der meinen Schoß praktisch zum Verschwinden brachte. Als ich mich das letzte Mal gewogen hatte, war die Anzeige auf neunzig, dann auf hundert Kilo geklettert, und ich war geschockt von der Waage gesprungen, bevor sie noch höher klettern konnte. Wer würde denn mit mir ein Kind haben wollen? »Mach dir keine Sorgen um mich«, sagte ich, und meine Mutter seufzte und schloss die Augen. Ich dachte, sie wäre fertig, aber kurz darauf sagte sie: »Hast du mit Valerie gesprochen?«

Ich schwieg. Meine Mutter ließ nicht locker. »Ihr wart so gute Freundinnen.«

»Sie hat mein Leben ruiniert.« Die Worte kamen aus mir herausgeschossen, als hätte ich sie jahrelang zurückgehalten. »Sie hat alle gegen mich aufgebracht …«

»Sei nicht so streng mit ihr«, sagte meine Mutter.

»Sie hat mein Leben ruiniert«, wiederholte ich.

Sie seufzte und schüttelte den Kopf. »Die Highschool ist nicht das Leben, Addie. Dein Leben ist nicht ruiniert.« Sie stützte sich ächzend auf einen Ellbogen. »Ich glaube, Valerie ging es damit auch nicht gut.«

»Ja, klar.« Ich konnte die Bitterkeit in meiner Stimme nicht unterdrücken. »Es war bestimmt schwer für sie.«

Sie fasste nach meiner Hand. »Du solltest sie anrufen. Versprich mir, dass du sie anrufst.«

In dem überheizten Schlafzimmer, in dem es nach Toast und Eiern, nach Arnikagel und der Zitronenlotion roch, mit der ich meiner Mutter die Beine und Füße einrieb, versprach ich es – noch ein Versprechen, das ich nicht zu halten gedachte.

»Addie«, sagte meine Mutter aus den Tiefen der Kissen, »es gibt alle möglichen Arten von Liebe, und sie ist nicht immer wie dieses Grußkartengesülze.« Sie lehnte sich mit schmerzverzerrtem Gesicht zurück, und ich blickte automatisch zur Wanduhr und rechnete, wie viel Zeit seit ihrer letzten Morphiuminfusion vergangen war und wie viele Stunden es noch waren, bis um sieben Uhr morgens die Hospizschwester kam. »Ich will nur, dass du glücklich bist. Dein Vater und ich …« Ihre Augen füllten sich mit Tränen.

»Ich bin glücklich«, sagte ich. Ich las sie in den Schlaf, dann saß ich neben ihr und dachte an jenen lang zurückliegenden Sommermorgen, als ich mit meiner besten Freundin Kanu gefahren war. Wir waren an einem halben Dutzend kleiner Boote vorbeigepaddelt, die im seichten Wasser vor Anker lagen. Am blauen Himmel trieben rosig schimmernde Wattewölkchen. Wenn ich mich konzentrierte, konnte ich mich noch an die Namen von jedem Einzelnen der Skiffs erinnern: *Lovely Lu. Tall Cool One. Evangeline.*

Meine Mutter starb in einer warmen Septembernacht, etwa ein Jahr nach meiner Rückkehr aus New York. Ich lag neben ihr und lauschte den immer länger werdenden Abständen zwischen ihren Atemzügen, bis es keine Atemzüge mehr gab, nur noch Stille. »Jetzt kannst du dich ausruhen«, sagte ich, küsste sie auf die Wange und deckte ihren geschundenen, ausgemergelten Körper, ihre Vogelknochen und ihren kahlen Kopf mit einer selbstgestrickten, elfenbeinfarbenen Chenilledecke zu. »Ruh dich aus.« Als die Sonne aufging, rief ich Dr. Shoup an, die mir ihr Beileid aussprach, sowie die Hospizschwester, die weinte und meinte, wie glücklich ich sein könne, eine Mutter gehabt zu haben, die mich so sehr geliebt hatte. Jon und ich wiederholten das Prozedere: der schwarze Leichenwagen, der kaum getragene schwarze Anzug, die Nachbarn, die uns kalte Platten und Aufläufe brachten und uns sagten, wie leid es ihnen tat, mein Bruder, der mich mit trübem, verwirrtem Blick am Ärmel zupfte und fragte: »Addie, wo ist Mama? Warum ist Mama nicht hier?«

Ich war neunzehn, fast zwanzig Jahre alt. Ich erbte das Haus im Crescent Drive, die Lebensversicherungen meiner Eltern und den kleinen Treuhandfonds, den sie für Jon eingerichtet hatten. Ich hätte den Wunsch meiner Mutter befolgen können – das Haus verkaufen, die Koffer packen, an die Uni zurückgehen, nach Europa reisen, ausgehen, ans Meer fahren –, aber es war, als wäre jede Spur von Energie und Optimismus, die ich je besessen hatte, von mir gewichen, und als wäre New York City nur ein Ort, den ich mir ausgedacht hatte, Teil eines Märchens, das ich mir selbst erzählt hatte. Außerdem war ich viel zu dick. Ich gehörte nicht in diese Welt. Sie war wie die Highschool im Großen, wo einem schlechte Dinge zustießen und es schlechte Menschen gab, die nur darauf warteten, diese Dinge zu tun. Also wäre es besser, zu Hause zu bleiben, im Esszimmer an meiner Staffelei zu arbeiten, mich auf meine kleine Welt zwischen Supermarkt und Bibliothek zu beschränken, wo man mich und ich die anderen kannte, wo ich wenigstens halbwegs sicher war.

Meine Mutter hatte darauf bestanden, dass ich einen Abschluss mache, und dieses eine Versprechen hielt ich. Ich schrieb mich für ein Kunststudium am Community College ein, wo die Mehrheit meiner Kommilitonen das war, was man euphemistisch als »Wiedereinsteiger« bezeichnet: Studenten zwischen zwanzig und vierzig Jahren, die untertags oder auch nachts einem Beruf nachgingen, die kleine Kinder, hilfsbedürftige Eltern und allerlei Wochenendverpflichtungen hatten. Ich erwarb einen Bachelor in Bildender Kunst und malte nebenbei zu Hause die Bilder, für die ich schließlich bekannt wurde: kleine, äußerst detaillierte Darstellungen einzelner Dinge vor weißem Hintergrund – ein Herz, eine Blume, eine Möwe im Flug, ein sprühendes Feuerwerk. Dafür brauchte ich kein Büro, ich musste nicht einmal die Menschen kennenlernen, die mir die Aufträge erteilten. Sie brauchten nicht zu wissen, wie ich lebte oder wie ich aussah. Ich aß Haferbrei zum Frühstück, Tunfisch- oder Erdnussbuttersandwiches zum Mittagessen, Kekse und Kuchen, Puddings und Torten. Untertags arbeitete ich; abends aß und las ich. Ich störte niemanden, und jahrelang störte auch mich niemand.

»Addie?«

Val stupste mich vom Fahrersitz aus mit einem rot lackierten Fingernagel an. »Lebst du noch?« Ich rieb mir die Augen. Wir waren in Chicago. Die Sonne war aufgegangen, aber die Straße lag im Schatten der Wolkenkratzer. Ich sah zu dem hohen Glas- und Betonturm hinauf, vor dem wir gehalten hatten. THE MODERNE stand auf der Markise über dem Eingang. »Es scheint ihm nicht schlecht zu gehen«, sagte ich.

»Ach, er wohnt bestimmt nur in einem Einzimmerapartment«, sagte Val. »Und außerdem ist das Schicksal unberechenbar.« Sie löste den Sicherheitsgurt. »Ich rede mit dem Portier. Ich sage ihm, dass ich Dan meine Autoschlüssel gegeben habe, weil ich betrunken war, und dass ich sie jetzt wieder brauche.«

Ich deutete auf die Schlüssel im Zündschloss. »Und was ist das hier?«

»Ich sage ihm, dass es dein Auto ist.«

»Wie du meinst.« Zum einen hatte ich auch keine bessere Idee, und zum anderen musste ich zugeben, dass mich der Gedanke, einen Jaguar zu besitzen, amüsierte.

»Falls er zu Hause ist, ist alles gut.«

»Und falls nicht?«

Sie spielte mit ihrem Gurt. »Dann machen wir's wie die Muscheln und halten dicht.«

»Wie die Muscheln«, wiederholte ich. Val sah mich prüfend an. »Hey, alles in Ordnung?« Ich schüttelte den Kopf. »Was ist los?«, fragte Val. Ich konnte nicht antworten. Sie musterte mich eine Weile. »Du bleibst hier, okay? Ich bin gleich wieder da.« Sie stieg aus und ging durch die schwere gläserne Eingangstür ins Gebäude. Sie bewegte sich, als hätte sie keinerlei Sorgen außer der Frage, was sie zum Abendessen kochen solle oder ob die Schuhe, die sie kaufen wollte, im Angebot waren.

Ich schlang die Arme um die Knie und blickte auf die Uhr auf dem Armaturenbrett. Neun Minuten vergingen, bis Val beschwingten Schrittes zum Auto zurückkam. »Nicht da«, vermeldete sie, während sie den Motor anließ. »Keine feste Freundin, keine engen Freunde, treibt sich viel auf Partys herum und … ach ja, es kann sein, dass er gefeuert wird, aber er weiß es noch nicht.«

»Das hat dir alles der Portier erzählt?«

»Er kennt mich aus dem Fernsehen«, sagte sie bescheiden, fuhr ein paar Straßen weiter und hielt dann an.

»Was machst du?«

Sie kniff die Augen zusammen. »Wir müssen anfangen, wie Verbrecher zu denken.«

»Was?« *Wir?* Val griff hinter sich und nahm einige Männerklamotten vom Rücksitz – ein blaues Hemd, eine Hose, weiße Unterwäsche. Dann stieg sie aus, vergewisserte sich, dass wir allein waren, und stopfte die Sachen in einen Gully. Kurz darauf setzte sie sich schwer atmend und mit zufriedener Miene wieder ans Steuer. »Ich habe alles weggeworfen, bis auf seine Geldbörse und sein Handy. Die werfe ich in eine Mülltonne. Vielleicht geht die Polizei dann davon aus, dass er Opfer eines Identitätsdiebstahls geworden ist.« Sie überlegte, während sie beschleunigte und in Richtung Highway fuhr. »Vielleicht wird er tatsächlich Opfer eines Identitätsdiebstahls.« Ich schwieg. »Er hätte es verdient.« Die Räder des Jaguars schnurrten leise über den Asphalt, und hinter uns erwachte die Stadt zum Leben. »Lass uns nach Hause fahren«, sagte Val. »Du bist bestimmt müde.«

»Nach Hause hört sich gut an«, antwortete ich, und sie setzte den Blinker.

## Zweiter Teil

# Auf und davon

## 15

*Dan Swansea stapfte die Straße entlang, der aufgehenden Sonne entgegen. Seine Beine waren bis auf seine Schuhe und Socken nackt, und seine Haut brannte vor Kälte. Der Lagerschuppen war zum Glück nicht abgeschlossen gewesen, aber er hatte dort weder Kleidung noch Decken gefunden, nur einen Karton mit Müllsäcken. Einen Sack hatte er sich übergestülpt, indem er für Kopf und Arme Löcher hineingerissen hatte, einen zweiten hatte er wie eine Windel um die Hüften gewickelt. Danach hatte er sich eine Weile in einer zugigen Ecke der Scheune zusammengerollt und ausgeruht und sich dann auf den Weg gemacht. Die Mülltüten raschelten beim Gehen, und er wollte gar nicht erst darüber nachdenken, welches Bild er abgab. Es ließ sich ohnehin nicht ändern. Diese Schlampe Valerie Adler – ihr Name war ihm wieder eingefallen – hatte ihm auch seine Geldbörse und sein Handy geklaut.*

*Hier in der Nähe muss doch irgendetwas sein, sagte er sich. Ein Laden oder eine Tankstelle oder etwas in der Art. Bis dahin würde er laufen. Danach würde er nach Hause fahren, um sich neue Klamotten zu besorgen und sich aufzuwärmen, und dann würde er die Schlampe finden und es ihr heimzahlen.*

*So in Gedanken versunken, bemerkte er den Transporter erst, als dieser schon neben ihm war und es zu spät war, um sich im Straßengraben zu verstecken. Das Auto verlangsamte sein Tempo – Dan machte sich darauf gefasst, dass man ihn auslachen, eine Flasche nach ihm werfen oder eine blöde Bemerkung machen würde (ihm wäre wahrscheinlich etwas in Richtung »Höchste Zeit, den Müll rauszubringen!« eingefallen) –, aber stattdessen drang in dem grauen Dämmerlicht die freundliche Stimme einer Frau an sein Ohr.*

*»Dan Swansea? Bist du das?«*

*Er blinzelte in das Scheinwerferlicht, konnte aber das Gesicht der Frau am Steuer nicht erkennen.*

*»Ist alles in Ordnung? Wo sind deine Klamotten?«*

*»Eine lange Geschichte«, brachte er hervor. Die Tür des Transporters glitt wie von Geisterhand auf. Einen Augenblick lang dachte Dan an übernatürliche Phänomene, an übersinnliche Kräfte und außerirdische Besucher, an den unsichtbaren, aber allgegenwärtigen Heiligen Geist (ein Lieblingsthema seiner Mutter), bevor ihm einfiel, dass heutzutage alle Lieferwagen mit einer Fernbedienung ausgerüstet waren.*

*»Steig ein«, sagte die Stimme. »Ich kümmere mich um dich.«*

*Er hatte keine Zeit, seine Optionen abzuwägen. Entweder er stieg ein, oder er stapfte im Dunkeln und in der Eiseskälte weiter, nackt bis auf seine Schuhe, seine Socken und zwei Riesenmüllsäcke. Dan Swansea humpelte über die Straße und kletterte in den Lieferwagen.*

## 16

Der Anruf kam kurz nach sechs Uhr morgens, keine drei Stunden, nachdem Jordan Novick endlich eingeschlafen war. Obwohl »eingeschlafen« vielleicht nicht ganz der richtige Ausdruck war. »Weggedämmert« würde vielleicht besser beschreiben, was sich in seinem Klappstuhl im Wohnzimmer abgespielt hatte, nachdem er große Mengen an Bier sowie ein Glas Whisky getrunken und sich zur *Gute-Nacht-Show* schnell und heimlich einen runtergeholt hatte.

Er tastete nach dem Telefon. »Novick«, raunzte er, während sein Blick auf den Pager fiel, der wie eine epileptische Ratte über den Couchtisch zuckte.

»Guten Morgen, Chef.« Es war Paula von der Leitzentrale. »Wir haben da eine Situation auf dem Parkplatz des Lakeview Country Club. Übernehmen Sie?«

Jordan rieb sich den Nasenrücken, dann seine stoppelige Wange. »Was für eine Situation?«

»Das ist es ja gerade. Wir wissen es nicht genau«, sagte Paula. »Ich weiß, dass Sie 10-10-A sind, aber es ist möglicherweise eine 10-80. Oder vielleicht eine 10-81 mit 211. Es könnte aber auch ...«

»Hey. Hey, Paula.« Diese Liedzeile war zwar ein alter Trick, der aber meistens funktionierte, damit sie mit den Zahlen aufhörte. Paula Albright, die Disponentin der Leitstelle von Pleasant Ridge, war eine vierundfünfzigjährige ehemalige Schulcafeteria-Angestellte, die ihre Arbeit sehr ernst nahm und jeden einzelnen Code, einschließlich den für »vermisstes Fahrrad«, kannte.

»Ja, Sir?«

»Erzählen Sie mir doch einfach, was passiert ist.«

»Natürlich, Chef. Der Hausmeister fand einen Herrengürtel und Blutspuren auf dem Parkplatz, aber keine Spur von einem Opfer.«

Wie mysteriös, dachte Jordan und stand, das Telefon am Ohr, auf. Das war ungewöhnlich. In Pleasant Ridge ließen sich die Situationen für gewöhnlich in einige wenige, leicht quantifizierbare Kategorien einteilen: Der versehentlich ausgelöste Einbruchsalarm. Der vermisste Hund, die Katze auf dem Baum. Die vermissten Kinder, meist Jugendliche, die Mama und Papa nicht gesagt hatten, wo sie hingehen und ihre nagelneuen Super-Handys nicht aufgeladen hatten. Kreditkartenbetrug und Identitätsdiebstahl, Autounfälle, Hausbrände und Trunkenheit am Steuer. Natürlich gab es auch Männer, die ihre Ehefrauen schlugen, sowie hin und wieder – und gar nicht so selten, wie die meisten Leute denken – Frauen, die ihre Ehemänner schlugen. Diese Vorfälle waren unangenehm, aber wenigstens handelte es sich dabei um vorhersehbare Unannehmlichkeiten, für die es ein im Laufe der Jahre bewährtes und ausgefeiltes Protokoll gab. In seiner zehnjährigen Dienstzeit konnte sich Jordan nicht an einen einzigen Fall erinnern, der tatsächlich irgendwie mysteriös gewesen wäre.

Er schluckte und hustete, verzog angesichts des sauren Geschmacks in seinem Mund das Gesicht und klemmte sich das Telefon unters Kinn, um den Reißverschluss seiner Hose zuzuziehen. »10-8, ich übernehme«, sagte er, um Paula glücklich zu machen – und um das Geräusch des Reißverschlusses zu übertönen. »Bin schon unterwegs.«

»Südöstliche Ecke des Parkplatzes, beim Müllcontainer.«

»Verstanden«, sagte er und nahm seine Schlüssel.

Als er vor dem Country Club eintraf, warteten dort bereits alle drei städtischen Streifenpolizisten auf ihn (darunter Holly Muñoz, also waren es genau genommen zwei Streifenpolizisten und eine Streifenpolizistin). Die Ermittlerin der Staatsanwaltschaft kam ihm entgegen; sie trug Latexhandschuhe und hatte zwei Kameras um den Hals – eine Hightech-Digitalkamera und eine altmodische Polaroidkamera. »Was gibt's?«, fragte Jordan die Ermittlerin, eine junge Frau namens Meghan mit einem hohen Pferdeschwanz und einem kleinen silbernen Nasenstecker.

»Sehen Sie es sich selbst an«, sagte sie. Jordan zwang sich, ruhig zu atmen, für den Fall, dass sie in den zwanzig Minuten, die er hierhergebraucht hatte, eine Leiche gefunden hatten. Er fixierte seinen Blick auf eine Stelle zwischen Meghans Schulterblättern, bis sie stehen blieb und nach unten zeigte. »Seltsam, oder?«

Jordan leuchtete mit seiner Taschenlampe auf die Erde. Etwas Feuchtes, Rostrotes war in den Kies eingesickert und an die Ecke des Müllcontainers gespritzt. Ein paar Meter entfernt lag ein schwarzer, fein säuberlich aufgerollter Herrengürtel aus Leder mit einer Silberschnalle. Das war alles.

»Der Hausmeister, George Monroe, fand die Sachen, als er heute Morgen den Abfall rausbrachte.« Die Frau von der Spurensicherung zeigte auf einen hageren Kerl in einer Khakihose, der auf den Stufen vor der Küche des Country Clubs saß. Als Jordan zu ihm hinsah, winkte ihm der Mann zu.

»Keine Leiche?«, fragte Jordan.

Meghan schüttelte den Kopf. »Wir haben alles abgesucht: die Straße, den Parkplatz, den Golfplatz, den Straßengraben auf eine Meile Länge, und wir haben den Müllcontainer durchwühlt. Falls hier etwas passiert ist, wurde das Opfer weggeschafft, aber da hier nicht literweise Blut ist, haben wir es meines Erachtens nicht unbedingt mit einer Leiche zu tun.«

»Hat der Hausmeister irgendetwas gesehen?«, fragte Jordan ohne große Hoffnung. Meghan schüttelte erneut den Kopf und fasste an ihre Kameras. »Wir sind fast fertig«, sagte sie. »Dann gehört alles Ihnen.«

»Sie bleiben nicht hier?«

Sie grinste ihn breit an. »Falls wir es hier mit einem Mord zu tun haben, kommen wir wieder. Klar. Aber bis Sie nicht sicher sind, ob hier vielleicht nur ein Betrunkener gestürzt ist …« Sie ging zu ihrem Auto. »Feiertagswochenende, Sie wissen schon?«

»Alles klar.« Jordan sprach mit seinen Streifenbeamten

kurz die Prozedur zur Tatortsicherung durch, dann eilte er zum Hausmeister hinüber.

»Guten Morgen«, sagte er und streckte ihm die Hand entgegen. »Jordan Novick, Polizeichef von Pleasant Ridge. Sie fanden also die, äh …« *Spuren? Beweismittel?* Er war sich nicht sicher, wie er die Sachen benennen sollte.

»Den Gürtel.« Der Mann war Ende zwanzig, mit braunen Haaren und hellen Augen. Er hatte eine hohe, raue Stimme, und sein Adamsapfel hüpfte beim Schlucken auf und ab, seine Wangen waren voller Aknenarben, und auf seinem Kinn sprießte ein frischer Pickel. »Ich bin seit fünf Uhr da. Die erste Startzeit ist um sechs, also komme ich schon um fünf. Als ich den Müll rausbrachte, bin ich mit dem Fuß gegen etwas gestoßen. Zuerst dachte ich, es sei eine Flasche oder so was Ähnliches, aber dann sah ich den Gürtel und das Blut, und ich dachte, okay, hier stimmt was nicht. Ich ging wieder rein und rief die Polizei. Ich habe nichts angefasst. Ich wollte die Spuren nicht verunreinigen.« Er nickte Jordan zu, quasi von Profi zu Profi. »Ich schaue *CSI.*«

»Hervorragend«, sagte Jordan.

»Und was machen Sie jetzt?«, fragte der Hausmeister und kratzte sich am Kinn. »Testen Sie das Blut auf DNA? Haben Sie Luminol dabei?«

»Ich dachte mir, wir finden erst einmal heraus, ob einer von den Gästen, die gestern Abend hier waren, einen Gürtel vermisst.« Der Pickel hatte zu bluten begonnen. Der Junge presste den Ärmel seines Khakihemds darauf, während er über Jordans Aussage nachdachte und schließlich zustimmend grunzte. »Gab es hier in letzter Zeit Ärger?«, fragte Jordan. »Haben Sie eine Ahnung, was passiert sein könnte?«

Der Mann machte ein finsteres Gesicht und knirschte mit den Zähnen. »Veganer.«

Einen Augenblick lang glaubte Jordan, ihn nicht richtig

verstanden zu haben oder dass er eine Fremdsprache gesprochen hätte. »Veganer?«

»Wegen des Leders«, sagte der Mann. »Das Gürtelleder. Ist Ihnen das noch nicht aufgefallen?« Er schüttelte den Kopf. »Veganer sind echt durchgeknallt. Ich habe mal in den Nachrichten gesehen, wie einige von ihnen Bienen befreien wollten. Ich meine, Vegetarier – das geht ja noch. Kein Fleisch, okay, Tiere haben auch Gefühle. Das kapier ich. Aber keinen Honig?« Er räusperte sich und spuckte in den Kies.

»Hatten Sie hier im Club schon mal Ärger mit Veganern?« Ich schlafe noch, dachte Jordan. Ich schlafe noch, und das ist ein Traum.

Der Hausmeister schüttelte den Kopf. »Nein«, sagte er. »Aber ich behalte sie im Auge.« Er tippte sich mit dem Finger ans Auge und widmete sich dann wieder seinem Pickel.

Jordan notierte sich das Wort »Veganer«, weil es genauso viel Sinn ergab wie alles andere. Dann nahm er die Personalien des Hausmeisters auf, bedankte sich für seine Hilfe und ging zurück zu seinen Streifenbeamten. Einer von ihnen, Devin Freedman, machte gerade seinen Juraabschluss an der Loyola-Universität. Holly hatte Soziologie studiert und trainierte in ihrer Freizeit für einen olympischen Triathlon. Der Dritte, Gary Ryderdahl, der ebenso wie Jordan aus Pleasant Ridge stammte, war seit drei Jahren bei der Polizei und gerade erst von zu Hause ausgezogen (Jordan hatte ihm einen ganzen Samstag lang beim Umzug geholfen). Keiner von den dreien war älter als dreißig Jahre, und gemeinsam mit Jordan waren sie alles, womit Pleasant Ridge sich gegen die Sintflut stemmte. »Meine Herren«, sagte Jordan. »Meine Dame. Was wissen wir bis jetzt?«

Gary Ryderdahl blickte seine Kollegen an, zog seinen Notizblock aus der Gesäßtasche und trat vor, wobei er seinen Oberkörper straffte wie ein Batter, der ans Schlagmal tritt.

Er hatte ein rundliches, rosiges Gesicht und einen wirren weißblonden Haarkranz, was ihm eine gewisse Ähnlichkeit mit Woodstock, Snoopys gefiedertem Freund, verlieh. »Der Gürtel ist von der Marke Kenneth Cole. Sie sind vielerorts erhältlich. In Kaufhäusern und, äh« – er warf einen kurzen Blick auf seinen Notizblock – »unabhängigen Boutiquen.«

»Gut gemacht«, sagte Jordan mit ernster Miene. »Was hat gestern Abend hier stattgefunden?«

»Ein Klassentreffen. Pleasant Ridge Highschool, Jahrgang 1992«, sagte Holly Muñoz. »Die Staatsanwaltschaft kümmert sich um das Blut und überprüft, ob sich auf dem Gürtel brauchbare Fingerabdrücke befinden, aber Meghan meinte, das sei eher unwahrscheinlich. Ich habe mit dem Bankettmanager gesprochen. Gestern Abend waren zweihundert Leute hier – einhundertsiebenundachtzig angemeldete und dreizehn spontan gekommene Gäste.« Sie griff durch das offene Fenster des Streifenwagens und reichte Jordan einen Pappbecher. »Ich habe Ihnen einen Kaffee mitgebracht. Süß und nicht zu stark, stimmt's?«

»Danke.« Jordan sah sich um. Wachtmeister Freedman, der Anwalt-in-spe, riegelte den Fundort mit gelbem Absperrband ab. Er klebte ein Ende des Bandes an den Müllcontainer, rollte es am Gürtel vorbei ab und blickte sich dann mit dem Band in der Hand um, als ihm bewusst wurde, dass er das andere Ende zwanzig Meter entfernt an einem Baum befestigen müsse.

Jordan zwang sich dazu, den Blick abzuwenden. »Gästeliste?«

»Die Schriftführerin des Jahrgangs wartet damit schon auf uns«, sagte Holly. Devin Freedman fixierte unterdessen das andere Ende des Klebebands sorgfältig unter einem Stein. Jordan schloss die Augen.

»Wir werden mit allen sprechen müssen, die gestern Abend

hier waren.« Holly nickte und stupste Gary an, der ebenfalls nickte. »Ihr zwei fahrt zurück ins Revier. Ruft alle Krankenhäuser an, hier und in Chicago. Fragt, ob jemand eingeliefert wurde, dem ein Gürtel fehlt.« Er hielt inne und überlegte. »Überprüft den Hausmeister. George Monroe.« Er gab ihnen Monroes Sozialversicherungsnummer und Geburtsdatum. »Fragt in der Leitstelle nach, ob irgendjemand als vermisst gemeldet wurde.« Er überlegte. »Und ruft die Autowerkstätten an.«

»Sie glauben, es war ein Autounfall?«, fragte Holly.

»Möglich«, sagte Jordan. »Es ist einen Versuch wert.«

»Ich habe mal ein Reh angefahren«, sagte Gary Ryderdahl. »Danach war die Motorhaube total eingedellt.«

»Hier?«, fragte Holly. »In Pleasant Ridge?«

»Nein, in Wisconsin. Meine Oma hat dort ein Haus, und ich …«

»Wir haben keine Zeit zu verlieren!«, sagte Jordan. »Krankenhäuser. Autowerkstätten.«

Gary marschierte davon.

Holly sah Jordan an. »Äh, Chief?« Jordan sah sie an. »Womit genau haben wir es hier eigentlich zu tun? Was soll ich im Bericht schreiben?«

»Fürs Erste ist es ein herrenloser Gürtel«, sagte Jordan. Und es ist seltsam, dachte er, aber das sagte er nicht.

## 17

Die Schriftführerin des Jahrgangs, Christie Keogh, öffnete Jordan, eine Liste in der Hand und ein Stirnrunzeln auf ihrem hübschen Gesicht, die Tür zu ihrem Haus, einer protzigen Riesenvilla. Sie trug ein hautenges Tanktop und eine enge Jogginghose und machte trotz der frühen Morgenstunde einen schwungvollen, munteren Eindruck. Flüsternd erklärte sie, dass ihr Mann und ihre Kinder noch schliefen. »Worum geht's?«

»Wir haben einen Herrengürtel auf dem Parkplatz des Country Clubs gefunden. Und es gibt Anhaltspunkte, die womöglich auf ein Verbrechen hindeuten. Wir müssen uns vergewissern, dass es allen Partygästen gut geht.«

»Anhaltspunkte?« Christies Stirnrunzeln wurde stärker und verschwand dann so urplötzlich, als hätte sich jemand von hinten angeschlichen und *Falten!* in ihr Ohr geflüstert. »Was für Anhaltspunkte?«

»Physikalische«, sagte Jordan. »Blut.«

Christie schlang die Arme um ihren Oberkörper und bat ihn in ihre riesige Küche aus rostfreiem Edelstahl und schwarzem Granit, die so makellos sauber war wie ein OP-Saal. »Möchten Sie vielleicht einen grünen Tee?«

»Sind Sie etwa Veganerin?«, fragte Jordan.

Sie sah ihn seltsam an. »Wir essen Fleisch, aber nur aus dem Bioladen.« Christie setzte sich auf einen Rattan-Barhocker und wartete, bis Jordan ebenfalls Platz genommen hatte.

»Haben Sie letzte Nacht irgendetwas Ungewöhnliches beobachtet?«, fragte Jordan. »Irgendwelche Auseinandersetzungen? Streitereien?«

»Ungewöhnliches.« Sie umklammerte ihre Ellbogen. »Es war ein Klassentreffen. Einige hatten sich seit Jahren nicht gesehen, außerdem waren die Getränke umsonst, also könnte man durchaus sagen, dass ich das ein oder andere Ungewöhnliche beobachtet habe. Vor allem auf der Damentoilette.«

Jordan sah sie fragend an und wartete. Christie umklammerte ihre Ellbogen noch fester. »Ich sah, wie Larry Kelleher und Lynne Boudreaux intim miteinander waren. Sie sind verheiratet.« Sie beugte sich so weit zu Jordan vor, dass er ihre

Zahnpasta roch. »Aber nicht miteinander. Ach ja, und Merry Armbruster hat sich auf den Parkplatz gestellt und versucht, die anderen zu bekehren. Sie ist eine wiedergeborene Christin. Sie hat sich im Sommer vor dem letzten Schuljahr Jesus zugewandt und wünscht sich das jetzt wohl auch für alle anderen.«

»Irgendwelche Streitereien?«

Sie überlegte. »Glenn Farber stritt mit seiner Frau darüber, wer von ihnen den Babysitter bezahlt, aber es kam nicht zu Handgreiflichkeiten. Sie haben sich nur intensiv unterhalten.«

»Wenn Sie raten müssten …« Er ließ den Satz unvollendet. Christie sah ihn mit großen Augen unter ihrer blassen, faltenlosen Stirn an. Dummheit oder Botox?, fragte sich Jordan.

»Soweit ich es beurteilen konnte, war alles in Ordnung.«

»Wir müssen jede Person auf der Liste kontaktieren. Um sicherzugehen, dass niemand seinen Gürtel vermisst.« Oder verblutet, dachte er.

Christie kaute an der Unterlippe. »Du liebe Güte! Ich kann es einfach nicht glauben. Es war eine tolle Party.«

Er bat sie um die Gästeliste, und sie reichte ihm fünf zusammengeheftete Blätter. »Das sind die, die sich rechtzeitig angemeldet hatten. Außerdem gab es noch dreizehn Nachzügler. Judy müsste ihre Namen haben – Judy Nadeau.« Sie zeigte auf Judys Namen und Adresse. »Sie wohnt ungefähr eineinhalb Kilometer von hier. Elm Lane, wissen Sie, wo das ist?«

Jordan nickte. »Glauben Sie, dass sie schon wach ist?«

Christie zog die Nase kraus. »Sie hat eine ganze Menge Tequila getrunken. Ich würde sicherheitshalber vorher anrufen.«

»Wird gemacht. Sind Sie heute zu erreichen?«, fragte Jordan.

»Ich muss einiges erledigen, aber ich habe mein Handy immer dabei. Mein Trainer sollte jeden Augenblick hier sein. Wir sind zum Joggling verabredet.«

Jordan glaubte, sich verhört zu haben. »Jogging?«

»Nein. Joggling. Man jongliert beim Laufen mit diesen kleinen Beanbags. Es ist ein fantastisches Training für die Oberkörpermuskulatur. Ich nehme nächsten Monat an einem Zehn-Kilometer-Rennen teil.«

»Fantastisch«, wiederholte Jordan. Er bat Christie, ihr Handy anzulassen, für den Fall, dass er ihr noch ein paar Fragen stellen müsse, faltete die Liste zusammen und steckte sie ein. Sie brachte ihn zur Tür und zupfte vor dem goldgerahmten Spiegel in der Diele ihr Oberteil zurecht. »Ich kann's einfach nicht glauben. Im Ernst. Als ich vor nicht mal sechs Stunden nach Hause fuhr, dachte ich noch, wie gut alles gelaufen sei.«

Er gab ihr seine Karte. »Sie hören von uns. Versuchen Sie, sich keine Sorgen zu machen. Vielleicht ist es ein blinder Alarm.«

Christie rieb sich die Oberarme. »Ich kann's einfach nicht glauben«, sagte sie erneut, gefolgt von einem bekümmert gemurmelten »Jetzt wird man mich das Zwanzigjährige bestimmt nicht planen lassen«.

## 18

Jordan hatte erwartet, dass Judy Nadeau verkatert sein würde. Er hatte nicht damit gerechnet, dass sie betrunken sein würde. Aber als ihm eine zierliche, zerknitterte Brünette mit zerdrückter Frisur und einem schwarzen Seidenkleid, das ihr ständig von der Schulter rutschte, die Tür öffnete und ihm in einer Wolke aus Hochprozentigem die Hand entgegenstreckte, brauchte er keine zehn Sekunden, um zu merken, dass sie noch immer sternhagelvoll war.

»Ein Bulle!«, nuschelte sie, klimperte mit den Wimpern und taumelte kichernd nach hinten, als er ihre Hand losließ. Sie stützte sich an der Wand ab, blinzelte und führte ihn in eine Küche, die genauso groß, aber bei weitem nicht so ordentlich war wie die von Christie Keogh. »Wie *noir!*« Statt Granitablagen hatte sich Judy für weißen Marmor entschieden und die Spritzschutzkacheln über dem Ausguss waren voller Essensflecken. Neben der riesigen Küchenmaschine und einer Espressomaschine, die wie das Innere einer Rakete aussah, stand eine Sammlung Wackelhunde. Jordan stupste einen an, woraufhin er mit dem Schwanz wackelte.

»Schöner Schwanz!«, sagte Judy, dann drückte sie eine beringte Hand an ihren geschminkten Mund und kicherte. Junge, Junge, dachte Jordan, während Judy eine Tüte Orangensaft und eine Flasche Sekt aus dem Kühlschrank nahm.

»Man muss den Teufel mit dem Belzebub austreiben«, verkündete sie, während sie Saft und Sekt in eine Kaffeetasse mit der Aufschrift DIE BESTE MAMA kippte. Zum zweiten Mal an diesem Morgen musste Jordan sich zwingen, jemanden nicht anzustarren.

Er setzte sich an den unordentlichen Küchentisch und schaffte sich Platz, indem er die Zeitungen zu einem Stapel zusammenschob und ein offenes Babybreiglas zuschraubte. »Ms Nadeau, ich bräuchte ein paar Informationen bezüglich des gestrigen Klassentreffens.«

»'türlich.« Sie hickste und ließ sich ihm gegenüber auf einen Stuhl plumpsen, stützte ihr Kinn in die Hand und sah ihn mit beunruhigender Intensität an. »He. Sie sind süß.«

»Danke. Um auf gestern Abend zu sprechen zu kommen …«

»Mein Exmann war auch süß«, sagte Judy. »Süßen Männern traue ich nicht über den Weg. Die meinen immer, sie könnten sich alles herausnehmen.«

»Gestern Abend«, wiederholte Jordan.

»Was ist damit?« Sie sah ihn fragend an und tätschelte ihre Haare. »Ach du liebe Scheiße. Hören Sie. Pete hat gesagt, er wäre geschieden.«

»Ma'am, wir haben auf dem Parkplatz einen Gürtel gefunden.«

»So gut wie geschieden. Das hat er gesagt.« Sie trank einen Schluck. »Und wir haben ein Kondom benutzt. Nur damit das klar ist.«

»Ma'am, auf dem Parkplatz des Country Clubs wurden ein Herrengürtel und Blutspuren gefunden. Möglicherweise ist jemand verletzt worden.«

»Nicht Pete«, sagte sie sofort. »Ich habe ihm nichts getan.« Sie lächelte anzüglich. »Zumindest nichts, was er nicht auch wollte.«

»Hören Sie.« In Jordans Kopf brauten sich Kopfschmerzen zusammen. »Haben Sie eine Liste der Nachzügler von gestern Abend?«

Sie schüttelte den Kopf. »Aber ich glaube, ich kann mich noch an alle erinnern. Ich kann sie Ihnen aufschreiben.« Sie holte einen Stift und monogrammiertes Briefpapier aus einer Schublade, und nach einigen längeren Pausen, in denen sie sich unter anderem nachschenkte und in der falschen Tonlage ein Lied vor sich hinsummte, das Jordan schließlich als Michael Jacksons *»Smooth Criminal«* identifizierte, notierte sie dreizehn Namen.

»Gab es irgendwelche Mitschüler, die Sie als Unruhestifter in Erinnerung haben?«, fragte Jordan, als sie sich wieder an den Tisch setzte und ihre Tasse in die Hand nahm.

Judy überlegte einen Augenblick, bevor sie die Tasse anhob und sich Mimosa über den Ärmel kippte. »Da war dieser eine Typ, der seinen Abschluss mit uns machte. Jonathan Downs. Er hatte …« Sie hielt inne und suchte nach einem politisch korrekten Ausdruck. »Er hatte einen schlimmen Unfall, und danach war er immer etwas neben der Spur. Ich weiß nicht genau, was ihm fehlte. Aber er war auf alle Fälle eigenartig. Und er hat den anderen Sachen aus dem Spind geklaut.«

»Sachen?«

»Ach, nur Kleinigkeiten. Jacken. Notizblöcke. Pausenbrote.« Sie hielt die Hand vor den Mund, als sie wieder Schluckauf bekam. »Ich weiß noch, wie er einmal alle Badmintonbälle aus der Turnhalle geklaut hat. Es war vor allem nervig.«

Jordan notierte sich den Namen *Jonathan Downs.* »War er gestern Abend auch da?«

»Ich glaube nicht. Zumindest habe ich ihn nicht gesehen. Ich bezweifle, dass er kommen wollte.«

Jordan holte das Klassenverzeichnis hervor, das Christie ihm gegeben hatte, und fand einen Eintrag unter *Jonathan Downs / Adelaide Downs / 14 Crescent Drive.* »Ist er das?«

»Das ist die letzte Anschrift, die wir von ihm haben. Dort hat er während der Schulzeit gewohnt. Ich bin mir nicht sicher, ob sie noch stimmt. Er hat auf die Einladung nicht geantwortet.«

Jordan tippte auf den Namen Adelaide. »Seine Frau?«

Judy schüttelte den Kopf. »Schwester.«

»Zwillinge?«

»Nein, Jon war älter, aber nach dem Unfall wurde er ein paar Klassen zurückversetzt.«

»War Adelaide gestern Abend da?«

Judy schüttelte wieder den Kopf.

»Sind Sie sicher?«

»Glauben Sie mir, ich wüsste es, wenn Addie Downs da gewesen wäre. Sie ist nicht zu übersehen.« Sie gestikulierte mit ihrer Tasse. Dieses Mal schwappte der Mimosa auf die Bodenfliesen. »Sie war fett.«

Zwei Kinder im selben Jahrgang, im selben Haushalt; das eine fett, das andere mit Gehirnschaden. Interessant. »Hat Addie auch geklaut?«

Judy starrte zu Boden. »Ach was. Sie ist einfach nur, Sie wissen schon, trübsinnig rumgeschlichen.« Sie sah ihre Tasse an, sichtlich überrascht, dass sie leer war, dann blinzelte sie ihn an. »He, wollen Sie auch was trinken?«

»Nein, danke«, sagte Jordan.

»Wollen Sie's treiben?«

Er räusperte sich. »Ma'am, ich bin im Dienst.«

»War nur ein Witz.« Von ihrer Oberlippe hatte sich Lippenstift gelöst und färbte die Haut unter ihrer Nase rot. »Außer Sie hätten Lust dazu. Ich meine, wenn das hier ein Porno wäre, müssten wir es tun, stimmt's?«

»Ich melde mich«, stieß Jordan hervor und stand auf.

»Es wären meine Steuergelder im Einsatz!«, sagte Judy.

»Passen Sie auf sich auf«, sagte er steif. Er sah, wie ihr Gesicht in sich zusammenfiel, als er sich zum Gehen wandte.

»Scheiß auf die süßen Typen«, sagte sie. Dann knallte sie die Tür so fest zu, dass es krachte.

## 19

Jordan Novick hatte eine gute Menschenkenntnis – zumindest sagte man ihm das bei der Arbeit nach, wo er im Alter von fünfunddreißig Jahren der jüngste Polizeichef geworden war, den seine Heimatstadt je hatte. Aber bei seiner eigenen Frau hatte seine Menschenkenntnis versagt. Er hatte es nicht vermocht, die vielen klassischen Zeichen zu deuten: die neue Frisur, die Mitgliedschaft im Fitnessclub, die sie tatsächlich nutzte anstatt nur dafür zu bezahlen, die neue Unterwäsche (schwarze Spitzenwäsche mit Rosenstickereien, so raffinierte und winzige Stücke, dass er sie erst gar nicht als Unterwäsche identifizierte, als er sie im Wäschekorb fand). Nichts davon hatte er registriert, bis Patti an einem Sonntagabend vor zwei Jahren mit ihm reden wollte und ihm kundtat, dass sie sich ihrer Meinung nach auseinanderlebten.

*Ja,* hatte er übereifrig geantwortet, das sei ihm auch aufgefallen. Aber nach allem, was sie durchgemacht hatten, sei das nicht überraschend. Vielleicht könnten sie es noch einmal mit einer Paartherapie probieren oder eine Reise machen. Er hätte bald vier Wochen Urlaub. Sie hatten ja schon immer mal nach Paris fliegen wollen …

Patti fiel ihm ins Wort. *Kein Paris,* sagte sie. Ihm fiel auf, wie müde sie unter ihren chemisch blondierten, gestuften Haaren aussah, wie ihre dünne Haut an den Wangen spannte und wie blass ihre Lippen waren. *Es tut mir leid,* sagte sie. *Jordan, es tut mir so leid, aber ich kann nicht mehr bleiben.*

»Hier im Haus?«, fragte er begriffsstutzig.

»In unserer Ehe«, antwortete sie.

Am darauffolgenden Abend kamen Pattis Mutter und Schwester, und zu dritt brachten sie Pattis Sachen – wozu laut Patti und ihrer Mutter die meisten Möbel sowie sämtliche Hochzeitsgeschenke gehörten – in das Haus ihrer Schwester. Jordan behielt die Bücherregale und die meisten Bücher, den Futon, den er seit dem Studium hatte, und ein paar Ikeastühle, die wackelten, wenn man sie nur streng ansah. Er blieb allein in einem Haus zurück, wo jeder Türknauf mit einem Plastikbabyschutz, jede Steckdose mit einer Kindersicherung, die Treppe oben und unten mit Gittern und der WC-Kasten mit einem Schloss versehen war. Patti hatte gesagt, dass sie einfach nur »allein sein wolle« und »etwas

Zeit brauche«, um »sich über einiges klar zu werden«, aber in Wirklichkeit zog sie keine drei Wochen, nachdem sie das Haus und ihre elfjährige Ehe verlassen hatte, aus ihrer nur zum Schein gemieteten Wohnung zu Rob Fine, ihrer beider Zahnarzt. Ihrem *Zahnarzt.*

»Wir sind ins Gespräch gekommen«, sagte Patti drei Monate später, als sie Jordan im Büro des Mediators gegenübersaß und er in überhöhter Lautstärke die weltweite Standardfrage gehörnter Ehemänner stellte, nämlich wie alles begonnen hatte.

»Ihr seid einfach ins Gespräch gekommen?«, wiederholte er. »Mit diesen Watteteilen und einem Absaugröhrchen im Mund!«

»Er hört mir zu«, sagte Patti.

»Ich höre dir auch zu!« Jordan sprang auf und beugte sich über den Tisch, sodass er ihr direkt ins Gesicht sprach. »Ich mache PowerPoint-Grafiken von deinen Temperaturkurven! Ich messe deinen Gebärmutterausfluss! Ich ...«

»Lassen Sie uns bitte einen respektvollen Ton wahren«, sagte der Mediator, ein aalglatter Typ, der seine rotgoldene Seidenkrawatte streichelte, als wäre sie ein Haustier. Ein Mann, der die Frechheit besaß, für seine Dienste zweihundert Dollar die Stunde zu verlangen. Jordan ging um den Tisch herum auf Patti zu. Seine Oberschenkelmuskel zuckten; er musste sich bewegen.

»Ich messe ihren Gebärmutterausfluss«, sagte er zu dem Mediator, der ihn mit pikiert geschürzten Lippen ansah.

»Ich bin mir nicht sicher, ob wir die Diskussion damit in eine konstruktive Richtung lenken.« Er legte Jordan die Hand zwischen die Schultern, um ihn wieder sanft an seinen Platz zu dirigieren.

Jordan beachtete den Mann nicht. »Wie lange?«, fragte er Patti.

Sie wand sich in ihrem Stuhl. »Vielleicht sechs Monate«, murmelte sie.

»Sechs MONATE?« Er konnte es nicht glauben.

»Bitte«, sagte der Mediator und verstärkte seinen Druck auf Jordans Schulter. Patti schlug die Beine übereinander und starrte über Jordan hinweg auf eine Stelle an der Wand, um seinem Blick auszuweichen.

»Sechs Monate?«, wiederholte Jordan. Er ballte die Hände zu Fäusten. Ich bin Polizist, dachte er. Wie konnte ich davon nichts merken?

»Lassen Sie uns vernünftig darüber reden«, sagte der Mediator.

»Mir hat sie erzählt, dass sie Zahnfleischprobleme hat!«, fuhr er den Mediator an, dessen goldenes Brillengestell im Lampenlicht glänzte. »Eine fortgeschrittene Zahnfleischentzündung.«

*»Bitte.«* Der Mann hielt Jordans Blick stand und zeigte auf den Stuhl. Jordan nahm widerwillig Platz. Er wusste, wann er geschlagen war. Ohne seine Frau eines Blickes zu würdigen und ohne auch nur ein Wort zu lesen, setzte er seine Unterschrift unter die Formulare, die sie ihm hinschoben.

»Alles Gute«, sagte er zu Patti, als alles vorbei war. Sie legte ihm sanft ihre Hand auf den Arm und sagte: »Sei glücklich, Jordan. Das ist alles, was ich will. Für uns beide.« Er hatte sie wie betäubt auf die Wange geküsst. Er musste ständig ihre Zähne ansehen, die wie Perlen in ihrem Mund glänzten. Dr. med. dent. Fine machte sie ihr wahrscheinlich umsonst.

Er und Patti hatten sich im vorletzten Schuljahr auf einer Party kennengelernt, als Patti, leicht beschwipst von dem schaumigen Bier vom Fass, bei einer Runde *Wahrheit oder Pflicht* auf einen Baum zu klettern versuchte. Sie machte ihre Sache ganz ordentlich, bis jemand johlte: »Ich kann deinen Busch sehen«, woraufhin Patti erschrocken nach ihrem Rock fasste, den Halt verlor und drei Meter in die Tiefe gestürzt wäre, wenn Jordan nicht zur Stelle gewesen wäre, um sie aufzufangen. Als sie später auf der Whirlpool-Abdeckung saßen und er ihr die Tränen aus dem Gesicht wischte, versicherte er ihr, dass nichts zu sehen gewesen war (obwohl er unter ihrem engen Nylonslip einen leichten Schatten hatte erkennen können, was ihn total erregt hatte).

Sie waren zusammen zum Schulball, zur Abschlussfeier und an die Staatliche Universität von Ohio gegangen, wo er Kriminologie und sie Frühpädagogik studiert hatte. Jordan hatte Polizist werden wollen, seit einer in der sechsten Klasse zum Berufskundetag der Schule gekommen war. Natürlich hatten ihn die Uniform und die Waffe beeindruckt, aber mehr noch die Gelassenheit des Mannes, seine Ruhe, die Art und Weise, wie er die ganze Klasse dazu brachte, still zu sein, indem er sich einfach nur vor sie hinstellte und langsam seine Sonnenbrille abnahm (eine Leistung, die ihrer Lehrerin, Mrs McKenna, nur hin und wieder gelang). Jordan sehnte sich nach dieser Art Autorität, der Ruhe, die von diesem Mann ausging. Zu Hause schrie seine Mutter seinen Vater an, und sein Vater brüllte Jordan und seinen Bruder Sam an, und alle vier neigten dazu, vor dem Fernseher laut zu werden, wenn die Chicago Bears oder die Cubs hinter den Erwartungen zurückblieben.

Also machte er seinen Abschluss, und drei Jahre später heirateten er und Patti und zogen in ein überwiegend von Polen bewohntes Viertel von Chicago, in eine Wohnung in einem dreistöckigen, aufzuglosen Haus mit einem Schlafzimmer, einer winzigen Schlauchküche und einer verglasten Loggia, deren Scheiben jedes Mal, wenn die Chicagoer Hochbahn vorbeifuhr, wackelten. Samstagvormittags machten sie lange Spaziergänge, nachmittags gingen sie einkaufen, und sonntags luden sie einen Haufen Freunde zu den aufwändigen Menüs ein, die sie mit Hilfe von Pattis internationalen Kochbüchern zubereiteten und auf dem Boden sitzend aus ungleichen Schüsseln aßen. Patti bekam eine Anstellung als Lesepädagogin an der Grundschule des Viertels, und Jordan arbeitete sich bei der Chicagoer Polizei hoch.

Mit dreißig Jahren beschlossen sie, dass ihnen das Kleinstadtleben mehr zusagte als Chicago. Jordan nahm die Stelle in Pleasant Ridge an, und sie zogen von ihrer Stadtwohnung in ein Haus mit drei Schlafzimmern, in demselben Viertel, in dem Patti aufgewachsen war. An dem Haus gab es einiges zu machen – vor allem in den Badezimmern, die noch Metallfolientapeten mit psychedelischen Mustern aus den siebziger Jahren aufwiesen –, aber es hatte einen großen Garten und ein bereits ausgebautes Kellergeschoss, vor dem Fenster stand ein Apfelbaum, und es war rundum babysicher. Fehlte also nur noch das Baby.

Wenige Wochen nach ihrem dreißigsten Geburtstag setzte Patti die Pille ab. Abends hielt Jordan, auf seine Ellbogen gestützt, inne, blickte auf seine gerötete, schwer atmende Frau hinab und dachte verwundert: Wir könnten ein Baby machen. Wir könnten ein neues Leben in die Welt setzen. Im ersten Monat passierte nichts, aber keiner von beiden zerbrach sich darüber den Kopf. Nach drei Monaten witzelten sie nervös, dass sie es weiterprobieren würden, bis sie den Bogen raushätten. Nach sechs Monaten ohne sichtbares Resultat außer einigen aufgeschürften Knien, weil sie eines Abends beschlossen hatten, etwas Schwung in die Sache zu bringen und es auf dem Wohnzimmerfußboden zu treiben, vereinbarte Patti einen Termin bei ihrem Gynäkologen, der aber weder bei ihr noch bei Jordan etwas finden konnte. Pattis Eizellen waren gesund, ihre Gebärmutter war aufnahmebereit, und Jordans Spermien waren sowohl zahlreich als auch forsch, aber aus irgendeinem Grund funktionierte es nicht. »Versuchen Sie es einfach weiter«, sagte der Arzt, und das taten sie, jeden zweiten Tag, außer zwischen dem vierzehnten und achtzehnten Tag von Pattis Zyklus, wenn sie es jeden Morgen trieben und Patti im Bett liegen blieb und die verschränkten Beine in die Luft reckte, während Jordan duschte und sich rasierte.

Pattis Arzt verschrieb ihr Clomifen, woraufhin sie launisch wurde, Kopfschmerzen und Akne bekam und, wie sie sagte, in zehn Minuten zehn Pfund zunahm. Als Jordan vier Monate später eines Abends nach Hause kam, schwenkte seine Frau, weinend vor Freude, einen Schwangerschaftstest, als wäre er die olympische Fackel. »Endlich«, rief sie und warf sich in seine Arme. »Endlich!« Jordan schleppte den Crosstrainer in den Keller und stellte stattdessen das Kinderbett auf, in dem bereits Pattis Nichten und Neffen gelegen hatten. Sechs Wochen später kam sie eines Abends nach dem Essen blass und mit großen Augen aus dem Badezimmer. Jordan hob sie hoch, so wie damals in ihrer Hochzeitsnacht, als er sie über die Schwelle des Hotelzimmers getragen hatte, und brachte sie in die Notaufnahme. Zu spät.

»Die gute Nachricht ist – wir wissen jetzt, dass Sie schwanger werden können«, sagte der Arzt, als Patti nach der Ausschabung weinend auf dem Krankenhausbett lag. Die gute Nachricht, dachte Jordan und wandte sich ab. Wer's glaubt. Patti bekam noch mehr Hormone. Sie aß nur noch biologisch-organische Lebensmittel. Schließlich aß sie gar kein Fleisch und keine Milchprodukte mehr, schluckte aber stattdessen morgens eine Handvoll Vitamine und Mineralstoffe – Eisen und Folsäure, Flachsöl und Knoblauchpillen. Als sie leicht nach Garnelen zu riechen begann, war Jordan klug genug, sich einen Kommentar zu verkneifen. Sie trat einer Online-Selbsthilfegruppe bei; dann einer Realtime-Selbsthilfegruppe, die sich ein Mal wöchentlich im Krankenhaus traf. Sie ermunterte Jordan dazu, sie zu begleiten, aber nachdem er einen Abend lang einem Haufen weinerlicher Frauen und ihren deprimierten Männern dabei zugehört hatte, wie sie über schrumpfende Eierstöcke und schlechte Motilität, Präeklampsie und PCOS sprachen, beschloss Jordan, dass er genug hatte. »Wenn es sein soll, soll es sein«, sagte er zu Patti und plapperte einen Satz nach, den ihnen der Arzt gesagt hatte: »Wir müssen der Natur ihren Lauf lassen.« Sie sah ihn mit großen Augen misstrauisch an und machte ihn dann darauf aufmerksam, dass sie zweiunddreißig, fast dreiunddreißig Jahre sei und nicht ewig Zeit habe. Folglich müsse man der Natur eindeutig auf die Sprünge helfen.

Im September wurde sie erneut schwanger, und am dritten November hatte sie eine Fehlgeburt. Der Arzt empfahl, ein paar Monate zu warten, bevor sie es wieder probierten, aber Patti ignorierte seinen Rat. Sie versäumte es auch, diese Empfehlung an Jordan weiterzugeben, der gegen ein wenig Abstinenz nichts einzuwenden gehabt hätte. Sex mit Patti war mittlerweile ähnlich routiniert und prickelnd wie den Geschirrspüler zu leeren oder den Müll rauszubringen. Anstatt sie voller Ekstase anzusehen und zu denken *Wir könnten ein Baby machen,* war der einzige Gedanke, der ihm durch den Kopf ging, während er sich rhythmisch auf und ab bewegte – immer in der Missionarsstellung, um ihre Chancen zu erhöhen, er schweißüberströmt, sie mit einem freudlosen, zahnigen Grinsen im Gesicht –, *bitte, bitte, mach, dass es dieses Mal klappt.* Es war eine Ironie des Schicksals. Mit vierzehn Jahren drehten sich all seine Gedanken und Wünsche nur um Sex, sodass ihn sogar ein Pfirsich in der Obstabteilung erregte. Jetzt, da er so viel Sex haben konnte, wie er wollte – zumindest in den sechs Tagen um Pattis Eisprung herum –, wünschte er sich abends nichts anderes als ein kaltes Bier und ein weiches Bett.

Im Januar war Patti wieder schwanger. Mitte Februar waren sie wieder im Krankenhaus. Patti lag weinend auf dem Bett, Jordan stand neben ihr, und der Arzt am Ultraschallmonitor sagte: *So etwas kann schon mal passieren* und *Manchmal ist es besser so* und *Sie sind jung und gesund, Sie müssen einfach nur Geduld haben.*

Auf der Heimfahrt schlug Jordan stockend und stotternd vor, dass sie vielleicht doch über eine Adoption oder eine Leihmutter nachdenken sollten. Er habe da irgendwo einen Artikel gelesen, und da sei diese Sendung im Fernsehen gewesen, mit einem Interview mit dieser Schauspielerin … Patti fauchte ihn mit funkelnden Augen und verzerrtem Mund, ja, fast zähnefletschend, an: »Du willst aufgeben? Du willst es einfach sein lassen, nach allem, was ich durchgemacht habe?«

»Nein«, hatte er gesagt und einen unbeholfenen Rückzieher gemacht. Nein, natürlich wolle er das nicht. Er sei nur der Ansicht, dass sie sich eine Auszeit gönnen sollten. Tränen strömten aus den Augen seiner Frau. »Ich will keine Auszeit«, sagte sie mit erstickter Stimme. »Ich will ein Baby.«

Nach den Hormonen versuchten sie es mit In-Vitro-Fertilisation. Anstatt mit Patti zu schlafen, durfte Jordan alle zwei Monate in einen Pappbecher masturbieren, mit einem zerfledderten *Penthouse*-Heft in der freien Hand und einer Krankenschwester auf der anderen Seite der Tür. Patti verbrachte zwei Abende die Woche bei ihrer Unfruchtbarkeits-Selbsthilfegruppe und jede freie Minute online, wo sie homöopathische und alternative Heilmittel recherchierte oder Berichte von Frauen studierte, die trotz mehrerer Fehlgeburten, Brustkrebs, Gebärmutterkrümmung oder eines fehlenden Eierstocks, trotz Schlaganfall, Lupus oder eines polizystischen Ovarialsyndroms – und in einem Fall, den Patti ihm gezeigt hatte, sogar ohne Arme und Beine – ein gesundes Baby auf die Welt gebracht hatten.

Im April war sie wieder schwanger. Dieses Mal verlor sie das Baby in der dritten Juniwoche (sie hatte angefangen, ihre Fehlgeburten »verlorene Babys« zu nennen). Am vierten Juli hatten sie geplant, zu einem Picknick zu gehen und dann nach Chicago zu fahren, um sich das Feuerwerk über dem Michigansee anzusehen. Um vier Uhr nachmittags reichte Patti Jordan eine ausgehöhlte Wassermelone mit Obstsalat und wünschte ihm einen schönen Abend. »Kommst du nicht mit?«, fragte er.

»Ich kann nicht«, antwortete sie, und er wusste auch, warum. Die Party fand ein paar Häuser weiter bei Larry und Cindy Bowers statt, und Cindy war mit Zwillingen schwanger. Sarah und Steve Mullens, die eine Straße weiter wohnten und bestimmt eingeladen waren, hatten einen drei Monate alten Sohn namens Franklin, den Steve ständig wie eine Bombe vor die Brust geschnallt trug. Steve hatte den anderen Männern erzählt, dass er neuerdings einen Blog schrieb, in dem sich alles um das Baby drehte – »unsere gemeinsamen Abenteuer«, wie er es nannte –, und anstatt ihn anzusehen, als hätte er sie nicht mehr alle, hatten die anderen Männer ernst genickt und ihre BlackBerrys gezückt, um den Link unter ihren Favoriten abzuspeichern.

Im September wurde Patti wieder schwanger, und nachdem sie das Baby in der letzten Oktoberwoche verloren hatte, kam sie eines Abends von ihrer Selbsthilfegruppe nach Hause und verkündete, dass sie einen Trauergottesdienst abhalten wolle.

Verdutzt blickte Jordan von seiner Zeitschrift auf. »Für wen?«

Sie starrte ihn an, als wäre ihm ein zweiter Kopf gewachsen. »Für unsere Babys.«

Er klappte die Zeitschrift zu und legte sie auf den Couchtisch. »Patti.« Seine Stimme war ruhig, obwohl er spürte, wie vier Jahre Frust und Enttäuschung in seinen Venen pulsierten – die Pillen, Injektionen und IVF-Zyklen (die Versicherung zahlte nichts, und ihre privaten Rentenpläne waren von mehreren Tausend auf einige Hundert Dollar geschrumpft); die Abende, die Patti weinend bei ihrer Selbsthilfegruppe oder am Laptop verbrachte und sich einredete, dass es doch noch klappen würde, dass sie es mit schierer Willenskraft schaffen würde; die Tatsache, dass sie mittlerweile mehr Schwangerschaftsratgeber als Romane und Biografien im Bücherregal stehen hatten, dass jede Unterhaltung – sei es im Bett, im Auto, beim Essen, im Urlaub – immer wieder auf das Eine hinauslief: Spermien, Eier und das leere Kinderbett im dritten Schlafzimmer oben unter der Dachgaube, durch die morgens die Sonne schien. »Man kann keinen Trauergottesdienst für etwas abhalten, das man die Toilette hinunterspült.«

Es war ein schrecklicher Satz. Er wusste es, noch ehe er ihn zu Ende gesprochen hatte, noch ehe Patti die Augen zu Schlitzen verengte und die Hände zu Fäusten ballte. Sie machte drei Schritte in Richtung Küche. Dann blieb sie stehen, drehte sich um, nahm das Zedernholzkästchen, das sie während ihrer Flitterwochen in Mexiko gekauft hatten, und schleuderte es mit aller Gewalt nach ihm. Die Kante traf ihn am linken Auge. Der Schmerz war unbeschreiblich. »Au!«, schrie er. »Au, verdammt!« Patti stakste ins Schlafzimmer und sperrte die Tür hinter sich ab, während ihm das Blut über die Wange lief und er mit dem kaputten Kästchen im Schoß dasaß.

Er wickelte Eiswürfel in ein Handtuch, presste es ans Gesicht und fuhr in die Notaufnahme, wo er dem Arzt, dem Pflegepersonal und später der Bereitschaftsaugenärztin erzählte, dass er gegen eine offene Tür gerannt sei. Wenn ihm als Polizist eine Frau mit einer so lahmen Ausrede gekommen wäre, hätte er keine Sekunde gezögert und den Sozialdienst gerufen, aber die Augenärztin bat ihn einfach, den Kopf in den Nacken zu legen, und verabreichte ihm Tropfen. »Sie haben einen bösen Kratzer auf der Hornhaut«, verkündete sie, nachdem er das Kinn eine halbe Ewigkeit auf einer metallenen Kinnstütze abgelegt und versucht hatte, nicht zu blinzeln, wenn sie ihm mit violettem Licht in die Augen leuchtete. Das überraschte ihn nicht. Jedes Mal, wenn er blinzelte, fühlte es sich an, als hätte er Sand im Auge.

»Was kann man da tun?« Operieren, dachte er deprimiert. Wahrscheinlich müsste er operiert werden. Was für ein tolles Ende eines tollen Tages!

»Da kann man gar nicht viel tun. Nur abwarten«, sagte die Ärztin. Sie gab ihm eine Antibiotikacreme, verschrieb ihm Schmerztabletten und sagte ihm, dass das Auge während des Heilungsprozesses ab und zu tränen könne.

Wieder zu Hause, räumte er auf, wischte das Blut vom Teppich und warf das kaputte Zedernkästchen in den Müll. Um neun Uhr abends klopfte er an die geschlossene Schlafzimmertür.

»Patti?« Keine Antwort. »Es tut mir leid.« Noch immer nichts. »Es ist okay, wenn du einen Gottesdienst haben willst. Was immer du willst.« Stille ... und dann ihre Stimme von der anderen Seite der Tür: »Ich will«, sagte sie kühl, »dass du heute Abend woanders schläfst.«

Danach waren sie noch ein Jahr zusammengeblieben. Jordan begleitete sie zu ihrer Selbsthilfegruppe. Er saß neben ihr und hielt ihre Hand, während sie weinte. Sie machten eine Paartherapie und verabredeten sich jeden Samstagabend zu einem Date: Essen und Kino, dann nach Hause, wo sie keinen Babysitter bezahlen und wegschicken mussten. Sie schliefen unter dem abgedunkelten Kinderzimmer, das jetzt leer war – irgendwann nach der Nacht mit dem Kästchen war

Patti übers Wochenende zu ihrer Mutter gefahren, und Jordan hatte den Samstagvormittag damit zugebracht, das Kinderbett zu zerlegen und es Stück für Stück in den Keller zu tragen. Wenn sie miteinander schliefen, gewöhnte sich Jordan daran, dass seine Hand tränennass war, nachdem er seiner Frau über die Wange streichelte. Später kam er zu dem Schluss, dass ihre Ehe in dem Moment gestorben war, als sie das Kästchen in die Hand genommen hatte, aber damals konnte er sich noch einreden, dass alles in Ordnung sei. Zu ihrem zehnten Hochzeitstag flogen sie auf die Bahamas, und auf dem Rückflug schlief Patti, den Kopf auf seiner Schulter, ein, und er dachte mit stolzgeschwellter Brust an ein Gedicht, das er im College gelesen hatte: *Look! We have come through* von D. H. Lawrence. Er dachte wirklich, sie hätten es geschafft.

Und dann kam der Zahnarzt.

Jordan schüttelte den Kopf und rieb sich die Augen. Das linke Auge tränte wieder, und er wischte es mit einer Serviette trocken. Der Kratzer war geheilt, aber das Auge tränte immer noch, und manchmal sah er doppelt, was er theoretisch seinem Arbeitgeber hätte melden müssen, aber nicht getan hatte. Was war schon ein bisschen Unschärfe im Vergleich zu einer kaputten Ehe und Babys, die sie nie bekommen hatten?

Er wies seine Streifenpolizisten an, die Gästeliste unter sich aufzuteilen und die darauf aufgeführten Personen anzurufen, regelmäßig die Krankenhäuser zu überprüfen und sich zu vergewissern, dass die Leitstelle keine Meldungen von herumirrenden Männern mit Kopfverletzungen und locker sitzenden Hosen bekommen hatte. Dann stieg er ins Auto und rief Paula, die Disponentin, an, um die Angaben in ihrer Datenbank mit Christie Keoghs Liste abzugleichen. Danach würde er in den Crescent Drive fahren und nachsehen, ob Jonathan Downs zu sprechen war.

# 20

»Geschafft«, sagte Val, als wir in die Auffahrt einbogen. Der Raureif auf dem Rasen taute in der Sonne, und meine Zeitung wartete in ihrer blauen Plastikhülle auf mich. Val stellte den Motor ab. Als ich aus dem Auto stieg, fuhr gerade der SUV der Buccis rückwärts aus der Auffahrt. Mr Bucci steckte seinen Arm aus dem Fenster. »Morgen, Addie«, rief er, und ich antwortete: »Guten Morgen«, so als wäre alles wie immer.

Auf Vals Anweisung hin stellte ich den Jaguar in die Garage neben den alten, mit einer Plane zugedeckten Kombi meiner Eltern und machte das Garagentor zu. »Und was jetzt?«, fragte ich, als ich die Zeitung aufhob und die Haustür aufschloss.

»Ich brauche eine Dusche und einen Kaffee«, sagte Val. »Und danach …« Sie streckte sich.

»Hast du das Klassenverzeichnis?« Als Val damit wedelte, sagte ich: »Vielleicht sollten wir eine Liste machen von allen, die Dan kennt oder mit denen er sich letzte Nacht unterhalten hat. Dann rufen wir sie an und fragen sie, ob sie wissen, wo er steckt.«

Val überlegte eine Weile und schüttelte dann den Kopf. »Es ist besser, wenn niemand weiß, dass wir nach ihm suchen.«

Das leuchtete mir ein. »Was, wenn wir uns nicht zu erkennen geben? Wir könnten uns zum Beispiel als Telefonverkäufer ausgeben und sagen, dass wir Dan Swansea zu erreichen versuchen, und dann heißt es entweder ›falsche Nummer‹ oder ›Warten Sie, er liegt zufällig gerade auf meiner Couch‹.«

Val knabberte an einem Fingernagel. »Ich glaube, wir sollten besser abhauen.«

»Ach, Val …« Ein Dutzend Ausreden kamen mir in den

Sinn: mein Abgabetermin für die Blumenstrauß-Karte, meine Verpflichtungen, mein Bruder. Der Arzttermin am Donnerstag. Mein Tumor.

»Denk einfach darüber nach!«, rief sie mir auf dem Weg zur Treppe über die Schulter zu. »Pack deine Reisetasche. Es wäre bestimmt lustig!« Ich hörte, wie die Badezimmertür aufging und der Wasserhahn aufgedreht wurde. »Hey, kann ich mir ein paar Klamotten ausleihen?«

»Nimm dir, was du brauchst«, rief ich. Tust du das nicht immer?, dachte ich und spürte, wie meine alte Wut reflexartig in mir hochstieg. Aber sie hielt nicht lange vor. Der Groll, den ich seit über fünfzehn Jahre hegte, verpuffte wie die Luft in einem Ballon, in den man eine Nadel sticht. Ich hatte als Teenager eine schreckliche Zeit gehabt, aber anscheinend war es auch für Valerie schrecklich gewesen .... und vielleicht hatte ich das ja die ganze Zeit über irgendwo gewusst.

In der Küche schnitt ich zwei Bagels auf, steckte sie in den Toaster und nahm Butter, Streichkäse und Marmelade aus dem Kühlschrank. Ich stellte ein paar Flaschen Wasser in meine Tasche, dann stand ich einen Augenblick lang einfach nur da und atmete die vertrauten Gerüche ein: Farbe, Earl-Grey-Tee, meinen Haushaltsreiniger, der neue Wollteppichboden und Gerüche, die eigentlich nur noch in meinem Gedächtnis gespeichert sein konnten: das Bay-Rum-Aftershave, das mein Vater zu besonderen Anlässen auflegte, die Rosenmilchhandcreme, die meine Mutter neben ihrem Bett aufbewahrte, der Ahornsirup, der auf dem Herd aufgewärmt wurde.

Ich goss gerade Sahne in ein von mir bemaltes Keramikkännchen, als ich draußen eine Autotür zufallen hörte. Ich lief zum Fenster, und da war es: ein Polizeiauto. Ein Mann mit dunklen Haaren und im Sakko blickte zu meinem Haus, dann ging er über den Rasen zur Tür.

Scheiße. Scheißescheißescheiße. Ich rannte die Treppe hinauf und klopfte an die Badtür. »Val«, keuchte ich, »die Polizei ist hier.«

Sie öffnete die Tür. Sie hatte ein Handtuch um den Körper und eines um die Haare gewickelt. »Großer Gott! Und jetzt?«

»Bleib einfach hier oben. Ich kümmere mich darum.« Obwohl mein Herz hämmerte und mein Mund ganz trocken war, verspürte ich plötzlich eine übernatürliche Ruhe. Ich hatte keinen Plan. Ich hatte nicht die leiseste Ahnung, was ich sagen würde, aber irgendetwas würde mir schon einfallen – was angesichts der Tatsache, dass mich mein Mundwerk in der Vergangenheit schon oft in Schwierigkeiten gebracht, aber noch nie aus irgendeiner Situation gerettet hatte, ein seltsamer Gedanke war.

»Bleib hier oben. Sei still. Und komm auf keinen Fall runter, egal, was passiert.« Valerie ging zurück in die Dusche und zog den Vorhang hinter sich zu. Als ich die Badezimmertür zumachte, klingelte es, und ich eilte die Stufen hinab, holte tief Luft, strich mir über die Haare und öffnete die Tür. »Ms Downs?«, sagte der Polizist. Er sah gut aus – es war verrückt, dass mir das angesichts der Umstände auffiel, aber so war es nun mal. Er hatte ein Grübchen in seinem markanten Kinn, Ringe unter seinen großen, von langen Wimpern beschatteten, braunen Augen und stoppelige Wangen. »Polizeichef Jordan Novick. Darf ich reinkommen?«

»Was ist los? Ist etwas passiert?«

»Können wir uns drinnen darüber unterhalten?«

»Natürlich«, sagte ich und öffnete ihm die Tür.

## 21

Jordan Novick glaubte nicht an Liebe auf den ersten Blick. Begierde, klar: der Schwung eines Schenkels, die Art, wie einer Frau die Haare in den Nacken fielen, ein warmes Lächeln, ein hübscher Vorbau – gegen diese Freuden war er genauso wenig immun wie andere Männer. Adelaide Downs – »Sie können mich ruhig Addie nennen«, sagte sie und schlurfte in Wollsocken über den Boden – war kein Supermodel. Aber sie war auch kein zweihundert Kilo schweres Ungeheuer, so wie Judy Nadeau es angedeutet hatte. Addie Downs war einfach eine sympathische Frau, die in Jeans und schwarzem Pullover eine ordentliche Figur hatte, eine nette Frau mit einem netten Lächeln, honigblondem Haar, vollen Lippen und Lachfältchen um die Augen. Aber ihr Haus, dachte er, während sie seine Jacke aufhängte und ihn mit besorgtem Blick ins Wohnzimmer führte – ihr Haus war etwas Besonderes.

»Worum geht's?«, fragte sie noch einmal, als Jordan sich aufs Sofa setzte, das einen mit seinem weichen, goldfarbenen Überzug förmlich dazu aufforderte, die Schuhe auszuziehen und die Füße hochzulegen. Die kirschrote Decke über der Lehne war wie geschaffen, um sie für ein nachmittägliches Nickerchen unters Kinn zu ziehen. An den Wänden hingen grüppchenweise kleine Gemälde, teils gold-, teils holzgerahmt, und es war die Art Kunst, die Jordan am liebsten mochte – Bilder von richtigen Dingen anstatt eine Ansammlung breiter Striche oder Kleckse mit dem Titel *Sonnenuntergang in Arkadien* oder *Frau am Abgrund.* Auf Adelaide Downs' Bildern sahen Blumen wie Blumen aus und das Meer wie das Meer. Auf einem Bild war ein Stück Geburtstagstorte mit einer brennenden Kerze im Zuckerguss so realistisch dargestellt, dass Jordan am liebsten den Finger ausgestreckt und davon genascht hätte, ein anderes Bild zeigte eine schwarze Katze, die mit kühlen grünen Augen listig von ihrer Milchschale aufsah.

Er wandte die Augen von der Katze ab. »Wir haben ein paar Fragen wegen des gestrigen Klassentreffens.«

Sie wirkte angespannt, als sie sich in den Sessel vor dem Sofa setzte. Dann blickte sie zur Küche, aus der bläulicher Rauch kam. »Du liebes bisschen! Einen Augenblick.« Sie lief aus dem Zimmer und rief ihm über die Schulter zu: »Wollen Sie vielleicht einen Bagel?«

Jordan hatte noch nie eine Einladung zum Essen angenommen, wenn er im Dienst war. Nicht bis heute. Er stellte fest, dass er am Verhungern war. Er hatte nicht gefrühstückt, am Abend zuvor nur ein paar Bissen von der klebrigen Fleischpastete hinuntergebracht, und außerdem wollte er, dass Adelaide Downs ihm einen Bagel brachte und mit ihm aß. »Wenn es keine Umstände macht.«

»Nicht im Geringsten. Darf er auch eher gut durch sein?«

Er sagte, das dürfe er, dann stand er auf, um sich die Bilder anzusehen. Eines gefiel ihm besonders, eine Strandszene ohne Menschen, nur das Meer und ein einzelner Sonnenschirm in Rot und Orange, der wie eine Blume aus dem Sand ragte. Er betrachtete das Bild, bis sie mit einem Tablett mit getoasteten Bagels, einem Schälchen orangegoldener Marmelade, Frischkäse, Butter, einer Kanne Kaffee, einem Kännchen Sahne und zwei Tassen zurückkam. Jordan setzte sich und roch den Duft ihrer Haare, als sie sich über das Tablett beugte, um die Teller und Servietten zu verteilen. Sie roch nach Zucker und Zitronen, süß und herb, und die Haut an ihren Armen – sie hatte die Ärmel ihres Pullovers zurückgeschoben – war glatt wie eine Magnolienblüte. Ihre Haut fühlte sich bestimmt ganz weich an.

Addie Downs stellte die Kaffeetassen auf den Tisch; sie wirkte nach wie vor besorgt. Er wollte ihr die Hand drücken und ihr sagen, dass alles gut werden würde, und er wusste nicht, warum. Es ergab keinen Sinn. Sicher, sie hatte eine anständige Figur, einen prallen Po, nicht so sehnig oder hager wie so viele Frauen heutzutage, aber sie war keine Holly Muñoz. Holly, mit ihrem Joggen und Biken, ihren Dehnübungen und Kniebeugen, hatte ein wahres Prachtexemplar von Po. Aber das war kein fairer Vergleich. Holly war sechsundzwanzig. Sie hatte keine Kinder. Hatte Addie welche? Jordan richtete sich mühsam auf, um die angenehme Schwere abzuschütteln, die das Sofa in ihm hervorrief, und holte seinen Notizblock hervor. Keine Kinder, beschloss er – er sah weder Babyspielzeug noch Spielsachen für ältere Kinder. Und auch kein Ehemann – sie trug keinen Ehering, und außerdem lag auf dem Couchtisch nur eine Fernbedienung.

»Was ist denn bei dem Klassentreffen passiert?«, fragte sie. Er wollte es ihr gerade sagen, als er bemerkte, dass Addie errötete und den Blick senkte. »Möchten Sie vielleicht einen Donut?« Sie nahm eine Tüte aus ihrer Handtasche und stellte sie neben die Kaffeekanne. »Ich war mir nicht sicher, ob ich sie Ihnen anbieten soll. Sie wissen schon, Polizisten, Donuts …« Sie lachte nervös und legte die Hand vor den Mund.

Jordan atmete den Kaffeeduft ein und öffnete die Tüte. Himbeergelee. Gott war im Himmel, und alles war in Ordnung auf der Welt. »Wie bei so vielen Klischees hat sich das über Polizisten und Donuts gehalten, weil es stimmt. Sind die von Ambrosia's?«, fragte er. Ambrosia's war der beste Coffee Shop in Pleasant Ridge, und der Einzige, der rund um die Uhr geöffnet hatte.

»Dort gibt's die besten, stimmt's?«

Jordan nickte. Er aß einen halben Donut und löffelte Zucker in seine Tasse. Guter Kaffee und echte Kaffeesahne, nicht diese fettarme oder fettfreie Milch. Noch ein Pluspunkt für Addie.

»Welche anderen Polizistenklischees stimmen denn noch?«, fragte sie.

Er trank einen Schluck Kaffee. Sie zog ihn auf. Es gefiel ihm. »Also gut. Sie wissen doch, dass es immer heißt, wir müssten bestimmte Quoten erfüllen, und deshalb treiben wir uns angeblich immer vor Bars oder an Orten herum, wo wir wissen, dass die Leute zu schnell fahren oder sich betrunken hinters Steuer setzen?« Sie nickte. »Das stimmt. Ich meine, wenn man Geld will, geht man auf die Bank. Wenn man Betrunkene will, geht man in eine Bar. Ach ja, und wir verprügeln Verdächtige.«

Sie lächelte. »Warum auch nicht?«

»Und zwar nicht einmal, damit sie gestehen«, sagte er. »Sondern weil wir sonst einfach nicht wüssten, wohin mit unseren Händen. Wir versuchen ja alle, das Rauchen aufzuhören. Ach so ja, und wenn wir jemanden überwachen?« Er senkte die Stimme. »Dann pinkeln wir in leere Mayonnaisegläser.«

»Das habe ich mich schon immer gefragt. Warum keine Senfgläser? Oder Salsa oder Chutney oder etwas in der Art?«

»Wegen der breiten Öffnung.«

»Das leuchtet mir ein«, sagte sie mit einem leichten Lächeln und geröteten Wangen. Eine Weile waren sie still und sahen einander nur an. Jordan zeigte zur Wand. »Woher haben Sie diese Bilder?«

»Die da?« Sie wirkte nervös. »Das sind meine. Ich meine, natürlich sind es meine. Ich habe sie nicht geklaut.« Sie lachte ein klein wenig schrill. »Ich habe sie gemalt.« Sie zeigte ihm ihre Tasse. »Das hier auch.«

Jordan sah sich die schwere, cremefarben glasierte Keramiktasse an. Auf einer Seite war ein kleiner Blumenstrauß –

Osterglocken? – mit einer bunten Schleife. »Sie …« Er suchte nach dem richtigen Ausdruck. »Sie machen Keramik?« Falsch. *Töpfern* war das Wort, das er gesucht hatte.

Addie schüttelte den Kopf. »Nein, nein. Nicht die Tasse. Das Bild. Die Blumen. Ich habe sie gemalt.«

Er sah sich die Tasse noch mal genauer an. »Schön.« Addie zog die Mundwinkel und die Augenbrauen hoch. »Das ist also Ihr Beruf?«, fragte Jordan. »Sie sind Künstlerin?« Er zeigte auf die Bilder an der Wand.

Sie winkte verlegen ab. »Ich illustriere hauptsächlich Grußkarten. Ab und zu eine Tasse. Einmal habe ich eine Löffelablage bemalt. Das war ein richtiges Highlight.«

Er verspeiste seinen Donut und unterdrückte einen dankbaren Seufzer, als die Kohlenhydrate in seinem Bauch und der Zucker in seiner Blutbahn ankamen. »Danke für den Donut«, sagte er. »Sie retten mir das Leben.«

»Wow«, sagte sie. Wahrscheinlich errötet sie leicht, wenn sie nervös ist – oder wenn sie erregt ist, dachte Jordan. Ihre Haut würde eine hübsche Rosatönung annehmen, pink vom Hals bis zur Brust, wenn sie den Kopf in den Nacken warf, die Haare auf dem Kissen … »Sie sind aber leicht zufriedenzustellen.«

»Nicht weitersagen, okay?« Er blickte zu Boden und erinnerte sich an den Grund für seinen Besuch, der nicht darin bestand, freundliche alleinstehende Frauen anzubaggern und ihre Donuts zu verspeisen. »Ihr Bruder«, begann er. »Haben Sie in letzter Zeit von ihm gehört?«

»Ich war am Donnerstag bei ihm, wegen Thanksgiving. Ist was passiert?« Der besorgte Blick war wieder da.

»Er wohnt also nicht hier?«

Sie schüttelte den Kopf. »Jon lebt in einem Heim namens Crossroads. Seit seinem einundzwanzigsten Lebensjahr. Warum? Ist etwas passiert?«

»War er gestern Abend auf dem Klassentreffen?«

Sie rang die Hände in ihrem Schoß. »Ich kann mir nicht … ich meine, ich war selbst nicht dort, aber ich kann mir nicht vorstellen, dass er hätte hingehen wollen. Außerdem hätte ich ihn fahren müssen, weil er sonst keine Möglichkeit gehabt hätte, dorthin zu kommen.« Sie zögerte. Zweifellos überlegte sie, wie viel sie ihm erzählen sollte. »Jon hatte es nicht leicht in der Schule.« Sie knetete mit abwesendem Blick ihre Finger. »Mein Bruder war mit fünfzehn in einen Autounfall verwickelt. Die beiden Jungs auf den Vordersitzen starben, Jon wurde ziemlich schwer verletzt. Gehirnschaden. Störungen des Kurzzeitgedächtnisses, Persönlichkeitsveränderungen, epileptische Anfälle. Er hat schon länger keinen Anfall mehr gehabt, aber als Teenager hatte er sie regelmäßig.« Sie seufzte. »Die Medikamente helfen, aber er konnte … er kann etwas seltsam sein.«

»In der Highschool ist jeder seltsam«, sagte Jordan.

Addie Downs sah ihn überrascht an. »Finden Sie?«

»Sie hätten mich mal sehen sollen. Ich hatte so schlimme Akne, dass mein Gesicht wie eine Salamipizza aussah.«

Sie lächelte schwach, machte aber nach wie vor einen angespannten Eindruck. Jordan hätte am liebsten die Hand nach ihr ausgestreckt und sie getröstet, obwohl der vernünftige, rationale Teil seines Gehirns fragte: *Was soll das hier eigentlich werden?*

»Waren Sie gestern Abend zu Hause?«, fragte er.

»Ich hatte ein Date.«

»Lief's gut?«

Sie verzog den Mund. »Ungefähr so gut wie die Schulzeit.«

»Würden Sie mir den Namen Ihres Dates verraten?«

Addie legte einen halben Bagel auf ihren Teller. »Nur wenn Sie mir sagen, was los ist.«

»Auf dem Parkplatz des Country Clubs wurden ein Herrengürtel und Blutspuren gefunden. Wir versuchen herauszufinden, wem sie gehören, und uns zu vergewissern, dass niemand verletzt wurde.«

Sie runzelte die Stirn, wobei sich kleine Fältchen um ihren Mund bildeten. »Ich könnte Jon anrufen, um mich zu vergewissern, dass es ihm gut geht.«

»Gab es jemanden, der in der Highschool besonders fies zu ihm war?«, fragte Jordan beiläufig. »Jemand, an dem er sich vielleicht rächen wollte?«

Addie wirkte überrascht. Dann kniff sie die Augen zusammen. »Sie denken, dass Jon jemandem wehgetan hat?« Ihre Stimme hob sich; die hübsche Röte färbte ihre Wangen und ihren Hals. »So etwas würde er nie tun.«

Er sprach leise. »Ma'am, wir versuchen herauszufinden, wem der Gürtel gehört und ob diese Person verletzt ist. Wir beschuldigen niemanden.«

Adelaide Downs funkelte ihn empört an. »Er hat anderen manchmal Sachen aus dem Spind geklaut«, sagte sie. »Jemand hat Ihnen das erzählt, stimmt's? Deshalb sind Sie hier. Sie denken, dass Jon etwas angestellt hat.«

»Niemand denkt, dass Jon etwas angestellt hat«, protestierte Jordan. »Zum jetzigen Zeitpunkt wollen wir uns nur vergewissern, dass niemand verletzt ist. Jon eingeschlossen.«

»Es tut mir leid.« Sie hatte die Hände zu Fäusten geballt, so als wollte sie ihm eine reinhauen. Es sah charmant aus, auch wenn das bestimmt nicht ihre Absicht war. »Kennen Sie die Pleasant Ridge High?«

»Ich bin selbst dort zur Schule gegangen. Abschlussjahrgang 1987«, sagte Jordan.

Addie schien ihn nicht zu hören. »Sie ist vier Stockwerke hoch. Ein paar Jungs – ich fand nie heraus, wer es war – nahmen Jon den Rucksack weg und warfen ihn in den Treppenschacht. Vier Stockwerke tief. Wenn der Rucksack jemanden getroffen hätte, hätte das schlimme Folgen haben können. Die Jungs machten sich aus dem Staub, und die Lehrer im Erdgeschoss fanden den Rucksack mit Jons Namensschild. Und dann bekam er Schwierigkeiten, weil er niemanden verpetzen wollte.« Sie holte tief Luft. »Sie verstehen vielleicht, warum ich etwas überfürsorglich bin.«

»Ich verstehe«, sagte er. Mehr noch, er bewunderte sie. Er fragte sich, was sein eigener Bruder gesagt hätte, falls er in Schwierigkeiten gewesen und die Polizei gekommen wäre. Sam hätte ihn wahrscheinlich, ohne zu zögern, den Wölfen zum Fraß vorgeworfen – wahrscheinlich hätte er die Polizisten noch zu ihm gefahren. »Es würde uns sehr weiterhelfen, wenn wir wüssten, wo Ihr Bruder letzte Nacht gewesen ist.«

»Er hat gearbeitet.« Addie drückte den Deckel auf den Frischkäsebecher und wischte das Buttermesser an einer Serviette ab. Einer Leinenserviette. Ihre Wangen waren noch immer gerötet. »Dienstags bis Samstags arbeitet er im Walgreens-Drugstore in der Lower Wacker Street. Seit fünfzehn Jahren. Er arbeitet immer an den Feiertagen, damit die anderen Angestellten die Zeit mit ihren Familien verbringen können.«

»Klingt kriminell«, sagte Jordan. Addie antwortete nicht. »War nur ein Scherz«, sagte er. Über ihr Gesicht huschte nicht der leiseste Hauch eines Lächelns.

»Sie können wahrscheinlich den Geschäftsführer fragen oder seine Stempelkarte überprüfen.« Sie legte das Messer hin. »Hören Sie, ich weiß, dass im Kino oder im Fernsehen immer der psychisch Gestörte der Täter ist, aber glauben Sie mir, mein Bruder würde keiner Fliege etwas zuleide tun.«

Addie stand auf. Jordan tat es ihr gleich und griff nach dem Tablett. »Ich helfe Ihnen.«

»Nein, schon gut.«

Einen Augenblick lang standen sie sich, jeder eine Seite des

Tabletts in der Hand, gegenüber, so nah, dass er ihren Zitronen- und Zucker-Duft roch, dann ließ Addie los. »Ich kann Ihnen die Nummer von Jons Heim geben und den Namen und die Büronummer seines Vorgesetzten im Drugstore«, sagte sie. »Dort wird man Ihnen sagen können, wo er letzte Nacht war.«

»Das wäre sehr hilfreich.« Er reichte ihr das Tablett. Sie brachte es in die Küche. Kurz darauf kam sie wieder und reichte ihm einen Zettel. »Sonst noch etwas?«

»Ihr gestriges Date«, sagte er. »Es tut mir leid, aber ich brauche einen Namen.«

»Matthew Sharp.«

»Und wo haben Sie sich getroffen?«

Sie nannte ihm den Namen des Restaurants.

»Mögen Sie Martinis? Dort machen sie sie mit Oliven, die mit Blauschimmelkäse gefüllt sind.« Großer Gott, dachte er. Ich hab sie nicht mehr alle.

»Ich trank Wein«, sagte Adelaide Downs.

Er streckte ihr die Hand entgegen, und nach einer Weile legte Addie ihre warme Hand in seine. »Es tut mir leid, wenn ich Sie gekränkt habe«, sagte er.

»Schon gut«, sagte sie steif. Sie standen eine Zeit lang einfach nur so da, dann sagte sie plötzlich: »Warten Sie.« Jordan wartete. Sie kam mit der Tüte Donuts zurück.

»Hier«, sagte sie. »Nehmen Sie sie.«

»Nein, nein. Schon gut.«

»Nehmen Sie schon. Lassen Sie es sich schmecken.« Sie winkte leicht mit der Hand. »Und verprügeln Sie keine Verdächtigen.« Einen Augenblick lang glaubte er, sie würde noch etwas sagen – vielleicht »Wollen Sie's treiben?«, so wie Judy Nadeau –, aber stattdessen ließ sie einfach die Tür hinter ihm ins Schloss fallen.

# 22

Oben in meinem Schlafzimmer lauschte Valerie mit versteinerter Miene meiner atemlosen Schilderung des Gesprächs mit Jordan Novick. »Der Gürtel«, murmelte sie. »Verdammt. Wir hätten ihn mitnehmen sollen. Was, wenn sie darauf Fingerabdrücke finden?«

»Ich habe ihn kaum angerührt. Und ich glaube nicht, dass der Gürtel das Problem ist, sondern das Blut. Aber stell dir vor! Sie glauben, Jon war's!«

»Oder dass es sein Gürtel ist. Sein Blut.«

Ich schüttelte den Kopf. »Es dauert keine fünf Minuten, bis die Polizei herausfindet, dass es Jon gut geht, und vielleicht zehn Minuten, bis sie wissen, dass er nicht dort war, und danach wahrscheinlich noch mal zehn, bis sie herausgefunden haben, wessen Blut und Gürtel es ist … und dann fünf Sekunden, bis Dan ihnen erzählt, was du getan hast. Was sollen wir tun? Wir müssen Dan finden. Wir müssen ihn finden, bevor es die Polizei tut.«

»Ja, aber wie?« Val setzte sich auf mein Bett, zog das Handtuch vom Kopf und rubbelte sich damit langsam die Haare. »Wie gesagt, es darf niemand wissen, dass wir nach ihm suchen, weil uns das verdächtig macht.«

»Aber wir haben nach ihm gesucht. Wir sind bereits bei Chip gewesen! Und du hast dich mit dem Portier von Dans Haus unterhalten!«

»Die Polizei wird doch nicht den Portier anrufen.«

»Valerie! Natürlich werden sie das tun!«

Sie knabberte an ihrem Daumennagel. »Chip wird nichts sagen. Er weiß nicht, dass wir bei ihm waren, um Dan zu finden.«

»Ja, genau. Er wird denken, dass dich plötzlich unsägliche

Lust überkommen hat und du es unbedingt mit ihm treiben musstest.«

»Ja, wahrscheinlich«, sagte sie. »Ich war äußerst überzeugend.«

»Valerie. Denk nach. Wir sind verdächtig. Wir sind schon im Visier der Polizei. Wir sind …«

»Warst du schon mal in Florida?«

Ich blinzelte. »Was?«

Sie schüttelte ihre feuchten Haare. »Ich bin immer noch der Ansicht, dass es am besten wäre, eine Weile zu verschwinden.«

Es kostete mich große Überwindung, sie nicht an ihren solariumsgebräunten Schultern zu packen und zu schütteln. »Ich glaube nicht, dass jetzt der richtige Zeitpunkt für eine Urlaubsreise ist. Wir sind keine Kinder mehr. Wir können nicht einfach alles stehen und liegen lassen und nach Cape Cod fahren.«

»Aber was sollen wir denn sonst tun?« Sie stand auf und ging in meinem Schlafzimmer auf und ab, wobei sie nasse Fußabdrücke auf meinem Vorleger hinterließ. »Wir können Dan nicht suchen. Wir können aber auch nicht hier bleiben und der Polizei in die Arme laufen.« An der Tür angelangt, drehte sie sich um und ging wieder in Richtung Kommode. »Vielleicht erinnert sich Dan an nichts mehr. Er könnte sein Gedächtnis verloren haben …«

»Komm schon! Das hier ist keine Seifenoper.«

»Vielleicht will er auch gar nicht darüber reden«, fuhr sie fort. »Reingelegt worden zu sein, nackt … Ich wette, er hat sich irgendwo verkrochen, um die ganze Sache zu vergessen, und betet, dass ich sein Foto nicht meinem ganzen Verteiler maile, was ich echt tun könnte. Außerdem ist er mir vors Auto gesprungen.« Sie hielt inne. »Glaube ich zumindest. Jetzt komm schon!« Sie hüpfte auf der Stelle und gab ihr altes Cheerleader-Klatschen zum Besten. »Du hast doch am Wochenende noch nichts vor, oder?«

Ich wollte etwas sagen, dann schüttelte ich den Kopf. »Ich kann Jon nicht allein lassen.«

»Dann fahren wir zu ihm.« Sie öffnete meinen Schrank, stellte sich auf die Zehenspitzen und holte meinen einzigen Koffer hervor – einen kleinen Rollenkoffer, den meine Mutter für ihre Krankenhausaufenthalte benutzt hatte. »Unterwäsche?« Noch ehe ich etwas sagen konnte, zog sie die Kommodenschublade auf und entnahm ihr eine Handvoll verblichener Baumwollslips. »Iiih. Wo sind denn deine guten Sachen?« Sie wühlte in der Schublade, fand die hübschen Spitzenteile, die ich im Frühjahr wegen Vijay gekauft hatte, und warf sie in den geöffneten Koffer. »Was noch … Badeanzug?«

»Im Badezimmer«, sagte ich. Vielleicht war es mein Schlafdefizit oder der Adrenalinstoß nach dem Gespräch mit dem Polizisten – dem gut aussehenden Polizisten –, aber ich fühlte mich, als wäre ich wieder neun Jahre alt, als würde ich nach Hause laufen, um meinen Badeanzug in den Rucksack zu stecken, als würden Val und ich wieder irgendwohin fahren, wo es wunderschön war.

»Make-up? Gesichtscreme?«

»Ich nehme nicht viel Schminke und …«

»Kondome? Die Pille? Die Pille danach?«

»Was für Urlaube machst du denn?«

»Gute«, sagte sie mit einem übertriebenen Augenzwinkern, das mich so sehr an ihre Mutter erinnerte, dass mir von dem Déjà-vu fast schwindlig wurde. Sie durchstöberte meinen Schrank und entnahm ihm ein pinkfarbenes Plisseekleid, eine blassgelbe Strickjacke und ein Paar orangefarbener Schnür-Espadrilles, die ich mir vor zwei Jahren im Sommer zu dem unglaublichen Preis von acht Dollar gekauft hatte. Erst später wurde mir klar, dass sie so billig waren, weil weder ich noch irgendeine Frau sie zu irgendetwas tragen könnten. Außer vielleicht Valerie, dachte ich, während sie die Schuhe prüfend ins Licht hielt. »Hübsch.«

Ich nahm eine Umhängetasche aus dem Schrank und ergänzte Vals planlose Auswahl (sie packte eine Duftkerze und Lotion, hielt aber offensichtlich weder Zahnpasta, Nachthemd noch BHs für wichtig) mit Joggingklamotten, Baumwollslips, T-Shirts, meinen Vitaminpillen, einem Zeichenblock und Farbstiften sowie meinem Lieblingsfamilienfoto. Es war an meinem ersten Schultag entstanden, und wir vier posierten darauf lächelnd auf den Stufen vor dem Haus: ich in einem marineblauen Trägerkleid, Jon in einer neuen Jeans, meine Mutter in einem weiten weißen Sommerkleid, mein Vater in Anzug und Krawatte.

Im Bad beschwerte sich Val über die niedrige Wattzahl meines Föns, erteilte allen Klamotten, die ich ihr anbot, eine Absage, und zwängte sich wieder in ihr Mieder und ihr hautenges rotes Kleid. Ich saß auf dem Bett, während sie mit flinken, geschickten Bewegungen Abdeckcreme, Konturschatten, Rouge, Gloss, Lidschatten, Kajal und sogar ein paar künstliche Augenwimpern auftrug, was sie alles aus einer kleinen Kosmetiktasche in ihrer riesigen roten Umhängetasche hervorholte. »Wir sollten los«, sagte ich. »Ich meine, wenn wir schon auf der Flucht sind.«

»Ich habe ein Image zu bewahren«, sagte sie. »Oder denkst du, ich will mein Foto auf ›Stars ungeschminkt‹ sehen?« Noch ehe ich sie darauf hinweisen konnte, dass sie kein Star war, steckte sie den Augenbrauenstift in den Mund und kaute darauf herum. »Wir brauchen ein anderes Auto«, murmelte sie.

»Wir können doch meines nehmen.«

Sie knabberte nachdenklich an dem Stift und schüttelte

dann den Kopf. »Wir brauchen ein Auto, das mit keiner von uns beiden in Verbindung gebracht werden kann.«

»Warum nicht?« Aber ich hatte die Frage kaum gestellt, als mir klar wurde, warum. Das war ernst. Ein Verbrechen war geschehen. Val hatte ein Verbrechen begangen, und ich leistete jetzt Beihilfe, und anstatt wie ein gutes Mädchen das Richtige zu tun und es zu melden, so wie ich es immer getan hatte, war ich drauf und dran, alle Bedenken in den Wind zu schlagen und gegen die Regeln zu verstoßen. Jawohl, das würde ich. Überrascht stellte ich fest, dass es sich ziemlich gut anfühlte. »Ich habe eine Idee.«

In der Garage half mir Val, die Plane von dem alten Kombi zu ziehen, der wie ein erschöpfter, alter Dinosaurier auf halb platten Reifen kauerte. Sie rümpfte die Nase, als ich die Autotür aufmachte. »Ist das dein Ernst? Hat das Ding da überhaupt ein Radio?«

»Kurzwelle, Langwelle und einen Kassettenrekorder.« Ich rutschte hinters Steuer, steckte den Schlüssel ins Zündschloss und war erleichtert, als der Motor gleich ansprang.

Val stieg ein und verzog das Gesicht. »Das ist zutiefst deprimierend.«

»Es fährt. Wir können nicht wählerisch sein.« Ich steuerte das Auto in einer Wolke bläulichen Rauchs rückwärts aus der Auffahrt. Während ich vorsichtig durch die Straße fuhr, plante ich unser weiteres Vorgehen: zuerst tanken und die Reifen aufpumpen, dann auf die Autobahn und zu meinem Bruder.

## 23

Jemand – vermutlich Holly – hatte die Dienststelle weihnachtlich dekoriert. Ein Plastikbäumchen zierte Paulas Schreibtisch, neben dem Telefon stand eine Schale mit rot und grün eingewickelten Schokobonbons, an der Tür hing ein Kranz, und neben den Schreibtischen der Streifenpolizisten war ein echter Weihnachtsbaum aufgebaut und verströmte seinen würzig-frischen Geruch. Er war mit rotgoldenen Kugeln und Popcorn- und Preiselbeergirlanden geschmückt, und an der Baumspitze, wo normalerweise ein Engel sein sollte, hing – Jordan musste zwei Mal hinsehen, um sich zu vergewissern – ein rosafarbener Spitzen-BH.

Er hatte den BH gerade abgenommen und in seine Manteltasche gesteckt, als Holly neben ihm auftauchte. »Ist das okay?«, fragte sie und zeigte auf den Baum. »Ich habe versucht, eine Menora aufzutreiben. Sie wissen schon, um niemanden vor den Kopf zu stoßen.«

»Alles bestens.« Der BH – bestimmt ihrer, bestimmt ein Scherz von Gary Ryderdahl – brannte ihm fast ein Loch in die Tasche. Er verlagerte sein Gewicht. »Machen Sie Fortschritte, was die Liste angeht?«

»Bis jetzt ist alles in Ordnung. Alle munter und wohlauf.« Jordan nickte ihr zu, nach dem Motto *Weiter so.* Holly wich nicht von der Stelle und sah ihn aus ihren sanftbraunen, von langen Wimpern beschatteten Augen an. »Hatten Sie ein schönes Thanksgiving-Fest?«, fragte sie.

Jordan steckte die Hände noch tiefer in seine Jackentaschen – in der linken war eine Tüte Donuts, rechts ein BH. Seine Eltern, die ihren Ruhestand in Scottsdale, Arizona, verbrachten, hatten ihn gedrängt, übers Wochenende zu ihnen zu kommen. Seine Mutter hatte das Gästezimmer in einen Meditationsraum verwandelt, aber die Ausziehcouch sei ganz annehmbar, wie sein Vater mit schroffer Stimme sagte. Sogar sein Bruder Sam hatte ihn eingeladen, aber Jordan hatte Arbeit vorgeschoben und allen versprochen, dass er sie stattdessen an Weihnachten besuchen würde. Also hatte er Thanksgiving mit einem Fertiggericht gefeiert, das er quer in den Tischbackofen stecken musste (die Kartoffeln waren verbrannt, die Truthahnfilets noch halb gefroren gewesen) sowie einem Marathon von *Gute-Nacht-Show*-Folgen, und schließlich war er um zehn Uhr ins Bett gegangen, weil er die Einsamkeit keine Minute länger ertragen konnte. »Ja, danke«, sagte er in einem Ton, der hoffentlich jede weitere Diskussion unterband.

Tat es aber nicht. Holly erzählte ihm lang und breit von ihren vier Schwestern, deren Ehemännern, ihren Nichten und Neffen und ihrem Vater, der jedes Jahr wieder darauf bestand, im Carport einen zehn Kilo schweren Truthahn in einem rostfreien Edelstahlkessel zu frittieren. »Der Truthahn schmeckt scheußlich«, sagte sie und verzog angeekelt das Gesicht. »Also wechseln meine Schwestern und ich uns jedes Jahr ab und laden am Sonntag nach Thanksgiving die versammelte Mannschaft zu uns nach Hause ein. Dann gibt es Truthahn aus dem Ofen und Lasagne …« Sie sah Jordan erwartungsvoll an. »Sie sind herzlich eingeladen, wenn Sie Lust haben. Wir haben immer zu viel zu essen.«

»Das klingt nett.« Und wie! Die ganze Familie an einem großen runden Tisch – Holly, ihre Schwestern, ihre Schwager. Und deren Kinder. »Mal sehen, wie sich unser Fall entwickelt.« Er zuckte die Achseln. »Vielleicht haben wir es ja mit einem richtigen Verbrechen zu tun.«

Der Gedanke schien sie zu amüsieren. »Einen unschuldigen Truthahn zu frittieren – das ist ein Verbrechen.«

»Halten Sie mich auf dem Laufenden«, sagte er und verschwand in sein Büro, wo er als Erstes den BH aus der Tasche zerrte und ihn ganz unten in seine Schreibtischschublade steckte, unter die Beurteilungsformulare der letzten fünf Jahre und die zwei Schachteln Girl-Scout-Kekse, die er im Frühjahr Paulas Enkelin abgekauft hatte. (Als er das Mädchen fragte, ob die Samoas-Kekse aus echten Samoanern gemacht wurden, blickte sie zuerst verwirrt, dann verstört drein und wich langsam an den Schreibtisch ihrer Großmutter zurück.) Er stellte Addies Donut-Tüte auf die Schreibtischunterlage, zog seinen Notizblock aus der Tasche und blätterte darin. Einzelne Wörter und Satzfetzen sprangen ihm ins Auge: *Veganer, unangemeldete Gäste, Matthew Sharp, würde keiner Fliege etwas zuleide tun.* Er aß noch einen Donut, wobei er genüsslich die Zuckerkristalle zwischen seinen Zähnen zermalmte, dann googelte er Adelaide Downs. Er bekam eine Handvoll Treffer: ihr Name auf der Website der Grußkartenfirma Happy Hearts, Bilder von Porzellantellern, die vor drei Jahren zum Verkauf angeboten worden waren. Außerdem ein paar Websites, auf denen heutzutage jeder auftauchte, selbst der menschenscheueste Einsiedler: Sind Sie mit ADELAIDE DOWNS zur Schule gegangen? Sind Sie mit ADELAIDE DOWNS befreundet? Er klickte sich durch die Links und gab ihren Namen und ihre Adresse ein, in der Hoffnung, ein Foto von ihr zu finden – nur um sich davon überzeugen zu können, dass sie nichts Besonderes war. Aber er fand nur Bilder von ihren Grußkarten, einem Set Kuchenteller und von der Löffelablage, die sie erwähnt hatte.

Jordan wischte sich mit einer Papierserviette über den Mund, griff zum Telefonhörer und wählte die Nummer, die Addie ihm gegeben hatte. Mr Duncan, der Geschäftsführer der Walgreens-Filiale, legte ihn in die Warteschleife, während er den Stundenzettel überprüfte. Als er kurz darauf wieder in der Leitung war, sagte er mit kleinlauter Stimme: »Jon war für gestern Abend eingeteilt, aber es sieht so aus, als sei er nicht zur Arbeit erschienen.«

Jordan bedankte sich, stand auf, winkte Holly zu, die gerade telefonierte, nahm eine Handvoll Schokobonbons aus Paulas Schale und ging zurück zum Auto. Zehn Minuten später hielt er an der Ecke Main Street und Crescent Drive. Er steckte ein Bonbon in den Mund und nahm eine entspannte Sitzhaltung ein: die Handflächen auf die Oberschenkel gelegt, gleichmäßig atmend, die Augen auf die Straße gerichtet. Fünf Minuten später kam ein uralter grüner Kombi auf vier fast platten Reifen quietschend um die Ecke gefahren. Am Steuer saß eine Blondine, auf dem Beifahrersitz eine Frau mit einer Kopfbedeckung. Das Auto stotterte, hatte eine Fehlzündung, stieß eine ölige Rauchwolke aus und tuckerte dann in Richtung Innenstadt. *Jon würde keiner Fliege etwas zuleide tun.* Na dann wollen wir mal sehen, dachte er und folgte dem Kombi.

## 24

»Was hast du in all den Jahren gemacht?«, fragte ich Val, während wir nach Westen fuhren. Wir waren seit zehn Minuten unterwegs – auf der Flucht, korrigierte ich mich –, und Val hatte sich bisher hauptsächlich über das Auto beschwert. »Das hier ist 'ne echte Nuckelpinne, stimmt's?«, fragte sie, als wir das Schild mit der Aufschrift AUF WIEDERSEHEN IN PLEASANT RIDGE: EIN ANGENEHMER ORT ZUM LEBEN! passierten.

»Was ist eine Nuckelpinne?«

»Eine Schrottmühle. Eine Rostlaube. Ein Blechsarg. Ein Scheißauto.« Sie schnupperte. »Offenbar hast du unsere Sendereihe über Straßenslang verpasst.«

»Offenbar.« Ich musste lächeln. Val machte ein Gesicht, als hätte sie in etwas Saures gebissen, und lehnte sich aus dem Fenster, um die Karosserie zu inspizieren. Schließlich stieß sie einen lauten, unzufriedenen Seufzer aus. »Ist hier drinnen jemand gestorben?«

»Mein Vater«, sagte ich und genoss schuldbewusst ihre

entgeisterte Miene. »Aber wir haben es danach reinigen lassen.«

Sie stöhnte entsetzt auf. »Ihr habt es nicht verkauft?«

»Das Auto konnte doch nichts dafür. Es fährt noch wunderbar.«

Val schnaubte und rutschte, so tief es ging, in den Sitz. »He«, sagte sie kurz darauf. »Schaust du eigentlich meine Sendung an?«

»Manchmal.« Ihre Enttäuschung war so spürbar, als wäre die Temperatur im Auto um zehn Grad gesunken. »So spät bin ich fast nie auf.« Ich schielte zu ihr hinüber. Val hatte schmollend die Arme vor der Brust verschränkt und machte ein finsteres Gesicht. »Ich hole mir den Wetterbericht aus dem Internet«, sagte ich. Val funkelte mich wütend an. Ich nahm die Hände vom Lenkrad und zuckte entschuldigend die Achseln. »Das machen alle! Es ist äußerst praktisch! Und außerdem wird er dort ständig aktualisiert.«

»Das«, sagte Valerie, »ist ein Gerücht. Online-Wetterdienste benutzen exakt dieselben meteorologischen Modelle wie wir, also ist die Vorstellung, dass sie bessere Informationen haben als wir, einfach nur Quatsch.«

»Aber es ist trotzdem praktischer.«

Sie schnaubte. »Ach ja, weil dein Terminkalender ja so voll ist, dass du dir keine zwei Minuten lang die Nachrichten ansehen kannst. Weil du so viel um die Ohren hast! Außerdem kommt bei uns der Wetterbericht exakt zur vollen Stunde. Gleich zu Beginn der Nachrichten. Das heißt, Punkt elf Uhr drei kannst du Heia machen.«

»Aber warum sollte ich mir die Nachrichten ansehen, wenn ich den Wetterbericht übers Handy abrufen kann?«

»Weißt du, was das Problem mit Amerika ist?«, sagte Valerie. »Die Leute sind nicht mehr loyal. Früher haben die Menschen ihr ganzes Leben lang dieselben Sender geguckt. Über

Generationen hinweg! Großeltern, Eltern, Kinder. Aber heutzutage heißt es nur noch« – sie sprach mit einer affektierten Stimme – »›Oh, ich kann den Wetterbericht übers Handy abrufen! Ich brauche die Nachrichten nicht mehr!‹« Sie verzog verärgert den Mund.

»He, beruhige dich«, sagte ich.

Val ließ sich wieder in den Sitz zurückfallen. »Du bist ja nicht die Einzige. Weißt du, wie alt der durchschnittliche *MyFox*-Zuschauer ist?« Sie machte eine Kunstpause. »Tot. Weil jeder das Wetter und die Nachrichten auf seinem Handy oder BlackBerry abruft.« Sie runzelte die Stirn. »Und seit wir auf HD umgestellt haben …« Sie rieb sich die Wange. »Ich meine, da siehst du alles. Jedes Fältchen, jede Pore. Es ist gerade eine sehr stressige Zeit für mich.« Ich hätte am liebsten geantwortet, dass es für Dan Swansea, wo immer er steckte, wahrscheinlich gerade noch stressiger war, aber ich verkniff mir den Kommentar und setzte zum Überholen an. »Hast du nie geheiratet?«, fragte Valerie.

Fast hätte ich gesagt: *Ich hatte bis zu diesem Jahr noch nicht mal einen Freund.* Stattdessen antwortete ich: »Nein.«

»Möchtest du Kinder?«

»Ich weiß nicht. Vielleicht.« Der Gedanke, Mutter zu sein, gefiel mir, aber in der Realität fand ich Kinder nicht so toll. Im Laufe der Jahre hatten viele Kinder mit dem Finger auf mich gezeigt und mich ausgelacht. Dennoch dachte ich manchmal, wie schön es wäre, ein Baby zu haben – und dadurch Freundschaften zu schließen. Im Stadtzentrum gab es ein Café an der Hauptstraße, wo ich manchmal einkehrte, nachdem ich auf der Post gewesen war. Dienstagvormittags traf sich dort eine Müttergruppe mit kleinen Babys und großen Kinderwagen und besetzte einen Tisch am Hinterausgang. Sie tranken Chai Latte, plauderten über ihre Ehemänner oder diskutierten über einen Artikel in der *Times*, wonach es für Kinder gesund sei, Dreck zu essen. Einmal versuchte eine der Mütter, eine forsche, dünne Frau mit Pferdeschwanz, die anderen für einen Babyzeichensprache-Kurs zu begeistern, woraufhin eine andere Mutter, die neun Monate nach der Geburt noch immer Umstandsjeans trug (ich sah das Etikett, als sie sich bückte, um einen Beißring aufzuheben), ihre Tochter ansah, die im Hochstuhl sitzend ein Stück Banane auf ihrer Stirn zermatschte, und sagte: »Ich glaube nicht, dass sie zum jetzigen Zeitpunkt etwas zu sagen hat, was mich interessieren würde.«

»Was machst du dann so? Erzähl«, sagte Val. Was sollte ich ihr erzählen? Wie ich in meiner dicksten Phase glasierte Kekse übers Internet bestellte, und zwar jedes Mal in einer anderen Geschenkdose – Thanksgiving, Weihnachten, Alles Gute zum Geburtstag, Fourth of July –, damit die mir unbekannte Person, die meine Bestellung aufnahm, nicht erriet, dass ich die fünf Pfund Süßes allein verspeiste. Wie ich in meiner einsamsten Phase in den Supermarkt fuhr, wenn Schneestürme angekündigt wurden, und mich mit den anderen um das letzte Dutzend Eier, die letzte Tüte Milch oder die letzte Rolle Klopapier stritt, nur um mich dazugehörig zu fühlen. Wie ich im Café gesehen hatte, wie die Mutter in der Umstandsjeans lachte, wenn ihr kleines Mädchen über die Holzdielen robbte, während die anderen Mütter etwas von Holzsplittern und Bakterien murmelten, und mir gedacht hatte: Mit dieser Frau könnte ich befreundet sein. Aber natürlich war ich viel zu schüchtern gewesen, um sie anzusprechen.

»Nicht viel«, sagte ich.

»Für ›nicht viel‹ hast du aber schicke Unterwäsche«, bemerkte Val.

Ich umklammerte das Lenkrad fester. »Ich mag hübsche Sachen.«

»Klar«, sagte Val, als würde sie mir kein bisschen glauben.

Wir fuhren an eine Tankstelle, um zu tanken und die Reifen aufzupumpen, dann zu einem Laden, wo ich Chips, Getränke und ein Tunfischsandwich für meinen Bruder kaufte und den wahrscheinlich letzten noch existierenden Münzfernsprecher in Chicago entdeckte. Ich hatte noch von zu Hause aus im Heim anrufen wollen, aber Val hatte zu bedenken gegeben, dass jeder Anruf, sei es vom Handy oder vom Festnetz, zurückverfolgt werden könne. Sicher ist sicher, dachte ich, während Ms Jennings mir mitteilte, was ich schon halb erwartet hatte: Jon war wieder mal auf Wanderschaft gegangen.

»Schlechte Neuigkeiten«, sagte ich, als ich zu Val ins Auto stieg, die im Rückspiegel ihr Make-up auffrischte. »Jon ist nicht im Heim.«

»Und was machen wir jetzt?«, fragte sie.

Ich ließ den Motor an und fuhr vom Parkplatz. »Ich weiß, wo wir ihn finden.«

Eine Dreiviertelstunde später parkten wir das alte Auto meines Vaters zwei Straßenzüge vom Art Institute entfernt, einem von Jons Lieblingsorten. Ich zog Mütze, Schal und Handschuhe an. Val legte sich den Mantel um, den ich ihr geliehen hatte, und zupfte den Fransenschal zurecht, den sie wie ein altes Mütterchen um den Kopf geschlungen und im Nacken verknotet hatte. »Voilà«, sagte sie und setzte eine übergroße Sonnenbrille auf. »Jetzt erkennt mich niemand.«

»Schick«, sagte ich und verließ mit ihr den Parkplatz.

Wir brauchten eine halbe Stunde, um meinen Bruder zu finden, der ein paar Straßen weiter unter einer Unterführung saß, mit dem Rücken gegen einen Betonpfeiler gelehnt und den Blick in den Himmel gerichtet. Er hatte seinen Schlafsack, den ich ihm letztes Jahr zu Weihnachten geschenkt hatte, über die Füße gezogen und die Hände darin vergraben, um sich zu wärmen.

»Hallo, Addie«, sagte er, als ich mich neben ihn setzte.

»Hallo, Jon. Wie geht es dir?«

»Gut.« *Sie müssen es sich wie eine Neugeburt vorstellen,* hatte uns einer der Neurologen gesagt, nachdem Jon aus dem Koma aufgewacht war und bevor er anfing zu reden ... und zu fluchen und mit Sachen zu werfen. *Den Menschen, den Sie kennen, gibt es nicht mehr. Das hier ist jemand anders.* Mein Vater hatte sich abgewandt – sein Gesicht war so weiß wie der Kittel des Arztes, und er sah aus, als hätte er dem arroganten Typen am liebsten die Nickelbrille vom Gesicht geschlagen. Meine Mutter hatte die Hände vors Gesicht gelegt und leise geweint. Der neue Jon, der jetzt schon länger auf der Welt war als der alte Jon, war aufbrausend und vergesslich, ungeschickt und manchmal frustriert, und doch blitzte seine alte, kindliche Liebenswürdigkeit immer wieder auf wie Sonnenstrahlen, die aufs Wasser trafen.

Ich atmete die eiskalte Luft ein. »Du warst doch gestern Abend arbeiten, oder?«

Er dachte eine Weile angestrengt nach. »Es gab einen Meteoritenregen. Ich wollte ihn sehen.«

Mir wurde angst und bang. Keine Arbeit bedeutete kein Alibi. »Ach, Jon!«

»Aber ich habe angerufen! Genauso wie ich es machen soll. Ich habe angerufen, und sie haben gesagt, dass es okay ist.« Er runzelte die Stirn. »Da bin ich mir ganz sicher. Fast. Ich glaube wenigstens, dass ich angerufen habe.«

»Ich bin dir nicht böse.« Ich nahm die Sachen aus meiner Handtasche, die ich für ihn eingepackt hatte: Mütze und Handschuhe (weil er seine in der Tat vergessen hatte) und einen Labello (für seine spröden Lippen). »Jon. Ich fahre eine Weile weg. Mit Valerie. Erinnerst du dich noch an meine Freundin Valerie? Wir machen eine Reise.«

Er blickte noch immer in die Sonne. »Fahrt ihr irgendwohin, wo es warm ist?«

»Ich weiß nicht. Nur … weg. Für ein paar Tage. Ich möchte, dass du nach Hause gehst. Wenn du jetzt mitkommst, fahre ich dich.«

»Kann ich zuerst ins Kino gehen? Ich verspreche dir, dass ich zum Abendessen zurück bin. Und heute Abend gehe ich zur Arbeit.«

»Also gut«, sagte ich. »Zuerst ins Kino, dann nach Hause. Und hör zu, Jon, das ist wichtig. Wenn irgendjemand kommt und dich fragt, wo du letzte Nacht gewesen bist, dann musst du die Wahrheit sagen.«

Er atmete durch den offenen Mund. »Addie. Ich sage immer die Wahrheit.«

»Okay.«

*»Immer.«* Er machte ein schrecklich ernstes Gesicht.

Ich umarmte ihn kurz. »Okay.«

Ich blieb eine Weile neben ihm sitzen und spürte den kalten Beton im Rücken und die Sonne auf meinem Gesicht. »He«, sagte ich. »Das ist gar nicht schlecht.« Jon tippte mit zwei Fingern auf meine Hand. Es fühlte sich an, als würde man von einem kleinen, hartnäckigen Vogel in die Hand gepickt werden.

»Wenn ihr dort seid«, sagte er, »grüß Mama von mir, ja? Sag ihr, dass ich zwei totale und eine teilweise Sonnenfinsternis gesehen habe.«

»Ach, Jon.« Das passierte manchmal: Wir führten ein ganz normales Gespräch – oder zumindest so normal, wie es uns möglich war –, und dann kam eine Aussage, die mich daran erinnerte, dass nichts, gar nichts, normal war. »Wird gemacht«, sagte ich, anstatt ihm zum hunderttausendsten Mal zu erklären, dass unsere Mutter tot war. »Ich sag's ihr.«

Ich half ihm dabei, den Schlafsack aufzurollen, und begleitete ihn zur Bushaltestelle, da er sich nicht von mir ins Kino fahren lassen wollte. (Jon fuhr liebend gern mit der Hochbahn und dem Bus, und die Sozialarbeiter hatten meiner Mutter und mir vor langer Zeit gesagt, dass wir ihm das zugestehen sollten; je unabhängiger er sei, desto besser würde es ihm gehen.) Ich notierte mir die Nummer des Busses und den Namen des Kinos, steckte ihm zwanzig Dollar zu und küsste ihn auf die Wange. »Ich liebe dich«, sagte ich. »Ich dich auch«, sagte Jon. Dann ging ich zu Val, die uns aus ein paar Metern Entfernung durch ihre Sonnenbrille beobachtet hatte. »Alles in Ordnung?«

»Alles gut.« Als wir wieder im Auto waren, baute sie sich auf dem Beifahrersitz aus ihrem Pullover und ihrem Schal ein kleines Nest und rollte sich zusammen.

»He«, sagte ich, als sie gähnte und die Schuhe auszog. »Wo fahren wir eigentlich hin?«

Sie hob den Kopf. »Fahr einfach in Richtung Süden.« Sie schloss die Augen und war sofort eingeschlafen.

## 25

Jordan war dem Kombi in geringer Entfernung gefolgt, hatte abgebremst, als Addie an eine Tankstelle gefahren war, und hatte sie nicht aus den Augen gelassen, als sie vor einem Laden, dann an einem Münzfernsprecher und schließlich auf einem Parkplatz gehalten hatte. Er beobachtete, wie die Frau auf dem Beifahrersitz, die mit dem Schal um den Kopf, ihre Lippen im Rückspiegel nachzog und wie Addie mit einer Plastiktüte in der Hand ausstieg. Er folgte ihnen in sicherem Abstand zu Fuß, bis Addie zu einem Mann ging, der unter einer Straßenüberführung an einem Betonpfeiler lehnte. Jordan wartete, während sie mit ihm sprach, ihm die Sachen gab und ihn zur Bushaltestelle begleitete. Als sie weg war, drängte er sich zwischen ein paar Obdachlosen hindurch zu dem Mann, der mit seinem Schlafsack unterm Arm an der Scheibe des Wartehäuschens lehnte und ruhig in den Himmel schaute. Jordan sagte Hallo, und als der Mann nicht antwortete, berührte er ihn an der Schulter.

»Jonathan Downs?«

»Hmm?«, sagte der Mann, ohne Jordan anzusehen. Jon hatte Addies helle Haut und hellbraune Haare. Er hatte eine kleine Narbe an der Wange, und seine Knöchel waren schorfig. Hieß das, dass er sich geprügelt hatte?

»Jonathan, mein Name ist Jordan Novick. Ich bin der Polizeichef von Pleasant Ridge. Können Sie mir sagen, wo Sie letzte Nacht gewesen sind?«

Jonathan summte und blickte unverwandt in den Himmel.

»Ich weiß, dass Sie nicht bei der Arbeit waren. Wo waren Sie?«, fragte Jordan. »Irgendwo draußen im Freien?«

»Ich habe den Mond beobachtet.«

»Hat Sie letzte Nacht jemand gesehen?«

»Nur der Mond«, sagte Jonathan und reckte sein Gesicht in den Himmel. Seine Khakihose wurde von einem Ledergürtel gehalten – braun, nicht schwarz.

»Sie waren nicht in Pleasant Ridge? Im Country Club?«

*»Don't go back to Rockville«*, sagte Jonathan. *»Waste another year.«* Er kramte ein blaues Nylonportemonnaie mit Klettverschluss aus seiner Tasche und zeigte ihm den Inhalt: ein Fotoausweis und ein Bibliotheksausweis, eine Rabattkarte vom Old Country Buffet, ein Mitgliedsausweis vom Videoladen und eine Gehaltsscheckquittung von Walgreens. Er hatte siebenundvierzig Dollar in bar, ein paar Münzen und einen laminierten Zettel mit der Aufschrift: *Falls ich mich verirrt habe, kontaktieren Sie bitte Adelaide Downs.* Schließlich entdeckte Jon mit einem zufriedenen Grunzen

seinen Fahrausweis. Er steckte alles zurück in die Geldbörse und hielt dann nach dem Bus Ausschau.

»Sagen Sie, Jon.« Jordan bemühte sich um einen beiläufigen, kumpelhaften Ton. »War in der Highschool jemand gemein zu Ihnen?«

»Addie«, sagte Jon sofort.

»Nicht Ihre Schwester«, sagte Jordan, »andere Menschen. Andere Jungs. Vielleicht die, die Ihren Rucksack hinuntergeworfen haben?«

»Das war mir egal«, sagte Jon. »Ich habe den Mond beobachtet. Ich habe zweimal eine Totalfinsternis und einmal eine Teilfinsternis gesehen. Haben Sie schon mal eine Finsternis gesehen?«

»Wer war gemein zu Addie?«

Jon hörte nicht zu. »Den Perseiden-Meteorstrom kann man Mitte August mit bloßem Auge sehen. Aber ich habe ein Teleskop. Mit einem Teleskop sieht man es noch besser.«

»Jonathan, gestern Nacht ist bei dem Klassentreffen jemand verletzt worden. Haben Sie eine Ahnung, wer das sein könnte?«

Jon sah ihn besorgt an. »Addie? Ist Addie etwas passiert?«

»Nein, nein, Addie geht es gut.«

Jon schüttelte den Kopf und runzelte die Stirn. »Addie wurde verletzt.«

»Es geht ihr gut. Ich habe gerade erst mit ihr gesprochen.« Und sie mit dir, dachte Jordan. Das musste die Störung des Kurzzeitgedächtnisses sein, von der Addie gesprochen hatte.

»Nicht jetzt«, sagte Jon mit übertriebener Geduld. »In der Schule. Dan Swansea und Kevin Elephant und all die anderen. Sie haben Sachen über sie auf unsere Auffahrt geschmiert.«

*Auf unsere Auffahrt geschmiert. Kevin Elephant.* Es klang wie dummes Zeug, aber Jordan notierte es dennoch.

»Brauchen Sie irgendetwas? Kommen Sie hier zurecht?«

Jonathan sah Jordan an, als sei er verrückt. »Ich bleibe nicht hier«, sagte er. »Ich fahre ins Kino.« Er zog einen Zettel aus der Tasche. »Bus Nummer 60 zum Kino. Ticket für die Vorstellung um vierzehn Uhr zehn kaufen. Vor Beginn der Vorstellung auf Toilette gehen. Mit dem Zweiundsiebziger-Bus nach Hause fahren.«

»Ach so. Gut.« Jordan überlegte kurz, dann kramte er einen Zehndollarschein aus der Tasche. »Für den Fall, dass Sie im Kino Hunger kriegen.«

Jon öffnete seine Geldbörse, strich den Geldschein glatt und steckte ihn ein. »Kann ich mir Ihren Kugelschreiber ausleihen?«, fragte er, dann nahm er seinen Spickzettel und notierte sich in winziger Schrift »Snack kaufen« unter den Eintrag mit dem Ticket. Jordan winkte unbeholfen zum Abschied, ging zurück zu seinem Auto und fuhr in das Heim, in dem Jonathan Downs seit fünfzehn Jahren wohnte.

## 26

»Auf keinen Fall«, sagte die Sozialarbeiterin, eine große, dünne Afroamerikanerin namens Verona Jennings. Sie trug eine Brille an einer Kette um den Hals und hatte die Arme vor der Brust verschränkt. »Nein. Nicht ohne einen richterlichen Beschluss.«

»Fangen wir noch mal von vorn an«, sagte Jordan. Er saß mit Ms Jennings in der Heimküche, an einem Tisch mit einer rot-weiß karierten Plastiktischdecke und einer Vase mit künstlichen Gänseblümchen. Am Kühlschrank klebten bunte, laminierte Zettel aus Bastelpapier mit dem Namen – ROGER, DAVID, JON, PHIL – und dem Zeitplan der jeweiligen Bewohner – *6 Uhr 15 Aufstehen, 6 Uhr 20 Toilette, Zähne-*

*putzen, Rasieren, 6 Uhr 30 Frühstück, Medikamente.* Nur zwei der Bewohner befanden sich momentan im Haus. Die anderen sechs waren über die Feiertage zu ihren Familien gefahren. Einer der Männer stand am Fenster und starrte stumm auf die Straße hinaus. »Haben Sie Jon jemals als gewalttätig erlebt?«

»Er verletzt sich manchmal selbst«, sagte Ms Jennings. Sie hatte sich Jordans Dienstnummer geben lassen und im Revier angerufen, bevor sie ihm die Tür aufgemacht hatte. »Wenn ihn etwas frustriert, dann schlägt er sich auf den Kopf, bis wir ihn stoppen.« Jordan zuckte vor Mitgefühl zusammen. »Aber er hat noch nie jemand anderem wehgetan. Das heißt nicht, dass es nicht passieren könnte, aber ich habe noch nie erlebt, dass er einem anderen Menschen gegenüber gewalttätig war.«

»Wann haben Sie ihn zuletzt gesehen?«

»Gestern Nachmittag«, sagte sie. »Er kam kurz vor acht Uhr morgens von der Arbeit zurück und ging direkt in sein Zimmer. Das ist normal. Dann kam er zum Mittagessen runter – freitags gibt es Käse-Makkaroni –, und danach ging er spazieren. Alles absolut normal. Er geht mehrmals die Woche in die Bücherei, ins Museum oder ins Kino, und Tim, der gestern Dienst hatte, nahm bestimmt an, dass er dorthin gegangen war. Er erschien nicht zum Abendessen, aber auch da machten wir uns keine Gedanken. Freitagabends gibt es gebackenen Fisch. Nicht gerade Jons Lieblingsessen. Hin und wieder geht er ganz gern zu McDonald's. Tim hat sich bestimmt gedacht, dass er essen gegangen und von dort direkt zur Arbeit gefahren ist. Und selbst wenn nicht, dann wäre das auch nicht weiter ungewöhnlich gewesen.« Ms Jennings erklärte, dass Jon drei, vier, manchmal sogar sechs Monate lang nicht von seiner Routine abwich – Arbeit, Mahlzeiten, Spaziergänge, Ausflüge ins Kino oder in die Bibliothek.

Bis etwas passierte, er seine Medikamente nicht mehr nahm und für ein, höchstens zwei Nächte verschwand. Addie fand ihn jedes Mal wieder und brachte ihn zurück, und wenn es ihm sehr schlecht ging, dann begleitete sie ihn zu den Ärzten, damit sie ihn medikamentös neu einstellten. Jon, so erfuhr Jordan, nahm ein Antidepressivum und ein Epilepsie-Medikament.

Er notierte sich alles. »Hat Jon etwas von einem Klassentreffen gestern Abend erwähnt?«

Verona Jennings sah ihn traurig an und schüttelte den Kopf. Jordan versuchte es anders. »Was hat er an Thanksgiving getan?«

»Seine Schwester hat ihm etwas zu essen gebracht.« Sie zeigte Jordan die Reste, die in fein säuberlich beschrifteten Tupperware-Dosen im Kühlschrank gestapelt waren. »Sehen Sie? Truthahn, Süßkartoffeln, Grüner-Bohnen-Auflauf. Das ist Jons Lieblingsessen. Danach haben sie sich oben in Jons Zimmer irgendeinen Science-Fiction-Film angesehen. Addie ist gegen drei Uhr nach Hause gefahren, und Jon hat sich hingelegt.« Sie schloss den Kühlschrank und sah ihn ruhig an. »Um was geht's hier eigentlich?«

Jordan erzählte ihr, was er wusste: von dem Klassentreffen, dem Gürtel, den sie auf dem Parkplatz gefunden hatten, der Aussage einer ehemaligen Mitschülerin, dass Jon seine Mitschüler beklaut hatte. Noch ehe er zu Ende gesprochen hatte, schüttelte Ms Jennings den Kopf. »Da hätte er zuerst einmal irgendwie nach Pleasant Ridge kommen müssen. Aber Jon hat keinen Führerschein.«

»Kein Auto?« Noch während er das sagte, fiel ihm ein, dass der Fotoausweis in Jons Geldbörse kein Führerschein gewesen war.

Ms Jennings schüttelte erneut den Kopf. »Soweit ich weiß, hatte Jon nie einen Führerschein. Er hat nur einen Busausweis, das ist alles. Es würde mich sehr wundern, wenn der Bus vor dem Country Club hält, und selbst wenn er das täte, dann müsste Jon drei oder vier Mal umsteigen. Das müsste ihm aber vorher jemand erklärten.«

Jordan versuchte es noch einmal. »Wo ist sein Zimmer?«

»Da können Sie nicht rein. Nicht ohne einen Durchsuchungsbeschluss.«

»Ich will es nicht durchsuchen«, sagte Jordan. »Ich möchte es nur sehen.« Sie sah ihn lange an – wahrscheinlich überlegte sie, welche Unannehmlichkeiten es gäbe, falls Jordan tatsächlich mit einem Gerichtsbeschluss zurückkam – und führte ihn dann über die enge Treppe hinauf in den ersten Stock.

Jons Zimmer lag am anderen Ende des Hauses. Es war ein kleiner rechteckiger Raum mit einem Einzelbett, einer Kommode und einem hohen, außen vergitterten Fenster mit Blick auf den unkrautüberwucherten Garten des Heims, und es sah aus wie das kleinste Kunstmuseum der Welt. Die Wände waren von oben bis unten voller Fotos und gerahmter Bilder, Gemälde und Zeichnungen wie die an Addie Downs' Wänden. Auf manchen Zeichnungen war ein Junge zu sehen – Jon, als er jung gewesen war, wie er mal gewesen war, dachte Jordan. Der blonde Junge auf den Bildern war schlank und braun gebrannt, er rannte, sprang, schwamm und spielte Fußball. Manchmal waren noch andere Leute auf dem Bild – eine dicke Frau mit blauen Augen und langen Haaren, ein blasser Mann mit einem schwachen Lächeln, von dessen Händen Marionetten baumelten –, aber die meisten Bilder (teils Gemälde, teils Buntstift- oder Kreidezeichnungen) zeigten Jon bei den für Jungen typischen Aktivitäten: wie er sein Angelrute in einen nebelverhangenen, silbrig glänzenden See hält; wie er mit dem Fahrrad eine Straße entlangfährt, in der Jordan den Crescent Drive zu erkennen glaubte; wie er mit einem Rucksack auf dem Rücken auf den Schulbus wartet. Auf einem Gemälde schauten der Junge und ein Mann – wahrscheinlich sein Vater – in den dunklen, sternenbedeckten Himmel.

»Sie sind toll, stimmt's?«, fragte Verona Jennings, und Jordan konnte nur nicken. Er glaubte zu verstehen, was Addie damit bezwecken wollte; mithilfe der Zeichnungen und Gemälde schuf sie für Jon eine Welt, in der er so war wie vor dem Unfall: jung, attraktiv und gesund.

Er sah sich die Wände der Reihe nach an und fand ein paar Bilder, auf denen auch ein Mädchen zu sehen war. Wahrscheinlich Addie. Einmal stand sie hinter ihrem großen Bruder, der eine brennende Kerze an einen Kerzenleuchter hielt (eine Menora?, fragte er sich und musste an Holly denken), ein anderes Mal saß sie mit einem dünnen blonden Mädchen am Schwimmbeckenrand und ließ die Füße ins Wasser baumeln, während Jon sich zum Sprung vom Dreimeterbrett anschickte.

»Fünf Minuten«, sagte Verona Jennings. »Ich habe zu tun.« Auf dem Fußboden lag ein kleiner, dicker Vorleger, der dem Läufer in Addies Wohnzimmer sehr ähnlich war, und auf dem Bett lagen zwei große, dunkelblaue Kissen. An der Schranktür hing ein laminierter Stundenplan – bis auf die goldenen Foliensternchen identisch mit dem, der unten am Kühlschrank hing –, und im Schrank waren ein halbes Dutzend weiße Hemden, Jeans und Khakihosen sowie eine rote Polyesterschürze von Walgreens mit einem rechteckigen Namensschild mit der Aufschrift ICH BIN JON. WIE KANN ICH IHNEN HELFEN? Auf der Kommode standen zwei Fotos in durchsichtigen Kunststoffrahmen. Jordan ging näher ran. Ein Foto zeigte Addie und Jon, als sie noch klein waren. Es war bestimmt am ersten Schultag entstanden. Beide trugen Schulranzen und nagelneue Klamotten, und im Hintergrund war ein gelber Schulbus zu sehen. Addie lächelte verhalten. Jon blinzelte gutaussehend und gelangweilt in die Sonne. Jordan streckte die Hand nach dem Foto aus.

»Nichts anfassen!«, sagte Ms Jennings. Er ließ die Hände sinken und betrachtete das zweite Foto, auf dem Jon und Addie schon erwachsen waren. Die Geschwister posierten vor einem Weihnachtsbaum. Jon trug Bluejeans und ein Karohemd, und wäre da nicht sein abwesender, leerer Blick gewesen, wäre er ein attraktiver junger Mann gewesen.

Addie Downs war dick. Nicht furchtbar fett, aber um einiges kräftiger als die Frau, die er kennengelernt hatte. Sie trug eine Strumpfhose und ein schwarzes Sweaterkleid, das bis zu ihren Unterschenkeln reichte. Ihre hellbraunen Haare wurden von einem Haarband aus dem Gesicht gehalten; sie hatte ein Doppelkinn, dicke Handgelenke und Hände, und sie lächelte … ihr süßes, scheues Lächeln, das ihr Übergewicht umso herzzerreißender machte, weil es das Lächeln einer Frau war, die nicht aufgegeben hatte, die noch immer davon träumte, etwas Wunderbares unterm Weihnachtsbaum zu finden.

Die Arme, dachte er. Ms Jennings sagte: »Sie hat ziemlich abgenommen.« Die Armen. Er wartete, bis sie sich umdrehte und den Flur zurückging, dann huschte er noch mal in das Zimmer und ließ das Erwachsenenfoto von Addie und ihrem Bruder in seiner Tasche verschwinden. Jon wirkte nicht wie ein Verbrecher … aber er hatte sich schon mal in jemandem getäuscht.

## 27

»Addie?«

Ich schreckte hoch, in dem Glauben, die Hand auf meiner Schulter gehöre Vijay, der zu mir zurückgekommen sei. Ich schlug die Augen auf und sah, dass ich neben Val im Auto saß (sie hatte eine Stunde zuvor das Steuer übernommen). Wir standen auf einem Parkplatz vor einem McDonald's. Ich roch das Frittierfett und das gebratene Fleisch und sah das rot-gelbe Logo durch die Windschutzscheibe des alten Kombis. Die Uhr auf dem Armaturenbrett zeigte kurz nach zwei Uhr nachmittags.

»Wo sind wir?« Meine Zunge fühlte sich dick an. Ich blinzelte und richtete mich auf.

»Ungefähr hundert Meilen vor St. Louis. Wir brauchen Geld«, sagte Val.

Ich überlegte, wie viel Geld ich noch in meiner Geldbörse hatte. Von den hundert Dollar, die ich für mein Date eingesteckt hatte, hatte ich zehn Dollar für Donuts und Kaffee ausgegeben, zwanzig für Benzin, und zwanzig Dollar hatte ich Jon gegeben. »Ich habe noch fünfzig Dollar«, sagte ich.

Sie schüttelte den Kopf. »Das reicht nicht. Aber keine Sorge. Ich habe einen Plan.« Sie deutete mit dem Kopf zur Restauranttür, durch die gerade eine Frau mit einem Baby auf dem Arm und einem kleinen krausköpfigen Mädchen an der Hand ging.

Ich sah Val an. »Das ist nicht dein Ernst? Du willst einen McDonald's ausrauben?«

»Na ja, vielleicht einen Spirituosenladen«, sagte sie defensiv. »Oder einen Seven-Eleven. Man liest doch ständig von Raubüberfällen auf solche Läden. Ich wette, es ist ganz einfach!«

Ich dachte im Stillen, dass ich immer von Verhaftungen in Zusammenhang mit Überfällen auf Fast-Food-Restaurants und Spirituosenläden las, und folgerte daraus, dass es ganz und gar nicht einfach war. »Wir könnten einfach auf die Bank gehen«, sagte ich.

»Aber natürlich«, sagte sie. »Da, wo das Geld ist! Also gut, mein Plan ist folgender: Wir kaufen uns Masken im Drugstore. Ich rede. Wir verlangen zehntausend Dollar in unmarkierten Scheinen.«

»Und mein Plan«, sagte ich, »sieht so aus: Halloween war vor einem Monat. Du wirst nirgendwo mehr Masken bekommen. Folglich suchen wir uns einfach eine Filiale meiner Bank, und ich hebe das Geld von meinem Konto ab.«

»Das geht nicht! Die Polizei wird dahinterkommen! Wenn sie die Abhebung zurückverfolgen, wissen sie, dass wir hier waren.«

»Ach so. Und wenn wir uns Halloween-Masken aufsetzen und eine Bank ausrauben, dann werden sie uns nicht schnappen.« Ich nahm einen Schluck warmes Wasser aus der Flasche in meiner Tasche. »Hast du dir eigentlich schon überlegt, wie es danach weitergehen soll?«

Sie verschränkte die Arme vor der Brust und machte ein finsteres Gesicht. »Entweder Dan taucht auf, oder er tut es nicht.«

»Und dann? Was ist mit deinem Job?«

»Ich werde erst wieder am Dienstag zurückerwartet, und es ist keine große Sache, wenn ich ein paar Tage weg bin«, sagte sie. »Wahrscheinlich denken sie, dass ich mir die Brüste machen lasse oder etwas in der Art.«

»So etwas musst du nicht vorher sagen?«

Sie schüttelte angesichts meiner Naivität bekümmert den Kopf. »Addie. Wenn man es vorher ankündigt, spricht es sich herum. Dann veröffentlichen die Blogger Zuvor- und Danach-Bilder, und alle wissen Bescheid.«

»Aber ist das nicht Sinn und Zweck der Sache? Die Leute sollen doch merken, dass man anders aussieht als vorher, oder etwa nicht?«

Sie verdrehte die Augen. »Du sagst einfach nur, dass du in der Sonne warst.«

»Toll. Hör zu, lass mich einfach bei der Bank raus, und ich hol uns so viel Geld, wie wir brauchen.«

Was aber nicht ganz so einfach war. In der Bank herrschte reger Publikumsverkehr, und ich musste mich ganz hinten neben dem automatischen Münzzähler anstellen. Während ich den Auszahlungsschein ausfüllte und überlegte, wie viel Bargeld wir für einen unbestimmten Zeitraum an einem noch nicht näher definierten Ort brauchen würden, sagte ich mir, dass es unwahrscheinlich sei, dass Jordan Novick meinen Namen und mein Foto bereits an alle Filialen meiner Bank gefaxt hatte. Für ihn war ich nur die Angehörige eines potenziellen Verdächtigen – wenn er überhaupt noch einen Gedanken an mich verschwendete.

Er war nett, dachte ich, als ich mich in der Reihe der aufrechten Bürger anstellte. Es war wieder mal typisch, dass der erste nette, normale Typ, den ich kennenlernte, in einem Verbrechen ermittelte, in das ich zu allem Überfluss auch noch selbst verwickelt war. Sogar wenn Dan Swansea wieder auftauchte und Val wieder aus dem Schneider war, würde Jordan sich wahrscheinlich nicht für mich interessieren. »Ich möchte Geld abheben«, sagte ich und schob der Bankangestellten, die mich an ihren Schalter gewinkt hatte, das Formular und meinen Führerschein hin. Keine Sekunde später war Valerie an meiner Seite, den Schal wie eine Burka über Kopf und Gesicht gezogen, und riss den Auszahlungsschein an sich.

»Das ist ein Überfall«, sagte sie zu der Schalterbeamtin.

»Herrgott noch mal, Val, das ist es nicht. Das ist es nicht«, sagte ich, an die Angestellte gewandt. Sie hatte ein rundes Gesicht, rot geschminkte Lippen und trug eine Nikolausmütze. Ihr Blick ging zwischen Val und mir hin und her. »Ich habe eine Waffe«, flüsterte Val. »Geben Sie mir alles, was in der Schublade ist.« Sie zog eine Plastiktüte aus ihrer Handtasche und hielt sie der überraschten Schalterbeamtin unter die Nase. »Hier rein. Keine Bewegung, dann geschieht niemandem etwas. Wenn Sie leben wollen, kommen Sie mit mir.« Als ihr die Filmzitate ausgingen, schwenkte sie zum Nachdruck die leere Tüte.

»Achten Sie nicht auf sie«, sagte ich zu der Schalterbeamtin, auf deren Namensschild TIARA stand. Ich wollte ihr erneut meinen Führerschein und den Auszahlungsschein hinschieben. Val legte ihre Hand auf meine.

»Wir brauchen zehntausend in unmarkierten Scheinen«, presste sie zwischen den Lippen hervor. »Nicht nummeriert. Nicht präpariert. Kein Alarm. Cool bleiben, Schwester, und es wird niemandem ein Haar gekrümmt.«

Tiara öffnete endlich den Mund, wodurch ein Kaugummi von der Größe eines Golfballs und ein silberner Zungenstecker sichtbar wurde. »Du liebe Güte.«

»Achten Sie nicht auf sie«, wiederholte ich. »Sie hat keine Waffe.«

»Und ob.« Val entnahm ihrer Tasche ein schmales Rechteck aus Sterlingsilber. »Und jetzt heißt es: Leben oder sterben.«

»Valerie«, sagte ich, »das ist eine Tampondose.«

»Hm, stimmt. Aber ich habe eine Waffe. Sie muss irgendwo hier drin sein.« Val warf Pfefferminzbonbons, Schminksachen und Kofferanhänger auf den schmalen Granittresen. In der Zwischenzeit hatte Tiara die Schublade aufgeschlossen und schob mir mit Banderolen gebündelte Scheine hin. Ich schob sie zurück, während Val wieder etwas aus ihrer Handtasche zog.

»Hier!«

»Das ist eine Wimpernzange.«

»Und das hier?«

»Ein iPod.«

»Hören Sie.« Tiara beugte sich flüsternd vor. »Lassen Sie einfach zwei Bündel Fünfziger in dem grünen Saturn auf dem Parkplatz hinterm Haus zurück, und es ist alles gut. Ich drücke den Alarmknopf erst, wenn Sie weg sind.«

Vals Augen blitzten. »Im Ernst?«, sagte sie in ihrer normalen Fernsehstimme. »Sie sind echt cool!«

»Herrgott noch mal«, sagte ich. »Hören Sie, Tiara. Das machen wir nicht. Wir sind keine …«

»Hier, nehmen Sie.« Tiara war blass geworden, aber ihre Hände schaufelten flink und ruhig Geldscheinbündel in die Tasche. Ich blickte mich um, aber es sah nicht danach aus, als hätte jemand den Überfall bemerkt. Am Schalter neben mir stritt ein kleiner, glatzköpfiger Mann mit der Angestellten darüber, wann er seinen Scheck einlösen könne, und drüben beim Münzzähler war etwas Unruhe entstanden, da offenbar das Schoßhündchen eines Kunden auf den Boden gekackt hatte.

»Das sind zehntausend Dollar«, sagte Tiara. »Sie kümmern sich um mich, ja?« Mit einem langen, pink lackierten Fingernagel zeigte sie auf ein Bild an der Seite ihres Computers. Ein kleiner Junge in einer Cordhose saß bei einem Weihnachtsmann auf dem Schoß. »Das ist mein Baby.«

»Wird gemacht«, versprach Val und wickelte sich die Tasche ums Handgelenk. »Danke.«

Ich wartete, bis Val draußen war, dann nahm ich meinen Auszahlungsschein, strich die $2000 durch, die ich hatte abheben wollen, und setzte $10 000 ein. »Buchen Sie es einfach von meinem Konto ab, in Ordnung?«, sagte ich zu Tiara, die nickte und seelenruhig ihren Kaugummi kaute, so als würde sie jeden Tag ausgeraubt werden. »Solange Sie sich um mich kümmern«, sagte sie. Ich nickte. Was blieb mir anderes übrig?

»Frohe Weihnachten!«, rief sie, und ich wünschte ihr dasselbe.

Wir fanden Tiaras Auto auf dem Parkplatz hinter der Bank. Die Türen waren abgeschlossen, aber das Beifahrerfenster stand einen Spaltbreit offen, sodass wir zwei Geldbündel hindurchschieben konnten. »Ho ho ho«, sagte Val. Sie blickte zur Rückseite der Bank. »Wow. Die war echt cool.«

»Nur damit du's weißt. Du bist verrückt. Wir müssen hier weg.«

»Du willst nicht auch noch den McDonald's überfallen?«

Ich zögerte. So seltsam es auch erscheinen mochte, ein Teil von mir hätte nichts dagegen gehabt. »Wir sollten los.«

»Das nächste Stück kannst du wieder fahren«, sagte sie und warf mir die Autoschlüssel zu.

## 28

*Er war im Himmel. Das erklärte alles. Er war von einem Auto überfahren worden und gestorben, oder vielleicht war er irgendwo auf der Straße erfroren, und jetzt war er im Himmel, und der Himmel war ein weißes Himmelbett mit einem weißen Spitzenbaldachin und einem weißen Holzkreuz an der Wand, und davor stand eine Kommode mit Zierdeckchen, und auf den Zierdeckchen standen bemalte Gipspuppen in kunstvollen Gewändern, so wie sie einsame Frauen, die außer ihren Katzen niemanden hatten, gern spät nachts im TV-Shoppingkanal kauften. »A new … day … has … come«, sang eine helle Sopranstimme. Im Himmel, dachte Dan, liefert Céline Dion den Soundtrack.*

*Er setzte sich auf, als eine Frau ins Zimmer kam, und stöhnte, als der Schmerz wie eine Flutwelle durch seinen Kopf rollte. Sie trug ein Tablett – darauf standen eine Tasse mit einer dampfenden Flüssigkeit, eine Schale, deren Inhalt nach Haferbrei roch, ein kleines, fast unnatürlich hell leuchtendes Glas Orangensaft und ein größeres Glas Milch.*

*»Du bist wach«, sagte sie, nachdem Dan hastig die Decke über seine Morgenlatte gezogen hatte. Er wusste nicht, ob*

*die Frau in dem rosafarbenen Veloursbademantel ein Engel war – sie wirkte irgendwie mürrisch, außerdem kam sie ihm bekannt vor –, aber er wollte kein Risiko eingehen und sie nicht vor den Kopf stoßen.*

*»Hier.« Sie stellte ihm das Tablett nicht gerade sanft auf den Schoß. Der heiße Tee schwappte über und sickerte in die Decke. Dan sah sie an, sah sie richtig an, und da fiel es ihm wie Schuppen von den Augen.*

*»Die Heilige Maria?«, stieß er hervor. Das war nicht ihr richtiger Name. In Wirklichkeit hieß sie Meredith Armbruster, aber Dan und seine Freunde nannten sie Heilige Maria, seit sie dieser seltsamen Sekte beigetreten war, die sich in einer sanierten Tankstelle im schmuddeligsten Viertel von Pleasant Ridge traf. Die Heilige Maria, die sich sowohl vom Sportunterricht hatte entschuldigen lassen (ihr Glaube verböte ihr, sich den anderen Mädchen in Unterwäsche zu zeigen) als auch vom Biologieunterricht (keine Evolution) und vom Gesundheitsunterricht (kein Geschlechtsverkehr). Sie nannten sie Heilige Maria oder auch Carrie, nach der Filmfigur, die mit Schweineblut übergossen worden war und die Schule abgebrannt hatte.*

*Sie runzelte die Stirn. »Nimm das Aspirin«, sagte sie. »Trink deine Milch.«*

*Dan nahm die Tasse. »Was ist passiert?« Er erinnerte sich, dass sie ihn auf der Straße aufgelesen und zu sich nach Hause mitgenommen hatte. Sie hatte ihm im Bad aus den Müllsäcken geholfen und ihm das Blut von der Schläfe getupft, während er nackt und zitternd vor ihr stand. Dann hatte sie ihn unter die Dusche geschoben, ihn von Kopf bis Fuß gewaschen und ihm die Füße eingeseift, während er fröstelnd, zitternd vor Schmerzen und noch immer, wie er merkte, sehr, sehr betrunken an der rosa gefliesten Wand lehnte.*

*»Was ist passiert?«, fragte er noch einmal und lauschte in*

*die Stille, die sie umgab. Er vermutete, dass sie allein im Haus waren, in Merrys Elternhaus, in Merrys früherem Kinderzimmer. Wo andere Mädchen Poster oder Bilder aufhängten, hatte sie ein Kreuz, um das ein Rosenkranz gewickelt war. In der Ecke des Spiegels, wo andere Mädchen ein Bild von ihrem Freund oder ihrer besten Freundin hatten, steckte ein Andachtsbildchen. Darauf hatte Jesus die Hände zum Gebet gefaltet und die Augen gen Himmel gerichtet.*

*»Was passiert ist«, sagte Merry, »geht nur dich und unseren Vater etwas an.« Sie faltete die Hände und blickte zum Himmel, genau wie Jesus am Spiegel.*

*»Gestern Nacht«, sagte Dan. »Du hast mich gefunden …«*

*»Du bist in Müllsäcke gekleidet auf der Straße herumgeirrt. Ich habe dir geholfen – rein aus christlicher Nächstenliebe. Jeder anständige Mensch hätte dasselbe getan. Ich habe dich hierhergebracht, dich gewaschen und dich schlafen lassen.«*

*Dan gab ein trockenes, klägliches Lachen von sich. »Ich war wohl ziemlich hinüber.«*

*Merry schürzte die Lippen. »Sieh den Wein nicht an, wie er so rot ist und im Glase so schön steht: Er geht glatt ein, aber danach beißt er wie eine Schlange und sticht wie ein Otter.«*

*Er nickte und verzog das Gesicht, als ihm wieder schwummerig wurde. »Wie wahr.«*

*Sie sah ihn streng an. »Du hast das Leben dieser Mädchen ruiniert.«*

*Dan stellte die Tasse ab. »Wovon redest du?«*

*»Valerie und Adelaide.«*

*»Aber ich …« Die Worte hallten und rollten in seinem Kopf umher wie Bowlingkugeln auf einer Tanzfläche.*

*»›Und der Teufel, der sie verführte, wurde geworfen in den Pfuhl von Feuer und Schwefel, wo auch das Tier und der falsche Prophet waren; und sie werden gequält werden Tag und Nacht, von Ewigkeit zu Ewigkeit.‹«*

*Dan schüttelte den Kopf, was die Schmerzen nur noch schlimmer machte. Er hatte nichts Falsches getan. Er und Val waren Kinder gewesen und hatten miteinander rumgemacht. Val hatte danach geweint – daran erinnerte er sich noch. Weil es ihr erstes Mal gewesen war. Zumindest hatte er das damals gedacht, sich jahrelang eingeredet, und als Addie ihn beschuldigte, hatte Val ihn in Schutz genommen. Sie war auf seiner Seite gewesen. Sie hatte sich den Rest des Schuljahrs in der Cafeteria zu ihm gesetzt, Herrgott noch mal. Verhielt sich so ein Mädchen, dem man wehgetan hatte, das man vergewaltigt hatte? Nein. Auf keinen Fall.*

*Andererseits … Dan spürte Merrys prüfenden Blick auf sich. Warum war Val dann bei dem Klassentreffen so wütend gewesen?* Du hast mein Leben ruiniert, *hatte sie ihn mit wutverzerrtem Gesicht angefaucht. Dan griff sich an den Kopf und rieb sich die Beule, die sich beunruhigend weich anfühlte, wie eine faule Stelle eines Apfels.*

*»Bereue«, sagte die Heilige Maria mit geröteten Wangen und blitzenden Augen. Sie ließ sich so heftig auf die Knie plumpsen, dass die Wände wackelten. »Bereue.« Sie packte seine Hände, zerrte ihn aus dem Bett (er war tatsächlich nackt, wie er sah) und zog ihn neben sich auf den Boden. Milch, Saft und Tee schwappten auf die Bettdecke. Dan Swansea kniete sich neben die Heilige Maria und kniff die Augen zu.*

## 29

In der Dienststelle saßen Jordans Leute eifrig über ihre Schreibtische gebeugt, die Finger auf der Computertastatur, das Telefon ans Ohr geklemmt. Sie hatten Fortschritte gemacht, informierten sie ihn, während er seine Jacke aufhängte und in sein Büro ging. Die drei folgten ihm wie die Entenparade aus dem berühmten Kinderbuch von Robert McCloskey, das die Gute-Nacht-Fee vor zwei Tagen vorgelesen hatte, wobei sie ihre blauen Uniformen wie ein Federkleid zur Schau stellten (Holly hatte ihre Uniform bestimmt maßschneidern lassen, um ihren bewundernswerten Hintern noch besser zur Geltung zu bringen). Von den einhundertsiebenundachtzig angemeldeten und dreizehn kurzfristig eingetroffenen Teilnehmern des Klassentreffens waren sechsundneunzig männlichen Geschlechts, entweder selbst Schüler des Jahrgangs oder mit ehemaligen Schülerinnen des Jahrgangs verheiratet. Vierundachtzig hatten sie bisher erreicht, von denen jeder versicherte, dass es ihm gut ging und ihm weder ein Gürtel noch eine beträchtliche Menge Blut abhanden gekommen war.

Blieb noch ein glattes Dutzend. Von Christie Keogh, die sie zwischen Fitnessprogramm und Pediküretermin zu Hause an die Leitung bekommen hatten, wussten sie, dass acht davon aus Illinois weggezogen waren und sich vermutlich gerade auf dem Rückflug nach Kalifornien, Connecticut und einem Militärstützpunkt in Stuttgart befanden. Blieben also noch vier.

Jordan stand vor seinem Schreibtisch, während Holly Muñoz mit einem Ordner hantierte. »Ups!«, rief sie, als ihr einige Blätter entglitten. Jordan fing die Blätter auf, bevor sie auf dem Boden landeten, und reichte sie Holly.

»Wow«, sagte sie und sorgte dafür, dass sich ihre Finger berührten, als sie ihm die Blätter wieder abnahm. »Das war aber flink.« Wenn das so weitergeht, dachte Jordan, würde sie eines Tages zur Arbeit kommen und auf ihren Augenlidern würde Ich liebe Dich stehen, wie bei diesem Mädchen in den Indiana-Jones-Filmen. Sie sah wirklich zum Anbeißen aus, aber sie war auch deutlich jünger als er und außerdem seine Untergebene. Sie verdiente jemand Besseren, jemanden, der nicht bereits eine Ehe verbockt hatte und sich an einer Frau aufgeilte, die der Star der Generation Windeln war.

Er setzte sich, während Holly die Liste durchging. »Scott Ehrlich. Wohnt in Chicago. Unverheiratet, keine Kinder. Er geht weder an sein Telefon noch an sein Handy. Eric Ramos. Wohnt in Cincinnati, verheiratet mit Kelly Granville, Absolventin der Highschool. Drei Kinder. Zu Hause geht niemand ran, und sie haben beide kein Handy. Wir versuchen gerade, die Familie der Ehefrau zu erreichen. Wahrscheinlich sind sie im Anschluss an das Klassentreffen dorthin gefahren. Kevin Oliphant ...«

Jordan dachte an Jons Bemerkung – *Kevin Elephant* – und fiel ihr ins Wort. »Wie war der Name noch mal?«

Holly wiederholte und buchstabierte den Namen. »Er wohnt in Pleasant Ridge.«

»Ist er vorbestraft?«, fragte Jordan.

Holly blätterte um. »Drei Mal wegen Trunkenheit am Steuer, einige alkoholbedingte Ordnungswidrigkeiten, Ruhestörung, Kneipenschlägereien und eine tätliche Beleidigung. Offenbar hat er seine Exfrau die Treppe hinuntergeschubst, weil sie behauptete, er habe ihren Sohn geschlagen.« Sie blickte auf ihren Notizblock. »Mit einer gusseisernen Pfanne.«

»So eine hat meine Mutter auch. Man kann darin ein Huhn braten«, sagte Gary.

»Oder Maisbrot backen«, sagte Devin Freedman. »Sie sind schwer.«

»Williams-Sonoma hat sie im Sortiment«, sagte Gary.

»Ich weiß, was eine gusseiserne Pfanne ist«, sagte Holly. »Ich kann mir nur nicht vorstellen, dass jemand sie als Waffe benutzt.«

Jordan presste seine Hand gegen die Stirn. »Wer ist Nummer vier?«

»Daniel Swansea«, sagte Holly. »Er meldet sich weder zu Hause noch auf seinem Handy. Alleinstehend, wohnt in Downtown-Chicago. Seine Eltern sagen, dass er sich nicht oft bei ihnen meldet. Der Tagesportier hat ihn nicht gesehen, dem Nachtportier haben wir eine Nachricht hinterlassen. Swansea arbeitet bei einer Toyota-Niederlassung, aber dort wird er erst wieder am Sonntag zurückerwartet.«

Jordan notierte sich die Namen. »Daniel Swansea«, murmelte er und blätterte in seinem Notizblock. Ja, auch diesen Namen hatte Jon erwähnt. »Außendienst.« Er zeigte auf Gary. »Sie kümmern sich um den Ersten, Scott Ehrlich. Holly, Sie finden Daniel Swansea. Fahren Sie zu seiner Wohnung, und wenn er nicht da ist, dann reden Sie mit den Nachbarn und Arbeitskollegen. Finden Sie heraus, mit wem er befreundet ist und bei wem er eventuell übernachtet hat. Nehmt ein Foto von dem Gürtel mit. Vielleicht erkennt ihn ja jemand.« Eric Ramos übergab er an Devin, dann holte er sich Kevin Oliphants Daten aus dem Computer. Tätlicher Angriff, Trunkenheit am Steuer, Kneipenschlägerei, häusliche Gewalt gegen Frau und Kind. Wenn das nicht nach einem Typen klang, der am Ende eines Klassentreffens seinen Gürtel und etwas Blut eingebüßt haben könnte.

## 30

Kevin Oliphant wohnte in einem dreistöckigen, mit PVC-Platten verkleideten Mietshaus neben einem Lebensmitteldiscounter am Stadtrand von Pleasant Ridge. Jordan überprüfte den Namen auf dem Briefkasten und fand Apartment 1-C am Ende eines dunklen, nach Knoblauch und feuchtem Holz riechenden Korridors. Er schlug gegen die dünne Holztür und rief »Polizei!«, bis Oliphant endlich aus der

Wohnung kam, mit der Brust zuerst. Die besagte Brust war bis auf ein paar wenige, dunkel gelockte Brusthaare nackt. Sein wabbeliger, weißer Bauch wölbte sich über einer braunen Jogginghose. Seine nackten Füße waren blass und erstaunlich zierlich, und er roch ähnlich wie die Obdachlosen bei Jonathan Downs' Bushaltestelle: der gleiche klassische Duft von *eau de* Bier und Erbrochenem.

»Ja?«, grunzte er und blinzelte Jordan fragend an.

»Sie sind nicht ans Telefon gegangen«, sagte Jordan.

»Ist das ein Verbrechen?« Er rülpste. Reizender Kerl.

»Waren Sie gestern Abend bei dem Klassentreffen?«

»Und wenn?«

»Auf dem Parkplatz sind ein paar Sachen gefunden worden. Vermissen Sie etwas?«

Kevin Oliphant kratzte sich am Kopf. »Wenn Sie die Vorladungen haben, dann geben Sie sie mir einfach.«

»Warum sollte ich hier sein, um Sie vorzuladen?«

Kevin räusperte sich mit einem feuchten, kehligen Laut. »Das geht Sie einen Scheißdreck an!« So schnell konnte Oliphant gar nicht reagieren, da schubste Jordan den Mann in seine Bruchbude von Apartment, wo es nach Frittiertem und Gefurztem stank, und drückte ihn mit dem Rücken gegen die dünne Wohnzimmerwand.

»Wie wär's, wenn Sie einfach meine Fragen beantworten?«

Kevin versuchte sich freizukämpfen. Jordan schüttelte ihn. »Was finde ich, wenn ich Sie überprüfe?«, knurrte Jordan. »Ein paar Kontaktverbote? Strafzettel? Zahlen Sie auch brav Unterhalt, Kevin?« Er schüttelte den Mann so fest, dass dessen Kopf wackelte, aber Kevin schwieg. »Gürtel«, sagte Jordan und ließ ihn los.

Der andere Mann sah ihn verständnislos an. »Hä?«

»Zeigen Sie mir den Gürtel, den Sie letzte Nacht getragen haben.«

Kevin starrte ihn einen Augenblick lang an, dann schlich er den Flur entlang. Kurz darauf kam er mit einem schwarzen Ledergürtel zurück. »Gut so? Alles cool?«

»Nein.« Jordan sah sich in der Wohnung um. Auf dem alten grauen Teppichboden im Wohnzimmer stand neben einem Stapel vergilbter Zeitschriften ein fleckiger Lehnsessel. In der Ecke lagen zwei zerdrückte Pizzaschachteln, und neben einem Riesenmülleimer, der von leeren Bierdosen überquoll, standen Wodkaflaschen.

Kevin Oliphant folgte Jordans Blick. »Was ist? Ich trenne meinen Müll.«

Jordan ging den Flur entlang. In der schmierigen Küchenspüle stapelte sich das schmutzige Geschirr, und auf den Ablagen türmten sich die Take-away-Schachteln vom Chinesen und eine Packung mit acht Rollen Papierservietten (so wie's aussah, benutzte Oliphant die Papierservietten als Teller, Servietten und wahrscheinlich auch als Klopapier). Das Bad war genau so, wie Jordan es sich vorgestellt hatte: der Toilettensitz nach oben geklappt, der Boden vor der Toilette voller eingetrocknetem Urin, und vor der Badewanne, die aussah, als wäre sie seit Monaten, wenn nicht gar Jahren weder mit einem Schwamm noch mit einer Bürste in Berührung gekommen, lag ein schmutziger blauer Vorleger. Der Wandschrank im Flur war bis auf einen Wintermantel an einem Drahtbügel und einen Berg dreckiger T-Shirts leer. Im Schlafzimmerschrank herrschte ein heilloses Durcheinander. Als Bett diente eine Matratze, die auf dem Fußboden lag. Es wäre deprimierend gewesen, wenn es Jordan nicht an sein eigenes Haus erinnert hätte, welches zwar sauberer und geringfügig besser möbliert war, aber dem man dennoch ansah, dass es das Haus eines allein lebenden Mannes war, eines Mannes, der einmal eine Frau gehabt und dann alles vermasselt hatte.

Kevin folgte ihm, während Jordan die Wohnung inspizierte. »Was machen Sie da? He, brauchen Sie dafür nicht einen Durchsuchungsbeschluss?«

Jordan blieb im Wohnzimmer stehen und sah den Typen wütend an. Auf dem Fernseher standen zwei Fotos in billigen Holzrahmen: zwei Kinder in Badesachen, ein kleiner Junge und ein Baby (das noch Windeln unter dem Badeanzug trug). Allein bei dem Gedanken, dass dieses unflätige, bruchbudenbewohnende, kindermisshandelnde Arschloch Kinder hatte und er, Jordan, nicht und wahrscheinlich auch nie welche haben würde, hätte er Oliphant am liebsten gepackt und so kräftig geschüttelt, dass ihn danach ein Tagesplan auf buntem Bastelpapier daran erinnern musste, sich nach dem Scheißen den Hintern abzuwischen. »Wo ist der Keller?«

Kevin verzog höhnisch den Mund. »Warum? Denken Sie, ich verstecke dort etwas?«

»Tun Sie das?«, fragte Jordan.

»Wollen Sie mich verarschen? Ich hab nicht mal einen Keller.«

»Lagerraum?«

Oliphant bearbeitete einen seiner Backenzähne mit der Zunge. »Kostet mich dreißig Dollar zusätzlich im Monat.«

»Zeigen Sie ihn mir.«

Oliphant zuckte die Achseln und führte Jordan zu einer Tür neben der Wäschkammer. Hinter der Tür ging es über eine wackelige Holztreppe hinab in eine Waschküche mit einer Münzwaschmaschine, einem Trockner und einigen, mit Draht vergitterten Kellerabteilen, in denen sich das Gerümpel bis unter die Decke türmte: Weihnachtsgeschenkpapierrollen, Dreiräder und Babyschaukeln, Kartons mit alten Klamotten und Büchern, schimmelige Plastikgartenstühle, verschnürte Zeitschriftenstapel. Jordan leuchtete mit seiner

Taschenlampe in jedes Abteil, während Kevin zitternd und barfuß oben auf der Treppe stand.

»Wo ist Ihr Auto?« Jordan wusste, dass Oliphant eines besaß. Zumindest war ein zehn Jahre alter Ford Explorer auf seinen Namen zugelassen.

»Draußen vorm Haus.« Kevin zeigte mit dem Daumen in die Richtung. Jordan inspizierte das Fahrzeug. Der Vordersitz war mit zerknüllten Pappbechern und leeren Coladosen übersät, aber kein Blut, keine Dellen und keine Leiche.

Er ging wieder ins Haus. Kevin Oliphant hatte sich in der Zwischenzeit ein T-Shirt mit dem Aufdruck DIPLOMIERTER MUSCHIKONTROLLEUR und schmutziggraue Socken angezogen. Am rechten Fuß schaute der große Zeh durch ein Loch. Der Typ wurde immer besser. »Mit wem waren Sie letzte Nacht zusammen?«, fragte Jordan.

»Ich bin mit Chip Mason zum Klassentreffen gefahren.«

»Nur Sie beide?«

»Und Dan Swansea.«

»Um wie viel Uhr sind Sie im Country Club angekommen?«

»Gegen zehn.«

»Mit wem haben Sie sich dort unterhalten?«

»Mit meinen Kumpels.«

»Namen?«

»Phil Tressler. Russ Henderson. Jamie Wertz. Wir haben zusammen Football gespielt.« Kevin ließ seine Schultermuskeln spielen. »Wir waren im vorletzten Schuljahr Regionalmeister.«

»Gratuliere. Sind Sie allein nach Hause gefahren?«

»Chip hat mich nach Hause gebracht. Dan meinte, wir sollten nicht auf ihn warten. Er unterhielt sich gerade mit ein paar Bräuten. Wahrscheinlich spekulierte er darauf, von einer mitgenommen zu werden, wenn Sie wissen, was ich meine.« Er grinste anzüglich.

»Wissen Sie, wo er ist?«

»Wahrscheinlich bei irgend so 'ner Tussi.«

»Bei wem?«

»Scheiße, Mann, woher soll ich das wissen? Vielleicht Kara Tait. Mit ihr war's immer lustig.«

»Haben Sie letzte Nacht Jonathan Downs gesehen?«

»Jonathan Downs?« Kevin sah ihn verwundert an. »Der würde sich doch nie im Leben dort blicken lassen. Er nicht und seine Schwester auch nicht. Dieser Fettkloß.«

»Sie kennen Adelaide Downs?«

»Kennen?« Kevins Stimme nahm einen gehässigen Tonfall an. »Diese Schlampe hat uns unser letztes Schuljahr versaut.«

»Wie meinen Sie das?«

Kevin blinzelte Jordan misstrauisch an. »Wissen Sie was, Mann? Ich muss Ihnen absolut gar nichts erzählen.« Er reckte sein Kinn in die Luft, zeigte zur Tür und sagte mit mehr Würde, als einem Mann in einem MUSCHIKONTROLLEUR-Shirt zustehen sollte: »Ich glaube, Sie sollten jetzt gehen.«

## 31

Kevin Oliphant musste ihm absolut gar nichts erzählen, aber Christie Keogh gab nur allzu bereitwillig Auskunft. Sie öffnete ihm mit abgespannter, besorgter Miene die Tür, während ihre Kinder – ein Junge und ein Mädchen – sich hinter ihr aneinanderschmiegten. Jordan bückte sich und lächelte. Er glaubte, mal gehört zu haben, dass man sich auf die Augenhöhe der Kinder begeben solle, wenn man mit ihnen sprach, aber kaum hatte er das getan, dachte er, dass sich dieser Rat vielleicht auf Hunde bezogen hatte. Das kleine Mädchen wich erschrocken zurück, legte die Hände vors Gesicht und sah ihn zwischen ihren Fingern hindurch an. Der Junge, vielleicht sieben oder acht Jahre alt, musterte ihn von oben bis unten. »Sind Sie ein Polizist?«, fragte er. »Haben Sie eine Waffe? Kann ich sie mal halten?«

»Großer Gott«, murmelte Christie. Sie scheuchte die Kinder ins Wohnzimmer, legte ihnen eine DVD ein – Jordan registrierte erleichtert, dass es nicht die *Gute-Nacht-Show* war – und führte ihn in die Küche.

Dieses Mal war sie barfuß, mit Zehenspreizern aus Schaumgummi an den Füßen. Statt eines Fitness-Outfits trug sie eine dunkle Jeans und eine graue Strickjacke. Sie zupfte unablässig an dem silbernen Reißverschluss, während sie erklärte, warum Addie Downs Kevin Oliphants Leben versaut hatte. »Es war im letzten Schuljahr, direkt nach der Ehemaligenfeier. Pete Preston gab bei sich zu Hause eine Party. Pete war der Quarterback des Footballteams.« Sie sah Jordan verstohlen an. »Egal. Valerie Adler machte mit Dan Swansea rum, sie verschwanden im Wald und« – sie vergewisserte sich mit einem Blick zur Wohnzimmertür, dass sie geschlossen war – »hatten Sex. Das vermute ich zumindest. Ich war ja nicht dabei. Ich habe es nur gehört.« Sie zog den Reißverschluss rauf und runter. Rauf und runter. »Egal. Addie und Val waren die dicksten Freundinnen. Sie wohnten in derselben Straße.

Sie waren unzertrennlich. Sie waren beide auf der Party, aber dann hat Addie ihren Eltern erzählt, dass Dan Valerie vergewaltigt hätte. Addies Eltern – ich glaube, es war ihre Mutter – sprachen mit der Beratungslehrerin an der Schule. Aber Val stritt ab, dass etwas passiert sei. Sie sagte, dass sie, na ja, Sie wissen schon, dass sie eingewilligt hätte – und den anderen erzählte sie, dass Addie nur eifersüchtig sei. Dass Addie für Dan schwärmte und es nicht mochte, dass Dan an Valerie interessiert war. Und die Jungs …« Sie senkte den Blick. »Man hat Addie bis zum Ende der Schulzeit ziemlich fertiggemacht.«

»Wie meinen Sie das?«

Sie zupfte traurig an ihrem Reißverschluss. »Na ja, Addie war noch nie richtig beliebt gewesen – sie war dick, und Val war praktisch ihre einzige Freundin. Nach dieser Party und diesem Vorfall waren sie nicht mehr befreundet, und die ganze Schule …« Sie sprach den Satz nicht zu Ende. »Dan und seine Freunde verbündeten sich gegen Addie. Sie sagten schlimme Sachen über sie. Sie nannten sie Fotze und triezten sie auf den Gängen. Sie kritzelten Kommentare auf die Wände in der Mädchentoilette. Was man in der Highschool eben so schreibt. Ihr Spind wurde einige Male aufgebrochen, und ein paar Jungs bekamen Ärger, weil sie etwas auf die Auffahrt vor ihrem Haus geschmiert hatten.«

»Was geschmiert?«

Christie zuckte die Achseln und nahm den Blick nicht von dem makellosen Küchenfußboden. »Gehässige Sachen. Ich weiß es nicht genau. Man hat sie festgenommen – Dan und Kevin Oliphant, Russ Henderson und Terry Zdrocki. Sie wurden drei Tage lang von der Schule suspendiert und durften nicht zur Abschlussfeier kommen.«

Jordan überlegte. »Waren sie gestern bei dem Klassentreffen?«

Der Reißverschluss ging rauf, runter. Rauf, runter. »Terry ist kurz nach der Schule bei einem Unfall ums Leben gekommen. Soweit ich weiß, kletterte er im Suff auf eine Trambahn und versuchte, an die Stromleitungen zu fassen. Er starb durch einen Stromschlag.« Sie schluckte. »Die anderen waren da.«

»Wir konnten fast alle Männer von der gestrigen Feier ausfindig machen – bis auf Dan Swansea«, sagte Jordan.

Christie sah ihn an. »Sie glauben, dass Dan etwas passiert ist?«

»Wir glauben gar nichts, Ma'am. Wir würden Mr Swansea nur gern ausfindig machen. Wissen Sie, mit wem er die Party verlassen hat?«

Christie schüttelte den Kopf.

»Also gut, fangen wir von vorn an. Um wie viel Uhr ist Mr Swansea gekommen?«

»Das kann ich wirklich nicht genau sagen. Ich glaube, er kam mit Chip Mason, und ich weiß noch, dass ich ihn mit ein paar Kumpeln an der Bar gesehen habe, aber ich kann Ihnen nicht sagen, wann er gekommen ist.«

»Welche Kumpel?«, fragte Jordan.

»Die alte Footballclique. Russ und Kevin Oliphant ...« Sie verzog angewidert das Gesicht. »Der hat sich vielleicht gehen lassen. Schrecklich.«

»Hat Mr Swansea sonst noch mit jemandem gesprochen? Oder getanzt?«

Ihre Finger trommelten auf den Tisch. »Mit verschiedenen Frauen.«

»Mit wem?«, fragte Jordan.

Noch mehr Trommeln. »Ich bin den ganzen Abend herumgerannt, also kann ich es wirklich nicht beschwören. Kara Tait, glaube ich. Hm. Lisa Schecter. Das ist ihr Mädchenname, ich weiß nicht, wie sie jetzt heißt. Sie hat irgend so einen Doppelnamen. Ach ja, und ich dachte, ich hätte ihn mit Valerie sprechen sehen.« Sie zuckte die Achseln. »Kann sein, dass ich mich irre. Vielleicht ist zwischen den beiden ja alles in Ordnung. Val ist jetzt im Fernsehen. Als Meteorologin.«

»Im Fernsehen«, wiederholte Jordan. Sein Handy summte. Er entschuldigte sich und ging in die Diele. »Ja?«

»Chef?« Es war Paula. »Ich sollte Sie doch anrufen, falls

wir irgendwelche 10-57er haben.« Kurze Pause. »Vermisstenanzeigen.«

»Richtig. Wurde jemand als vermisst gemeldet?«

»Ja.« Jordan machte sich darauf gefasst, den Namen »Daniel Swansea« zu hören, aber stattdessen sagte Paula: »Adelaide Downs. Sie wurde von ihrer Nachbarin als vermisst gemeldet.«

Jordan nahm seine Jacke von dem Garderobenhaken, wo Christie sie aufgehängt hatte, zeigte zur Tür und winkte ihr zum Abschied zu, bevor er zu Paula sagte: »Bin schon unterwegs.«

## 32

Als Jordan kurz nach sechs Uhr in den Crescent Drive einbog, war es schon dunkel. Der Himmel war mit Sternen übersät, und der Wind rüttelte an den Ästen. Addies Nachbarin, Cecilia Bass, kam ihm, auf eine Vierfußgehhilfe gestützt, über die Verandastufen entgegengestapft. Sie war eine alte Dame mit einem faltigen Hals, einem adlerähnlichen Profil und dünnen grauen Haaren, die sie im Nacken zu einem Knoten gebunden hatte. Ihre knochigen, geäderten Hände ragten aus den Ärmeln eines bodenlangen Daunenmantels, und ihre nackten, von dicken blauen Venen durchzogenen Beine steckten in Pelzstiefeln. Sie beäugte misstrauisch seine Dienstmarke.

»Wie ich gehört habe, gibt es ein Problem?«, sagte Jordan, nachdem sie ihm die Dienstmarke zurückgegeben hatte.

»Meine Nachbarin ist weg.« Mrs Bass verpasste nur knapp Jordans Nase, als sie mit der Gehhilfe auf Addies dunkles Haus zeigte. »Adelaide Downs, Crescent Drive 14.«

»Seit wann?«

»Seit heute Nachmittag, sechzehn Uhr. Vielleicht auch schon länger. Ich habe um vier Uhr bei ihr angerufen, und sie ging weder zu Hause noch an ihrem Handy ran.« Mrs Bass öffnete ihre Haustür und führte Jordan in ein warmes, mit Bücherregalen gesäumtes Wohnzimmer, das ihm seltsam bekannt vorkam. Er brauchte eine Weile, aber dann fiel ihm ein, dass er das Zimmer – die rot-weiße Tapete mit dem Fleur-de-Lys-Muster, die schweren Holzmöbel – auf einem gerahmten Foto in Jon Downs' Zimmer gesehen hatte. Addie und Jon hatten hier einmal vor einem Weihnachtsbaum posiert.

Mrs Bass setzte sich in einen Lehnsessel, neben dem sich Agatha-Christie-Taschenbücher und *National-Geographic*-Hefte stapelten, klappte die Fußablage schwungvoll nach oben und zeigte mit ihrem Stock auf ein kleines Sofa mit einem beigefarbenen, von Katzenpfoten zerkratzten Satinüberzug. Jordan setzte sich auf die Sofakante, rieb sich sein tränendes Auge und zückte seinen Notizblock. »Normalerweise muss ein Erwachsener mindestens achtundvierzig Stunden verschwunden sein, bevor wir eine Vermisstenmeldung zu den Akten nehmen können.«

»Hier liegen besondere Umstände vor. Addie ist definitiv verschwunden.«

»Woher wollen Sie das wissen?«

»Weil sie sonst immer zu Hause ist. Ich kenne sie seit ihrer Geburt, und sie ist immer zu Hause.«

»Sie fährt nie weg?«, fragte Jordan. »In den Urlaub oder zu ihrem Freund?«

Mrs Bass schüttelte den Kopf. »Ihr Bruder ist krank«, sagte sie. »Sie ist immer da, für den Fall, dass er sie braucht. Nachmittags geht sie für ein paar Stunden raus – schwimmen oder einkaufen. Und sie geht immer ans Telefon.«

Jordan nickte. Er konnte verstehen, dass man mit einem Bruder wie Jon dem Klingeln des Telefons besondere Beachtung beimessen würde. »Kein Freund?«, fragte er noch einmal, selbstverständlich aus rein beruflicher Neugier. Mrs Bass überlegte. »Jedenfalls keinen, den ich kennengelernt hätte.« Sie zögerte. »Addie war lange Zeit sehr dick gewesen. Ich war immer der Meinung, dass der Mann, der darüber hinwegsehen kann, etwas Besonderes sein muss. Die Männer in Ihrer Generation sind schrecklich oberflächlich. Ich hatte immer gehofft ...« Sie verstummte. Schließlich sagte sie: »Sie ist verschwunden. Und ich mache mir Sorgen.«

»Hatte Addie mit jemandem Probleme?«, fragte Jordan.

Mrs Bass runzelte die Stirn. »In den letzten Jahren nicht mehr. Nicht seit ihrer Schulzeit. Damals gab es einen Vorfall mit ihrer Freundin Valerie ...«

Er machte sich Notizen, während sie ihm in etwa dieselbe Geschichte erzählte, die er bereits von Christie Keogh gehört hatte: eine wilde Party im letzten Schuljahr, Val und Dan Swansea im Wald, Addies Beschuldigung, Vals Leugnen und das anschließende monatelange Mobbing. Addie war zum Studieren von zu Hause weggegangen, aber wenige Wochen später zurückgekommen, weil ihr Vater gestorben war. Sie war geblieben, um sich um ihre Mutter zu kümmern, und wohnte seitdem in Pleasant Ridge. Addie arbeitete zu Hause, hatte, soweit Mrs Bass wusste, weder eine Beziehung noch Freunde, obwohl sie einräumte, dass »Addie vielleicht im Internet Kontakte knüpft«. Jedenfalls war Addie Downs immer da, um ein Paket entgegenzunehmen, beim Schneeschippen zu helfen oder einen abgestürzten Computer wieder zum Laufen zu bringen – Letzteres war der Grund gewesen, warum Mrs Bass sie am Nachmittag angerufen hatte.

»Ich habe heute Vormittag mit Ms Downs gesprochen«, sagte Jordan.

Mrs Bass zog ihre buschigen grauen Augenbrauen hoch. »Und da schien es ihr gut zu gehen?«

»Gestern Abend fand ein Klassentreffen statt«, sagte er.

»Ich bezweifle, dass Addie daran hätte teilnehmen wollen.«

»Auf dem Parkplatz des Country Clubs wurden Blutspuren und ein Gürtel gefunden.«

Die Augenbrauen wanderten noch höher. »Sie können doch unmöglich glauben, dass Addie in ein Verbrechen involviert ist.«

»Wir müssen jedem Hinweis nachgehen. Und heute Vormittag habe ich gesehen, wie Addie in einem grünen Kombi weggefahren ist.«

»Das Auto ihres Vaters«, murmelte Mrs Bass.

»Jemand war bei ihr. Eine blonde Frau«, sagte Jordan.

Mrs Bass überlegte. »Hm, ob das Valerie gewesen sein kann«, sagte sie mit leiser, nachdenklicher Stimme. Dann klatschte sie zu Jordans Überraschung in ihre großen, altersgefleckten Hände. »Wie schön für sie! Wie schön für die beiden!«

»Außer«, sagte Jordan, »dass ich ein Verbrechen aufzuklären habe.«

Mrs Bass schüttelte energisch den Kopf. »Addie ist ein gutes Mädchen.«

»Sie nimmt Ihre Post und Ihre Pakete entgegen, wenn Sie weg sind«, sagte er. »Sie schaufelt im Winter Ihre Auffahrt frei.«

»Addie würde keiner …«

»… Fliege etwas zuleide tun?«

Sie kippte mit ihrem Sessel nach vorn und stand auf. »Junger Mann«, sagte sie. »Sie mögen Polizeibeamter sein. Aber wenn Sie mir die Bemerkung gestatten – was Ihre Menschenkenntnis angeht, haben Sie noch eine Menge zu lernen.«

# 33

Jordan brachte Mrs Bass' Computer wieder zum Laufen – wie sich herausstellte, bedurfte es einfach nur eines Neustarts – und ging dann über den frostknisternden Rasen zum Haus von Adelaide Downs. Die Tür war abgeschlossen. Auf sein Klopfen oder Klingeln hin reagierte niemand. Er ging zur Rückseite des Hauses, stellte sich auf die Zehenspitzen und leuchtete mit der Taschenlampe durch die Fenster. Wäscheraum: alles unauffällig. Esszimmer: dito. Über der Küchenspüle brannte ein Licht, sodass er eine Tasse und ein Glas auf dem Küchentisch erkennen konnte. Über einem Stuhl hing ein Damenmantel, und am Kühlschrank klebte inmitten von Coupons und Einkaufslisten ein Zettel. Er entzifferte den gedruckten Text: *Ich war am Freitag, den 23. November, mit Matthew Sharp verabredet. Sollte mir irgendetwas zugestoßen sein, ist es wahrscheinlich seine Schuld.* Darunter standen eine Adresse und eine Telefonnummer in Pleasant Ridge, und ein PS: *Ich hätte gern ein Militärbegräbnis.*

Jordan nahm sein Handy und wählte die Nummer der Dienststelle, während er seinen Rundgang ums Haus fortsetzte. »Hallo, Holly, haben wir irgendetwas über diesen Matthew Sharp herausgefunden?«

»Haben Sie meine SMS denn nicht bekommen?« Jordan gab ein vages Grunzen von sich, was »Ja«, »Nein« oder auch nur »mir ist das Essen nicht bekommen« hätte heißen können. »Das ist der Typ, der jedes Mal bei Vollmond hier anruft und sich über das Raumschiff vor seinem Fenster beschwert«, sagte Holly. »Er sagt, er und Addie Downs hätten das Restaurant um neun Uhr dreißig verlassen, danach sei er nach Hause gefahren und hätte sich längere Zeit in einem Chatroom über parapsychologische Phänomene aufgehalten. Als Beweis dafür hätte er Mails mit Datum und Uhrzeit.«

»Gut gemacht.« Er spähte in die Garage und sah einen silberfarbenen Jaguar. Addie fuhr einen Jaguar? »Holly, überprüfen Sie doch bitte mal ein Kennzeichen für mich.« Er sagte ihr die Nummer und wartete, bis Holly wieder in der Leitung war.

»Das Auto ist auf Valerie Violet Adler zugelassen.«

*Bingo.*

»Und raten Sie mal?« Hollys Altstimme quiekte vor Aufregung. »Sie hat eine Waffe.«

»Was?«

»Na ja, sie hat zumindest eine Erlaubnis zum verdeckten Tragen einer Schusswaffe. Sie ist mal auf dem Parkplatz des Fernsehsenders überfallen worden. Behauptet sie zumindest. Sie hat weder die Polizei benachrichtigt noch Anzeige erstattet. Aber der Sender brachte im Februar eine Reihe darüber. *Leben in Angst.* Mit einer Titelmelodie und allem Drum und Dran. Man kann sie auf YouTube ansehen.«

»Woher haben Sie diese Informationen?«

Holly zögerte fast unmerklich. »Ich habe ein Google gemacht.« Jordan zuckte zusammen. Ein kleiner Fehler, eine winzige Blamage, eine einzige Erwähnung von »ein Google machen«, da doch jeder wusste, dass es »googeln« hieß, und seine Leute behandelten ihn bis zu seiner Pensionierung wie einen alten Hund, der nur noch dazu taugte, auf einer Matte neben der Tür zu liegen und sich die Stelle zu lecken, wo mal seine Eier gewesen waren.

»Danke.« Er klappte das Handy zu. Die alte Mrs Bass hatte recht gehabt. Val war hier gewesen. Wahrscheinlich war Val die andere Frau im Auto. Val und Addie waren zusammen, und Val hatte eine Waffe. Mit einer dazu passenden Titelmelodie. Und jetzt?

Er steckte das Handy ein und ging zum Hintereingang. Es würde ihm nichts anderes übrig bleiben, als in das Haus einzubrechen. »Dienstvorschrift«, sagte er laut. »Begründeter Verdacht.« Das würde er der Staatsanwaltschaft sagen, sollte die Zulässigkeit seiner Durchsuchungsergebnisse jemals vor Gericht zur Sprache kommen. Addie machte nicht auf, und sie ging auch nicht ans Telefon. Ihre Nachbarin hatte sie als vermisst gemeldet. Der Zettel an ihrem Kühlschrank ließ vermuten, dass sie möglicherweise verletzt war, und Valerie Adler hatte eine Waffe. Es war seine Aufgabe, seine eidesstattliche Pflicht, sich zu vergewissern, dass Addie in Sicherheit war. Er griff unter den Fußabtreter und zog einen Schlüssel hervor. Kopfschüttelnd schloss er die Tür auf – bei seinen Seminaren zum Thema »Sicheres Zuhause« sagte er den Frauen immer, dass sie genauso gut die Tür offen lassen könnten, wenn sie einen Schlüssel unter den Fußabtreter legten – und betrat das Haus. Als Erstes ging er, immer wieder Addies Namen rufend, nach oben. Er sah in alle Zimmer, hinter alle Türen, zog die Duschvorhänge beiseite, blickte in die Stauräume über den Wandschränken und arbeitete sich auf diese Weise nach unten ins Erdgeschoss vor. Auf einem Tisch neben der Eingangstür stand eine bemalte Tonschüssel mit allerlei Krimskrams, den Frauen gern in der Handtasche mit sich herumtrugen – darunter eine Nagelfeile und ein angebrochenes Päckchen Zimtkaugummi. Im Keller rumpelte die Heizung, und es roch nach verbranntem Holz aus dem Kamin im Wohnzimmer.

Der Wohnbereich war zu seiner Linken, der Essbereich zu seiner Rechten, die Treppe lag direkt vor ihm und dahinter die Küche. Addies Haus war warm und einladend, genauso wie er es in Erinnerung hatte. Es hätte in einer der Einrichtungszeitschriften abgebildet sein können, die Patti früher las – als sie noch Zeitschriften und Bücher las, die nichts mit

Babys zu tun hatten. Damals klebte sie eifrig Haftnotizen in Artikel über neu geflieste Badezimmer oder renovierte Küchenräume. *Vielleicht irgendwann mal,* hatte Jordan immer gesagt.

Jordan setzte sich auf das Wohnzimmersofa und sah sich um: die Bilder und Zeichnungen an den Wänden, der Flachbildschirmfernseher, die Messingwanne mit Holzscheiten neben dem Kamin, ein Stapel großer, schwerer Kunstbücher auf dem Couchtisch. Er lehnte sich zurück und seufzte. Der richtige Ort, um sich ein Footballspiel im Fernsehen anzusehen, sich mit einem Bier vor dem Kamin zu entspannen. Es war …

Er schüttelte den Kopf. Addie Downs hatte also einen guten Geschmack, was Sofas anging, und hübsche Bilder an den Wänden. Das hieß noch gar nichts. Reiß dich zusammen, ermahnte er sich und ging ins Esszimmer. Pflanzen schmückten die Fensterbänke, und am Fenster standen eine Holzstaffelei und ein verstellbarer Zeichentisch. Auf dem Esstisch lagen ein Stapel cremefarbener Papierbögen und Aquarellpaletten neben drei zu Pinsel- und Farbstiftbehältern umfunktionierten Kaffeedosen. Am anderen Ende des Tisches war ein Mac mit einem riesigen Bildschirm, daneben lag ein Aquarell von einem kleinen weißen Vogel, der in einem blassblauen Himmel über ein strahlend blaues Meer flog.

Er streifte sich Latexhandschuhe über und berührte das Touchpad des Computers. Der Bildschirm wurde hell, und, Halleluja, endlich hatte er Glück. Addie hatte ihr E-Mail-Eingangsfach nicht geschlossen. Er scrollte durch die E-Mails der letzten Wochen, auf der Suche nach einer Mail von Matthew Sharp, Dan Swansea, Valerie Adler oder jemandem aus ihrem Abschlussjahrgang. Nichts. Sie hatte eine Nachricht von einer Redakteurin von Happy Hearts, der Grußkartenfirma, die Addie dankte, dass sie die »Druckfahne«

noch vor den Ferien geschickt hatte (»Auf Sie ist immer Verlass!«) und eine Werbe-Mail von Crossroads mit der Bitte, sie auch weiterhin in ihrer wichtigen Arbeit zugunsten von Menschen mit Gehirn- oder psychischen Krankheiten zu unterstützen. Das war alles. Keine schmutzigen Witze (Jordan erhielt mindestens einen pro Tag, dank seines Bruders Sam, der primär über Blowjob-Witze mit ihm kommunizierte, wahrscheinlich weil er zwei Kinder hatte und eine glückliche Ehe führte und nicht mehr wusste, worüber er mit Jordan reden sollte). Keine E-Mails in Großbuchstaben mit der Warnung, dass Barack Obama ein Moslem sei oder dass man von Handys Krebs bekommen könne, wenn man es sich nicht schon durch das Fluorid in der Zahnpasta geholt hatte (solche Mails erhielt Jordan wöchentlich von seiner Großmutter in Miami, die mit zweiundneunzig Jahren das Internet entdeckt hatte und eine eifrige Anhängerin von Verschwörungstheorien geworden war).

Er ging in die Küche. Auf dem Herd stand ein kupferner Teekessel, auf der Ablage daneben eine blau-weiße Zuckerdose. An den Wänden hingen Gemälde von verschiedenen Blumen – er erkannte Iris und Flieder, den Rest konnte er nicht benennen. In der Spüle lag das Geschirr, das er und Addie benutzt hatten, an einem Teller klebten noch einige Donutkrümel. Auf dem Tisch standen eine halb volle Tasse mit eiskaltem Tee, und ein leeres Glas. Jordan nahm es in seine behandschuhte Hand und roch daran. Wodka. Er ging systematisch die Schränke durch, inspizierte Nudel- und Crackerschachteln, Teller, Gläser und Tassen, viele davon handbemalt und mit Blumen- oder Vögelmotiven verziert. Der Inhalt des Kühlschranks und des Gefrierfachs war das glatte Gegenteil von seinem: Statt seines Junggesellenfraßes (Tiefkühlgerichte, Bier, Milch und rotes Fleisch) hatte Addie hauptsächlich Nahrungsmittel, die man als alleinstehende Frau eben so hatte, wenn man sich keine Gedanken über den Geschmack oder die Vorlieben eines anderen machen musste: fettfrei hier und Vollkorn da, aber sie hatte auch richtigen Käse und richtige Butter und einen Sechserpack Bier, aus dem zwei Biere fehlten. (War Addie eine Biertrinkerin? Hatte sie doch einen Freund? Irrte sich Mrs Bass?) Über einer Stuhllehne hing ein Burberry-Trenchcoat, Größe 32. Jordan ging in die Knie, um sich den Ärmel des Mantels genauer anzusehen. Daran befand sich eine klebrige, dunkelbraune Substanz, die genau so aussah und roch wie getrocknetes Blut.

Er stocherte auf dem Fleck herum und versuchte, sich das Szenario vorzustellen. Addie sitzt gerade am Küchentisch, als Val in ihrem silberfarbenen Jaguar angerauscht kommt, einen Drink verlangt und sagt: *Rate mal, wer heute auf dem Klassentreffen war,* woraufhin Addie sagt: *Den schnappen wir uns.* Oder: Val kommt völlig aufgelöst und blutbefleckt an und sagt: *Rate mal, wen ich gerade angefahren/erschossen/erstochen/überfahren habe,* woraufhin Addie ihre Teetasse abstellt, ihrer besten Freundin einen Wodka einschenkt und sagt: *Ich helfe dir, die Leiche loszuwerden.* Oder: Addie kann nicht schlafen, macht sich erst einen Tee und steigt dann auf Wodka um, rasiert sich die Beine, schneidet sich, will die Blutung mit dem winzigen Trenchcoat stoppen, den sie, in der Hoffnung, dass er ihr eines Tages passen würde, im Schlussverkauf erstanden hatte (Patti hatte jedes Jahr im März zur Motivation ihren Bikini an den Kühlschrank geklebt), und steigt dann in das alte Auto ihres Vaters, um spontan nach Disneyworld oder Dollywood oder weiß Gott wohin zu fahren, an einen Ort, der ihm in einer Million Jahre nicht in den Sinn kommen würde.

Jordan stapfte wieder die Treppe hinauf, um sich oben noch mal genauer umzusehen. Es gab drei Schlafzimmer. Eines war wie ein Gästezimmer eingerichtet, mit einem halben Dutzend kleiner Dekokissen auf einem Bett, das aussah, als wäre es noch nie benutzt worden, jedenfalls nicht in letzter Zeit. Ein zweites Schlafzimmer war zu einem Fitnessraum umfunktioniert worden, mit einem zusammenklappbaren Laufband, einem dieser Bauchtrainer-Roller, die man im Fernsehen kaufen konnte, einer Yogamatte, pinkfarbenen Hanteln, einem Expander und einem Stapel DVDs: *Sanftes Yoga für Anfänger, Schlank durch Pilates* und *Hüpf dich fit!* Am Ende des Flurs war das dritte Schlafzimmer. Addies Schlafzimmer.

Es war nicht ganz so aufgeräumt wie die anderen Zimmer. Das Doppelbett sah aus, als hätte jemand darauf gelegen, und eins der Kissen war auf den Boden gefallen. Jordan hob es auf. Es war ein Federkissen, erstaunlich schwer. Er legte es aufs Bett. Weiße Laken, eine karamellfarbene Tagesdecke, ein verschnörkeltes Metallkopfteil (Messing? Eisen? Seine Exfrau hätte so etwas gewusst). Links und rechts ein Nachttisch, jeweils mit einer Leselampe, auf dem einen Tischchen ein Bücherstapel, auf dem anderen ein Glas Wasser und eine Tube Handcreme (Vaseline, $7.49 von Walgreens, wie Jordan billigend feststellte). Er ging auf die ungemachte Seite des Betts und zog die Nachttischschublade auf. Er fand eine halb leere Schachtel Kondome und ertappte sich dabei, wie ihn plötzlich eine absurde Eifersucht überkam.

Am Fußende des Bettes stand ein Polsterbänkchen mit dem gleichen weichen Stoffüberzug wie das Sofa unten im Wohnbereich. Auf dem Bänkchen lag ein Flanellpyjama. Jordan nahm das Oberteil in die Hand. Ohne es geplant zu haben, schnupperte er daran und sog den Duft von Parfüm und Shampoo ein. Gütiger Himmel! Etwas stimmte nicht mit ihm. Wenn ihn jetzt einer seiner Streifenbeamten sehen könnte, wie er da im Schlafzimmer einer Verdächtigen an ihren Klamotten roch, mit einem halben Steifen in der Hose,

Herrgott noch mal ... Jordan legte das anstößige Kleidungsstück wieder an seinen Platz und wandte dem Bett den Rücken zu. Zwischen den Fenstern, die auf den Garten hinausgingen, standen noch mehr Bücherregale. An den Wänden hingen noch mehr selbstgemalte Bilder, von weise dreinblickenden Hunden und cleveren, durchtriebenen Kätzchen. Das Badezimmer hatte einen tiefen Whirlpool, groß genug für zwei. Beheizte Bodenfliesen. Handtuchwärmer. Schwere, flauschige Handtücher in makellosem Weiß und eine riesige Dusche mit sage und schreibe sechs Massagedüsen in der glasgefliesten Wand. »Wie im Bordell«, sagte er laut, korrigierte sich aber insgeheim. Es war nicht wie im Bordell, es war ein Ort zum Wohlfühlen. Wen hatte Addie hier empfangen? Wer war in den Genuss der Kondome in der Nachttischschublade und des Biers im Kühlschrank gekommen?

Er ging wieder nach unten, schaltete alle Lichter aus und schloss die Haustür hinter sich ab. Dann legte er den Schlüssel wieder unter den Fußabstreifer und ging über den knisternden Rasen zurück zu seinem Auto.

## 34

Ich fand nie heraus, wer mit den Graffiti angefangen hatte. In der zehnten Klasse, knapp zwei Jahre nach Jons Unfall, ging ich am dritten Schultag auf die Toilette, und da stand es, in die Kabinenwand eingeritzt: *Addie Downs stinkt.* Mein Herz hämmerte wie wild, und mir wurde übel, so als würde jemand meine Eingeweide kneten. Ich blickte mich um – was natürlich dumm war. Ich war allein, die Tür war verschlossen, und außerdem hätte sowieso niemand mehr in die Kabine gepasst. Zaghaft hob ich einen Arm und schnupperte an meiner Achsel. Ich roch nichts, nur das Deo, das ich am

Morgen aufgetragen hatte. Ich schluckte, dann beugte ich mich vor und schnupperte zwischen meinen Beinen. Zuerst roch ich nur das Waschmittel, mit dem meine Mutter unsere Sachen wusch, aber als ich so tief einatmete, wie ich konnte, glaubte ich einen leichten Hauch von etwas Feuchtem, Fleischigem zu riechen.

O Gott! Ich hielt die Luft an, lugte durch die Tür, um mich zu vergewissern, dass ich allein war, lief zu den Waschbecken, packte einen Stoß Papiertücher, hielt sie unter den Seifenspender, dann unters kalte Wasser, rannte zurück in die Kabine, knallte die Tür hinter mir zu, zerrte meine blaue Jogginghose runter und schrubbte. Wieder ein Blick nach draußen, wieder ein Sprint zu den Waschbecken, wieder ein Packen Papiertücher, dieses Mal ohne Seife. Zum Schluss nahm ich einen Kugelschreiber aus meinem Rucksack und kritzelte sorgfältig jeden Buchstaben durch.

Es war vergebene Liebesmüh. Am nächsten Tag sah ich dieselben Wörter auf einem Schreibtisch im Lernzimmer, dieses Mal in schwarzer Tinte. *Addie Downs stinkt.* Darunter hatte jemand mit blauer Tinte hinzugefügt: *Aber ihre Titten sind riesig.* Ich stellte mein Mathebuch vor mir auf, befeuchtete meine Finger mit Speichel und rubbelte, aber es gelang mir lediglich, die Schrift zu verschmieren. Ich rubbelte und rubbelte, und als ich aufblickte, stand Mrs Norita vor mir und sah mich fragend an.

»Miss Downs? Würden Sie mir verraten, was Sie da machen? Es sind eindeutig nicht Ihre Mathehausaufgaben.«

Kevin Oliphant, der neben mir saß, kicherte.

»Lassen Sie mich mal sehen«, sagte Mrs Norita. Ich wusste, dass Widerstand zwecklos war, und schob mein Mathebuch zur Seite. Sie sah den Text, dann mich an. »Der Hausmeister wird's wegmachen.« Das war alles, was sie sagte. »Okay«, flüsterte ich und rutschte so tief wie möglich in den Stuhl.

Der Gummizug meines Rocks schnitt mir in den Bauch, mein Oberteil spannte über meinen Brüsten, und ich wäre am liebsten im Boden versunken.

Ich hatte keine Ahnung, warum ich zur Zielscheibe geworden war. Ich eilte mit gesenktem Kopf zum Unterricht, immer auf der linken Seite des Gangs, damit ich jederzeit in einer offenen Tür oder einer Toilette verschwinden konnte, sobald in meinem Rücken getuschelt wurde. *He, Fettwanst. He, Stinkbombe. Fettkloß. Fettsack. Tonne. Hallo, Hindenburg* (nachdem wir im Geschichtsunterricht den Unfall mit der Hindenburg durchgenommen hatten).

»Du solltest mehr lächeln!«, sagte Val auf der Nachhausefahrt im Schulbus und entblößte ihre Zähne zu einem strahlenden Grinsen. Im Sommer war endlich ihr Wunsch in Erfüllung gegangen, und sie war sechs Wochen bei ihrem Vater in Kalifornien gewesen. Ich zählte die Tage bis zu ihrer Rückkehr und holte sie zusammen mit Mrs Adler vom Flughafen ab. Es gab mir einen Stich, als Val uns in der Ankunftshalle entgegenkam, braun gebrannt und um ein paar Zentimeter gewachsen, mit brandneuen Brüsten, über denen ein brandneues Izod-T-Shirt spannte, und goldblonden Haaren, die wie ein dichter Vorhang über ihren Rücken fielen. Mrs Adler quiekte und sah Val mit einer Mischung aus Stolz und Trauer an, als diese ihre Sonnenbrille abnahm und lächelnd ihre Zahnspange präsentierte. Im Auto plapperte sie aufgeregt über ihre supergeile Zeit, zeigte mir Fotos von sich vor dem HOLLYWOOD-Schriftzug und erzählte mir, wie sie ihren Vater »am Set« besucht und in der Studiokantine mit dem Stunt-Double von Tom Cruise zu Mittag gegessen hatte. Sie war mit einem Koffer voller neuer Klamotten zurückgekommen, einem noch größeren Selbstbewusstsein, als sie ohnehin schon gehabt hatte, und einem schier unerschöpflichen Vorrat an Verhaltenstipps. »Du musst die Leute grüßen«, sagte sie, während der Bus den Hügel zu unserem Viertel hinaufschnaufte. »Du musst freundlich sein!«

»Sie hassen mich«, sagte ich. Grüßen und freundlich sein – das würde bei mir nie funktionieren. Anders bei Val. Im Herbst schaffte sie die Aufnahme in das Cheerleader-Team der zweiten Schulmannschaft, wo sie mit Enthusiasmus und Lautstärke wettmachte, was ihr an Rhythmusgefühl und Anmut fehlte. Sie war weder das attraktivste Mädchen noch das Mädchen mit der besten Koordination, und sie sang so falsch wie eh und je, aber sie war es, der man zusah, wenn sie am Spielfeldrand Räder schlug oder zur Feier eines Touchdowns in die Luft sprang. Sie hatte eine ganze Reihe neuer Freundinnen, Cheerleader-Kolleginnen, kichernde, pferdeschwanztragende Mädchen.

Ich hingegen hatte Val und sonst niemanden. Alle anderen schienen mich zu hassen, ohne dass ich wusste, warum. Ich war nicht einmal das dickste Mädchen in unserem Jahrgang. Drei Mädchen waren noch dicker als ich (bevor man Andi Moskowitz in ein Diätferienlager in den Berkshires verfrachtet hatte, waren es sogar vier gewesen). Ja, ich war dick, und ja, ich war unscheinbar – ich hatte genug Zeit vorm Badezimmerspiegel verbracht, um zu wissen, dass man mich sogar in geschminktem und perfekt frisiertem Zustand nicht schön nennen könnte. Keine Cheerleaderin würde mir – so wie sie es mit Val gemacht hatten – im Umkleideraum einen Zettel in den Spind stecken und mich zum Vorsprechen einladen, nicht einmal wenn sie eine breite, stabile Basis für ihre Pyramiden gebraucht hätten. Aber ich war weder abnormal dick noch potthässlich. Also warum hackten alle auf mir herum?

Manchmal fragte ich mich, ob es mit Jon zu tun hatte. Vielleicht hassten sie mich, weil sie ihn nicht hassen konnten. Mein Bruder war ein lebender, geistig behinderter, gelegentlich sabbernder Beweis dafür, dass sie jederzeit alles verlieren könnten. Eine falsche Entscheidung, eine Unaufmerksamkeit, eine falsche Bewegung des Lenkrads, und sie könnten genauso enden wie er. Aber ihn konnten sie nicht hassen; er war ein Opfer, er hatte überlebt. Und so hassten sie mich, einfach weil ich ihm am nächsten stand.

Ich blieb weiterhin so oft wie möglich in Vals Nähe, in ihrem neuerdings nach Parfüm und Haarschaum duftenden Windschatten. Solange sie da war, war niemand gemein zu mir. Ich gewöhnte mir an, immer ein Stück Seife in einer Plastikdose dabeizuhaben, außerdem einen Waschlappen, ein Handtuch, frische Unterwäsche und sogar eine zusätzliche Jogginghose. Ich duschte morgens zehn, fünfzehn, zwanzig Minuten lang mit heißem Wasser, bis meine Haut feuerrot war und meine Mutter gegen die Tür schlug und mich zum dritten Mal aufforderte, rauszukommen. Nach dem Mittagessen ging ich auf die Toilette und wechselte meine Unterwäsche, und wenn ich meine Tage hatte, wechselte ich meine Slipeinlage und meine Unterwäsche in jeder Pause. Ich verbrauchte pro Woche ein »Intimhygienespray«, wie es die Drogerien verschämt nannten. Val und ich hatten nur noch Englisch und Naturwissenschaften zusammen und nur noch an drei Tagen gemeinsam Mittagspause. Bei Schülerversammlungen und im Chor saß ich abseits, und zwei Tage die Woche saß ich auch mittags in der Cafeteria allein an einem Tisch in der Ecke. Manchmal setzte sich Merry Armbruster für ein paar Minuten zu mir. Sie senkte den Kopf zum Gebet und bewegte die Lippen, während ich meine Karottenstifte und Reiswaffeln aß. Merry gehörte irgendeiner seltsamen Glaubensgemeinschaft an. Sie ging nie zum Haareschneiden, trug keine Hosen und redete nicht mit Jungs, und sie wurde mindestens genauso oft zum Schulrektor bestellt wie Dan Swansea, weil sie die Angewohnheit hatte, knutschenden Pärchen Sätze wie »in der Hölle sollt ihr schmoren« an den Kopf zu schleudern. Ich bezweifelte, dass sie sich zu mir setzte, weil sie mich wirklich mochte. Für Merry war ich ein aussichtsloser Fall, so etwas wie die Aussätzige von Pleasant Ridge, der sie die Füße waschen konnte.

Nach der Schule hatte Val Cheerleader-Training. Ich ging die zwei Meilen nach Hause zu Fuß. (Ich mied den Bus, seit er einmal bei einer Straßensperre zurücksetzen musste und seine helle Warnhupe jemanden zu dem Ausruf animiert hatte: »Hey, so macht Addie Downs, wenn sie auf dem Klo sitzt!«) Wenn mich der gelb-schwarz gemusterte Bus an der Steigung gleich hinter dem Schulparkplatz überholte, steckte immer jemand den Kopf aus dem Fenster und brüllte: »Trainier's dir runter, Fettkloß!« Ich senkte den Kopf und biss mir auf die Lippen. Ich spürte, wie meine Oberschenkel aneinanderrieben, spürte, wie ich zu schwitzen und zu stinken begann.

Wenn ich zu Hause erneut geduscht hatte, ging ich zu Mrs Shea, um auf ihre dreijährigen Zwillinge aufzupassen. Dort blieb ich bis sieben Uhr, manchmal länger. Ich ging mit den Zwillingen in den Park, zog sie in ihrem Bollerwagen durch die Gegend, und zur Essenszeit spielten wir Restaurant, indem ich ihre Bestellung in einem kleinen Notizbuch notierte und ihnen Käsemakkaroni, klein geschnittene Hotdogs, Reis- oder Nudelsuppe servierte. Ich badete sie, las ihnen vor, passte auf, dass sie sich die Zähne putzten und den richtigen Schlafanzug anzogen, und wartete, bis ihre Mutter nach Hause kam und sie ins Bett brachte.

Die Sheas wohnten am Ende unserer Straße. Meistens ging ich danach direkt nach Hause, aber ein, zwei Mal die Woche ging ich zum Lebensmittelladen auf der anderen Straßenseite oder zum Drugstore ein paar Häuser weiter. Ich schlenderte durch die Regale, wobei ich »Milch« oder »Brot« oder »Butter« vor mich hinmurmelte, um den Eindruck zu erwecken, als würde ich etwas Bestimmtes suchen. Währenddessen füllte ich meinen Einkaufskorb mit Keksen und Chips, XXL-Schokoriegeln und Schokoladenplätzchen, Karamellpudding mit so vielen Kunststoffen, Farbstoffen, Geschmacksverstärkern und Konservierungsmitteln, dass man ihn nicht mal im Kühlschrank aufbewahren musste, Muffins mit Schokoglasur, Donuts mit Erdbeermarmeladefüllung und Zitronenkuchen. An der Kasse schob ich der Verkäuferin das Geld hin, ohne ihr in die Augen zu sehen – »Habt ihr eine Party?«, hatte mich eine ältere Dame in einer dunkelblauen Schürze einmal gefragt, sodass ich gezwungen gewesen war, zustimmend zu murmeln –, stopfte die Sachen in meinen Rucksack und verließ eilig den Laden.

Zu Hause wartete meine Mutter mit dem Essen auf mich: gegrillte Hühnchenbrust, Süßkartoffeln mit Zimt und Butterflocken, Eisbergsalat mit fettfreiem Dressing. Beim Abendessen erzählten wir uns, was wir den Tag über getan hatten, während Jon Wortsuchspiele machte oder, den Kopf auf die Hand gestützt, den Mund halb geöffnet, eine Science-Fiction-Zeitschrift las.

Nach dem Essen wusch ich das Geschirr, wischte den Tisch und fegte den Boden. Mein Vater ging hinunter in den Keller. Jon landete früher oder später vor dem Fernseher. Er mochte Sitcoms mit eingespieltem Gelächter, Sendungen, bei denen ihm gesagt wurde, was lustig war. Sein Lachen schallte den Bruchteil einer Sekunde nach dem künstlichen Publikumsgelächter durch das Haus. Meine Mutter schlüpfte in ihre Jogginghose, und wir machten unseren Abendspaziergang, zehn Runden um den Block. Dann duschte ich noch einmal, zum dritten Mal am Tag, bevor ich mich mit einem »Gute Nacht« in mein Zimmer einschloss.

Jeden Abend schwor ich mir, es nicht zu tun. Ich wollte einfach meine Hausaufgaben machen und danach wie ein normaler Mensch ins Bett gehen. An manchen Abenden hielt mein guter Vorsatz bis halb neun oder gar neun Uhr. Ich gurgelte mit einer Mundspülung, die so beißend scharf war, dass mir Tränen in die Augen schossen. Ich putzte mir die Zähne, bis mein Zahnfleisch blutete. Ich kaute zuckerfreien Kaugummi und trank Pfefferminztee. Ich nahm meine Kohle- und Farbstifte und zeichnete fieberhaft eine Szene des Tages – wie die Zwillinge im Sandkasten spielten und sich ihre rundlichen Gesichter beim Lachen in Falten legten; wie die Sonne über dem Kirschbaum in unserem Garten aufging; wie meine Mutter die Hände auf Jons Schultern legte. In meinem Kopf hörte ich immer und immer wieder die Sticheleien und Beleidigungen des Tages. Ich überlegte, was ich gegessen hatte, und lobte mich für meine Disziplin, dafür, dass ich den Zwillingen nicht einen einzigen Löffel Makkaroni, nicht einen einzigen Keks geklaut hatte. Aber es half alles nichts. Früher oder später dachte ich: Nur ein Bissen. Nur ein kleiner Bissen. Und ehe ich mich's versah, wanderten meine Finger zu den knisternden Chipstüten und den Keks- und Kuchenschachteln. Ich schaltete alle Lichter aus, bis auf das kleine Licht neben meinem Bett, legte mich mit meinem Skizzenblock oder einem der schweren Kunstbücher aus der Bibliothek auf die Seite und sah mir Gemälde und Fotos aus italienischen oder französischen Museen an, in denen ich noch nie gewesen war und die ich wahrscheinlich auch nie besuchen würde. Und ich aß. Ich schaufelte die Süßigkeiten unentwegt in mich hinein, kaute und schluckte und kaute und schluckte, spürte das kühle Kopfkissen an meiner Wange, die Schokolade auf meiner Zunge, das klebrige Karamell am Gaumen, und während ich mit der rechten Hand umblätterte, griff ich mit der linken Hand immer und immer wieder in die Tüten und Schachteln.

Am Samstag nach dem Valentinstag waren alle herzförmigen Süßigkeiten um fünfundsiebzig Prozent reduziert.

Ich kaufte ein halbes Dutzend Schachteln und stapelte sie in meinem Schrank. Meine abendliche Speisenfolge begann immer mit Keksen, danach kam etwas Salziges wie Erdnussflips oder Kartoffelchips, und den Abschluss bildeten Nougat- oder Karamellbonbons, Buttercreme- oder Kirschpralinen. Ich blätterte in den Büchern und betrachtete mir die Bilder, während ich einen Karton leer aß, auf dem in goldenen Buchstaben »Für meinen Schatz« stand, und schlief ein, ohne mir die Zähne zu putzen. Ich träumte von der Liebe, davon, wie ich auf wundersame Weise meinem Haus, meiner Straße, sogar meinem Körper entschwebte und an einem fremden Ort landete, wo ich ein dünnes, hübsches, lachendes Mädchen in Bikini oder einem kurzen Cheerleader-Röckchen war. Ich dachte an Dan Swansea. Daran, wie im Sommer im Schwimmbad die Wassertropfen auf seinem glatten, braun gebrannten Rücken glitzerten und die nassen dunklen Haare an seinen Oberschenkeln klebten. Ich stellte mir vor, dass ich ihm in der Schule auf dem Gang begegnete und er *Hallo, Kleines* zu mir sagte. Dass er meine Hand nahm und mich in eine Nische vor dem Lehrerzimmer zog, um mich noch vor dem Unterricht zu küssen. Nichts davon würde jemals passieren, aber die Träume, die ich Abend für Abend sorgsam ausschmückte, waren genauso süß wie die Naschereien.

»Ich versteh's einfach nicht«, sagte meine Mutter nach jeder ärztlichen Untersuchung. Der Kinderarzt schüttelte stirnrunzelnd den Kopf, während ich auf der Waage stand, dann beugte er sich mit seiner glänzenden Glatze über den Rezeptblock und notierte »Weight Watchers« und »Sport«, bevor er das Blatt abriss und mir förmlich überreichte. Meine Mutter verlängerte unseren Abendspaziergang um eine Runde oder gab mir beim Essen eine Süßkartoffel weniger, und ich schwor mir, mit den Chips und den Keksen und den Valentinstag-Süßigkeiten aufzuhören. Jeden Morgen wachte ich mit dem festen Entschluss auf, dass der Tag gekommen sei, an dem sich alles ändern würde: Ich würde Diät halten, ich würde lächeln, ich würde freundlich sein, ich würde alles tun, was Val mir riet, denn offensichtlich kannte sie die Geheimformel, um von allen gemocht zu werden.

»Mach dir einfach nicht so viele Sorgen«, dozierte Val eines Morgens im Frühjahr. Sie trug ein pinkfarbenes, weit ausgeschnittenes Trägerhemd und einen Khakirock. Seit sie im Cheerleader-Team war, trug sie fast nur noch Röcke. Einige hatte sie sich in Kalifornien selbst gekauft, andere gehörten Mrs Adler, lange Baumwollrüschenröcke, die sie wie eine Brautkleidschleppe über den Boden schleifte. Val trug keine Zahnspange mehr, ihre Zähne waren gerade und perlweiß, und ihre Figur war etwas rundlicher geworden. Ihre kleinen Brüste passten zu ihrer schmalen Hüfte und ihren langen Beinen. Wenn man sie ansah, wäre man nie auf die Idee gekommen, dass sie einmal burschikos und schlaksig gewesen war, dass sie sich komisch gekleidet hatte oder dass sie und ich einmal zusammengehört hatten. Die Situation hatte sich verändert. In der Highschool spielten meine Eigenschaften (intelligent, ordentlich, höflich, kunstinteressiert) eine weitaus geringere Rolle als Vals Merkmale (blond, Cheerleaderin). »Du riechst ganz normal.«

»Ich weiß«, sagte ich und zupfte am Saum meines Pullovers. Es war zu heiß für Pullover, aber mein Benetton-Pullover war genau der gleiche, wie ihn die anderen, dünneren Mädchen trugen, nur größer. Auch meine Designerjeans waren die gleichen, nur dass ich sie extra bestellen musste, weil die Läden meine Größe normalerweise nicht vorrätig hatten. Meine Mutter hatte sie mir gekauft, und ich brachte es nicht über mich, ihr zu sagen, dass es nichts nützte. Dass ich nie so aussehen würde wie die anderen Mädchen, weil ich selbst das Problem war und nicht meine Klamotten.

»Du bist zu unsicher«, sagte Val und blickte, die Augen mit der flachen Hand beschirmt, die Straße entlang. »Du malst dir schon vorher aus, was man Schlechtes über dich denken könnte, noch bevor es jemand tut. Wenn die anderen wissen, dass sie dich damit treffen können, werden sie weitermachen.«

Ich zog den Kopf ein. Sie hatte recht.

»Mit dir ist alles in Ordnung«, sagte sie, als ein weißer Honda Civic um die Ecke bog und mit quietschenden Bremsen vor uns stehen blieb. Mindy Gibbons, eine von Vals Cheerleader-Kolleginnen, saß am Steuer.

»Hey, Val!«, rief sie in ihrem leiernden Singsang. Kurze Pause. »Hallo, Addie.« Noch eine Pause. »Hallo, Jon.«

Ich hob die Hand, während Jon von seinem Wortsuchspiel aufsah und nach einem Blick zu mir ebenfalls leicht winkte. Val nahm ihren Rucksack und legte die Hand auf die Autotür. »Wollt ihr bei uns mitfahren?«

Mein Hals war trocken. Mindy war zwei Klassen über uns, sie war Cheerleaderin, und sie wollte mich ganz bestimmt nicht in ihrem Auto haben. »Schon okay«, sagte ich.

»Was hast du gesagt?«, fragte Val ungeduldig. »Sprich lauter.«

»Fahrt nur«, sagte ich.

»Komm schon«, rief Mindy, um Mariah Careys schmetternde Stimme zu übertönen. »Wir kommen zu spät.«

Val warf mir einen Blick zu, den ich nicht deuten konnte, dann stieg sie ein und knallte die Tür hinter sich zu. Ich sah ihnen hinterher, wütend, verwirrt und traurig. Wann hatten Val und Mindy diese Abmachung getroffen? Wann waren aus Teamkolleginnen Freundinnen geworden?

Als der Schulbus schwerfällig um die Ecke bog, nahm ich meinen Rucksack, wappnete mich gegen die Blicke und das Getuschel, schob Jon in den Bus und stieg hinter ihm ein.

# 35

Sasha Devine, die Stadtmanagerin von Pleasant Ridge, eine attraktive, dunkeläugige Frau, die fünf Jahre älter war als Jordan, wirkte nicht gerade erfreut, als er am späten Samstagabend vor ihrer Tür stand.

»Es handelt sich vermutlich nicht um einen privaten Besuch«, sagte sie und lehnte sich an die Tür. Im Hintergrund lief der Fernseher, und die Kontur ihrer kleinen, kurvenreichen Gestalt glühte im blau flimmernden Licht des Bildschirms.

Jordan schwieg. Es war ein Riesenfehler gewesen, mit der Stadtmanagerin, die genau genommen seine Vorgesetzte war, zu schlafen. Noch schlimmer war es, mit seiner Vorgesetzten zu schlafen und sie hinterher nicht anzurufen. »Kann ich reinkommen?«, fragte er.

Sasha legte den Kopf schief und sah Jordan an, als sei er ein ungebetener Hausierer. »Wie wär's, wenn du einfach sagst, was du zu sagen hast?«

»In Ordnung.« Er hätte sie anrufen sollen. Er hatte vorgehabt, sie anzurufen. Er hatte ganz fest vorgehabt, sie anzurufen, aber am Tag danach war ihm die Aufgabe, den Hörer abzunehmen, ihre Nummer zu wählen und mit ihr zu sprechen, als schier unüberwindbar erschienen. *Ich rufe sie morgen an,* sagte er sich, aber am Sonntag war … Ja, was? Es war immer wieder etwas dazwischengekommen. Zuerst las er eine Ausgabe einer Sportzeitschrift, die er noch nicht gelesen hatte, und als er sich einen Kaffee machen wollte, tropfte der Wasserhahn. Er wollte ihn reparieren, aber seine Steckschlüssel waren bei den Putzsachen in dem Schränkchen unterm Ausguss, und das Schränkchen hatte eine dieser Kindersicherungen, die er nicht öffnen konnte, und anstatt sich mit der Sicherung herumzuärgern, war er zum Baumarkt gefahren, um sich neues Werkzeug zu kaufen.

Der Baumarkt war direkt neben dem Kino, und dort lief gerade ein Film, den er unbedingt sehen wollte, und als er nach Hause kam, war es sieben Uhr, und er sagte sich, dass Sasha ihren Kindern gerade das Abendessen machte. Sie hatte zwei Töchter im Alter von acht und zehn Jahren und einen Mann, der sich aus dem Staub gemacht hatte – warum, hatte sie ihm nicht verraten. Jordan setzte sich in seinen Campingstuhl, trank ein Bier, während er eine Sportsendung schaute, und dann noch ein Bier zu den Nachrichten. Darauf folgten Bier Nummer drei, vier und fünf, und dann kam eine Folge mit der Gute-Nacht-Fee, von der er sich nicht losreißen konnte, und nachdem er den Reißverschluss seiner Hose wieder zugemacht und sein Papiertaschentuch entsorgt hatte, genierte er sich zu sehr, um mit jemandem zu sprechen. Am Montag war sein freier Tag, und am Dienstag sagte er sich, dass sie sich bestimmt irgendwann unter der Woche sehen würden, was sie dann auch getan hatten, aber das Treffen war etwas unbeholfen gewesen, und als er sich in der Woche darauf endlich dazu durchrang, sie zum Essen einzuladen, fauchte sie ihn an: »Du brauchst mir keinen Gefallen zu tun«, und das war das Ende ihrer Romanze gewesen. Er hatte sich nie entschuldigt. Und er hatte ihr auch nie die Wahrheit gesagt, nämlich dass er nach dem Sex (der alles in allem ganz gut gewesen war – mit offenen Haaren, ohne Kostüm, Feinstrumpfhose und hochhackigen Schuhen war Sasha eine altmodische Schönheit) ins Badezimmer gegangen war und zwischen all den Kosmetiksachen auf der Ablage eine Kinderzahnpasta gesehen hatte, eine rot-weiße Kindertube mit knallrotem Gel. Im Ernst, was hätte er sagen sollen? *Ich kann keine Beziehung mit dir haben, weil ich mich vor deiner Zahnpasta fürchte? Ich kann keine Beziehung mit dir haben, weil du Kinder hast und ich nicht und ich dich irgendwie dafür hasse? Ich kann keine Beziehung mit dir haben, weil meine Frau, bevor alles den Bach runterging, mir »I Loves You Porgy« vorsang, wenn sie einen Weißweinschwips hatte, und weil sie das nie wieder tun wird und mich allein der Gedanke daran schier umbringt?*

Er sah Sasha an und dachte an das Leben, das er eigentlich zum jetzigen Zeitpunkt haben sollte: eine Frau, eine Familie, ein Haus, in dem sie zusammen lebten. Stattdessen hatte er nichts. Absolut nichts.

»Dan Swansea«, begann er, wobei jedes Wort ein weißes Atemwölkchen bildete. »Wir glauben, dass der Gürtel und das Blut einem gewissen Dan Swansea gehören.«

Sasha seufzte und drückte die Tür mit der Hüfte auf. »Komm rein.« Sie führte ihn in ihr Büro, das im Erdgeschoss neben der Küche lag und mit einem kleinen antiken Schreibtisch und zwei Polstersesseln möbliert war. Sie fegte mit der Hand ein halbes Dutzend Teddybären und Stoffhasen von einem der beiden Polstersessel und setzte sich in den anderen.

Jordan nahm Platz. »Vor fünfzehn Jahren, in seinem letzten Schuljahr an der Pleasant Ridge High, wurde Dan Swansea beschuldigt, eine Mitschülerin, Valerie Adler, vergewaltigt zu haben. Er und einige seiner Freunde bekamen Ärger, weil sie das Mädchen, das ihn beschuldigt hatte, mobbten. Valerie stritt alles ab. Das Mädchen, das Dan beschuldigt hatte, war Valeries beste Freundin, Adelaide Downs.«

»Sprich weiter.« Sasha nahm einen Kugelschreiber und ein Blatt Papier.

»Drei der Jungs, die damals Ärger bekamen, waren gestern Abend bei dem Klassentreffen. Swansea ist verschollen. Er geht nicht ans Telefon. Seit dem Klassentreffen hat ihn niemand gesehen oder von ihm gehört.«

Sasha sah ihn mit ihren sanften braunen Augen an. »Was ist also passiert?«

»Wir überprüfen die Frau, die die Anschuldigung vorgebracht hat. Adelaide Downs.«

Sie sah ihn überrascht an. »Nicht das Opfer? Die Frau, die er angeblich vergewaltigt hat?«

»Wir glauben, dass Ms Adler und Ms Downs zusammen sind«, sagte Jordan. »Wir glauben, dass die beiden für das, was mit Dan passiert ist, verantwortlich sind.«

Sascha rückte mit ihrem Sessel quietschend über den Boden. »Aber was genau ist passiert? Die beiden warten fünfzehn Jahre, lauern ihm auf dem Parkplatz auf, klauen ihm seinen Gürtel, und dann?«

Jordan sagte steif: »Wir arbeiten noch daran.«

»Habt ihr sie befragt?«

»Ich war heute Vormittag bei Ms Downs.« Er brauchte ihr ja nicht zu sagen, dass er dort gewesen war, um sich nach ihrem Bruder zu erkundigen. »In der Zwischenzeit hat ihre Nachbarin sie als vermisst gemeldet. Ihr Haus ist abgeschlossen. In ihrer Garage steht Valerie Adlers Auto, und Ms Adler hat eine Erlaubnis zum verdeckten Tragen einer Waffe. Ich möchte einen Durchsuchungsbeschluss für Ms Downs' Haus bzw. Ms Adlers Wohnung«, sagte er, ohne zu erwähnen, dass er Addies Haus bereits unter die Lupe genommen und einen Mantel mit Blutflecken gefunden hatte, die wahrscheinlich von derselben Person stammten wie das Blut auf dem Parkplatz.

Aber noch bevor er das Wort »Durchsuchungsbeschluss« zu Ende gesprochen hatte, schüttelte Sasha den Kopf. »Keine Chance, Chief. Es gibt keine Beweise, die die beiden mit dem Verbrechen in Verbindung bringen, richtig?«

»Richtig.« Sie sahen einander einen Augenblick lang an, Sasha mit zusammengekniffenen Augen, Jordan mit den Händen auf den Oberschenkeln. Vermutlich würde sie seinem Antrag stattgeben, wenn er sie wieder ins Bett bekam, aber angesichts seines Verhaltens in der Vergangenheit standen die Aussichten dafür eher schlecht.

»Ich kann aufgrund reiner Indizienbeweise keinen Durchsuchungsbeschluss gutheißen«, sagte Sasha schließlich. Jordan nickte und stand auf. Es war die Antwort, die er erwartet hatte, aber es war einen Versuch wert gewesen. Sashas Gesicht wurde weicher. »Du siehst schrecklich aus. Fahr nach Hause. Geh schlafen.«

Jordan rief vom Auto aus in der Dienststelle an und schickte seine Leute nach Hause. Holly und Gary wies er an, am nächsten Tag pünktlich um sieben Uhr früh im Revier zu sein (»Ich bringe Ihnen Kaffee mit«, sagte Holly, und Jordan brachte es nicht übers Herz, ihr Angebot abzulehnen.) Zu Hause erwartete ihn eine neue Episode der *Gute-Nacht-Show.* Jordan duschte, stopfte seine Klamotten in den Wäschekorb und zog eine Pyjamahose und ein T-Shirt an. Er öffnete eine Dose Bier, steckte eine Tiefkühlpizza in den Tischbackofen (er musste sie zusammenklappen, damit sie reinpasste) und machte es sich in seinem Campingstuhl bequem. Aber er konnte sich nicht entspannen. Er dachte immer wieder an Adelaide Downs, der niemand geglaubt hatte, und an Valerie Adler, die ihre beste Freundin verraten hatte und dann zurückgekommen war. Frauen, dachte er … und als endlich die Gute-Nacht-Fee auf dem Bildschirm erschien, in einem V-Pullover, der ihr samtenes Dekolleté wunderbar zur Geltung brachte, war Jordan eingeschlafen.

## 36

Am nächsten Morgen ließ sich Jordan von Holly und Gary in die Feinheiten von Wikipedia einführen und haarklein erklären, was es mit Twitter auf sich hatte. Als er alles wusste, was ihm das Internet über Valerie Adler verraten konnte – von ihren Fehden und Feinden bis hin zu ihren Freunden und Fans auf Facebook –, schnappte er sich eine Handvoll von Hollys selbstgebackenen Weihnachtsplätzchen sowie einige Zuckerstangen und machte sich auf den Weg nach Chicago.

Als er auf Vals Wohnungsklingel drückte, öffnete niemand. Der Portier des Wohnturms am Lakeshore Drive trug eine rote Wolluniform mit goldenen Tressen, so als hätte er vor, nach Beendigung seiner Schicht auf der Seite der Briten in den Kampf zu ziehen. Er hieß Carl und hatte Mrs Adler seit dem Thanksgiving-Tag nicht mehr gesehen. »Ihre Mutter war in der Stadt.« Er senkte die Stimme zu einem verschwörerischen Murmeln. »Kennen Sie den Ausdruck ›Cougar‹?«

Jordan nickte. Carls Zähne blitzten, als er grinste. »Mann, war die scharf!«

»Sie haben Valerie Adler also nicht gesehen?«

»Scharf wie Chili!«

»Schon kapiert. Können Sie mir sagen …«

»An der hätte ich mir gern was verbrannt.« Der Mann bog sich vor Lachen. »Auch wenn sie mich wahrscheinlich hätte schmoren lassen.«

»Alles klar«, sagte Jordan.

»Ist das komisch?«, fragte der Portier und strich sich über die Schultertressen. »Ich trete nächste Woche bei der Open-Mike-Nacht im *Laugh Hut* auf. Wie dem auch sei, die scharfe Frau Mama ist am Donnerstagabend abgereist, und seitdem habe ich Miss Valerie nicht mehr gesehen.«

»Haben Sie einen Schlüssel?«

Carl schüttelte den Kopf. »Sorry, Kumpel, aber Ms Adler würde mich umbringen. Sie würde mir den Kopf abreißen. Also wenn Sie keinen Durchsuchungsbeschluss haben … Hören Sie, Kumpel, ich würde Ihnen ja gern helfen, aber die

Comedy macht sich noch nicht bezahlt, und ich habe Kinder, verstehen Sie?« Natürlich, dachte Jordan und bedankte sich. Wer hat die nicht?

Valeries Parkplatz war leer. Sein Anruf auf ihr Handy wurde umgehend zur VoiceMail weitergeleitet. Blieb also nur noch ihr Büro.

Jordan parkte kurz nach halb neun Uhr morgens vor den Fox Studios auf der North Michigan Avenue und studierte den Computerausdruck auf seinem Schoß. Zehn Minuten später ging der Mann, auf den er wartete, auf das Gebäude zu. Charles Carstairs, der Geschäftsführer des Fernsehsenders, war groß und schlank, hatte einen Tartanschal um den Hals geschlungen und eine Tweedmütze in die Stirn gezogen. Er hatte eine schlanke Ledermappe in der einen und eines dieser brandneuen Smartphones in der anderen Hand. Unter seinem Mantel trug er einen marineblauen Anzug, der fünfmal so teuer aussah wie das beste Stück in Jordans Garderobe.

»Mr Carstairs?« Jordan sprang aus dem Auto und ging, die Dienstmarke in der Hand, mit schnellen Schritten auf ihn zu. »Jordan Novick von der Polizei in Pleasant Ridge.«

Carstairs blickte verärgert auf sein Handydisplay, dann sah er Jordan an. »Was kann ich für Sie tun, Sir?« Ein erneuter Blick auf das Display. »Ich habe jedenfalls nicht viel Zeit. Wir sind um neun live auf Sendung.«

»Es sollte nicht lange dauern«, versprach Jordan. Carstairs runzelte die Stirn und tippte wieder auf seinem Telefon herum. Jordan gab ihm eine Minute und sagte dann mit lauter, bestimmter Stimme: »Mr Carstairs, ich muss in Zusammenhang mit einer laufenden Ermittlung mit Valerie Adler, einer Ihrer Angestellten, sprechen. Ich brauche Ihre Hilfe, Sir.«

Carstairs steckte das Handy ein. »Also gut. Kommen Sie mit nach oben.«

In seinem Büro im siebenunddreißigsten Stock setzte sich Carstairs breitbeinig auf seinen Stuhl und reckte die Arme über den Kopf. Auf seinem Schreibtisch standen eine Reihe gerahmter Familienfotos. Jordan sah einen attraktiven Irish Setter, zwei kleine Jungs mit den gleichen markanten Gesichtszügen wie ihr Vater, und eine Frau, deren braunes Haar bei weitem nicht so glänzend und deren Gesichtsausdruck nur marginal intelligenter war als der des Hundes. Er fragte sich, wer von beiden sich besser benahm. An der rechten Wand hingen sechs Flachbildschirme, auf denen lokale und überregionale Nachrichtensendungen liefen, an der linken drei Uhren, die die Uhrzeit in Chicago, New York und Los Angeles anzeigten. Durch eine Glasscheibe, die auf den fast leeren, hufeisenförmigen Newsroom hinausging, sah Jordan ein paar Leute an ihren Computern arbeiten. An einem Tisch saß ein Mann, einen Friseurumhang um die Schultern, und ließ sich die Haare schneiden.

»Worum geht's?« Charlie Carstairs kippte mit dem Stuhl nach vorn und legte die Unterarme auf den Schreibtisch. »Was wollen Sie von Valerie?«

»Fürs Erste«, sagte Jordan, »müssen wir sie einfach finden. Sie ist nicht zu Hause, und sie geht nicht an ihr Handy.«

Carstairs drehte sich zu seinem Computer, drückte ein paar Tasten und schaute auf den Bildschirm. »Sie hat an Thanksgiving gearbeitet, und sie hat bis Dienstag frei. Freitagabend fand ihr Klassentreffen statt, und sie hat sich ein paar Augenringtage genommen.«

»Wie bitte?«

»Na ja, sie hat schon vor Wochen darum gebeten, danach ein paar Tage frei zu bekommen. Sie meinte, sie würde trinken, und sie wollte nicht mit aufgedunsenem Gesicht auf Sendung gehen.«

»Aufgedunsen«, wiederholte Jordan.

»Eitelkeit.« Carstairs ließ sich zu einem leichten Lächeln herab. »Das ist bei Sprecherinnen üblich. Ich wünschte, ich könnte Ihnen helfen, aber ich kann Ihnen wirklich nicht sagen, wo sie ist … und wie ich schon sagte, wir sind um neun live auf Sendung.«

Ich glaube, dass Sie es mir sehr wohl sagen können, dachte Jordan. Sie wollen nur nicht. Er stand auf und inspizierte die Familienfotos. Einer der Jungs hatte keine Vorderzähne. »Hat Valerie jemals irgendwelche Orte erwähnt, die sie mag? Orte, wo sie Urlaub gemacht hat? Oder Städte, in denen sie Freunde oder Verwandte hat?«

Carstairs rutschte unruhig in seinem Stuhl hin und her. »Nicht, dass ich wüsste.«

»Okay.« Jordan nahm ein Foto in die Hand, auf dem Charlie Carstairs in einem grell gemusterten Hawaiihemd vor einer riesigen Delfinskulptur posierte. »Wo wurde das aufgenommen? In Florida?«

Carstairs klang gereizt. »Warum fragen Sie?«

»Nur so.« Jordan stellte das Foto wieder hin. »Haben Sie Valerie eingestellt?«

Carstairs drückte sich mit dem Stuhl vom Schreibtisch ab. »Hören Sie, ich muss jetzt wirklich los.«

»Wie ist sie denn so?«

Carstairs zögerte, die Hand auf dem Türknauf. »Wie meinen Sie das?«

»Wie sie so ist als Mensch«, sagte Jordan. »Wir möchten sie nur finden, um uns zu vergewissern, dass sie in Sicherheit ist. Je mehr Informationen wir über sie haben, umso besser.«

Der Appell an Carstairs' besseres Ich, der Hinweis auf Vals Sicherheit schienen zu funktionieren. Carstairs setzte sich wieder an seinen Schreibtisch. »Mal sehen. Sie joggt. Das heißt, sie kleidet sich zumindest so, als würde sie es tun. Sie mag Sushi. Und schöne Klamotten. Ihr Garderobenbudget …« Sein Gesicht wurde weich, als er an etwas dachte – garantiert etwas Persönliches, Zärtliches, vermutete Jordan. Er kannte den Gesichtsausdruck. Er war sich ziemlich sicher, dass sich sein Gesicht genauso anfühlte, wenn er Geschichten von Patti erzählte – zum Beispiel, wie er um ihre Hand angehalten hatte. Er versteckte den Ring in einer Pralinenschachtel, aber Patti machte damals gerade eine Diät. Sie bedankte sich lieb und stellte die Schachtel dann neben die Tür, um sie am nächsten Morgen in die Schule mitzunehmen. Also musste er ihr seinen Plan verraten, bevor sie die Pralinen, zusammen mit einem Zettel mit der Aufschrift *Bedient euch,* ins Lehrerzimmer mitnahm.

Er katapultierte sich wieder in die Gegenwart. »Haben Sie jemals gesehen, dass Ms Adler die Beherrschung verloren hat?«

Carstairs zuckte die Achseln. »Sie ist manchmal genervt, wie wir alle.«

»Was macht sie, wenn sie wütend ist?«, fragte Jordan. »Wirft sie mit Sachen um sich? Flucht sie? Schmollt sie?«

»Hm, ich würde sagen, sie schmiedet einen Racheplan«, sagte Carstairs zu Jordans Überraschung, der eher diva-typisches Verhalten erwartet hätte – dass sie schimpft und zetert oder ihre Assistentin mit Handys und Kleiderbügeln traktiert. »Sie wird nicht laut oder ausfallend, aber wenn man Val auch nur ein Mal in die Quere kommt, dann vergisst sie es nie.«

*Ein Mal in die Quere kommen,* notierte sich Jordan. »Ist sie jemals in Schwierigkeiten gewesen?«

Carstairs seufzte und blickte sehnsüchtig aus dem Fenster. Durch die geöffnete Doppeltür des Studios sah Jordan, wie Männer auf Rollwagen montierte Kameras schoben und flink den Kabeln auswichen, die sie hinter sich herzogen. Der noch leere Tisch des Nachrichtensprechers sah kleiner und irgendwie weniger eindrucksvoll aus als im Fernsehen. »Na ja, da war die Sache im Hundepark.«

»Was ist passiert?«, fragte Jordan.

»Das ist schon ein paar Jahre her. Val sagt, dass sie mit ihrem Hund spazieren ging, und da kam eine Dame mit einem Schäferhund und ließ ihren Hund von der Leine, und der Schäferhund griff Vals Hund an. Den kleinen Kläffer. Val schrie die Frau an, und die Frau schrie zurück, und sie versuchten beide, den Schäferhund von Vals Hund wegzuzerren, und dann hat Val ...«

Jordan starrte Charlie Carstairs an und erinnerte sich an die Schlagzeile in der *Tribune:* »Alles kacke.« Wie sich herausstellte, war die Besitzerin des Schäferhunds, eine achtundsiebzigjährige Dame und langjährige Zuschauerin des Senders, nicht sehr erfreut, als dessen Starmeteorologin mit einem Tütchen Hundekot auf sie eindrosch. Sie erhob Anzeige wegen Körperverletzung. Die Zeitungen und Blogs hatten wochenlang ihren Spaß. Der Sender bestand darauf, dass Val zwei Wochen Urlaub nahm, und der Sturm legte sich wieder, mit der einzigen langfristigen Konsequenz, dass Val nie wieder über Hunde berichtete.

»Und die Erdnüsse«, sagte Carstairs. Jordan erinnerte sich auch daran: Am Ende eines Berichts über die wachsende Anzahl von Schulen, die auf Nüsse verzichteten, weil immer mehr Kinder unter Allergien litten, hatte Val die betroffenen Kinder als »Fehler Gottes« bezeichnet, offenbar ohne zu wissen, dass ihr Mikro noch eingeschaltet war. Zwar hatte sie sich am darauffolgenden Tag zu Beginn der Fünf-Uhr-Nachrichten in aller Form entschuldigt (»Ich habe mich in unangemessen salopper Weise über ein Thema geäußert, das, wie mir bewusst ist, überaus ernst ist, besonders für die von Nussallergien oder Nussempfindlichkeiten betroffenen Familien.«), aber das hatte die aufgebrachten Allergie-Aktivisten nicht davon abgehalten, sie an jenem Wochenende während eines White-Sox-Spiels mit Styroporchips zu bewerfen ... was natürlich wiederum die Ökofreaks auf den Plan rief, die daraufhin zwei Wochen lang mit Schildern aus Recyclingpappe vor dem Sender demonstriert hatten.

»Mögen Sie sie?«

Carstairs zögerte, ehe er sich zu einem steifen Nicken herabließ. »Wir haben eine gute Arbeitsbeziehung.«

Jordan sah den Mann unschuldig an. Als Carstairs seinem Blick standhielt, nahm Jordan ein Plätzchen aus seiner Jackentasche und biss hinein.

Carstairs' Kiefer mahlten. »Wollen Sie etwas andeuten?«

»Nicht im Geringsten.« Jordan wischte sich über den Mund und blickte wieder zu den Fotos: Ehemann, Ehefrau, Kinder, Irish Setter. »Ein schöner Hund. Hat Valerie jemals einen gewissen Dan Swansea erwähnt?«

Carstairs schüttelte den Kopf.

»Sagt Ihnen der Name Adelaide Downs etwas?«

Wieder Kopfschütteln.

»Aber Sie wussten, dass Val am Freitagabend zu ihrem Klassentreffen ging.«

*»Darüber* wusste ich alles.« Charlie Carstairs lächelte humorlos. »Sie machte das große Entschlackungsprogramm. Eine Woche lang nur Cayennepfeffer und Ahornsirup. Eine wunderbare Zeit.« Er sah Jordan skeptisch an. »Worum geht's hier eigentlich? Was ist passiert?«

»Zum jetzigen Zeitpunkt müssen wir Ms Adler einfach nur finden.«

Jordan sah, wie Carstairs' rechte Hand zu der Tasche kroch, in der er sein schickes Telefon verstaut hatte. »Wir erwarten Valerie am Dienstagnachmittag zurück. Wenn sie wieder hier ist, richte ich ihr aus, dass sie Sie anrufen soll. Aber jetzt« – er öffnete die Tür – »muss ich mich um die

Sendung kümmern.« Er eilte durch den Newsroom und ging durch die Schwingtüren. Jordan sah, wie über der Tür ein Zeichen aufleuchtete: RUHE – AUF SENDUNG. Jordan machte große Augen. Genau wie im Fernsehen.

Er schlenderte durch den Newsroom und sah sich um. Er brauchte nicht lange, um Valerie Adlers Platz zu finden. Ihre Arbeitsnische war mit Fotos von ihr vollgepflastert und wies einen klitzekleinen Seeblick auf.

Jordan setzte sich in Valeries Stuhl und berührte das Touchpad ihres Computers. Der Bildschirm wurde hell. Ihr Mailprogramm war passwortgeschützt. Jordan versuchte es nicht einmal. Stattdessen blieb er auf ihrem Stuhl sitzen, atmete den Duft ihres Haarsprays und ihres Parfüms ein und inspizierte ihren Schreibtisch. Auf einem Kalender neben einem blauen Glas mit Kugelschreibern waren in Kursivschrift die Termine für *Friseur, Gesichtsbehandlung, Personal Trainer* und *Newsmeeting* eingetragen. Neben dem Computer stand ein von Miniglühbirnen umrandeter Schminkspiegel sowie eine Rollkartei, die Fotos in Plastikhüllen enthielt. Jordan drehte langsam an dem Rad. Auf einem Foto schüttelte Val dem Bürgermeister die Hand, auf einem anderen tanzte sie mit dem Gouverneur (bevor er seines Amtes enthoben wurde). Das Foto schien bei einer eleganten Benefizveranstaltung entstanden zu sein: Der Gouverneur trug einen Smoking, Val ein Kleid, das keinen Rücken zu haben schien. Schließlich gab es noch eine Aufnahme von Valerie, wie sie in Shorts und Bikinioberteil vor genau derselben Delfinskulptur posierte, vor der sich auch ihr Chef hatte ablichten lassen. Auf der Rückseite stand *Key West – Valentinstag 2007.* Manchmal, dachte Jordan und ließ das Foto in seiner Jackentasche verschwinden, ist Polizistsein gar nicht so schwer.

# 37

In meinem letzten Schuljahr verlor ich mich in stundenlangen Tagträumen von Dan Swansea, obwohl ich nie auch nur ein Wort mit ihm gesprochen hatte. Im richtigen Leben gehörte Dan zu der großen, amorphen Gruppe Jungs, die mich ignorierten. Vielleicht machte er auch Warnhupengeräusche, wenn er mich auf dem Schulflur sah. Vielleicht kritzelte er auch *Addie Downs stinkt* auf einen Tisch oder eine Wand, aber er sagte mir nie etwas Gemeines ins Gesicht – oder so, dass ich es hätte hören können. Er existierte auf einer anderen Ebene, die für gut aussehende Sportler und schöne Mädchen wie Valerie reserviert war, und obwohl ich im Geiste lange, vor Witz und Intelligenz sprühende Gespräche mit ihm führte, die immer wieder durch leidenschaftliche Knutschszenen unterbrochen wurden, hatten wir im richtigen Leben, soweit ich mich erinnere, noch nicht einmal Hallo zueinander gesagt.

Eines Freitagnachmittags im Oktober kam Val vor der Chemiestunde an meinen Platz. Da es ein Wettkampfwochenende war, trug sie ihre Cheerleader-Uniform: einen kurzen, rostbraun und kremfarben gemusterten Faltenrock und einen dazu passenden Pullunder. Ihre noch vom Sommer gebräunten Beine kamen durch die weißen Socken und Turnschuhe bestens zur Geltung. »Hey, Addie. Sollen wir heute Abend was zusammen unternehmen?«

Ich starrte sie an. Ich hatte meinen Stuhl gegen die Wand gerückt, um mich in meiner Leggins und weiten Strickjacke so klein wie möglich zu machen. Ich wollte Vals Angebot nicht zu eifrig annehmen und fragte mich, was dahintersteckte. Val und ich saßen noch immer ein paar Tage die Woche beim Mittagessen zusammen – besser gesagt, ich saß still neben ihr am Cheerleader-Tisch, während Val schnatternd und kichernd an ihrer Diätcola nippte. Morgens gingen wir noch immer gemeinsam zur Bushaltestelle (wo Val auf ihre Mitfahrgelegenheit und ich auf den Bus wartete, obwohl Val mir versicherte, dass ihre Freundinnen mich gern mitnehmen würden), aber sie führte jetzt ein anderes Leben. Sie ging am Wochenende aus und wurde zu Hause von Autos abgesetzt, aus denen Musik und Gelächter schallte – das wusste ich, weil ich sie manchmal von meinem Zimmer aus beobachtete. Noch ehe ich sie fragen konnte, warum sie den Freitagabend mit mir verbringen wollte, beugte sich Valerie so weit vor, dass ich ihr Shampoo und ihren Pfefferminzatem riechen konnte. »Hör zu«, flüsterte sie. »Pete Preston gibt heute Abend eine Party bei sich zu Hause. Ich habe Hausarrest, aber ich weiß, dass meine Mama mich zu dir rübergehen lässt. Wir sagen deinen Eltern, dass wir ins Kino gehen, und dann können wir zusammen auf die Party gehen.«

Mir wurde klar, dass sie mich nur ausnutzen wollte, und ich wurde noch trauriger, als mir bewusst wurde, dass ich nicht Nein sagen würde, sondern dass ich jede noch so kleine Gelegenheit wahrnehmen würde, Zeit mit meiner besten Freundin zu verbringen, egal, unter welchen Umständen.

»Es wird bestimmt super!«, sagte sie mit ihrer hohen Cheerleader-Stimme.

»Also gut«, sagte ich, während Mr Newsome seinen Unterricht wie üblich damit eröffnete, dass er die Tür zuknallte, seine Aktentasche aufs Pult stellte und »Achtung! Alles aufgepasst!« bellte. Val flitzte zurück an ihren Platz. Ich öffnete meinen Rucksack und seufzte. Wenn es mir richtig schlecht ging – meist wenn ich mitten in der Nacht aufwachte, weil mir übel war, und ich meine Fressorgien bereute –, dachte ich, dass Val sich nur mit mir abgab, weil sie sich als guter Mensch sehen wollte. *Wow, wie loyal du bist,* sagten die

Cheerleaderinnen wahrscheinlich, woraufhin Val antwortete: *Na ja, ich kenne Addie schon so lange. Die Arme. Ich kann sie nicht einfach im Stich lassen.*

Als ich am Freitagabend vom Babysitten nach Hause kam, saß Val mit einem Schminkköfferchen anstatt eines Kinderkrimis auf den Stufen vor unserem Haus, und in der Tasche, in der sie früher ihren roten Gummiball hatte, steckte ein mit Wodka gefülltes Marmeladenglas. Ich ließ mich von ihr schminken und zog auf ihre Anweisung hin eine schwarze Strumpfhose, einen schwarzen, knielangen Rüschenrock, einen schwarzen Bodysuit mit Rundausschnitt und eine Jeansjacke an. »Du hast die geilsten Brüste«, sagte sie und steckte mir eine ihrer Strasssteinbroschen ans Revers, und ich errötete und sagte: »Na ja, sie sind eben groß«, woraufhin Val antwortete: »Groß ist geil!«

Wir verabschiedeten uns von meinen Eltern und machten uns in der milden, nach Rauch duftenden Herbstnacht auf den Weg zu Pete Prestons Haus. Ein paar Meter davor blieb ich mit trockenem Mund und feuchten Händen stehen.

»Jetzt komm schon.« Val packte mich am Arm, um mich über die Straße zu ziehen, aber ich war schwerer als sie und nicht von der Stelle zu bewegen. Durch die geöffnete Haustür strömten die Gäste nach drinnen. Im Haus brannten alle Lichter, und durch die offenen Fenster dröhnte ein Rapsong von Will Smith. Vals Augen leuchteten, und sie zuckte im Rhythmus der Musik mit den Schultern.

»Ich weiß nicht, ob das eine gute Idee ist.«

»Klar ist es das. Wir werden einen Riesenspaß haben!«

Ich schüttelte wieder den Kopf. Pete war der Captain des Footballteams. Seine Eltern waren für eine Woche nach London geflogen. Sie hatten beschlossen, dass Pete alt genug sei, um allein zu Hause zu bleiben, und ihm die Autoschlüssel sowie vierzig Dollar für Essen und sonstige Ausgaben dagelassen. Pete war hocherfreut gewesen und hatte alle seine Freunde zu einer Party eingeladen. Es sah aus, als wäre die halbe Schule gekommen. »Ich kenne dort niemanden«, sagte ich, als eine Gruppe Mädchen mit Chucks und toupierten Haaren das Haus betrat.

»Und ob.« Val zeigte auf eine Gruppe Jungs in Mannschaftsjacken, die vor dem Haus standen und lachten. »Siehst du?« Ich sah zu, wie Dan Swansea einen seiner Teamkollegen abklatschte und ins Haus ging. »Es ist alles gut.«

Widerwillig ließ ich mich von ihr über die Straße zerren, ins Haus und in die heiße, laute, volle Küche. Auf dem Küchentisch war ein ramponiertes Metallfass und ein Stapel blauer Plastikbecher. An der Ablage waren vier Jungs johlend und mit roten Gesichtern damit beschäftigt, Münzen in Becher zu katapultieren. Hinter ihnen stand eine Gruppe kichernder Mädchen, die klatschten, wenn eine Münze ihr Ziel traf. Wir gingen nach oben, um unsere Mäntel aufs Bett zu legen, dann zurück in die Küche, wo ich mich in eine Ecke stellte.

»Hier.« Val reichte mir einen Becher Bier. Sie trug einen kurzen, pinkfarbenen Rock, eine weiße Strumpfhose und ein gestreiftes Rugbyhemd und hatte ihre Haare zu einem Zopf geflochten. An ihren Ohren baumelten schmale Goldreifen. Sie war so hübsch. Es gab mir einen Stich – teils vor Stolz, teils vor Trauer.

Ich trank einen Schluck und verzog das Gesicht. Es war mein erstes Bier, und es schmeckte furchtbar – wässrig und sauer. »Jetzt geh schon und sag Hallo zu Dan«, sagte Val.

Ich schüttelte den Kopf. Ich würde zu niemandem Hallo sagen. Ich würde mit niemandem sprechen, niemanden ansehen, ich würde einfach nur in der Ecke stehen bleiben, neben dem Regal mit Mrs Prestons verstaubten Hummel-Figuren, mein Bier trinken und warten. Den ersten Schritt zu machen war nicht Teil meiner Tagträumereien. In meinen

Träumen war Dan es, der mich als Erster bemerkte. Was immer noch passieren könnte. Vielleicht sah er mich in der Ecke stehen. Vielleicht wurde ihm schlecht, oder vielleicht wurde er in eine Schlägerei verwickelt. Dann würde ich ihm helfen. Ich würde ihm einen Eisbeutel auf die Nase legen, und er würde mich benommen ansehen. (Benommen war gut, beschloss ich, schwindlig wäre noch besser, aber am allerbesten wäre es, wenn er eine Zeit lang bewusstlos wäre und dann mit dem Kopf in meinem Schoß aufwachte.) Er würde mich anblinzeln und *Du bist schön* stammeln. »Mir geht's gut. Geh nur.«

»In Ordnung.« Sie zapfte sich noch ein Bier und verschwand. Ich stellte meinen Becher neben eine Porzellanschäferin und vergrub die Hände in den Taschen. Die Zeit verging. Die Jungs, die Münzen in die Becher katapultierten, wurden immer lauter. Einer von ihnen zog eines der Mädchen auf seinen Schoß. »Ry-an! Lass das!«, sagte sie, bevor er sie mit einem Kuss zum Verstummen brachte. Ich nahm mein Bier und nippte daran, nur um meine Hände zu beschäftigen. Als mein Becher leer war, brauchte ich zwanzig Minuten, um mich die eineinhalb Meter zum Fass durchzudrängen und meinen Becher wieder aufzufüllen. »Ry-an, lass das!«, flüsterte ich und ging zurück in meine Ecke. Als ich auch den zweiten Becher ausgetrunken hatte, machte ich mich auf die Suche nach Valerie.

Sie war nicht im Esszimmer, wo mehrere Jungs am Tisch irgendein Trinkspiel spielten und dabei in einer Sprache sangen, die sich nach Französisch anhörte. Sie war auch nicht im Fernsehzimmer, das von Rauch und Stimmengewirr erfüllt war. Das Wohnzimmer war leer. Pete stand mit einem Hockeyschläger an der Tür. »Keinen Schritt weiter«, sagte er grimmig, als ich an ihm vorbei ins Zimmer spähen wollte. Ich murmelte »Sorry« und machte mich eilig davon, bevor er fragen konnte, was die fette Addie auf seiner Party zu suchen hatte.

Ich durchquerte den Wäscheraum und die Küche und ging dann vorbei an der Gästetoilette, wo, nach den Geräuschen zu urteilen, gerade jemand erbrach. Im Fernsehzimmer nahm ich das dickste Buch, das ich finden konnte, aus dem Regal – eine Kurzgeschichtensammlung von Ray Bradbury – und ging damit auf die Veranda, die absolut identisch mit unserer war. Ich sah auf meine Swatch, die ich mir von meinem Babysittergehalt gekauft hatte. Viertel nach zehn. Ich würde bis elf Uhr warten und dann nach Hause gehen, mit oder ohne Val.

Um elf Uhr stapfte ich wieder durchs Haus und sah in alle Zimmer. Keine Spur von Val. Ich ging nach draußen und ließ die Tür laut ins Schloss fallen. Da hörte ich ein vertrautes Lachen und sah einen blonden Haarschopf.

Im Garten standen vier Jungs im Halbkreis um einen Baum, die Hände in ihre Jackentaschen vergraben oder mit einer Bierflasche in der Hand. Valerie saß gegen den Baum gelehnt da und kicherte. Neben ihr lag ein umgekippter Becher Bier im Gras, und sie hielt eine brennende Zigarette zwischen den Fingern.

Ich zwängte mich zwischen den Jungs hindurch und sah auf meine Freundin hinab. »Val? Was ist hier los?«

»Wir spielen Flaschendrehen«, sagte einer der Jungs.

»Lasst sie auch mitspielen«, sagte Val. Ihre Stimme klang irgendwie komisch, so wie eine Kassette in einem Walkman, dessen Batterien langsam den Geist aufgaben.

Einer der Jungs musterte mich von oben bis unten und schüttelte dann den Kopf. »Die brauchen wir nicht.«

Ich schluckte. Valerie versuchte, sich aufzurichten. Ihr Rugbyhemd hatte sich verschoben, und am Bauch war ein blasser Streifen Haut sichtbar. Dan Swansea beugte sich zu ihr hinab. Es gab mir einen Stich. Waren sie jetzt zusammen? War er ihr Freund? Val kicherte und schüttelte den Kopf, als Dan ihr etwas ins Ohr flüsterte. Mir war, als müsste ich mich gleich übergeben. Val wusste, was ich für Dan empfand. Sie war die Einzige, die davon wusste.

Val griff sich in den Ausschnitt, zog ihren pinkfarbenen Spitzen-BH unter ihrem Hemd hervor und stopfte ihn in die Tasche. »Ups.« Sie kicherte, dann rülpste sie hinter vorgehaltener Hand und zog ihr Hemd nach unten.

»Val«, sagte ich, »ich möchte gehen.«

»Ich finde die Party lustig«, sagte sie. »Du nicht?«

Ich sah sie an. Sie war betrunken. »Wenn du mich schon fragst: Nein.«

»Dann geh doch einfach rein und warte auf mich. Ich hole dich, wenn wir fertig sind.«

»Na schön.« Mein Gesicht brannte, und in meinem Kopf hörte ich immer wieder die Worte *Die brauchen wir nicht.* Natürlich brauchten sie mich nicht. Jungs wollten kein Mädchen wie mich. Sie wollten Valerie.

»Zwanzig Minuten!«, rief Val. Ich antwortete nicht. Ich ging nach oben und holte unsere Mäntel, dann setzte ich mich wieder mit dem Buch auf die Veranda und las dieselbe Seite immer und immer wieder, bis die Worte keinen Sinn mehr ergaben. Laut der Leuchtanzeige meiner Swatch waren siebenundzwanzig Minuten vergangen, als ich die Hand meiner Freundin auf meiner Schulter spürte.

»Wir gehen.«

Ich sprang auf und zog meinen Mantel an. Draußen auf der Straße würde ich sie fragen, warum sie mich überhaupt mitgeschleift hatte. Ich würde ihr sagen, dass ich mich das letzte Mal hatte ausnutzen lassen. Ich würde … Ich drehte mich um und sah Val im Mondschein zum ersten Mal richtig. Die Haare hingen ihr strähnig ums Gesicht. Ihre Augen waren gerötet und geschwollen, an ihrem Zopf klebten Kiefernnadeln. »Alles in Ordnung?«

»Mir geht's gut«, sagte sie mit erstickter Stimme. Sie brauchte zwei Anläufe, um ihre Arme in die richtigen Ärmel zu stecken und den Reißverschluss ihrer Jacke zuzuziehen. Dann drückte sie sich ihre Strickmütze auf den Kopf. »Lass uns gehen!«

»Wo warst du?«

Sie zögerte so lange, dass ich nicht mehr mit einer Antwort rechnete, aber schließlich sagte sie: »Im Wald.«

Wir waren schon einige Meter gegangen, als ich mich traute, noch eine Frage zu stellen: »Ist etwas passiert?«

Sie lachte kurz, dann wischte sie sich mit dem Handrücken die Nase ab. Ich folgte ihr durch den Garten der Biancos und kletterte über die niedrige Steinmauer auf das Feld hinter der Hauptstraße. »Ist ...« Ich musste behutsam vorgehen, oder sie würde vergessen, auf wen sie wirklich wütend war, und stattdessen auf mich wütend sein. »Ist alles in Ordnung?«

»Hab ich doch schon gesagt. Es ist alles gut.« Sie ging mit gesenktem Kopf weiter.

Ich überlegte, was ich noch fragen sollte, und dachte an unseren Sexualkundeunterricht und an das Aufklärungsbuch, das mir meine Mutter gekauft hatte. »Hast du mit Dan ...« Ich schluckte. »Hat er was benutzt? Ein Kondom oder so?«

»Ich wollte nicht.« Ihre Stimme klang schwach und heiser. Ich sah, dass sie weinte. »Er sagte, ich solle ihn nicht erst aufgeilen und dann abblitzen lassen. Er sagte, ich hätte ihm meine ...« Sie wischte sich über die Augen und wedelte mit der Hand vor ihren Brüsten. »Wir haben ›sieben Minuten im Himmel‹ gespielt. Wir haben nur rumgemacht, und das war okay, aber dann hat er ... er hat ...«

Ich schluckte. »War es dein erstes Mal?«

Valerie gab ein hässliches Geräusch von sich, halb Schnauben, halb Schluchzen. »Ist das dein Ernst? Hast du echt gedacht, dass ich noch Jungfrau bin?« Sie gab dem Wort einen angewiderten, sarkastischen Beigeschmack.

»Wahrscheinlich nicht«, sagte ich leise. Sie schluchzte wieder und wischte sich über die Augen, und ich fragte mich, ob ihr klar war, dass ich noch Jungfrau war.

Ich fühlte, wie sich das Gewicht verschob, so als wäre sie das verletzte Kind und ich die fähige Erwachsene, die sich um alles kümmerte. »Wir müssen es jemandem sagen«, sagte ich.

Sie riss den Kopf hoch. »Nein! Nein, das müssen wir nicht.«

»Doch, das müssen wir, Val. Er hat dich vergewaltigt.«

Sie ließ den Kopf hängen. »So war es nicht.«

»Wenn du Nein gesagt hast und er nicht aufgehört hat? Dann nennt man das Vergewaltigung.«

»So war es nicht«, wiederholte sie flüsternd.

»Wie viel Bier hast du getrunken?«, fragte ich. »Hast du noch etwas anderes eingeworfen? Hat er dir etwas gegeben?«

»Ich habe nur Bier getrunken. Nur ein paar Becher. Addie, hör zu, es ist alles gut. Was passiert ist … es ist nicht so schlimm, aber wenn wir jemandem davon erzählen, wissen alle darüber Bescheid.«

»Aber er hat dich vergewaltigt«, sagte ich.

»Es war meine Schuld«, sagte sie. »Ich hätte nicht mit ihm mitgehen sollen. Ich hätte bei dem Spiel nicht … Addie, bitte.« Sie packte meine Hand. »Du darfst es niemandem erzählen. Es ist alles gut. Es ist nicht so schlimm. Wirklich.«

»Wir können ihn doch nicht einfach ungestraft davonkommen lassen«, sagte ich. In jenem Augenblick fühlte ich mich durch die Verantwortung, die sich auf meine Schultern legte, so erwachsen und mutig wie nie zuvor. »Ich rede mit meinen Eltern. Sie werden wissen, was zu tun …«

»Nein, sag nichts. Ich mein's ernst.« Val rannte förmlich durch Mrs Bass' Garten, und ich mühte mich, mit ihr Schritt zu halten. Als wir den Crescent Drive erreichten, blieb Val vor unserer Auffahrt stehen, während ich nach drinnen ins Haus, in das warme, helle Wohnzimmer, ging. Meine Mutter saß mit ihrem Notizblock und einer Tasse Tee auf der Veranda. Mein Vater war im Keller; ich hörte das Summen eines Bohrers oder einer Sandpapierschleifmaschine. Jon saß am Küchentisch und legte ein Puzzle. Ich wartete und atmete die vertrauten Düfte ein, bis meine Mutter ins Wohnzimmer kam und mich sah. »Addie? Ist alles in Ordnung?«

Ich schaute durchs Fenster und sah Valerie am Ende der Auffahrt stehen.

»Valerie ist etwas zugestoßen«, sagte ich. Ich tu's für sie, dachte ich, während meine Mutter darauf wartete, dass ich weitersprach. Ich weiß es besser als sie. Ich weiß, was sie braucht.

## 38

Valerie und ich verbrachten die Nacht von Samstag auf Sonntag im Four Seasons in St. Louis. Am Sonntag stiegen wir im Ritz-Carlton in Atlanta-Buckhead ab. Wie sich herausstellte, hatte meine Freundin in den Jahren, seit ich sie zuletzt gesehen hatte, eine Vorliebe für Fünf-Sterne-Hotels entwickelt. »Lass mich reden«, sagte sie, nachdem wir das Auto an den Parkservice übergeben hatten (die jungen Männer besaßen den Anstand, bei seinem Anblick nicht das Gesicht zu verziehen) und das Hotel betreten hatten. Ich blieb ein paar Schritte hinter ihr, in Erwartung einer Wiederholung der Vorstellung des vorangegangenen Abends, und fragte mich, welchen Eindruck wir wohl auf den Hotelangestellten machten. Val hatte sich einen Fransenschal um den Kopf gewickelt, die Augen hinter einer riesigen Sonnenbrille versteckt und ein halbes Dutzend Einkaufstüten von Saks und Neiman Marcus in der Hand. Wahrscheinlich hielt er sie für eine reiche Dame, die sich gerade hatte liften lassen. Ich sah vermutlich wie ihre Krankenschwester aus.

Ich schnappte hier und da ein Wort auf, als Val sich vorbeugte und dem Angestellten die Hand auf den Unterarm legte: »Person des öffentlichen Lebens«, »Diskretion«, »in bar«. Kurz darauf, nachdem ein beträchtliches Bündel Geldscheine den Besitzer gewechselt hatte, hielt sie den Zimmerschlüssel in Händen. »Kann ich Ihnen sonst noch irgendwie behilflich sein?«, rief ihr der Hotelangestellte hinterher. Val grinste und sagte: »Sie können mir sagen, dass ich hübsch aussehe.«

Ich verdrehte die Augen, als Val auf mich zukam. »Ich habe uns ein Zimmer besorgt, ohne eine Kreditkarte vorlegen zu müssen. Ich habe als Betty Rubble eingecheckt«, sagte sie und ging mit klickenden Absätzen über den Marmorboden.

»Wow«, sagte ich. »Was für ein Fortschritt!« In St. Louis hatte sie sich als Tinker Bell ausgegeben.

Sie sah mich nachsichtig an, ging mit ihren Taschen in den Aufzug und drückte auf den Knopf für den sechsten Stock. Auf dem Korridor nahm sie eine Handvoll Pralinen und zwei Fläschchen Haarspülung vom Wagen des Zimmermädchens. Sobald wir in unserem Zimmer waren, schleuderte sie die Schuhe in die Ecke, stellte die Taschen ab und ließ sich auf das Doppelbett plumpsen. Sie schloss die Augen und seufzte voller Wonne.

Wir waren am Samstag die ganze Strecke bis nach St. Louis gefahren, wo wir den Nachmittag in einem schicken Einkaufszentrum mit einem schicken Namen – Plaza Frontenac – verbracht hatten. Val hatte sich zur Hüterin unseres

Bargelds ernannt und »ein paar Dinge des täglichen Bedarfs« gekauft, darunter eine mit Perlen besetzte Tunika von Tory Burch, einen BH von La Perla, eine Jeans für zweihundert Dollar und Augencreme von Chanel, auf die sie, wie sie sagte, keine Nacht verzichten könne, wohingegen ich mir für dreißig Dollar Deo, Zahnseide und bei Gap zwei Nachthemden im Angebot gekauft hatte.

Wir hatten in der Mall zu Abend gegessen, in einem großen, gut besuchten Restaurant, in dem es nur so wimmelte von lauten Geschäftsleuten, die ihre Vierzig-Dollar-Steaks vermutlich als Spesen abrechnen konnten. Ich aß, wie üblich, Salat und gegrillten Fisch, um die morgendlichen Donuts wettzumachen. Ich hatte keine großen Erwartungen gehabt, aber der Seebarsch war köstlich, mit einer perfekt gegrillten Kruste und einem Hauch Ingwer und Zitronengras. Val hatte ein tausend Gramm schweres, blutiges Delmonico-Steak mit Ofenkartoffel und Rahmspinat bestellt, das sie ratzeputz aufaß. Ich sah ihr ehrfürchtig dabei zu und nahm mir vor, ihr Tabletten gegen Sodbrennen zu besorgen, während sie mir die Stationen ihres beruflichen Werdegangs schilderte: Zuerst ein kleiner Fernsehsender bei L. A., wo sie gleich nach dem Studium als Praktikantin, Laufmädchen, rechte Hand des Chefs und schließlich als stellvertretende Sprecherin der Wochenendnachrichten gearbeitet hatte; dann ein mittelgroßer Sender in Lexington, Kentucky, wo sie sich um das Wetter und, wie sich herausstellte, ihren Ko-Moderator gekümmert hatte. Nach weiteren Zwischenstationen in Dallas und Boston war sie schließlich wieder in Chicago gelandet.

»Wie kannst du nur so viel essen?«, fragte ich, als sie ihren leeren Teller beiseiteschob und zum Nachtisch Käsekuchen *und* Crème Brulée bestellte, weil sie sich nicht entscheiden konnte.

»Normalerweise tue ich das nicht.«

»Normalerweise isst du nicht so viel?«

»Nein, normalerweise esse ich eigentlich gar nichts«, erklärte sie. »Ich trinke Proteindrinks, und manchmal esse ich eine Suppe. Ach ja, und Sushi.«

»Das ist alles?«

»Haferbrei.« Sie seufzte. »Mit Mandelmilch und Blaubeeren. Und Lachs.«

»Zum Haferbrei?«

»Aber nein, zum Mittagessen. Es gibt da diesen Lieferservice, der mir meine Mahlzeiten ...«

»Was du da beschreibst, klingt mir nicht nach einer richtigen Mahlzeit.«

»Es ist das Leben, das ich gewählt habe.« Sie strahlte den Ober an, als er die Nachspeisen brachte.

»Weil wir gerade dabei sind«, sagte ich. »Ich kann mich nicht erinnern, dass du dich früher sonderlich fürs Wetter interessiert hast.«

»Ich verrate dir was«, sagte sie und schaufelte sich Käsekuchen in den Mund. »Niemand interessiert sich sonderlich fürs Wetter. Es ist nur ein Mittel zum Zweck. Was mich interessiert ist die Stelle als Nachrichtenmoderatorin.«

Ich stibitzte einen Löffel von ihrer Crème Brulée. »Du willst Austen Seversons Job?«

»Er ist alt«, sagte sie mit vollem Mund. »Und er ist mir im Weg.«

Ich verzog das Gesicht. Austen Severson war eine Chicagoer Institution, ein gepflegter Großvatertyp mit silbergrauen Haaren, verschmitzten blauen Augen und einer ruhigen Art, der seit den 1970er Jahren die Nachrichten las. »Setzt er sich bald zur Ruhe?«

Sie lächelte süßlich und tupfte sich die Lippen mit ihrer Serviette ab. »Das tut er in der Tat«, sagte sie. »Er weiß nur noch nichts von seinem Glück.«

Im Hotelzimmer nahm ich die Nachthemden aus der Einkaufstüte, gab eines davon Val und ging mit dem anderen ins Bad, um mir das Gesicht zu waschen, die Zähne zu putzen und mich umzuziehen. Als ich zurückkam, lag sie noch immer barfuß in ihrer neuen Jeans und ihrem seidenen Trägertop auf dem Bett und starrte an die Decke.

»Alles in Ordnung?«, fragte ich. Sie nickte leicht. »Willst du deine Augencreme?« Sie zuckte die Achseln. »Die Schokolade auf dem Kissen?« Ich warf ihr ein Stück zu. Sie wehrte es mit einer Handbewegung ab.

»Wir sollten uns etwas Pot besorgen«, sagte sie zur Decke. »Vielleicht kann uns einer der Parkwächter etwas organisieren.«

Ich setzte mich im Schneidersitz aufs Bett und sank tief in das Federbett ein. »Wenn du mich fragst, sollten wir versuchen, nicht noch mehr Straftaten zu begehen.«

Valerie tat so, als hätte sie mich nicht gehört. »Habe ich dir jemals von der Anti-Drogen-Rede meiner Mutter erzählt?«

Ich schüttelte den Kopf.

»Naomi nahm mich eines Abends zur Seite – ich glaube, wir waren damals in der siebten Klasse –, sah mich ernst an und sagte, ich zitiere: ›Valerie, du solltest die Finger von Drogen lassen. Es ist nicht mehr so wie zu meiner Zeit, als man wusste, was man bekam. Heute wird das Zeug mit allem Möglichen gestreckt.‹«

»Das hat sie gesagt?«

»Die gute alte Naomi.« Val wickelte ihre Hotelschokolade aus und steckte sie in den Mund. »Die Mutter des Jahres.«

»Was macht sie heute eigentlich?«

»Sie hat wieder geheiratet. Ihr derzeitiger Mann ist doppelt so alt wie ich und nicht mal halb so interessant. Sie lebt noch immer in Cleveland.« Sie schüttelte angewidert den Kopf – ob über Naomi, ihren neuen Stiefvater oder über Cleveland, war mir nicht klar – und rollte sich auf die Seite. »Das ist lustig«, sagte sie. »Wie eine Pyjamaparty. He, sollen wir die Minibar plündern?«

Ich schüttelte den Kopf. Ich hatte mir oft vorgestellt, wie es wäre, mit Vijay zu verreisen – er war viel unterwegs, bei Konferenzen oder von Pharmafirmen gesponserten Veranstaltungen, die meist in teuren Golf- oder Strandhotels stattfanden. Wir könnten essen gehen, in einer Stadt, wo uns niemand kannte, bei Tisch Händchen halten und eine gemeinsame Nacht in einem feudalen Hotelzimmer verbringen. »Ich hatte einen Freund«, sagte ich, während Val den Inhalt der Minibar inspizierte.

Sie blickte auf und schwenkte eine Handvoll Miniflaschen. »Wirklich?« Sie klang richtig stolz. »Ha, ich wusste, dass du die Unterwäsche nicht ohne Grund hast. Schön für dich!«

»Er war verheiratet«, sagte ich.

»Oh.« Val dachte darüber nach. »Hattet ihr Spaß miteinander?«

»Und wie«, sagte ich. »Das heißt, am Anfang. Die erste Zeit. Ich mochte es, mit jemandem zusammen zu sein. Du weißt schon, zusammen fernzusehen, Händchen zu halten.«

»Wie süß.« Val tätschelte meinen Arm und schenkte mir ein.

»Seine Frau hat mir leidgetan«, sagte ich und trank mein Glas leer.

»Ehefrauen«, sagte Val. »Ein echtes Problem.« Sie goss den Inhalt eines kleinen Wodkafläschchens in einen Becher mit Eiswürfeln und setzte sich wieder aufs Bett.

»He, Val.« Meine Zunge fühlte sich an wie eine mit Münzen ausgestopfte Socke. Der Wein zum Abendessen und jetzt noch der Wodka – ich hatte schon lange nicht mehr so viel getrunken. Ich stellte das Glas vorsichtig ab. »Was ist eigentlich in dem Sommer passiert, als du in Kalifornien warst?«

»Ach ja, damals«, sagte sie. Sie nahm einen kleinen Spiegel aus ihrer Handtasche, kramte dann noch einen Wattebausch und ein Fläschchen Gesichtswasser hervor und begann sich abzuschminken. »Die gute Naomi hatte damals im Frühjahr einen neuen Freund. Er hing immer bei uns daheim herum, wenn ich von der Schule nach Hause kam, und Naomi hielt es für eine gute Idee, wenn ich eine Weile verschwinden würde.«

Ich dachte darüber nach. Es hörte sich irgendwie nicht gut an. »Hat er dir etwas angetan? Der Freund?«

»Nicht direkt.« Sie wandte ihren Blick nicht von dem kleinen Handspiegel ab. »Nicht wirklich. Er kaufte mir Kleider und wollte, dass ich sie trage. Probier das an, probier jenes an, probier das Weiße, probier das Pinkfarbene. Komm, setz dich zu mir. So ein hübsches Mädchen. So Sachen eben, du weißt schon.«

»Ach, Val.« Ich hätte sie am liebsten an der Hand oder am Arm berührt, aber sie war zu weit weg.

»Egal.« Sie klappte den Spiegel zu und verstaute ihre Kosmetikutensilien wieder in der Tasche. »Naomi mochte es wohl nicht, Konkurrenz im eigenen Haus zu haben. Also trieb sie irgendwie das Geld für ein Flugticket auf, setzte mich in den nächsten Flieger und rief dann meinen Dad an, um ihm zu sagen, dass ich komme.«

Ich schluckte. »Hat dein Vater sich gefreut, dich zu sehen?«

»Und wie«, sagte sie trocken. »Welcher vierzigjährige abgehalfterte Stuntman, der sich als Cateringmanager durchschlägt, träumt nicht davon, eine Sechzehnjährige den Sommer über bei sich aufzunehmen? Aber seine Freundin war nett. Shannon. Weißt du noch, was für schlechte Zähne ich hatte?«

Ich wählte meine Worte mit Bedacht. »Sie waren ziemlich schief.«

»Wenn's nur das gewesen wäre. Ich war vorher noch nie bei einem Zahnarzt gewesen. Nicht, seit wir aus Kalifornien weggegangen waren.«

»Naomi war nie mit dir beim Zahnarzt?« Ich war geschockt.

Val zuckte die Achseln. »Shannon besorgte mir einen Termin. Ich bekam eine Zahnreinigung, Füllungen, eine Spange, sie ging mit mir zum Friseur und besorgte mir neue Klamotten. Shannon führte ein strenges Regiment. Sie hatte selbst zwei Kinder. Zwei Mädchen. Ich wäre gern bei ihnen geblieben.«

»Warum bist du es nicht?«

Sie zuckte wieder die Achseln. »Kein Platz. Sie hatten eine Dreizimmerwohnung, und Shannons Mädchen waren acht und sechs Jahre alt. Ich versuchte den ganzen Sommer über, mich ... wie sagt man? ... unentbehrlich zu machen.« Sie sprach das Wort langsam und sagte es dann noch einmal. »Unentbehrlich. Ich stand früh auf, wusch das Geschirr, leerte den Geschirrspüler, wischte den Boden, sorgte dafür, dass sich die Mädchen anzogen, machte ihnen Zöpfchen in die Haare, richtete ihnen ihr Essen ... alles.« Sie strich sich die Haare hinter die Ohren. »Aber wie sich herausstellte, war ich ganz und gar entbehrlich. Als die Schule wieder anfing, steckten sie mich in den ersten Flieger zurück nach Hause. Naomi ging ein paar Mal mit mir zum Kiefernorthopäden, bis sie was mit ihm anfing. Dann trennten sie sich, und sie drohte mir eines Abends, als sie zu viel getrunken hatte, mir die Spange eigenhändig rauszureißen. Mit einer Zange und allem.«

Mich fröstelte, und ich fragte mich, warum ich nichts davon gewusst, nichts davon mitbekommen hatte. Val beugte sich zu mir und tätschelte meinen Arm. »Aber egal. Das ist Schnee von gestern. Reden wir über dich! Ich wette, deine Eltern wären stolz auf dich. So erwachsen und dünn und überhaupt.«

»Ha.« Es war zugegebenermaßen ein abscheulich oberflächlicher Gedanke, aber es stimmte mich traurig, dass weder mein Vater noch meine Mutter lang genug gelebt hatten, um mich so schlank zu sehen. Oder wenigstens so, wie ich jetzt war. Keiner von beiden wusste, was ich beruflich machte oder wie schön das Haus war, keiner von beiden würde je meine Grußkarten, meine Tassen, meine Löffelablage sehen und denken: He, aus ihr ist ja was geworden. »Wir sollten schlafen gehen.« Ich zog die Decke unters Kinn, drehte mich auf den Rücken und schloss die Augen. Als ich sie wieder aufschlug, saß Val noch immer auf ihrem Bett. Sie hatte die Knie ans Kinn gezogen und starrte an die goldgestreifte Tapete.

»Was ist los?«, fragte ich.

»Dan.«

Ach so. Das. »Hör zu«, sagte ich, »vielleicht taucht er wieder auf. Du sagtest doch, dass du ihn nur leicht angefahren hast? Vielleicht hatte er nur einen Schock.«

»Ich rede nicht davon, was ich ihm angetan habe«, sagte sie ungeduldig. »Sondern was er mir angetan hat.« Sie schlug ihre Decke zurück und schaltete das Licht aus. Das Zimmer versank im Dunkeln.

»Hast du jemals irgendjemandem davon erzählt?«, fragte ich sie nach einer kurzen Pause. »Deiner Mutter?«

Sie schnaubte. »Naomi. Ha. Sie hätte sich wahrscheinlich nur geärgert, dass ich mich danach nicht von ihm zum Essen habe ausführen lassen.« Sie schniefte. »Sie war eine Zeit lang mit seinem Vater zusammen.«

»Deine Mutter und Dan Swanseas Vater?« Auch das hatte ich nicht gewusst. Mir fiel ein, wie meine Mutter immer sagte, dass Val es nicht leicht hätte. Hatte sie etwas gewusst, das ich nicht wusste? Hatte sie eine Ahnung davon gehabt, was für eine Mutter Naomi Adler gewesen war? Hatte sie hinter die Fassade geschaut – hinter das schöne Äußere und den Glamour und die spontanen Trips – und sich davon weniger blenden lassen als ich?

Valeries Stimme klang gedämpft und leise, so als käme sie vom anderen Ende eines Tunnels. »Dans Eltern lebten in der neunten Klasse eine Weile getrennt. Sein Vater war Autohändler. Naomi fuhr einmal mit mir an ihrem Haus vorbei. So ein Riesenkasten mit einer Garage für drei Autos. Ich glaube, sie hatte es schon länger auf ihn abgesehen.«

»Ach, Val.«

Es war so lange still, dass ich dachte, Val wäre eingeschlafen, da sprach sie weiter: »Aber ich habe es meinem Dad erzählt. Ich habe ihn angerufen. Mitten in der Nacht. Ich dachte …« Ich hörte, wie sie zittrig Luft holte. »Keine Ahnung, was ich dachte. Dass er ins nächste Flugzeug steigen und Dan Swansea windelweich prügeln würde. Dass er ihm sagen würde: ›Das hast du davon, wenn du meinem Mädchen wehtust.‹«

»So ist es wohl nicht gekommen?«, fragte ich, obwohl ich die Antwort kannte.

»Er sagte, er würde mich am nächsten Morgen anrufen, wenn ich mich etwas beruhigt hätte. Ich saß den ganzen Tag neben dem Telefon. Er hat nie angerufen.« Sie holte tief Luft, und ich hörte das Laken rascheln. »Eine Zeit lang zwang ich mich einfach dazu, nicht daran zu denken. Es sei nichts, sagte ich mir. Nichts. Aber …« Ihre Stimme versagte. Wahrscheinlich weinte sie, aber ich wusste nicht, was ich tun sollte. Sie in den Arm nehmen? Etwas Tröstendes sagen? Es war so lange her, dass mir jemand ein Geheimnis verraten hatte, so lange her, dass mich außer Jon jemand gebraucht hatte.

Noch bevor ich mich entschließen konnte, stand Val auf

und ging ins Bad. Das Licht flackerte kurz auf, als sie die Tür öffnete und wieder schloss. Die arme Val. Wenn ich an ihrer Stelle gewesen wäre, wenn ich es meinem Vater erzählt hätte, hätte er bestimmt genau das getan, was sie sich von ihrem Vater gewünscht hatte. Er hätte bestimmt einen Weg gefunden, um es dem Jungen, der mir wehgetan hatte, heimzuzahlen.

Ein paar Minuten später kam Val wieder aus dem Bad und schaltete das Licht ein. Sie hatte sich das Gesicht geschrubbt, die Haare nach hinten gekämmt und ihr neues Nachthemd, ein langärmeliges marineblaues Baumwollnachthemd, angezogen. »He«, sagte sie und kletterte ins Bett. »Wir sind Zwillinge!« Sie hob die anfangs verschmähte Hotelschokolade vom Boden auf, steckte sie in den Mund, und während sie sie verspeiste, fiel mir ein, was ich ihr sagen könnte, wie ich ihr helfen könnte.

»Du hast mir gefehlt«, sagte ich.

Sie vermied es, mir in die Augen zu sehen, und wickelte mit langsamen Bewegungen noch eine Schokolade aus. »Obwohl ich so ein Miststück war? Obwohl ich den anderen Lügen über dich erzählt habe?«

»Es war nicht alles gelogen«, sagte ich. »Ich war ja in Dan verknallt.«

Sie gab ein kurzes, bitteres Lachen von sich. »Großer Fehler.«

»Und ich spekulierte auf die Konsequenzen. Wenn du Dan beschuldigt hättest, hätten dich wohl einige Cheerleaderinnen fallen lassen.«

Sie schnaubte. »Von wegen einige – alle.«

Es schnürte mir die Kehle zu. »Ich dachte, wenn sie dich fallen lassen, würdest du mich wieder brauchen.«

Sie schwieg eine Weile. Als sie sich umdrehte, dachte ich, sie würde das Licht ausschalten, aber stattdessen streckte sie über den Zwischenraum zwischen unseren Betten die Hand nach mir aus.

»Ich habe dich immer gebraucht«, sagte sie und nahm meine Hand. »Freundinnen?«

Ich spürte ihre warme Hand in meiner und dachte mir, wie schön es war, wenn noch ein Mensch im Zimmer war, mit dem man lachen konnte, Ausflüge machen konnte, zusammen sein konnte … bis zum Schluss, wenn es dazu kommen sollte. »Freundinnen«, erwiderte ich.

# Dritter Teil

# Auf immer und ewig

# 39

*»Wer seine Sünden leugnet, dem wird nichts gelingen; wer sie aber bekennt und meidet, der wird Barmherzigkeit erlangen«, sagte Merry. »Buch der Sprüche 28,13.« Ihre Stimme war heiser. Draußen ging gerade die Sonne auf, sodass es nach Dans unscharfen Berechnungen Sonntagmorgen sein musste. Sie knieten bereits seit Stunden mit nackten Knien auf den Holzdielen; dazwischen hatte es nur eine Tasse Hühnerbrühe, einige Stunden Schlaf und genau eine einzige Pinkelpause gegeben. (Als Dan allen Mut zusammengenommen hatte, um noch eine zu erbitten, hatte Merry ihn nur finster angesehen und das nächste Gebet gesprochen.)*

*Er presste die Hand an den Kopf; ihm war schwindelig. Wenn Merry ihn ansah, wenn sie ihm seine Sünden vorhielt, wenn sie ihm sagte, was er Addie und Val angetan hatte, sah sie nicht wütend aus, sondern … Er schüttelte den Kopf. Egal. Er musste hier raus. »Hör zu, Merry«, sagte er mit einer Stimme, die genauso heiser war wie ihre. »Ich habe einen Freund.«*

*Sie sah ihn teilnahmslos an.*

*»Chip Mason. Erinnerst du dich an ihn?«*

*Sie schüttelte den Kopf. »Noch so ein Ungläubiger. ›Wer aber den Heiligen Geist lästert, der hat keine Vergebung in Ewigkeit, sondern ist ewiger Sünde schuldig.‹ Markusevangelium 3,29.«*

*»Er hat sich geändert.« Dan hörte die Verzweiflung in seiner Stimme, konnte aber nichts dagegen tun. »Falls ich et-*

*was Falsches getan habe … und ich sage nicht, dass ich das getan habe …«*

*»›In jener Zeit‹«, fuhr Merry mit lauter Stimme fort, »›wird der Herr ins Gericht gehen mit den Mächten des Himmels oben und mit den Königen unten auf der Erde.‹«*

*»Ich will mit Chip reden«, sagte Dan mit gesenktem Kopf und leiser Stimme. »Er ist Pfarrer geworden. Ich möchte mich bessern.«*

*Das brachte sie zum Schweigen. Sie kniff die Lippen zusammen und sah ihn eingehend an.*

*»Ich will in meine Kirche gehen. Chips Kirche.« Er hielt den Atem an, während sich die Zeit in die Länge zog, bis sie, endlich, kurz nickte. Sie reichte ihm Kleidung, die wahrscheinlich noch von ihrem Vater stammte – eine weite alte Khakihose, ein Karohemd, das nach Mottenkugeln roch, ein Paar rissige, alte Gummistiefel, die ihn drückten –, und ging mit ihm hinaus in die Dämmerung, zu ihrem Lieferwagen, dessen Stoßstange voller Aufkleber mit der Aufschrift* HUPE WENN DU DEN HERRN LIEBST *war. Sie wartete, bis er sich angeschnallt hatte, und fuhr dann in die aufgehende Sonne.*

## 40

Als ich dreißig Jahre alt war, pendelte mein Gewicht so um die einhundertzwanzig Kilo. Das war zumindest meine grobe Schätzung. Ich wog mich nie, und ich ging auch nie zum Arzt. Genau genommen ging ich so gut wie gar nicht aus dem Haus. Im Jahr 2004 konnte man schon fast alles übers Internet bestellen: Klamotten, Lebensmittel, Zahnbürsten, Zahnseide, Pralinen, Künstlerbedarf. Dazu dann noch der Pizzaservice, der Chinese und der Reinigungsdienst, die alle frei Haus lieferten, und ich wagte mich manchmal wochenlang, mit Ausnahme meiner Besuche bei Jon, nicht weiter als bis ans Ende der Auffahrt.

Im Großen und Ganzen war ich glücklich zu Hause, mit meinen Büchern und meiner Arbeit, meinen Online-Scrabble-Spielen und der kleinen schwarzen Katze, die mich manchmal besuchte, aber hin und wieder fiel mir die Decke auf den Kopf. Dann verspürte ich Lust, in ein Kaufhaus zu gehen und ein neues Parfum auszuprobieren, in einer Buchhandlung die Bücher in die Hand zu nehmen, sie aufzuschlagen und an ihnen zu riechen. Ich wollte im Künstlerbedarfsladen die Borsten der Pinsel berühren oder in einem Café oder Restaurant den Gesprächen von Fremden lauschen, andere Menschen sehen, einfach nur Teil des ganz alltäglichen Treibens sein.

Eines Vormittags im Winter fuhr ich zur Post. Ich hätte die Briefmarken auch online bestellen und meine Arbeiten von FedEx abholen lassen können, aber ich mochte eine der Postangestellten – sie kannte meinen Namen, und ich erkundigte mich nach ihren Enkelkindern oder fragte sie, ob sie einen schönen Urlaub gehabt hatte. Als ich durch den Matsch vorsichtig zurück zu meinem Auto stapfte, kam ich an einem Diner vorbei, dessen Leuchtreklame warmen Apfelkuchen anpries. Ich blieb wie angewurzelt stehen und starrte auf die abwechselnd aufleuchtenden Wörter: *Warmer … Apfelkuchen.* Ein Stück warmer Apfelkuchen, vielleicht mit einer Kugel Eis und einer Tasse Kaffee – das klang, als wäre es genau das Richtige an diesem kalten, grauen Tag.

Die Bedienung musterte mich skeptisch, bevor sie mich zu einer Sitznische führte. Außer den Nischen gab es nur noch Drehhocker an dem langen, geschwungenen Tresen, und ich wusste, dass ich dort garantiert nicht hinaufklettern könnte.

Ich holte tief Luft, zog den Bauch ein und rutschte in die Sitzbank. Die Bedienung legte die Speisekarte vor mich und flüchtete. Das war ein Fehler, dachte ich, noch bevor sich der kleine Junge in der benachbarten Nische zu mir umdrehte und mich anstarrte. Ich winkte ihm zu. Mein Freundschaftsangebot ausschlagend, wandte er sich an seine Mutter und sagte in lautem Flüsterton: »Warum ist die Frau da so fett?«

»Wahrscheinlich, weil sie zu viele ungesunde Sachen isst«, antwortete die Mutter, ohne sich auch nur die geringste Mühe zu geben, leiser zu sprechen. Mir wurde heiß im Gesicht. Was war nur aus dem guten alten *Pst!* oder *Ich erklär's dir später* geworden?

Als die Bedienung wieder an meinen Tisch kam, hatte ich mir den Kuchen aus dem Kopf geschlagen – es wäre zu peinlich gewesen, ihn vor dem Jungen zu bestellen oder zu essen, und außerdem schnitt mir die Tischkante schmerzhaft in den Bauch. Ich bestellte eine Suppe, schlürfte sie hastig, wobei ich mir auch noch den Mund verbrannte, legte einen Zehndollarschein auf den Tisch und wollte die Flucht antreten … aber es ging nicht. Ich steckte fest.

Ich stützte mich auf den Tisch, holte tief Luft, drückte mit aller Kraft und wackelte mit dem Hintern. Nichts. Ich versuchte es noch einmal, wobei mir ein leises Quieken entwich. Kein Zentimeter. »Mama«, sagte der Junge, eine Handvoll Pommes im Mund (der Bengel hatte sich umgedreht und auf die Sitzbank gekniet, um ja keine Minute der Show zu verpassen). »Steckt die fette Frau da fest?«

Die Bedienung kam an meinen Tisch. »Ist alles in Ordnung?«

»Alles gut«, stieß ich hervor. Ich spürte, wie mir der Schweiß den Rücken hinunterlief, und ich war bestimmt feuerrot im Gesicht. »Alles gut«, wiederholte ich und schnaufte und drückte, und als ich mich endlich, Gott sei's gelobt, ein winziges Stück nach links bewegte, in Richtung Freiheit, kam mir ein einziges Wort in den Sinn, und dieses Wort, das genauso gut in drei Meter hoher Flammenschrift hätte geschrieben sein können, war: GENUG. Ich hatte GENUG.

Ich eilte mit gesenktem Kopf aus dem Restaurant und zu meinem Auto. Zu Hause nahm ich einen Müllsack aus dem Küchenschrank und füllte ihn, ehe ich es mir anders überlegen konnte, mit sämtlichen Süßigkeiten, die ich im Haus hatte: Chips, Kekse und Bonbons, Puddingbecher, Tiefkühlkuchen und Muffins, Valentinstagpralinen, Biscuits zum Aufbacken und Zimtschnecken. Ich füllte insgesamt zwei Säcke, dann hievte ich sie in den Kofferraum meines Autos und brachte sie zur Müllkippe. Danach fuhr ich zu Dr. Shoup, der Onkologin, die zwölf Jahre zuvor meine Mutter behandelt hatte, der einzigen Ärztin, die ich kannte.

Ich nannte der Sprechstundenhilfe meinen Namen und erklärte, dass ich keinen Termin hätte, aber so bald wie möglich einen Arzt sprechen müsse. Im Wartezimmer versteckte ich mich hinter einer Zeitschrift, damit die anderen Patientinnen – Damen mit Perücken und Kopftüchern – beim Anblick meiner Tränen nicht dachten, ich wäre genauso krank wie sie.

Dr. Shoup war die Ruhe in Person. Sie schien nicht überrascht zu sein, mich nach über zehn Jahren das erste Mal wiederzusehen, und ihre Hände waren ruhig und sanft, als sie meinen Blutdruck maß und mein Herz abhörte.

»Abnehmen ist kein großes Geheimnis«, sagte sie. »Wenn man mehr Kalorien verbrennt, als man zu sich nimmt, kann man in der Regel ein, zwei Pfund pro Woche abnehmen.«

Dr. Shoup reichte mir einen 1200-Kalorien-Diätplan, verschrieb mir eine Diätpille, die, wie sie sagte, meinen Appetit etwas dämpfen würde, und gab mir noch ein Schlaftablettenrezept, nachdem ich ihr von meinen Schlafschwierigkeiten erzählt hatte. »Alles Gute«, sagte sie und entließ mich nach Hause.

Meine Diät – eine Mischung aus sämtlichen Diäten, die je

von Frauenzeitschriften angepriesen wurden – begann am nächsten Morgen. Zum Frühstück gab es zwei pochierte Eier, eine Scheibe Vollkorntoast und Wasser. Zum Mittagessen einen großen Salat mit Sprossen, Bohnen, einem Tröpfchen Olivenöl und einhundert Gramm Lachs oder Hühnchen. Als Zwischenmahlzeiten Blaubeeren, Mandeln und Filata-Käse. Zum Abendessen einhundertfünfzig Gramm Huhn oder Fisch mit etwas Broccoli oder Spinat, dazu hundert Gramm Reis oder eine halbe Kartoffel. Zum Nachtisch nahm ich die Schlaftabletten, um mich bis zum nächsten Morgen außer Gefecht zu setzen. Meine Willenskraft reichte für zwölf Stunden. Länger durfte der Tag nicht dauern.

Es war brutal. In manchen Nächten weinte ich mich förmlich in den Schlaf, weil ich an warme Maismehlmuffins mit geschmolzener Butter oder knusprig gebratene Hähnchen mit Honigglasur und Biscuits dachte. An Chili, garniert mit gehackten Zwiebeln und einem Klacks Sauerrahm. An Sandkuchen, Früchtekuchen, Schokomoussetorte, Eis, Biscotti, Biscuits, Eierküchlein, Karamellpopcorn und warmen Apfelkuchen – Köstlichkeiten, die nie wieder meinen Speiseplan zieren würden.

Innerhalb von acht Monaten schaffte ich es, von abartig-fett in die Nähe von normal-fett zu gelangen, sodass ich wieder in der Kaufhausabteilung für Übergewichtige einkaufen konnte und nicht mehr alles übers Internet bestellen musste; sodass ich auf der Straße nicht mehr das Gefühl hatte, unter der Last der Blicke schier zusammenzubrechen. Ich konnte mir die Schnürsenkel binden, ohne in Schweiß auszubrechen. Ich konnte Hosen mit Druckknöpfen und Reißverschlüssen tragen. »Sie sehen toll aus«, sagten Leute, mit denen ich noch nie gesprochen hatte, Leute, von denen mir nie aufgefallen war, dass ich ihnen aufgefallen war. »Was haben Sie gemacht?«

»Nichts Besonderes«, antwortete ich. »Ich habe mich nur

etwas eingeschränkt.« Aber insgeheim dachte ich: Ich habe gelitten.

»Gut gemacht«, sagte Dr. Shoup bei der ersten Kontrolluntersuchung. »Wenn Sie Ihr Zielgewicht erreicht und eine Weile gehalten haben, können wir eine Bauchdeckenstraffung vornehmen.« Sie musterte mich sachlich. »Sie sollten Sport treiben. Ihre Muskeln trainieren. Suchen Sie sich etwas, was Ihnen Spaß macht.«

Ich sah sie an. Wenn es einen Sport gäbe, der mir Spaß macht, wäre ich dann überhaupt so dick geworden?

Sie bemerkte meinen Blick. »Suchen Sie sich etwas, das für Sie erträglich ist«, sagte sie. »Und dann machen Sie es fünf Tage die Woche, mindestens dreißig Minuten täglich.«

»Zählt Sex auch?« Ha – als ob ich welchen hätte!

»Solange Sie sich bis zur aeroben Schwelle belasten.« Es sah Dr. Shoup ähnlich, dass sie keinen Witz verstand. »Vielleicht fangen Sie mit etwas Gelenkschonendem an. Walking oder Schwimmen.«

Auf dem Nachhauseweg dachte ich an meine Mutter. Dass ich mir immer vorgestellt hatte, wie sie als junges Mädchen im Ferienlager mit dem Pfeil meines Vaters in der Hand quer über den See geschwommen war. Ich bestellte mir online einen Badeanzug – einen dunkelvioletten Einteiler von einer Firma, die sich auf »die aktiven Lebensweisen vollschlanker Frauen« spezialisiert hatte. Noch an demselben Vormittag, an dem er geliefert wurde, stopfte ich den Badeanzug zusammen mit einem Badehandtuch in eine Tasche und fuhr zu dem schicken Fitnessclub, an dem ich jedes Mal auf dem Weg zu meinem Bruder vorbeikam. Dort ließ ich mich von einer Frau, die vielleicht zweiundzwanzig Jahre alt und ungefähr so dick wie mein rechter Oberschenkel war, zu einer Jahresmitgliedschaft überreden. Meine Gold-Mitgliedschaft – sie fixierte geflissentlich einen Punkt an der Wand hinter mir, während sie die Leistungen herunterleierte – beinhaltete eine Einführungsstunde mit einem Personal Trainer, einen kostenlosen Handtuchservice und einen Halbpreisgutschein für die Saftbar.

»Wir bieten auch eine kostenlose Körperanalyse an.« Sie war nicht nur zierlich, sondern auch beängstigend braun gebrannt. Sie sah aus wie eine Mandarine mit Pferdeschwanz.

»Was ist das?«, fragte ich.

»Größe, Gewicht, Körperfettanteil ...«

»Nein, danke«, sagte ich hastig.

»Dann zwölf Minuten auf dem Laufband. Im Laufschritt.« Sie sah mich an. »Oder im Gehen. Das ist egal. Danach noch ein Bauchmuskel- und ein Biegsamkeitstest, und dann geben wir alle Daten in den Computer ein ...«

»Danke, das überspringe ich!« Ich würde nie im Leben einen Situp zustande bringen, und was würde der Computer sagen, nachdem man ihn mit meinen Daten gefüttert hatte? Wahrscheinlich, dass ich dem Laufband eine Entschuldigung schuldete. Ich blickte durch die Fensterfront zum Fünfzig-Meter-Becken, wo ein Mann und zwei Frauen mit Schwimmkappe und Schwimmbrille ihre Bahnen schwammen. Ich hatte weder eine Schwimmkappe noch eine Schwimmbrille. »Verkaufen Sie auch Schwimmzubehör?«, fragte ich die mickrige Mandarine.

»Wie? Ach so, äh, nein.« Sie kicherte. Vermutlich hatte sie noch nie einen so dicken Menschen wie mich gesehen. Menschen wie ich waren wahrscheinlich äußerst seltene und unwillkommene Besucher im Reich der Hanteln, Stepper und Yogalates-Kurse. Fast hätte ich ihr gesagt, dass sie sich keine Sorgen machen müsse, dass ich nichts zerbrechen und niemanden auffressen würde, beschloss aber, dass derartige Bemerkungen sie nur noch mehr beunruhigen würden.

Ich mühte mich aus dem kleinen Drahtsessel vor ihrem

Schreibtisch. »Wann ist im Schwimmbecken am meisten los?«

»Morgens«, sagte sie. »Gleich in der Früh, wenn wir aufmachen, zwischen sechs und acht Uhr. Mittags ist es auch recht voll, nachmittags ist es dann ruhiger, und ab vier oder fünf herrscht wieder Hochbetrieb.«

»Und um zehn Uhr vormittags?«

»Da ist es ziemlich leer.«

Ich bedankte mich und ging zu den Umkleidekabinen. Trotz meines Gewichtsverlusts hatte ich in meinem lila Badeanzug eine beunruhigende Ähnlichkeit mit Barney, dem Dinosaurier, wie ich vor dem Ganzkörperspiegel am Ende des Umkleideraums feststellte. Was soll's, dachte ich, duschte und betrat die warme, nach Chlor riechende Schwimmhalle.

Die beiden Frauen waren in der Zwischenzeit gegangen. Jetzt war nur noch ein Mann mit silbergrauen Haaren und einer schwarzen Schwimmbrille im Becken, der mit regelmäßigen Kraulbewegungen die Bahn am Fenster durchpflügte. Ich tauchte meinen Zeh in das wannenwarme Wasser und ließ mich dann im flachen Bereich langsam über die Leiter ins Wasser gleiten. Ich hielt mich krampfhaft am Handlauf fest, vor lauter Angst, ich könnte ausrutschen, mir den Kopf stoßen und ertrinken, und sah schon die Schlagzeile auf der *News-of-the-Weird*-Website: *Frau von der Größe der Titanic auf Jungfernfahrt abgesoffen.*

Ich arbeitete mich watend ins tiefere Wasser vor, bis ich keinen Grund mehr unter den Füßen hatte. Dann tauchte ich mein Gesicht ins Wasser, so wie ich es vor langer Zeit im Schwimmunterricht gelernt hatte, streckte die Arme vor und teilte das Wasser wie einen Vorhang. Nachdem ich jahrelang nicht mehr geschwommen war, musste ich darauf vertrauen, dass man es, genau wie Radfahren, nicht verlernte.

Ich stieß mich mit den Füßen von der Wand ab und

schwamm dann zaghaft in Richtung der gegenüberliegenden Beckenwand, die noch gut fünfundzwanzig Meter entfernt war. Ich hatte vor, zwei Bahnen zu schwimmen – eine hin und eine zurück – und dann aufzuhören, aber ehe ich mich versah, stießen meine Finger an den Beckenrand im tiefen Bereich. Ich wendete, stieß mich ab und schwamm langsam zurück. Ich blickte auf die Uhr. Die gesamte Aktion hatte keine drei Minuten gedauert. Ich setzte zur dritten Bahn an. Da mir das Chlor in den Augen brannte, schwamm ich dieses Mal mit dem Kopf über dem Wasser. Ich spreizte die Hände und paddelte mit den Füßen. Jeweils nach vier Bahnen sah ich auf die Uhr, und im Handumdrehen waren zwanzig Minuten vergangen.

Erst als ich mit zitternden Beinen aus dem Wasser stieg, merkte ich, wie matt ich war.

»Es ist schwerer, als es aussieht, stimmt's?«

Der Mann war ebenfalls aus dem Becken gestiegen und trocknete sich ab. Er hatte massige Schultern, einen muskulösen Oberkörper, dunkelbraune Haut, und seine Brustbehaarung war genauso silbergrau wie seine Haare auf dem Kopf. Ich nickte nur. Ich war außer Atem und überzeugt, dass ich rote Wangen hatte und nicht nur tropfte, sondern auch schwitzte. Während ich mein Gesicht mit dem winzigen Handtuch abtrocknete, das ich mir auf dem Weg in die Schwimmhalle genommen hatte, wünschte ich mir, mein großes Handtuch nicht im Spind gelassen zu haben und nicht zu keuchen wie ein alter asthmakranker Hund.

»Einen schönen Tag noch«, sagte der Mann. Ich brachte ein »Ihnen auch« hervor, bevor ich auf wackeligen Beinen in die Umkleide schlich, vor meinem Spind auf die Bank plumpste und sitzen blieb, bis ich wieder normal atmete und meine Beine nicht mehr zitterten.

Ab da ging ich jeden Tag zum Schwimmen, Montag bis

Freitag. Ich wäre auch am Wochenende gegangen, aber da wimmelte das Bad von Kindern oder den Teilnehmern eines Wasseraerobic-Kurses, Frauen im Alter von siebzig Jahren aufwärts, deren schwimmkappenbedeckte Köpfe im tiefen Ende elegant auf und ab wippten.

Jeden Tag schwamm ich ein bisschen länger oder ein bisschen schneller. Nach acht Wochen schlotterte mir mein Barney-Badeanzug um die Hüften. Ich bestellte mir einen kleineren, dieses Mal in Schwarz, und mutierte im Geiste von einem freundlichen Dinosaurier zu Orca, dem Killerwal.

»Ein neuer Badeanzug!«, sagte der Mann in der Bahn neben mir. Sein beifälliges Lächeln entblößte schiefe, leicht gelbliche Zähne. »Sie schrumpfen.« Er sprach mit leicht abgehacktem Akzent. Ich beobachtete ihn, wie er sich das Wasser aus den Haaren schüttelte und sich unbefangen abtrocknete. Ich nickte und nahm mein Handtuch. »Darf ich Sie vielleicht auf einen Saft einladen?« Ich war von seiner Frage so überrumpelt, dass ich weder ablehnen noch einen anderweitigen Termin vortäuschen konnte.

Zwanzig Minuten später saß ich mit dem silberhaarigen Mann aus dem Schwimmbecken an der Saftbar. Er sagte, sein Name sei Vijay, und schob mir seine Visitenkarte hin: *Dr. med. Vijay Kapoor.*

»Sie sind Arzt?«

»Im Ruhestand.« Er rollte das R. Ich stellte mir vor, wie seine Zungenspitze am Gaumen vibrierte. »Ich berate Pharmafirmen, und gelegentlich mache ich auch noch Vertretungen, um nicht einzurosten. Und Sie?«

Ich hatte schon so lange mit niemandem gesprochen, der nicht dafür bezahlt wurde, sei es, um meine Anamnese oder meine Kreditkartendaten aufzunehmen oder um mich in der Apotheke, im Café oder am Postschalter zu bedienen. »Ich illustriere Grußkarten.«

Er lächelte freundlich. »Und darf ich fragen, wie Sie heißen, meine Liebe?«

Ich errötete noch stärker. »Addie Downs.«

Während wir an unseren Drinks nippten, entlockte er mir noch mehr Details. Ich erzählte ihm, wo ich wohnte, womit ich mein Geld verdiente und warum ich mit dem Schwimmen angefangen hatte. »Ich habe ein bisschen abgenommen. Jetzt möchte ich etwas für meine Muskulatur tun.« Er zog die Augenbrauen hoch und schwieg. Mir wurde heiß im Gesicht. Ob er überlegte, wie schwer ich vor meiner Diät gewesen war?

»Sie sehen gut aus«, sagte er, was mir erneut die Röte ins Gesicht trieb.

»Und Sie?«, fragte ich. Er war neunundfünfzig Jahre alt – ich hätte ihn jünger geschätzt –, verheiratet und hatte zwei erwachsene Söhne. Er wohnte mit seiner Frau in einem großen Haus in Evanston. Sie war ehrenamtlich sehr aktiv und machte Führungen am Art Institute of Chicago. Er übernahm hin und wieder eine Vertretung, fungierte als Berater für Pharmafirmen oder hielt Vorträge vor Medizinstudenten. »Es ist kein schlechtes Leben«, sagte er und blickte auf seine Golduhr, die einen glänzenden Kontrast zu seiner dunklen Haut bildete. »Also dann bis zum nächsten Mal?« Ich nickte schüchtern, wie ein zu großes Schulmädchen in Joggingklamotten. Wir waren Freunde. Das war alles. Schließlich war er alt genug, um mein Vater zu sein, und außerdem war er verheiratet.

Vijay war jedes Mal, wenn ich kam, bereits im Becken und winkte mir zu. »Hallo, Addie!«, rief er, während ich so graziös wie möglich durch das Wasser zur benachbarten Bahn watete. Anfangs war er natürlich schneller als ich, aber nach einiger Zeit konnte ich mit ihm mithalten. Unsere Fingerspitzen stießen zur selben Zeit am Beckenrand an. Wir hoben den Kopf aus dem Wasser, holten Luft, wendeten und schwammen die nächste Bahn.

Danach streckte er mir seine Hand entgegen, um mir aus dem Wasser zu helfen, und reichte mir mein Handtuch. Nachdem ich geduscht und angekleidet war, trafen wir uns in der Saftbar an dem Tisch, den ich mittlerweile insgeheim »unseren Tisch« nannte, und unterhielten uns über alles Mögliche: die Wahlen, das Wetter, eine Krankenhausserie, nach der wir beide süchtig waren, auch wenn sie, wie er sagte, nur so strotzte vor fachlichen Fehlern und ihm ganz schlecht wurde bei dem Gedanken, dass sich wegen der Serie wieder »ein Haufen Idioten« zum Medizinstudium einschreiben würde. Er erkundigte sich nach meiner Familie. Ich erzählte ihm von Jon. Er hörte aufmerksam zu und wollte wissen, welche Verletzungen Jon gehabt hatte, wie lange er in der Reha-Klinik gewesen war, welche Epilepsie-Medikamente er bekam und ob sie wirkten.

»Und Mama und Papa?«

Die Kosenamen überraschten mich, und ich dachte im ersten Moment, er würde von seinen Eltern sprechen. »Ach so, sie sind gestorben, als ich noch jung war. Mein Vater starb an einer Aneurysmablutung, und meine Mutter hatte Brustkrebs.«

»Dann sind Sie also eine Waise.« Fast hätte ich gelacht. Das Wort klang so seltsam, wie aus einem Roman von Charles Dickens oder diesem Lied von Emmylou Harris. Vijay schnalzte bedauernd mit der Zunge. »Das tut mir leid«, sagte er und legte kurz seine Hand auf meine.

Wenn ich nachts im Bett lag, sah ich ihn deutlich vor mir: seine nackten Füße auf dem Fliesenboden der Schwimmhalle, wie er den Kopf zur Seite neigte, wenn er mich etwas fragte, seine prominente Nase, seine liebenswert schiefen Zähne. Ich wusste, dass es albern war, dass er in mir nur eine Bekannte sah, die er im Schwimmbad traf, eine Mitschwimmerin, die er kaum als weibliches Wesen wahrnahm.

Aber ich wusste auch, dass das nicht stimmte. Als mir mein schwarzer Badeanzug ebenfalls zu weit wurde, bestellte ich einen neuen. Je kleiner die Größen, desto mehr Schnitte und Farben standen zur Auswahl, darunter ein patentierter Wunder-Slimsuit mit exotischem Tigermuster, der angeblich die Taille optisch um einige Zentimeter verschlankte und den Blick von den Stellen ablenkte, die auf dem Etikett euphemistisch als »Problemzonen« bezeichnet wurden. Ich entschied mich für eine Variante meines bequemen, vertrauten schwarzen Badeanzugs, bestellte ihn aber in einer Farbe, die der Katalog »himbeerrot« nannte, und stellte mir Vijays Lächeln und leuchtende Augen vor, wenn er mich darin sah.

Ich hatte mich nicht getäuscht. »Addie«, flötete er. »Wie hübsch!« Ich lächelte und machte eine spielerische Halbdrehung, bevor ich hastig ins Wasser stieg und mir die Schwimmkappe über die Ohren zog. Als wir uns eine Stunde später in der Saftbar gegenübersaßen, begann er plötzlich von seinen Söhnen zu erzählen. »Echte amerikanische Jungs«, sagte er halb stolz, halb wehmütig. Der eine hatte einen MBA, und der andere studierte Medizin. Der mit dem MBA wohnte mit Frau und Kind in Texas, der andere war verlobt. Dann erzählte er mir von seiner Frau, Chitra. Es war eine arrangierte Heirat gewesen. Sie hatten sich erst am Tag vor der Hochzeit in London persönlich kennengelernt und waren seit zweiundvierzig Jahren verheiratet. »Wir zwei klappern im Haus herum wie die letzten beiden Erbsen in der Dose«, sagte er. »Uns verbindet keine Leidenschaft mehr, nichts. Wir sind nur noch zwei Leute, die im selben Haus wohnen.« Noch während ich ihm in die Augen sah und mitfühlende Geräusche von mir gab, wusste ich, dass ich eine Variante des Liedes hörte, das untreue Ehemänner seit jeher anderen Frauen vorträllerten: *Meine Frau versteht mich nicht, du hingegen ...* Dennoch konnte ich nicht verhindern, dass mir warm ums Herz wurde, konnte nicht verhehlen, dass es mir einen Schauer durch den Körper jagte und mir der Atem stockte, als er seine Hand auf meine legte und mir mit seiner rauen Fingerspitze über die Wange strich. »Addie«, murmelte er. »Weißt du eigentlich, wie hübsch du bist?«

Er fuhr mit mir in ein Hotel in der Innenstadt, das nicht zu teuer, aber auch nicht zu billig war. Während ich auf dem Bett saß und ihm dabei zusah, wie er sich seines Gürtels, seiner Schuhe und seines Eherings entledigte, kam mir der Gedanke, dass ich nicht besser war als Valeries Mutter, nicht besser als die anderen Frauen, die nichts dabei fanden, mit einem verheirateten Mann ins Bett zu gehen. Er hat Kinder, dachte ich, als er mich umarmte. Er roch leicht nach Chlor. Ich sah uns in dem Spiegel über der Kommode, seinen gealterten Körper mit dem kleinen Bäuchlein, dem auch das viele Schwimmen nichts anhaben konnte, die violetten Brustwarzenhöfe, seine silbergrauen Brusthaare. Seine Hände wirkten winzig auf meinem riesigen, blassen Rücken, sein kleiner, kompakter Körper zwergenhaft im Vergleich zu meinem. Ich fühlte die alte Selbstverachtung in mir aufsteigen, kniff die Augen zu und zwang mich dazu, an nichts zu denken, nichts zu sehen, nur zu fühlen. Ich sagte mir, dass ich ein bisschen Glück verdient hätte, dass mir nach allem, was ich durchgemacht hatte, etwas Zuneigung und Zärtlichkeit zustanden – auch wenn es nur für einen Nachmittag war, in einem Hotelzimmer, das nach Zigarettenrauch und Putzmitteln roch. Auch wenn es mit dem Mann einer anderen war.

Seine Lippen wanderten über meine Stirn und meine Wange. Ich schloss zitternd die Augen und presste die Beine zusammen, während er mich streichelte, Zärtlichkeiten in mein Ohr flüsterte und mit den Fingerspitzen meine Brüste und meinen Bauch liebkoste. »Stell dir einfach vor, wir seien im Wasser«, flüsterte er und vergrub seine Finger in meinem

Schamhaar. Meine Hüften hoben sich ihm entgegen, als würden sie von einer Welle nach oben getragen, meine Oberschenkel zitterten, als er sich über meine Brüste beugte. Es tat ein bisschen weh, als er in mich eindrang, aber ich blutete nicht, und Vijay schien nicht zu merken, dass ich erschrocken die Luft anhielt und weinte – vor Schmerz, aber auch vor Freude darüber, endlich mit jemandem verschmolzen zu sein, ganz und gar verbunden zu sein, nicht mehr allein zu sein.

Er war mein erster Gedanke, wenn ich morgens aufwachte. Abends dachte ich an die Komplimente, die er mir machte, oder daran, wie er meine Hand genommen und mir gezeigt hatte, wie ich ihn berühren sollte. Ich war aufgekratzt, albern, ausgelassen, schwerelos. Zum ersten Mal in meinem Leben vergaß ich zu essen. Wenn wir zusammen waren, registrierte ich jedes Detail: Wie er aussah, wie er sich bewegte, was er sagte, und wenn ich danach allein war und er bei Chitra, ließ ich im Geiste alles Revue passieren. Ich ging sogar so weit, von einem gemeinsamen Leben zu träumen, mir vorzustellen, wie wir nach dem Schwimmen zum Mittagessen zu mir nach Hause fuhren oder an einem Sommerabend gemeinsam spazieren gingen.

Vijay hatte mich nie angelogen oder mir etwas vorgemacht, nie auch nur angedeutet, dass so etwas möglich wäre. Dennoch wurde ich das Gefühl nicht los – ja, es verstärkte sich mit jedem Mal, wenn wir zusammen schwammen –, dass er sich in mich verliebte, dass er seine Frau verlassen würde, dass wir ein gemeinsames Leben führen würden.

Sollte dieser Fall eintreten, dann waren einige Veränderungen angebracht – das wusste ich. Im Vergleich zu seiner Achtzimmervilla, die er und Chitra vor zwölf Jahren gekauft hatten, würde ihm mein Haus schäbig und klein erscheinen. (Wie waren Verliebte bloß in den Zeiten vor dem Internet zurechtgekommen?, fragte ich mich, während ich online Lage und Kaufpreis seines Hauses recherchierte und mir schließlich über Google Earth Satellitenaufnahmen herunterlud.) Ich unterzog die Räume, in denen ich fast mein gesamtes Leben verbracht hatte, einer gründlichen Prüfung und sah überall Mängel und Unzulänglichkeiten: der abgewetzte, stumpfe Linoleumfußboden, der stellenweise bis auf die Unterlage durchgescheuerte Teppichboden, der düstere Anstrich, die verkratzte Toilettenschüssel und der dürre Rhododendronstrauch neben der Haustür.

Ich ließ die Sache langsam angehen, mit einem Stapel Wohnzeitschriften – *Schöner wohnen, Zuhause wohnen, Homes & Gardens, Country Homes* – und der Absicht, mir von allem das Beste herauszusuchen. Nach einigen Wochen reiflicher Überlegung bestellte ich neue Fliesen für den Küchenboden, große, handglasierte, karamellfarbene Fliesenquadrate aus Mexiko, und für die Wand hinter der Spüle ein Spritzmustermosaik in Azurblau, Gold und Pflaume.

Jeden Tag nahm ich eine Veränderung vor – ich reparierte, kaufte etwas Neues oder dekorierte um –, und bei jeder Veränderung stellte ich mir vor, wie sehr Vijay mein gemütliches kleines Haus gefallen würde. (Er beklagte sich oft über die extravagante Größe seines Hauses, des Vorzeigehauses, auf dem Chitra bestanden hatte, mit dem zweistöckigen Foyer, den getrennten Badezimmern für Sie und Ihn, und den Zimmern, deren Sinn sich Vijay nicht erschloss. »Ein Schmutzraum? Sind wir denn Schweine?«)

Vor dem Haus ließ ich von einer Landschaftsgärtnerei Rosenbüsche, Prunkwinden und Trompetenblumen pflanzen, deren üppige Blüten sich um neue, gusseiserne Geländer und ein Blumengitter rankten, das ich um die Eingangstür herum gebaut hatte. Inspiriert von einem Bild, das ich in einer Zeitschrift gesehen hatte, brachte ich neue, taubengraue Jalousien an und ließ das Haus in einem warmen Weißton streichen, der laut Katalog »Buttermilch« hieß. Ich riss den alten, zerschlissenen Teppichboden heraus, ließ die Eichendielen abschleifen und versiegeln und strich die Wände in Farbtönen, die nach Lebensmitteln benannt waren, die ich nicht mehr aß: Sahne, Crème Caramel, Vanille und Honig. Ich zeichnete Pläne zur Neugestaltung der Küche und machte aus dem Ess- und Wohnzimmer einen großen, offenen Wohn-Essbereich, mit einem neuen Flachbildschirmfernseher an der Wand, neuen Sofas und einem rotgoldenen Wollteppich. Größere Fenster, Schiebetüren, ein nagelneues Bad mit einem Whirlpool, der groß genug war für zwei, eine Dusche, die sich in eine Dampfkabine verwandeln ließ ... meine Vorstellungskraft kannte keine Grenzen.

Außerdem konnte ich es mir leisten. Das Haus war abbezahlt, die Pflegeversicherung übernahm die Kosten für Jons Zimmer im Heim. Meine einzigen Ausgaben waren meine Krankenversicherung und die Raten fürs Auto, und es hatte Jahre gegeben, in denen ich mir außer Lebensmittel nur noch hin und wieder einen neuen BH, Baumwollslips oder Socken gekauft hatte. Das kleine Sparguthaben, das mir meine Eltern fürs Studium und Jons Pflege hinterlassen hatten, hatte sich dank eines Geldmarktfonds zu einer stattlichen Summe vergrößert, und nach jeder Honorarzahlung legte ich das, was nach Abzug meiner Rechnungen übrig blieb, zusätzlich auf die hohe Kante. Ich hatte mir nie viel aus Besitz gemacht, war nie gereist, hatte weder ein Faible für teure Autos noch für schicke Klamotten (sogar wenn sie mir gepasst hätten), aber plötzlich konnte ich das Geld gar nicht schnell genug ausgeben. Manchmal stellte ich mir vor, wie es mir nachts zuflüsterte: *Gib mich aus, gib mich aus, gib mich aus.*

Also brütete ich über meinen Renovierungsplänen und Wandfarben und Bodenbelägen und legte in einer Ecke des Gartens ein Gemüsebeet an. Samstagnachmittags besuchte ich die kostenlosen Heimwerkerkurse im örtlichen Baumarkt, um zu lernen, wie man Möbel abschliff, ein Waschbecken installierte, die Wände strich oder mit Tapeten bekleidete. (Wehmütig fiel mir ein, wie Val sich so sehnlich ein pink und grün gestrichenes Zimmer gewünscht hatte, und ich hörte ihre Stimme in meinem Kopf: *Ich wollte einfach nur ein schönes Zimmer, in Pink und Grün, so wie das von Addie!)* Ich bekam Blasen an den Händen, zog mir Holzsplitter ein, verbrannte mich an der Klebepistole, verriss mir den Rücken, brach mir die Fingernägel ab – aber all das kümmerte mich nicht, solange ich Vijay damit glücklich machen konnte.

Das Schlafzimmer war als Erstes fertig. Ich hatte mir ein Doppelbett mit einem Kopfteil geleistet, weil Vijay mir einmal erzählt hatte, dass er abends im Bett gern las. Ich trennte mich von der Perkalbettwäsche, die noch von meinen Eltern stammte, und kaufte stattdessen die wohligste, seidenweichste, unverschämt teuerste Bettwäsche aus ägyptischer Baumwolle, die ich finden konnte. Ich bestellte eine Kaschmirdecke mit Fransen, die sich wie ein karamellfarbener Wasserfall über das Fußende des Bettes ergoss. An die Wand kam ein kleiner Holztisch mit einer Kaffeemaschine und einer Kaffeemühle und darunter ein Minikühlschrank für Sahne und Säfte. Ich stellte mir vor, wie wir am Sonntagvormittag faul im Bett liegen und die Zeitung lesen würden.

Ich war nicht seine Erste. Das hatte Vijay mir erzählt, als wir einmal an einem regnerischen Vormittag in der Saftbar auf eine Regenpause warteten, damit wir zu unseren Autos sprinten konnten. »Im Laufe der Jahre hatte ich einige Bekannte«, sagte er. »Bekannte?«, wiederholte ich. Er zuckte nur die Achseln und sah mich von unten schüchtern an. In dem Augenblick glaubte ich zu erkennen, wie er als kleiner Junge ausgesehen hatte und mit seinem charmanten Lächeln die Frauen entwaffnete, wenn sie ihn, die Taschen voller Süßigkeiten, erwischten. Bei seinen Bekannten hatte es sich um Krankenschwestern, eine Psychologin mit der Praxis auf demselben Stockwerk, Lehrerinnen seines Sohnes gehandelt. All diesen Abenteuern, erklärte er, lag eine Übereinkunft zugrunde: Er wollte nur Gesellschaft, nicht seine Frau verlassen.

»Und deine Bekannten«, fragte ich. »Was wollten sie?«

Er zuckte wieder die Achseln. »Wer weiß das schon?«

»Du«, sagte ich. »Derjenige, der mit ihnen zusammen war.«

Er lächelte und berührte meine Wange. »Du bist komisch.« Er überlegte. »Vielleicht wollten sie etwas erleben. Etwas Neues ausprobieren.«

»Sich etwas gönnen.«

Er lächelte mich an. »Sich etwas gönnen. Das gefällt mir.«

Auch ohne ihn zu fragen, wusste ich, dass alle seine »Bekannten« weiß gewesen waren. Mit seinem Akzent, seiner dunklen Haut, ja selbst seiner arrangierten Ehe brachte er vermutlich einen Hauch Exotik in ihr Leben. Er war eine Abwechslung, etwas Neues auf der Speisekarte – ein unbekanntes Gewürz, ein neuer Geschmack, ein reichhaltiges Dessert, das sie kosten, aber nicht jede Nacht haben wollten. Wahrscheinlich hatte sich keine von ihnen je in ihn verliebt. Wahrscheinlich waren sie alle erfahrene, weltgewandte, erfolgreiche Frauen, die noch nie zu Hause, hinter einer Tischkante oder sonst wo festgesteckt hatten.

Es schneite, als er das erste Mal zu mir nach Hause kam. Wir waren geschwommen, hatten an der Bar etwas getrunken, und als Vijay fragte, ob ich ihn begleiten wolle – vermutlich in das Hotel, in das wir immer fuhren –, sagte ich: »Komm mit zu mir.«

»Addie.« Tonfall und Blick verrieten mir, dass er zu einer Rede ansetzen wollte, die er schon öfter gehalten hatte: Ich solle mir keine Hoffnungen machen, er wolle mir etwaige Enttäuschungen ersparen.

»Bitte!« Ich hörte den flehenden Unterton in meiner Stimme und begann noch einmal von vorn. »Bitte«, sagte ich leise. »Ich möchte dir nur zeigen, wo ich wohne. Es würde mir viel bedeuten.«

Als Antwort erntete ich sein charakteristisches Achselzucken, dieses verlegene, charmante Achselzucken, dann hielt er mir die Autotür auf, stieg in seinen eigenen Wagen und folgte mir nach Pleasant Ridge. Als wir in meine Straße einbogen, sah ich förmlich vor mir, wie er die Lippen zusammenpresste; im Vergleich zu seinem Nobelviertel musste dieses Durcheinander von einfachen kleinen Einfamilienhäusern aus den Sechzigerjahren ein Schock für ihn sein. Aber sobald wir mein Haus betraten, war es genauso, wie ich es mir vorgestellt hatte: Das Haus war warm und behaglich und duftete nach dem grünen Chili, das seit dem Vorabend auf dem Herd vor sich hinköchelte. Vijay ging über die neu geschliffenen Böden und registrierte jede Kleinigkeit mit Entzücken: die farbenprächtigen Fliesen in der Küche, der Rosenstrauß in der selbst bemalten Keramikvase, das verschwenderisch gestaltete Schlafzimmer, wie weich alles sei, wie hübsch, wie gemütlich!

Nachdem wir uns geliebt hatten, lag ich neben ihm und beobachtete im Halbschlaf, wie er sein Handy von dem kirschrot lackierten Nachttisch nahm. Eisregen prasselte aufs Dach. Vijay legte seine Hand auf meinen Bauch, und ich hörte, wie er seiner Frau sagte, dass er später nach Hause kommen würde.

Von da an kam er jeden Mittwoch nach dem Schwimmen, und manchmal auch am Samstag, zu mir. Meine Nachttischlampen mit ihren Lampenschirmen aus blassgrün und türkisfarben getöntem Bläschenglas tauchten das Zimmer in ein kühles Unterwasserlicht. Ich hielt meine Augen beim Sex meist geschlossen – was meinen Körper anging, war meine Unsicherheit noch immer so groß, dass mir sein Anblick schier körperliche Schmerzen bereitete –, aber wenn Vijay mit zusammengekniffenen Augen und Lippen zum Orgasmus kam, sah ich ihn immer an. Ich spürte, wie ihn ein Schauder durchlief, und dachte: Das ist wegen mir. Wegen mir fühlt er so.

Danach küsste er mich aufs Ohr und den Hals, zerrte mir das Laken aus meinen verkrampften Händen und schob es vorsichtig nach unten. »Siehst du, wie schön du bist? Wunderschön«, sagte er und streichelte mich rhythmisch, immer schneller, bis ich den Rücken durchbog und mich schließlich keuchend und befriedigt an ihn schmiegte.

Er hatte mich nie angelogen. Und dennoch erlaubte ich mir zu hoffen. Eines Nachmittags im Juli, als die Sonne golden durch das Oberlicht schien, sagte ich: »Denkst du eigentlich jemals darüber nach, dass wir vielleicht einmal …« Ich verstummte, in der Hoffnung, dass er meinen Satz zu Ende führen würde.

Stattdessen setzte er sich auf und schwang die Beine über die Bettkante. »Addie«, sagte er, »ich bin immer ehrlich zu dir gewesen.«

Ich fühlte mich, als hätte ich einen Stein verschluckt. Ich schloss die Augen. Ich hatte Angst vor dem, was kommen würde, und war unfähig, mich emotional dagegen zu wappnen. Im Gegensatz zu seinen anderen Damenbekanntschaften hatte ich keine Schutzmechanismen.

»Es tut mir leid, Liebes«, sagte er mit seinem Akzent. »Aber du weißt doch, dass ich meine Frau nie verlassen werde. Ich glaube …« Dieses Mal war er es, der den Satz nicht beendete. »Vielleicht wäre es am besten, wenn wir uns eine Zeit lang nicht mehr treffen.«

»Du willst mich nicht mehr sehen?« Ich hasste den flehenden Tonfall in meiner Stimme, aber ich konnte nichts dagegen tun.

»Aber natürlich sehen wir uns noch«, sagte er und schlüpfte in seine Unterhose – weiße Baumwoll-Boxershorts, die aussahen, als wären sie gebügelt; zum ersten Mal fragte ich mich, von wem. »Wir sehen uns beim Schwimmen.«

Ich war wie betäubt und fühlte mich krank, elend, einsam. Aber ich zwang mich dazu, aufzustehen, mich in meinen Bademantel zu wickeln und ihn zur Tür zu bringen. Ich sagte, ich verstände. Ich sagte, es würde mir gut gehen. Ich sagte, ich hätte die Zeit mit ihm genossen. »Ich hab's mir gegönnt«, sagte ich und brachte dabei sogar ein Lächeln zustande. Nichts von all dem stimmte. Ich kapierte es einfach nicht: Wenn er mit mir glücklich und in seiner Ehe unglücklich war, warum verließ er dann nicht seine Frau und blieb bei mir? Es würde mir nicht gut gehen. Ich würde wieder einsam sein und versuchen, all die leeren Stunden und leeren Zimmer irgendwie zu füllen, mit einem noch namenlosen, unbekannten Etwas, weil das Essen diesen Zweck nicht mehr erfüllen konnte. Es würde mir sogar schlechter gehen als zuvor, weil ich jetzt genau wusste, was mir fehlte: die Wärme seines Körpers, wenn er im Auto oder auf dem Sofa neben mir saß, seine schiefen Zähne, seine braunen Augen, sein charmantes Grinsen, seine dicken Finger, mit denen er mich zum Höhepunkt brachte.

»Addie«, sagte er an der Tür und legte seine Hände auf meine Schultern. »Mach nicht so ein trauriges Gesicht. Alles ist gut. Du wirst jemanden finden.«

Ich ließ den Kopf hängen, dann sah ich zu ihm auf, um mir sein Gesicht einzuprägen, weil ich wusste, dass ich es nie wiedersehen würde. Ich würde nie jemand anderen finden. Wie könnte ich mich dem ganzen Auf und Ab von Hoffnung und Zurückweisung erneut aussetzen? Ich hatte kein dickes

Fell, ich hatte darin weder Übung noch Fertigkeit. Ich war nicht stark.

»Ich verstehe«, brachte ich hervor. »Aber würdest du mir noch einen Gefallen tun? Nur eine Sache?«

Vijay lauschte stirnrunzelnd meiner Bitte. »Nein, unmöglich«, sagte er schroff. (In diesem kurz angebundenen Ton, seinen angespannten Schultern und seinem steifen Hals glaubte ich plötzlich eine Seite von ihm zu sehen, der Chitra täglich ausgesetzt war, eine Seite, die sich seine »Bekannten« nicht vorstellen konnten.)

»Bitte«, sagte ich, »danach werde ich dich in Ruhe lassen und dich nie wieder um etwas bitten. Nur diese eine Sache.«

Also ergab es sich an einem Freitagabend vor dem Labor-Day-Wochenende in einer Kleinstadt zwischen Milwaukee und Chicago, dass Vijay Kapoor mit Addie Downs auf den Rummelplatz ging. Die bunten Lichter der Hauptmeile erhellten den dunkelblauen Himmel. Es roch nach Frittiertem und Grillwürstchen, und der Mond hing schwer und orangefarben wie ein Kürbis am Himmel. Er kaufte für zwanzig Dollar Tickets und Fahrscheine, spendierte mir eine Limonade und gewann nach sechs Anläufen einen Teddybär an einer Bude, an der man Luftballons mit großen Heliumpistolen aufblasen musste.

Wir spielten Skee-Ball. Wir warfen Tischtennisbälle in Goldfischgläser und ließen Münzen über eine zerkratzte Plexiglasscheibe in Felder mit unseren Glückszahlen rutschen. Wir fuhren mit dem klapprigen Riesenrad. (Ein Angestellter mit leerem Blick und tätowierten Armen knallte den Bügel zu. Was er wohl gesagt hätte, wenn er wüsste, dass der Bügel noch vor einem Jahr nicht hätte geschlossen werden können?) Vijay sah mich nicht an, aber er nahm meine Hand, als sich die Gondel in Bewegung setzte und an der höchsten Stelle schaukelnd anhielt.

»Eine Blume für die hübsche Dame?«, fragte eine Frau mit einem Arm voller Rosen, und Vijay kaufte ihr eine ab. Am geflickten Zelt der Wahrsagerin ging eine Gruppe ausgelassener Jugendlicher vorbei. Eines der Mädchen hatte den gleichen pinkfarbenen Teddybär wie ich und schwenkte ihn lässig an einem Arm. Ihre Jeans hing so tief, dass man das pinkfarbene Gummiband ihres Slips sehen konnte, und als sie lachend an uns vorbeilief, fühlte ich mich fett, steinalt und absolut fehl am Platz.

Ich ließ meinen Bären auf einer Bank zurück und saß auf der Heimfahrt, die Hände im Schoß, ruhig neben Vijay. Als er mich zu Hause absetzte, sagte ich: »Danke für den schönen Abend«, so wie ich es mir als Teenager immer von den Dates vorgestellt hatte, die ich nie gehabt hatte.

Im Schein des Armaturenbretts sah ich sein besorgtes Gesicht. »Addie, bist du sicher, dass es dir gut gehen wird?«

»Klar«, sagte ich. »Natürlich. Alles bestens.«

»Du weinst«, sagte er und fuhr mir zum Beweis mit dem Finger über die Wange.

»Mir geht's gut. Nochmals vielen Dank.« Ich stieg hastig aus. Einen Augenblick lang dachte ich, er würde mir folgen, mich an der Tür einholen und sagen: *Addie, ich war ein Narr. Verlass mich nicht. Verlass mich niemals.* Ich drehte mich um. Ich sah die Umrisse seiner Gestalt hinterm Steuer, aber es war zu dunkel, um seinen Gesichtsausdruck zu erkennen. Ich schloss die Tür auf und ging ins Haus, und kurz darauf fuhr sein Auto aus der Auffahrt, mit aufblendenden Scheinwerfern und einem kurzen Hupen. In jener Nacht machte ich kein Auge zu, sondern saß neben dem Telefon, das natürlich nicht klingelte. Am Montagvormittag ging ich wie üblich zum Schwimmen. »Wo ist denn Ihr Freund?«, fragte die Mandarine und reichte mir ein Handtuch aus den Fächern hinter dem Empfangstresen.

»Keine Ahnung«, sagte ich. Wahrscheinlich hatte sich Vijay ein anderes Schwimmbad gesucht. Ich habe ihn nie wiedergesehen.

## 41

»Nein, nein, und nochmals nein«, sagte Greg Levitson und schüttelte dazu im Takt seinen großen kahlen Kopf. Es war Sonntagvormittag, und man hätte denken können, dass jeder, der nicht in der Kirche oder im Einkaufszentrum war, in der Schlange vor den Bankschaltern der TD-Bank anstand.

»Es dauert keine zehn Sekunden«, sagte Jordan.

Greg Levitson sah Jordan wütend an. »Das könnte mich meinen Job kosten.«

»Natürlich«, sagte Jordan. »Es könnte dich aber auch deinen Job kosten, wenn noch gewisse andere Fakten ans Tageslicht kämen.«

Greg schürzte die Lippen, schloss die Augen und blies abgestandenen Kaffee-Atem in Jordans Richtung. »Du willst mich erpressen?«

»Ich tue nichts dergleichen.«

»Das ist unfair.«

»Niemand hat behauptet, dass das Leben fair ist.« Jordan schlug die Beine übereinander, lutschte an einer Zuckerstange und starrte zur Decke hinauf, als hätte er alle Zeit der Welt.

Greg Levitson war mit Jordan in die Highschool gegangen. Damals war Greg ein rotgesichtiger Junge mit Hängeschultern, Hühnerbrust und breiten, fast fraulichen Hüften, dessen braune Haare sich bereits im letzten Schuljahr stark lichteten. Er ging zum Studieren nach Pennsylvania und kehrte nach dem obligatorischen Zwischenspiel in der Großstadt (in seinem Fall Philadelphia) nach einigen Jahren mit Frau und Kind nach Pleasant Ridge zurück. Greg und Jordan liefen sich gelegentlich im Supermarkt oder an der Tankstelle über den Weg, wo sie sich freundlich zunickten oder mit einem »Wie geht's?« begrüßten. Dabei wäre es auch geblieben, hätte Jordan nicht eines Nachts einen blauen Chevrolet gestoppt, der in einer Tempo-80-Zone mit hundertdreißig Sachen unterwegs war. Am Steuer saß sein früherer Mitschüler.

»Bitte«, flüsterte Greg, nachdem er Jordan seinen Führerschein und die Fahrzeugpapiere durch das Fenster gereicht hatte, »bitte zwing mich nicht dazu, auszusteigen.«

Jordan blickte ins Auto und sah, dass Greg Levitson ein dunkelblaues Abendkleid, hochhackige Schuhe und eine schwarze Feinstrumpfhose trug. Er hatte rot geschminkte Wangen und knallrot lackierte Fingernägel.

»Du weißt, wie schnell du hier fahren darfst?«, fragte Jordan.

Gregs Doppelkinn wackelte, als er mit rauer Stimme sagte: »Es war eine Mutprobe. Normalerweise mache ich so etwas nicht.«

»Ich belasse es bei einer Verwarnung«, sagte Jordan. »Dieses Mal kommst du noch ohne Strafzettel davon. Aber fahr langsamer.« Als er ihm die Papiere durchs Fenster zurückgab, weinte Greg fast vor Dankbarkeit und versprach, dass er Jordan jederzeit behilflich sein würde, wenn er oder die Polizei etwas bräuchte, *egal, was ...*

Jordan hatte ihn in den vergangenen drei Jahren zwei Mal beim Wort genommen – wenn er Konteninformationen brauchte, aber keinen richterlichen Beschluss hatte (oder bekommen konnte). Beim ersten Mal hatte Greg nur allzu bereitwillig geholfen. Beim zweiten Mal hatte er die Lippen geschürzt, bis sein Mund aussah wie der Knoten eines großen weißen Luftballons. Jetzt hatte es den Anschein, als wollte er sich auf die Hinterbeine stellen – auf die hohen Absätze, dachte Jordan und grinste. »Du siehst gut aus«, sagte er und nahm noch eine Zuckerstange aus der Schale auf dem Schreibtisch. »Hast du abgenommen?«

»Hör zu, ich weiß wirklich zu schätzen, was du für mich getan hast, aber das … Ich kann einfach nicht …«

»Könnte auch an deinem Hemd liegen«, sagte Jordan mit prüfendem Blick. »Blau steht dir.«

»Also gut.« Greg beugte sich vor und bewegte seine dicken Finger über die Computertastatur. »Valerie Adler. Nichts. Sie muss bei einer anderen Bank sein.« Jordan lehnte sich zurück und wartete. »Adelaide Downs, Crescent Drive Nummer vierzehn. Die letzten Abbuchungen: Siebenundachtzig Dollar im Supermarkt. Neunzehn Dollar für einen DVD-Ausleihservice.« Greg wedelte mit den Händen. »Uh, wie verdächtig!«

»Weiter«, sagte Jordan.

»Dreihundertneunzehn Dollar, Visacard. Einhundertneunundneunzig Dollar, Lakeshore Athletic Club. Ein Dauerauftrag. Äh.« Greg beugte sich überrascht vor. »Sie hat gestern zehntausend Dollar in bar abgehoben.«

»Zehntausend Dollar«, wiederholte Jordan.

»Aber nicht hier. Die Filiale hatte die Kennziffer 1119 …« Er beugte sich noch weiter vor und tippte wieder etwas ein. »Das ist in St. Louis.«

»Sie ist einfach an den Schalter gegangen und hat zehntausend Dollar in bar abgehoben?«

»Ihr Guthaben ist groß genug. Sie hat sechzigtausend auf ihrem Girokonto, vierzig Riesen auf dem Sparkonto …« Greg verstummte. Wahrscheinlich wurde ihm bewusst, dass er zu viel gesagt hatte.

»Zehntausend Dollar«, wiederholte Jordan.

»Und dann ist da noch eine Abbuchung von einer Tankstelle in …« Er sah mit zusammengekniffenen Augen auf den Bildschirm. »Nashville.«

Sie fährt in Richtung Süden, dachte Jordan und machte sich eine Notiz.

»Du solltest jetzt gehen«, sagte Greg.

»Bin schon weg.« Jordan stand auf. »Der Dank der Nation ist dir gewiss.«

Greg wirkte überrascht. »Eine Sache von landesweiter Bedeutung?«

»Von internationaler Bedeutung«, sagte Jordan. »Äußerst wichtig. Und streng geheim.«

»Gern geschehen. Ach ja, und herzlichen Glückwunsch!«, sagte Greg.

Jordan blieb stehen, die Hand am Türknauf. »Wozu?«

»Zu deinem kleinen Mädchen. Ich habe deine Frau im Biosupermarkt gesehen …« Er hatte wohl auch etwas in Jordans Gesichtsausdruck bemerkt, denn er hielt mitten im Satz inne.

»Wir sind seit eineinhalb Jahren geschieden«, sagte Jordan. »Patti hat wieder geheiratet.«

»Oh«, sagte Greg, »das tut mir leid.«

*Ein kleines Mädchen?* Jordan verdrängte die Information und sagte: »Pass auf dich auf.«

»Mach ich. Hey, es tut mir leid …«

»Schon gut,« sagte Jordan. Und als müsse er sich selbst davon überzeugen, sagte er es noch einmal: »Schon gut.«

## 42

Jordan fuhr zurück ins Revier, obwohl er am liebsten Patti, ihre Mutter, ihre Schwester oder Dr. med. dent. Rob Fine höchstpersönlich angerufen hätte – oder einfach zu ihnen nach Hause gefahren wäre –, um der Sache auf den Grund zu gehen. Hatte Patti doch noch ein Baby bekommen? Hatten sie ein Kind adoptiert? Eine Leihmutter engagiert?

Egal, dachte er, als er auf seinen Parkplatz fuhr. Er fühlte sich, als würde diese Neuigkeit wie ein Virus von ihm Besitz ergreifen. Konzentrier dich.

»Gibt's was Neues, Chef?«, rief ihm Gary Ryderdahl vom Schreibtisch aus zu.

»Vielleicht.« Jordan setzte sich in Hollys Stuhl und rollte damit bis zur gegenüberliegenden Wand, wo er anhielt und auf den Zehenspitzen mit dem Stuhl vor- und zurückwippte.

Gary grinste. »Los, tun Sie's.«

»Sie haben einen schlechten Einfluss«, sagte Jordan.

»Ach, kommen Sie, Chef, es sieht ja keiner.«

Jordan zuckte die Achseln. Vielleicht würde es ihn aufheitern. Er blickte nach links, dann nach rechts, dann drückte er sich von der Wand ab, wirbelte mit dem Stuhl quer durch den Raum und kam direkt vor Garys Schreibtisch zum Stehen.

Gary klatschte ihn ab. »Wie machen Sie das bloß? Wenn ich es versuche, krache ich jedes Mal gegen die Wand.«

»Jahrelange Übung«, sagte Jordan beiläufig. »Also, Adelaide Downs hat in St. Louis zehntausend Dollar in bar abgehoben. Dann gibt es noch eine Abbuchung von einer Tankstelle in Nashville. Was schließen wir daraus?«

Gary fuhr sich über die Haare. »Äh, dass sie auf Countrymusic steht?«

Jordan wartete geduldig. Als Gary ihn ausdruckslos ansah, sagte er: »Was wissen wir sicher?«

»Dass sie Geld hat. Dass sie in St. Louis und Nashville war.«

»Dass sie Geld hatte«, korrigierte ihn Jordan. »Sie könnte in der Zwischenzeit alles ausgegeben haben und sonst wo sein. Aber zunächst einmal rufen Sie alle Hotels in Nashville an. Finden Sie heraus, ob Valerie Adler und Addie Downs, beziehungsweise zwei Frauen, auf die die Beschreibung passt, irgendwo eingecheckt haben.«

Gary überlegte und fragte schließlich: »Wie lautet die Beschreibung?«

»Anfang dreißig«, sagte Jordan. »Blond. Kein Südstaatenakzent. Vermutlich unterwegs mit einem alten Kombi mit Illinoiser Kennzeichen. Vals Foto ist auf der Website des Fernsehsenders, bei dem sie arbeitet.«

Gary nickte. »Übrigens«, sagte er, »Holly und ich haben einen Google …« Jordan sah ihn streng an. Gary zuckte zusammen und schluckte. »Wir haben im Internet recherchiert und herausgefunden, dass Addie Downs jedes Jahr mit einem Bild an der Versteigerung zugunsten der Krebsforschung teilnimmt.«

Jordan zuckte die Achseln. Das hatte nicht viel zu bedeuten, außer dass die Verdächtige sich wohltätig engagierte.

»Ich hatte da so ein Bauchgefühl«, fuhr Gary fort. »Holly rief bei der Ärztin an, die die Versteigerung organisiert. Dr. Elizabeth Shoup. Sie ist Onkologin. Holly gab sich als Adelaide Downs' Assistentin aus und sagte, sie würde anrufen, um Ms Downs' nächsten Termin zu bestätigen.« Garys Gesicht glühte förmlich vor Freude. »Und raten Sie mal.«

»Sie hat einen Termin?«

Gary machte ein langes Gesicht. »Nächsten Donnerstag. Woher wissen Sie das?«

»Nur geraten.« Jordan tätschelte Gary die Schulter.

»Ich kümmere mich um die Hotels.«

»Gut.« Jordan ging in sein Büro und schloss die Tür hinter sich, um sich etwas Ruhe zu gönnen. Holly war unterwegs, um die Leute zu befragen, mit denen Dan sich im Laufe seiner Anstellung bei Swansea Toyota angelegt hatte. Außer diversen Verkäufern und Lieferanten war da noch der Müllmann, dem Dan die Kehle aufschlitzen wollte, weil die Müllabfuhr die leeren Coladosen im Rinnstein nicht aufgesammelt hatte, sowie die Empfangsdame in der Werkstatt- und Reparaturabteilung, die Holly im Vertrauen erzählt hatte, dass Dan sie auf der letztjährigen Weihnachtsfeier unsittlich angemacht hatte. Die Polizeidienststelle im Erdgeschoss des Rathauses von Pleasant Ridge – im ersten Stock residierte die Parkaufsicht – war wie üblich überheizt, und es roch nach Kaffee und Frikadellen. Durch die Glasscheibe sah Jordan, wie Gary angestrengt auf seine Tastatur einhackte.

Jordan überflog seine Notizen, griff zum Telefonhörer, wählte die Nummer der Auskunft und ließ sich mit dem Lakeshore Athletic Club verbinden, der, wie ihn die entspannte Stimme auf dem Band informierte, »die beste Fitness-, Wellness- und Verjüngungseinrichtung des Mittleren Westens« war. Gütiger Himmel! Jordan drückte so lange die Null, bis er mit einem Menschen verbunden wurde, und ließ dann ein fünfminütiges Windspiel- und Gong-Gesäusel über sich ergehen, bis er schließlich den Geschäftsführer in der Leitung hatte.

»Einen wunderschönen guten Tag«, sagte der Mann mit hoher, enthusiastischer Stimme. »Hier spricht Max. Wie kann ich Ihnen helfen?«

»Hallo«, sagte Jordan. »Mein Name ist Sam Novick.« Sam, dessen Namen sich Jordan gelegentlich auslieh, war Ingenieur mit dem Spezialgebiet Klebstoffe, was in der Regel zur Folge hatte, dass die Gesprächspartner nicht weiter nachfragten. »Ich bin gerade erst in die Gegend gezogen. Meine Schwägerin Addie Downs ist Mitglied in Ihrem Fitnessclub.«

Die Antwort kam ohne Zögern. »Ach ja, Addie. Wie geht es ihr?«

»Hervorragend.«

»Sie sieht fantastisch aus«, sagte der Manager. »Sie ist einer unserer größten Erfolge.«

»Ja, sie ist echt was Besonderes«, sagte Jordan. »Ich rufe an, weil ich mir Ihren Club gern genauer ansehen würde. Vielleicht lässt sich ja ein Termin vereinbaren.«

»Aber selbstverständlich«, sagte der Mann, dem wahrscheinlich bereits eine saftige Provision vor Augen stand. »Waren Sie schon mal bei uns? Wir haben eine topmoderne Laufbahn, ein olympisches Schwimmbecken, ein Hot-Yoga-Studio, zwei Aerobicräume, einen Basketballplatz, eine Kletterwand und einen fünfhundert Quadratmeter großen Wellnessbereich mit drei Dampfbädern. Wir bieten eine Vielzahl von Gruppen- und Einzelkursen an, und natürlich Yoga, Pilates, Yogalates, Spinning, TRX-Training, Laufbandübungen unter Aufsicht, Salsatanz, Strip-Aerobic …«

»Was ist mit Joggling?«, fragte Jordan.

»Selbstverständlich«, sagte der Mann. »Haben Sie es schon mal probiert? Es ist genial für die Oberkörpermuskulatur.«

»Macht Addie das auch?«

»Aber nein. Addie schwimmt. Soweit ich weiß, ist es das Einzige, was sie macht. Ich habe ihr zu Crosstraining geraten, Sie wissen schon, dass sie auch noch andere Sachen machen soll. Aber sie ist einfach nicht aus dem Wasser zu kriegen. Sie kommt fünf Mal die Woche, immer zur gleichen Zeit.«

»Wow.« Jordan kicherte. »Ich glaube nicht, dass ich so diszipliniert sein werde.«

»Ich mache Ihnen ein Angebot, Sam. Was halten Sie davon, den Club eine Woche lang kostenlos zu testen? Schnuppern Sie in ein paar Kurse rein, und dann sehen Sie ja, ob es Ihnen gefällt.«

»Abgemacht.« Jordan bedankte sich, legte auf und verließ sein Büro. Er ging vorbei an dem kleinen Plastikweihnachtsbaum, den Holly gekauft und geschmückt hatte, und schloss die rückwärtig gelegene Tür auf, die zu den drei Gefängniszellen von Pleasant Ridge führte. Zwei der Zellen hatten

Normalgröße, drei auf drei Meter, mit einer Metallpritsche, einem Waschbecken und einer Metalltoilette ohne Sitz. Die dritte Zelle war größer, mit einer breiteren Tür und einem niedrigeren Waschbecken – behindertengerecht, so wie es die Bundesvorschriften vorsahen, für den Fall, dass sich unter den hiesigen Halunken auch Rollstuhlfahrer befanden. Jordan schloss die Zelle auf und setzte sich im Schneidersitz auf die dünne Matratze, verscheuchte alle Gedanken an die neue Tochter seiner Exfrau und konzentrierte sich stattdessen auf Adelaide Downs.

Er dachte an das Foto, das er im Zimmer ihres Bruders gesehen hatte, an eine Frau, für die das Wort »normal« einst ein unerreichbarer Traum gewesen sein musste. Aber Addie hatte sich neu erfunden. Jetzt war sie eine normale, unauffällige Frau, der man auf der Straße nicht unbedingt hinterhersah. Sie war nicht fett. Sie war nicht einmal mehr brünett. Möglicherweise war sie krank ... oder sie war krank gewesen und hatte deshalb einen Nachsorgetermin. Vielleicht war sie sich ihrer Sterblichkeit bewusst geworden und hatte beschlossen, ihr Leben zu ändern. Aber wozu genau war sie fähig?

Jordan saß absolut reglos auf der Pritsche. *Addie, Addie, Addie.* Er dachte an die Form ihres Gesichts, ihren Zucker- und Zitronenduft, an das Lächeln ihrer vollen Lippen, ihre blonden Haare, die ihre Wangen umspielten. Er lehnte sich gegen die Betonwand und versuchte, sich an den Ort zu begeben, in den er sich in Gedanken oft zurückzog, einen Ort, den er sich so ähnlich vorstellte wie den kleinen Schuppen, in dem er und Sam als Kinder ihre Fahrräder, Schlitten und Skateboards aufbewahrt hatten. In Gedanken betrat er den dunklen Schuppen, schloss die Tür hinter sich ab, setzte sich auf den Boden und holte sich Adelaide Downs vor sein geistiges Auge.

Addie, dachte er, als er ihr Gesicht vor sich sah. Was für

ein Mensch war Addie? *Dick.* Aber das war sie nicht mehr. *Schüchtern.* Das stimmte auch nicht ganz. *Krank?* Eventuell. Weshalb sie womöglich zu dem Schluss gekommen war, dass sie nichts mehr zu verlieren hatte. *Ängstlich?* Vielleicht. Als Teenager wurde sie verletzt, gehänselt, ausgelacht, links liegen gelassen, und als Erwachsene konnte sie wahrscheinlich jahrelang nicht auf die Straße gehen, ohne dass man sie anstarrte oder über sie tuschelte. Aber jetzt hatte sie einen neuen Körper: Sie war blond, nicht mehr brünett; sie konnte sich unter die Leute mischen und mit dem Strom mitschwimmen, unauffällig und unbemerkt.

Und sie schwamm. Er stellte sich Addie im Badeanzug vor. Es wäre ein züchtiger Einteiler, denn sie würde nie der Bikinityp sein, egal, wie viel sie abgenommen hatte. In Gedanken staffierte er sie noch mit einer weißen Badekappe, einer Flasche Sonnencreme und einem Handtuch aus. Daneben stellte er sich Valerie Adler vor. Val war definitiv der Bikinityp, je winziger, desto besser, und sie hatte wahrscheinlich eine dieser riesigen schwarzen Sonnenbrillen, mit der wunderschöne Frauen zu Monsterinsekten mutierten. Zwei Frauen im Badeoutfit. Wohin würden sie fahren, um dem fiesen Chicagoer Winter zu entfliehen, wenn keine Jacke und kein Mantel dicht genug war, um den eiskalten Wind abzuhalten, der vom Michigansee her blies?

»Key West«, sagte er laut und dachte an die Schrift auf der Rückseite von Vals Foto. Durch die Wand hörte er, wie Gary Ryderdahl deftig fluchte und den Telefonhörer auf die Gabel knallte. Jordan ging zurück an seinen Schreibtisch, schaltete seinen Computer ein und rief sich eine Landkarte der Vereinigten Staaten auf den Bildschirm. St. Louis und Nashville lagen auf dem Weg nach Florida. Vielleicht waren sie ja schon dort, Addie, die Landmaus, und Val, die Stadtmaus. Vielleicht saßen sie schon am Strand, jede mit einem

Frozen Drink in der Hand – etwas Schaumigem, Süßem mit einer Ananasscheibe am Glasrand –, lauschten dem Rauschen der Wellen und ließen sich die Brise durch die Haare wehen. Vielleicht war es der letzte Wunsch einer Todkranken. Oder vielleicht hatten sie etwas Schreckliches angestellt und beschlossen, sich aus dem Staub zu machen. Für ihn spielte es keine Rolle. Er würde seine Arbeit machen, so oder so. Er stand auf, schlüpfte in seine dicke Winterjacke, winkte Gary zum Abschied zu und ging wieder zu seinem Auto.

## 43

»Key West?« Sasha stand in der offenen Tür und sah ihn skeptisch an. Hinter ihr war alles ruhig. Jordan fragte sich, wo ihre Töchter wohl waren. Vielleicht bei ihrem Vater. Sasha hatte ihre Haare wie üblich zu einem ordentlichen Knoten aufgesteckt, aber ihre Wangen und ihre Stirn glänzten von der Creme, die sie aufgetragen hatte. Sie wischte sich mit dem Ärmel übers Gesicht, bevor sie ihn wieder in ihr Büro führte. »Du denkst, sie sind in Key West?«

Jordan schwieg. Je weniger er sagte, desto besser. Außerdem traute er seiner Stimme nicht so recht. Er hatte Angst, dass weder die richtigen Fragen noch die richtigen Antworten aus seinem Mund kommen würden, sondern die Worte: *Meine Frau hat jetzt ein Kind mit dem Zahnarzt.*

»Und worauf genau stützt du deine Vermutung?«

»Sie sind zuerst zusammen nach Chicago gefahren, um Addies Bruder zu besuchen. Addie hat in St. Louis eine Menge Geld abgehoben. Danach wurde ihre Karte noch an einer Tankstelle in Nashville belastet, und die beiden sind meiner Meinung nach noch immer zusammen, also ...«

Sasha Devine fiel ihm ins Wort. »Handydaten? Flugtickets?

Hotelbuchungen? Irgendwelche Beweise?« Sie wischte sich wieder mit dem Ärmel über die Wange und sah Jordan an.

»Ich ...« Jordan klappte den Mund zu.

»Hat Adelaide Downs zu dir gesprochen?«, fragte Sasha. »Hat sie dich in deinem kleinen Schuppen gefunden? Oder warst du wieder in der Behindertenzelle, um nachzudenken?«

Er schluckte. Wie peinlich. In Zukunft dürfte er bei One-Night-Stands nicht mehr so redselig sein. »Ich weiß, dass sie dort ist.«

»Du glaubst, dass sie dort ist«, erwiderte sie.

»Hör zu«, sagte Jordan und gab sich Mühe, vernünftig zu klingen. »Ich weiß, dass sie gern schwimmt. Meiner Ansicht nach sind sie an den Strand gefahren.«

Sasha zog die Augenbrauen hoch, die von demselben glänzenden Braun waren wie ihre Haare. »Aber warum dann ausgerechnet Florida?«, fragte sie. »Warum nicht Nantucket? Oder Maine?«

»Weil es dort jetzt eiskalt ist.«

»Ja und?« Sasha zuckte die Achseln. »Manche Leute fahren gern an den Strand, wenn es kalt ist. Man packt sich warm ein, setzt sich ans Feuer und schaut in die Wellen.« Die unterschwellige Nachricht war eindeutig: *Wenn du nicht so ein Arschloch gewesen wärst, hättest du all das haben können,* das Feuer, die Decke und darunter Sasha selbst, warm und nackt.

»Sie ist in Richtung Süden unterwegs, und sie schwimmt gern«, sagte er noch einmal. Sasha sah ihn mit diesem für Frauen so typischen Gesichtsausdruck an, so als könnten sie Gedanken lesen. So als wüsste sie, dass ihn weniger Daniel Swanseas Verschwinden beschäftigte als einzig und allein die Frage, wie seine Exfrau zu einem Kind gekommen war.

»Dann käme doch auch ein Schwimmbad infrage«, sagte

Sasha, die Hände in die Hüften gestemmt, die Augenbrauen nach oben gezogen.

»Ich glaube, sie möchte das Meer sehen.« Auch das war die reinste Vermutung, aber es fühlte sich irgendwie richtig an. »Außerdem ist sie vielleicht krank.«

»Vielleicht?« Sasha wirkte immer skeptischer. Jordan schwieg und wartete. Sasha sah ihn an, dann seufzte sie. »Ich würde dich ja hinschicken, aber rein aufgrund … ich meine, du hast wirklich absolut gar nichts in der Hand. Nur weil sie in einer Stadt Geld abgehoben und in einer anderen getankt hat, ergibt das in der Summe noch nicht Florida.«

»Schon gut«, quetschte er hervor. »Ich verstehe.« Er fuhr zurück ins Revier. Holly war noch immer in dem Autohaus, wo Dan arbeitete. Devin war noch zu Hause. Gary war damit beschäftigt, die Hotels in Nashville anzurufen. Jordan brauchte eine Viertelstunde, um online ein günstiges Zimmer in Key West zu reservieren, und weitere zehn Minuten, um einen Flug für den nächsten Vormittag zu buchen. Er setzte eine E-Mail auf, die er vom Flughafen aus absenden würde, und fuhr nach Hause, um ein paar Hemden, Sakkos und eine uralte, halb benutzte Flasche Sonnencreme einzupacken, die wahrscheinlich noch aus seinen Flitterwochen stammte. Ich komme dich holen, Addie, dachte er. Dann sagte er es laut, nicht wie eine Drohung, sondern eher wie eine einfache Absichtserklärung: »Ich komme, um dich nach Hause zu holen.«

## 44

Ich stieg aus und blinzelte in die brütend heiße Sonne. Es war Montagnachmittag. Unter meinen Füßen knirschten weiße Muscheln. Über mir raschelten Palmenblätter. Ich roch die salzige, feuchte Luft und hörte das nahe Meeresrauschen – oder bildete es mir zumindest ein. Vor uns, versteckt hinter einem gepflegten Garten mit gestutzten Hecken und spitzblättrigen Palmen, war ein kleines weißes Holzhaus mit einer breiten Veranda und Jalousien an den Fenstern. Es sah aus wie eine Zeichnung aus einem Märchenbuch. MUSCHEL-COTTAGE stand auf einem Schild neben der Türklingel.

»Es ist schön hier, oder?«, sagte Val und führte mich durch die Terrassentüren ins Haus. Das Wohnzimmer hatte einen Fliesenboden und einen Deckenventilator, der gegen die feuchte Luft ankämpfte. Am Ende des Flurs befanden sich zwei Schlafzimmer und dazwischen ein Badezimmer. Neben der Spüle in der Küche stand eine Schüssel mit Mangos, Papayas und Limonen. Hinter dem Haus war eine kleine backsteingepflasterte Terrasse, die mit spitzblättrigen Palmen und Orchideen bepflanzt war. Über allem lag der intensive Duft von Jasmin und Jacaranda.

Val ging mit mir auf die mit Fliegengittern versehene Veranda und schenkte uns aus einem Glaskrug eine hellgrüne Flüssigkeit ein. »Key Limeade. Ein Willkommenstrunk von der Vermieterin«, sagte Val. Ich nippte zuerst zögerlich, dann nahm ich einen kräftigen Schluck. Ich hatte Durst, und es schmeckte köstlich, eine perfekte Mischung aus herb und süß.

»Lecker, oder?«, sagte Val zufrieden.

»Warst du denn schon mal hier?«

»Schon zwei Mal.« Sie zog ihre Schuhe aus und machte es sich mit einem wonnigen Seufzer auf der Chaiselongue bequem. »Mit einem Freund.« Sie fächerte ihre Haare über die Polster und sah mich von der Seite an. Ich wusste, wenn mein Stichwort gefallen war.

»Jemand, den ich kenne?«

»Charlie Carstairs.« Sie sprach den Namen ehrfürchtig

aus. Ganz offenbar sollte ich wissen, wer er war. Was ich aber leider nicht tat.

»Ist das nicht …«

»Der Chef von meinem Sender.«

»Aha.« Ich versuchte mich zu erinnern, ob ich irgendwelchen Klatsch über Val aufgeschnappt hatte. »Moment mal. Der ist doch mit …«

»Die Ehe besteht nur noch auf dem Papier«, sagte sie schnell.

»Ach so.« Charles Carstairs' Frau Bonnie, eine ehemalige Nachrichtensprecherin, konzentrierte sich dieser Tage voll und ganz auf das Spendensammeln für die Brustkrebsforschung. Mehrmals im Jahr druckten die Zeitungen ihr Bild, wenn sie mit knallpinkfarbenem Kopftuch und einem strahlenden Lächeln auf dem Gesicht bei einem Fahrradrennen, einem Schwimmwettkampf oder einem Marathon die Ziellinie überquerte. Seit meine Mutter an Brustkrebs erkrankt war, war ich dank meiner regen Spendentätigkeit auch auf ihrer Mailingliste gelandet, was hieß, dass mich ihr Gesicht mit dem pinkfarbenen Tuch mindestens ein Mal im Monat aus meiner Mailbox heraus anlachte und mich aufforderte, zugunsten der Heilung oder Behandlung von Brustkrebs zu laufen, zu tanzen, einzukaufen, Blumen zu pflanzen oder essen zu gehen.

»Ihre Haare sind wieder nachgewachsen«, sagte Val. »Der Krebs ist seit 1993 in Remission. Sie trägt das Tuch nur noch zur Show.«

»Na wenn das so ist, dann reiß dir ruhig ihren Ehemann unter den Nagel. Wenn sie wieder Haare hat, kann sie einen neuen bekommen.«

Val runzelte leicht die Stirn. Ich nahm einen Schluck von der Limonade. »Aber denk daran«, sagte ich. »Sie verlassen ihre Frauen nie. Selbst wenn sie sagen, dass sie es wollen …«

Sie schüttelte den Kopf und brachte die Eiswürfel in ihrem Glas zum Klirren. »Du liebe Güte! Als ob ich wollte, dass er seine Frau verlässt! Ich bitte dich! Golftermine um sechs Uhr früh und stinkende Zigarren nach dem Abendessen! Es reicht mir voll und ganz, Charlie ein Mal die Woche zu sehen.« Sie lehnte sich zurück und reckte die Arme über den Kopf. Sie trug die dunkle Sonnenbrille, die sie in St. Louis gekauft hatte, und das rote Trägertop, das sie in Atlanta erstanden hatte. Ich fragte mich, ob Val jemals ihre alten Klamotten vermisste – ihre Jungenjeans und T-Shirts, die schnürsenkellosen Turnschuhe, die sie getragen hatte, bis sich die Sohlen ablösten? Vielleicht sehnte sie sich nach der Zeit, als sie sich ihren Pony noch mit der Bastelschere geschnitten hatte, die sie in der Schule mitgehen ließ, und als sie ohne Helm auf einem Jungenfahrrad herumfuhr, das viel zu groß für sie war. Jetzt war jeder Zentimeter von ihr auf irgendeine Art und Weise saniert und optimiert, von den lackierten Zehen bis zu den Beinen, die dank Laserbehandlung absolut haarfrei und dank Sprühbräune nahtlos braun gebrannt waren. Ihr Bauch war flach wie ein Brett. Ihre Fingernägel zierten Acrylverlängerungen, und sie hatte sich Haar-Extensions einarbeiten lassen (nicht wegen der Länge, sondern damit das Haar fülliger wirkte, wie sie mir erklärt hatte). Und sie hatte zugegeben, dass sie sich Nase und Kinn hatte »feinjustieren« lassen, als sie in Kalifornien das erste Mal beruflich vor der Kamera stand. Dennoch schimmerten unter der polierten Oberfläche hier und da Anzeichen meiner alten Freundin durch wie eine Münze oder eine Muschel, die im seichten Wasser zu sehen war. Sie kaute noch immer an den Fingernägeln, wenn sie nervös war, strich sich die Haare hinter die Ohren, wenn sie in einem Gespräch nicht weiterwusste, ernährte sich lieber von Snacks als von richtigen Mahlzeiten und steckte wie eh und je voller Pläne und abenteuerlicher

Ideen, die mir nicht mal im Traum einfallen würden – und die so weit gingen, dass wir vor der Polizei in einen tropischen Urlaub geflüchtet waren.

Ich stand auf, um ins Bad zu gehen. »Nicht ins Bad!«, rief sie. »Hier gibt's eine Außendusche!« Val ging mit mir auf die Terrasse, wo über einem weiß eingezäunten Holzdielenquadrat mit einem Abfluss in der Mitte tatsächlich ein Duschkopf aus der Wand ragte. Eine Wandnische beherbergte ein riesiges Stück rosafarbene Cremeseife, Shampoo, Spülung und ein Duschbad mit Avocado- und Himbeerextrakten. »Sie ist eigentlich dafür gedacht, dass man sich nach dem Strandbad schnell abduscht«, sagte Val. »Aber ich benutze sie ständig.« Sie lächelte mich schelmisch an. »Ein paar Mal haben Charlie und ich sie auch gemeinsam benutzt.«

»Solange ihr sie danach wieder sauber gemacht habt!«

»Addie. Es ist eine Dusche. Duschen sind per definitionem sauber.« Sie warf mir ein Handtuch zu. »Wir können später noch shoppen gehen und uns ein paar Klamotten kaufen.«

»Und dann?«

»Jetzt dusch erst mal. Dann reden wir weiter.«

Es fühlte sich komisch an, sich mitten am helllichten Tag im Freien auszuziehen und meinen unvollkommenen Körper der Sonne preiszugeben. Aber nach ein paar Minuten unter dem warmen Wasser begann ich, es zu genießen. Ich spürte die salzige, nach Jasmin duftende Brise auf meiner Haut, und als ich den Kopf in den Nacken legte, um meine Haare auszuspülen, sah ich über mir den blauen Himmel.

Schließlich wurde das Wasser kalt. Im Schlafzimmerschrank fand ich einen weißen Bademantel, der so flauschig und dick wie eine Bettdecke war. Ich schnürte mir den Gürtel um die Taille, ging barfuß auf die Veranda und setzte mich Val gegenüber auf eine zweite Chaiselounge. Sie hatte die

Augen geschlossen, und ich dachte, sie würde schlafen, aber ich hatte mich kaum gesetzt, als sie zu reden begann.

»Warst du jemals verliebt?«

»Ich …« Ich blickte auf meine hubbeligen Knie und drückte mit dem Handballen sanft gegen den Knoten in meinem Bauch. Sollte ich ihr mehr über Vijay erzählen? Oder die Details für mich behalten? Noch ehe ich mich entscheiden konnte, sprach sie weiter.

»Ich will damit nur sagen, dass wir irgendwann wieder nach Hause müssen, also solltest du, solange wir hier sind, die Gelegenheit nutzen. Mach, was du schon immer tun wolltest! Betrink dich! Bekiff dich! Schlaf mit dem Poolboy!«

Ich blickte mich um. »Hier gibt's einen Pool?«

»Da hinten«, sagte Val und zeigte mit dem Finger in die Richtung. »Hinter der Hecke. Wir teilen uns den Pool mit den anderen Cottages.« Sie lehnte sich zurück und blickte mit zusammengekniffenen Augen in die Ferne. »Ich wette, ich könnte dir jemanden besorgen.«

»Ich weiß es zu schätzen, aber es geht mir gut. Ich mach dir einen Vorschlag«, sagte ich. »Wie wär's, wenn wir Fahrräder mieten, ein Picknick einpacken und an den Strand fahren.«

Sie schien nicht sehr begeistert. »Wie langweilig.« Sie griff unter ihren Sitz und zog eine blau-weiße Plastiktüte hervor. »Schweinekruste?« Sie hielt mir ein Stück unter die Nase. »Kaum Kohlenhydrate!« Ich schüttelte den Kopf. Sie zuckte die Achseln, steckte sich eine Kruste in den Mund und begann knisternd zu kauen. Ich runzelte die Stirn; irgendetwas störte mich an der Sache, und als es mir endlich einfiel, stöhnte ich entsetzt auf.

Val sah mich überrascht an. »Was?«

»Val.« Ich bemühte mich ruhig zu bleiben. »Wo hast du die gekauft?«

Sie steckte sich die nächste Schweinekruste in den Mund.

»In Nashville. Dort, wo wir gestern Vormittag getankt haben.« Jetzt fiel es mir wieder ein. Ich war auf die Toilette gegangen, und als ich zum Auto zurückgekommen war, hatte sie eine Plastiktüte zu ihren Füßen und einen riesigen Drink in der Hand gehabt und sich beschwert, dass das Auto keine Becherhalter hatte. Zu dem Zeitpunkt hatte ich mir nichts dabei gedacht, aber jetzt …

»Womit hast du bezahlt?« Neben der Tankstelle war eine große Autowaschanlage gewesen. Dort standen einige Typen mit nackten Oberkörpern und tief sitzenden Jeans, die Lappen in den Händen hielten und die Autos trocken wischten, wenn sie aus der Waschstraße kamen. Aus einem Radio schallte Reggaemusik. Ich erinnerte mich, dass die Typen Val angelächelt hatten, als sie im Rhythmus der Musik mit den Schultern zuckte. Dann war ich auf die Toilette gegangen. Das Bargeld, das ich in der Zwischenzeit wieder an mich genommen hatte, war sicher in meiner Hosentasche verstaut, aber meine Handtasche mit meiner Geldbörse und sämtlichen Kreditkarten hatte ich im Auto gelassen. Ich hielt die Luft an und betete, dass ich mich irrte. Vielleicht hatte Val ja auch noch einen Zwanzigdollarschein im BH stecken gehabt – so wie Naomi früher.

»Ich …« Sie wurde blass. »Scheiße«, sagte sie kleinlaut.

»Du hast deine Kreditkarte benutzt?«

»Äh.« Sie rollte die Tüte zusammen und verstaute sie wieder unter dem Sofa. »Nein. Deine.«

»Valerie!«

»Es tut mir leid. Ich habe meine zu Hause gelassen, und ich dachte, es würde dir nichts ausmachen, und ich habe vergessen, dass wir sie nicht benutzen sollen.«

»Wie konntest du das vergessen?«

»Mir geht momentan einiges durch den Kopf! Du weißt schon, das ganze Schlamassel mit Dan, und ich habe dir doch erzählt, dass der Sender auf HD-Format umstellt? Ich bekomme bereits ein Mal im Monat eine Laserbehandlung, aber selbst dann …«

»Schweinekrusten.« Ich packte die Tüte und hielt sie ihr unter die Nase. »Schweinekrusten! Ich fasse es nicht. Wir landen im Gefängnis, weil du unbedingt deine bescheuerten Schweinekrusten haben musstest!«

»Ich musste sie nicht unbedingt haben«, sagte sie trotzig. »Sie sind einfach nur eine relativ gesunde Zwischenmahlzeit.« Sie stand auf und ging auf der Veranda auf und ab. »Keine Panik. Vielleicht denkt die Polizei, dass wir in Nashville sind.«

»Wir haben das Geld in St. Louis abgehoben. Wir haben die Nacht in Atlanta verbracht …«

»Aber das wissen sie nicht«, sagte sie geduldig. »Wir haben in den Hotels bar bezahlt und unter falschem Namen eingecheckt.«

Ich holte tief Luft. »Val. Das geht nicht gut. Nicht mehr lange.«

»Das ist nicht meine Schuld.« Sie machte einen Schmollmund.

Ich wartete, bis sie die Tüte nahm und sich die nächste Schweinekruste in den Mund schob, dann sagte ich: »Wir müssen uns darüber unterhalten, wie es weitergehen soll.« Ich sah sie forschend an. »Falls sie Dan finden.«

Sie kaute nachdenklich. »Wir sagen, dass es ein Unfall war. Morgen. Ich rufe gleich morgen die Polizei an und erzähle ihnen, was passiert ist.«

»Wirst du ihnen auch erzählen, was Dan dir angetan hat?«

Zwischen ihren Augen bildete sich eine Falte. »Ich weiß nicht. Die Zeitungen würden darüber berichten. Und die Blogs auch. Alle würden sich in mein Leben einmischen.«

»Es gibt Schlimmeres.«

Val schien mich nicht gehört zu haben. »Außerdem habe ich mich unerlaubt vom Tatort entfernt. Ich hätte es sofort melden sollen.«

Das stimmte. »Du könntest sagen, dass du eine posttraumatische Stressstörung hattest. Dass die Nerven mit dir durchgingen, als du ihn gesehen hast.«

Sie schüttelte den Kopf. Die Falte wurde noch tiefer. »Ich werde nie wieder in meinem Job arbeiten können. Wo ich doch eine Person des öffentlichen Vertrauens bin.«

Ich zwang mich, ruhig zu atmen. »Val. Du weißt, ich liebe dich, aber du bist nicht gerade Walter Cronkite.«

»Man wird sich über mich lustig machen«, sagte sie düster und zupfte an einer Haarsträhne.

»Walter Cronkite ist nie auf einem mechanischen Bullen geritten …«

»Jetzt fang nicht wieder damit an!«, fauchte sie.

»Es gibt Schlimmeres, als dass sich jemand über einen lustig macht.« Ich dachte an den kleinen Jungen in dem Restaurant mit dem warmen Apfelkuchen. Ich dachte an seine Mutter. Ich dachte an die Beratungslehrerin und ihre Plattitüden, an den Footballspieler, der sich aus dem Busfenster gehängt und mir nachgeschrien hatte: *Trainier's dir runter, Fettkloß!*

Ich berührte sie an der Schulter. »Vielleicht geht es Dan gut.«

»Ich habe ihn überfahren.« Sie starrte auf ihre Knie. »Normalerweise geht es einem danach nicht gut.« Sie senkte den Blick noch weiter. »Wahrscheinlich liegt er tot im Straßengraben.«

»Wir haben alles abgesucht«, sagte ich.

»Wir werden Ärger bekommen«, sagte sie tonlos. »Ich meine, schließlich haben wir auch noch eine Bank überfallen.«

»Wir sagen einfach, dass es ein Missverständnis war.« Sollte sie ruhig denken, dass wir die Bank überfallen hatten. Zu dem Zeitpunkt hatte es ihr großen Spaß gemacht.

Sie kniff die Augen zu. »Hm, vielleicht nehmen sie uns das ab. Ich könnte sagen, dass wir nur etwas Geld abheben wollten, aber dass es die Angestellte mit der Angst bekam, als sie meine Waffe sah.« Sie kratzte den Lack von ihren Nägeln und ließ die roten Splitter zu Boden rieseln. Die Sonne ging unter. Sie würde als orangefarben glühender Ball majestätisch im Meer versinken – begleitet vom Beifall und Applaus der Menge auf dem Mallory Square, wo sich, wie ich gelesen hatte, allabendlich die Touristen einfanden, um bei Frozen Drinks dem Sonnenuntergang und den Straßenkünstlern – Kettensägenjongleuren, feuerschluckenden Hunden – zuzusehen.

»Pfeif drauf«, murmelte Val. »Wer braucht schon den blöden Wetterbericht? Ich nicht. Ich bleibe einfach hier und arbeite als Bedienung. Oder als sonst was.« Sie sah mich an. »Du könntest auch hierbleiben. Zum Malen ist es hier bestimmt toll. Du weißt schon, das Licht und so. Jon könnte auch herkommen. Wir könnten mit ihm an den Strand gehen …«

Ich schloss die Augen. Typisch Val, immer auf der Flucht. Nach Kalifornien, nach Kentucky, nach Dallas oder Boston, wo immer sie ihr glamouröser Job hinführte. Sie lief davon, und ich steckte fest, und daran würde sich bis zu meinem Tod nichts ändern.

»Du könntest dein Haus verkaufen«, sagte sie. »Und ich meine Wohnung. Wir könnten in einer Bar arbeiten. Ich wette, dass die Hälfte der Bars hier Leute …«

»Ich muss dir etwas sagen.«

Sie setzte sich und hielt mir wieder ihre Tüte unter die Nase. »Schweinekruste?«

Ich schüttelte den Kopf. »Es kann sein, dass ich krank bin.«

»Hä?« Sie sah mich ungläubig an. »Wovon redest du? Du hast nicht mal welche gegessen.«

»Ich habe einen Knoten entdeckt.«

Val setzte sich auf. »Du hast was? Wann? Wo?«

»Ungefähr eine Woche vor dem Klassentreffen. Ich glaube …« Ich schluckte. Ich war mir nicht sicher, ob ich es laut aussprechen konnte, ob es dadurch vielleicht wahr werden würde. »Ich glaube, es ist das Gleiche, was meine Mutter hatte.«

»Du liebe Güte!« Sie sah mich entsetzt an. »Was willst du jetzt tun?«

»Ich habe am Donnerstag einen Arzttermin. Bei der Ärztin meiner Mutter. Ihrer Onkologin. Das war der früheste Termin, den ich bekommen konnte. Donnerstagvormittag.«

»Wir fahren zurück«, versprach Val. »Gleich morgen früh, damit du zu deiner Ärztin gehen kannst. Wir gehen zur Polizei, und ich sage ihnen, was ich getan habe.« Sie überlegte. »Aber ich bleibe total bei dieser Version mit dem posttraumatischen Stressding.« Sie knabberte an ihrem Daumen. »Vielleicht sollte ich mir ein Buch darüber besorgen. Oder den Wikipedia-Eintrag dazu lesen.«

»Wie du meinst.«

»Kann ich bei dir bleiben?« Noch ehe ich antworten konnte, nickte sie entschlossen. »Ja. Wenn ich nicht ins Gefängnis komme, bleibe ich bei dir.«

Meine Kehle war wie zugeschnürt, meine Augen brannten. Niemand war je bei mir geblieben. Vijay war nicht mal über Nacht bei mir geblieben. Seit dem Tod meiner Mutter war ich ganz allein im Haus gewesen. »Was meinst du? Wie lange kannst du bleiben?«

Val griff nach meiner Hand und verschränkte ihre dünnen, starken Finger mit meinen. »So lange, wie du mich brauchst.«

# 45

Trotz seines Kummers und obwohl er die Worte *kleines Mädchen* nicht aus dem Kopf bekam, war Jordan Novick beeindruckt, als das Flugzeug einer Fluglinie, von der er noch nie gehört hatte, am Montagmorgen pünktlich startete und mit nur einer Viertelstunde Verspätung in Miami landete. Dort reihte er sich, hinter einer Familie, die sich in einer ihm unbekannten Sprache unterhielt, in die Schlange vor dem Mietwagenschalter ein, und es dauerte eine halbe Stunde, bis er schließlich an die Reihe kam. (Zwischen Miami und Key West verkehrten Inselhüpfer, aber er hasste Kleinflugzeuge, und außerdem war es mit dem Auto billiger.)

Als er schließlich sein Auto in Empfang nahm und auf die I-95 South auffuhr, war es kurz nach zwei Uhr. Er hielt an einer Raststätte, um einen Burger und Pommes zu essen, und fuhr dann, bis die Straße nur noch zweispurig war und sich wie eine Halskette über das leuchtend blaugrüne Wasser spannte, durch Key Largo und Islamorada, Lower Matecumbe und Conch Key, Little Duck Key und Little Torch Key. Über das Satellitenradio seines Mietwagens konnte er zu seiner freudigen Überraschung einen Sender empfangen, der rund um die Uhr nur Bruce Springsteen spielte. Als er das Delfinforschungszentrum in Marathon passierte (SCHWIMMEN SIE MIT DEN DELFINEN! stand auf einer Reklametafel), reckte er der schulbusgroßen Delfinskulptur auf dem Parkplatz den Daumen entgegen und stimmte in *»Badlands«* ein. Überzeugt, dass er Bruce nicht unähnlich klang, fuhr er mit offenen Fenstern in den Sonnenuntergang.

Um sechs Uhr erreichte er Key West. Auf der Fahrt durch die Randgebiete mit ihren Megastores und Fast-Food-Ketten hatte Jordan noch das Gefühl, sich in einer beliebigen mittelgroßen amerikanischen Stadt zu befinden, aber je näher er dem Wasser kam, desto enger wurden die Straßen, desto üppiger die Palmen, und es waren mehr Fußgänger und Katzen zu sehen als Autos. Der Himmel schimmerte rosafarben im Licht der untergehenden Sonne. Die Luft roch nach Meer und Alkohol, und alle schienen fröhlich zu sein (wobei man der Fairness halber sagen musste, dass viele auch betrunken zu sein schienen). Nachdem er sich ein paar Mal verfahren hatte, fand er schließlich sein Motel. Sein Zimmer entpuppte sich als ein trostloses Loch im ersten Stock eines zweistöckigen Betonkastens, die Matratze hing durch, und es roch nach Schimmel und Putzmittel. Er räumte seine Sakkos in den Schrank, verstaute Hemden und Unterwäsche in der Kommodenschublade und starrte lange auf das Telefon, bevor es ihm endlich gelang, den Blick abzuwenden.

Um sieben Uhr drehte er die ratternde Klimaanlage auf Hochtouren, vergewisserte sich, dass er Geldbörse und Zimmerschlüssel eingesteckt hatte (das Motel war so low-budget, dass es noch echte Schlüssel an bläulich schimmernden Plastikanhängern mit weiß aufgedruckten Zimmernummern hatte), und machte sich auf den Weg zur Duval Street. Nach Auskunft der Broschüre, die er sich geschnappt hatte, war es *die* Vergnügungsmeile von Key West. Er hatte sich vor seinem Abflug eine Liste der Zimmeragenturen ausgedruckt und stellte erfreut fest, dass eine von ihnen noch geöffnet hatte. Aber damit war sein Glück auch schon verbraucht. Der Angestellte hatte noch nie ein Cottage an Charlie Carstairs, Valerie Adler oder Adelaide Downs vermietet, und er erkannte sie auch von den Fotos nicht wieder. (Das Foto von Valerie hatte Jordan von der Homepage des TV-Senders heruntergeladen und das von Addie aus dem Zimmer ihres Bruders mitgehen lassen.) »Vielleicht lief es über privat«, sagte der junge Mann. »Vielleicht haben sie sich übers Internet direkt mit dem Besitzer in Verbindung gesetzt, ohne eine Agentur einzuschalten.«

Na toll! Jordan ging auf einer Seite bis ans Ende der Straße und dann auf der anderen Seite zurück. Er zwängte sich durch Horden von Betrunkenen, Rowdys und schwitzenden Eltern, die panzergroße Kinderwagen vor sich herschoben und jeden Fußgänger wütend anfunkelten, der nicht schnell genug aus dem Weg ging, zeigte in den Rollerverleihs und Souvenirläden, Galerien, Boutiquen und Bars die Fotos von Addie und Val, fragte immer wieder: *Haben Sie die beiden gesehen?* und war nicht überrascht, als die Antwort immer wieder *Nein* lautete.

Um zehn Uhr war ihm leicht schwindelig, und er hatte Lust auf ein Bier und einen Burger. (*Zwei Burger an einem Tag?*, hörte er Patti fragen, woraufhin Jordan erwiderte, sie solle den Mund halten, denn was er esse, gehe sie gar nichts an. Mit einem neuen Ehemann und, wenn sich der Transvestit-Banker nicht geirrt hatte, einem Kind gehe sie das alles nun wirklich gar nichts mehr an.) Er ging in das nächstbeste Restaurant und merkte erst, als er schon an der Bar saß und man ihm eine eingeschweißte Plastikspeisekarte reichte, dass es sich dabei eher um einen Jimmy-Buffett-Freizeitpark handelte, mit einem Souvenirbereich am Eingang und einer von Buffett-Songs inspirierten Speisekarte.

Wen man nicht schlagen kann, dem schließe man sich an, dachte er und bestellte sich einen Paradies-Cheeseburger und ein jamaikanisches Bier. Aus einem Bier wurden zwei, aus zwei drei, und als der Typ neben Jordan eine Runde Coronas ausgab und dem Barkeeper fünfzig Mäuse zusteckte, um *»Fins«* auf Endlosschleife zu spielen, erforderte das noch weitere Biere sowie einen Tequila, um das Gegröle von hundert sonnenverbrannten, schunkelnden und singenden Buffettfans mittleren Alters erträglich zu machen.

»Alles in Ordnung?«, fragte die pferdeschwanztragende Bedienung, als sie ihm die Rechnung brachte. Sie hatte ein Stabpiercing an der Ohrmuschel, genauer gesagt der Pinna – was, nebenbei bemerkt, ein nützliches Scrabble-Wort war. Jordan und Patti waren ganz verrückt nach Scrabble gewesen. Sie hatten ein Reiseset gehabt, das sie überallhin mitgenommen hatten, falls sie irgendwo festsaßen und sich die Zeit vertreiben mussten.

Sie hatten es während ihres letzten gemeinsamen Urlaubs am Strand auf den Bahamas gespielt, und davor im Wartezimmer des Arztes und im Krankenhaus, als Patti blass und abgemagert im Bett lag, eine Infusionsnadel im Handrücken, Ultraschallgel auf dem Bauch, und sich Mühe gab, ihre Tränen vor ihm zu verbergen.

»Kann ich Sie etwas fragen?« Während er in seiner Tasche nach den Fotos kramte, fragte er sich, wie oft die junge Frau wohl von Touristen angemacht wurde, die alt genug waren, um ihr Vater zu sein. »Haben Sie eine dieser beiden Frauen gesehen?«

Sie warf einen flüchtigen Blick auf die Fotos, dann schüttelte sie den Kopf. »Vermissen Sie jemanden?«, fragte sie.

Und wie, dachte er.

»He, viel Glück«, sagte die Bedienung. Er gab ihr ein großzügiges Trinkgeld und schleppte sich hinaus in die schwüle, energiegeladene Nacht. Unter einer Straßenlaterne standen drei Kerle in Khakishorts und Baseballmützen und studierten einen Stadtplan. Jordan tippte dem Kleinsten von ihnen auf die Schulter und zückte die Fotos. »Habt ihr vielleicht …« Er schluckte und versuchte sich zu erinnern, wie der Satz weiterging.

Der Kleine klopfte ihm auf die Schulter. »He, Alter«, sagte er nicht unfreundlich. »Du bist blau.«

Jordan fuhr sich mit der Zunge über die Lippen. »Was

trinkt ihr denn da?« Alle drei hatten einen Plastikeimer in der Hand – die Dinger waren zu groß, um sie noch Becher zu nennen –, mit einer hellbraunen Flüssigkeit, die einem die Tränen in die Augen trieb.

»Voodoo Bucket«, sagte einer der Typen. Er prostete Jordan unter dem Gejohle seiner Kumpane zu und zeigte mit dem Ellbogen auf eine Bar an der gegenüberliegenden Straßenecke, deren Wände mit signierten Dollarscheinen tapeziert waren. Ein braun gebrannter Mann, der nur mit einer Speedo-Badehose und einem Cowboyhut bekleidet war, saß allein an der Bar, die Ellbogen auf den gebohnerten Holztresen gestützt. Irgendwo in der Nähe spielte eine Steeldrum-Band *»Oye Como Va«*. Jordan überquerte die Straße und machte den Barkeeper auf sich aufmerksam.

»Einen Voodoo Bucket, bitte.« Ein Voodoo Bucket ist was Festliches, dachte Jordan, während er ihn vorsichtig zum Auto und dann hinauf in sein Motelzimmer trug. Es war die Sorte Drink, die man an Deck eines Kreuzfahrtschiffes oder in einem Liegestuhl am Pool zu sich nahm. Er schmeckte nach Rum und Obstsaft. Vielleicht auch Kornbranntwein. Und Frostschutzmittel. Jordan war sich nicht sicher. Er zog sich bis auf die Boxershorts aus, setzte sich mit seinem Riesenbecher so dicht es ging an die ratternde Klimaanlage und rief dann im Revier an, um sich nach dem Stand der Dinge zu erkundigen. Alles bestens, versicherte ihm Holly. Sie gingen allen Spuren und Hinweisen nach. Behielten die Telefone im Auge. Alles unter Kontrolle.

Jordan machte all die richtigen Geräusche, lobte und motivierte, sagte »gut gemacht« und »bravo« und »ich melde mich morgen wieder« und legte auf, bevor Holly in sanfterem Tonfall fragen konnte, wie es ihm ging. Und dann, als die Zeiger der Uhr die Mitternachtsmarke überschritten, tat er das, wogegen er seit über zwanzig Stunden angekämpft hatte: Er wählte Pattis Handynummer, die noch immer dieselbe war wie früher.

Sie meldete sich nach dem dritten Klingelton. »Jordan?«

Leg auf, sagte er sich. Jetzt sofort. Stattdessen fragte er: »Erinnerst du dich noch, wie wir früher immer Scrabble gespielt haben?«

Er hörte seine Ehefrau in zweitausend Meilen Entfernung seufzen. »Ach, Jordan.«

»Weißt du noch? Als du das letzte Mal im Krankenhaus warst? Du hast ›*fromage*‹ buchstabiert, und ich wollte es nicht gelten lassen, weil es ein Fremdwort ist, und dann kamen sie, um dir eine Spritze zu geben …«

»Eine Epiduralanästhesie.« Patti klang traurig. Er hatte sie traurig gemacht. Wie immer.

»Ich hatte recht«, sagte er. »Französische Wörter sind ungültig.« Er kniff die Augen zu. Sein Gesicht war feucht. Schweiß, dachte er, oder vielleicht hatte er etwas von dem Voodoozeug verschüttet. »Rate mal, wo ich bin.«

»Wo auch immer du bist, ich hoffe, dass jemand anders deine Autoschlüssel hat.«

»Key West«, sagte er, wobei er jedes Wort sorgfältig betonte. »Ich bin in Key West, um eine Ermittlung durchzuführen.« Scheiße. Bis *Ermittlung* war alles glatt gegangen, aber dann hatte er sich etwas verhaspelt.

»Jordan«, sagte Patti, »hast du jemanden?«

»Eine andere Frau? Nein, Patti. Das will ich nicht.« Nur dich, dachte er. Nur meine Frau.

»Keine Frau, einen Therapeuten«, sagte Patti.

»Ach so. Ja«, log er.

»Nein, hast du nicht«, sagte Patti. Noch bevor er protestieren konnte, sprach sie weiter: »Weißt du, was du tun solltest? Besorg dir ein paar Aspirin und eine große Flasche Wasser, nimm die Tabletten, trink das Wasser und geh schlafen.«

»Ich kann nicht«, sagte er trotzig. »Ich bin doch am Ermitteln.«

»Deine Ermittlung kann bis morgen warten«, sagte sie.

»Vielleicht ziehe ich hierher«, sagte er und trank einen Schluck. »Hier ist es schön warm.« Er stellte den Eimer ab und wischte sich mit dem Waschlappen, den er sich aus dem Badezimmer geholt hatte, übers Gesicht. »Hier gibt's Palmen. Und ein Restaurant, das Jimmy Buffett gehört.«

»Das klingt nett.« Sie sprach in demselben geduldigen Tonfall mit ihm, den sie wahrscheinlich auch auf ihre Schüler in der Lesefördergruppe anwendete. *Das hast du toll gemacht! Ganz wunderbar artikuliert!*

»Komm her«, sagte er. »Hier gibt's sogar einen Flughafen. Du musst in Miami umsteigen. Oder ich hol dich dort ab. Du brauchst nur deine Badesachen mitzubringen. Alles andere kann ich dir hier kaufen.«

»Ach, Jordan.« Er hörte ein Geräusch am anderen Ende der Leitung und dachte, dass er sie zum Weinen gebracht hatte.

»Du fehlst mir«, sagte er, und das stimmte, aber am meisten fehlte es ihm, verheiratet zu sein, ein gemeinsames Zuhause zu haben, eine Ehefrau zu haben, die am Tisch, im Flugzeug oder im Auto neben ihm saß und die alles über ihn wusste: Wie er auf den Bahamas in eine Qualle getreten war und sich selbst anzupinkeln versucht hatte, um das Jucken zu stoppen, und dass er Rote Bete und Kleinflugzeuge und den Geruch von Benzin hasste; eine Ehefrau, die *»I Loves You Porgy«* sang, wenn sie betrunken war, und zwar in dem politisch inkorrekten Dialekt, in dem das Lied ursprünglich geschrieben worden war.

»Wasser«, sagte Patti in ihrem warmen Bett in Chicago. Zweifelsohne lag Dr. med. dent. Rob Fine neben ihr. Vielleicht schlief er und schnarchte vor sich hin, oder er funkelte sie wütend an, weil in wenigen Stunden der Wecker klingelte und sie beide aufstehen mussten. »Aspirin.«

»Wie ich gehört habe, hast du ein Kind.« Einen Augenblick lang war es still in der Leitung, und er wusste nicht, ob sie ihm nicht antworten wollte oder ob sie bereits aufgelegt hatte.

Als Patti schließlich sprach, klang ihre Stimme stolz und schüchtern, aber auch verlegen. »Rob und ich haben ein kleines Mädchen aus Guatemala adoptiert. Sie ist seit drei Wochen bei uns. Sie heißt Lily wie meine Großmutter.«

*Lily.* Sie hatten ihr Mädchen auch Lily nennen wollen. Er rieb sich die feuchte Wange, und sein Hals war so zugeschnürt, dass er glaubte, keinen Ton herausbringen zu können. »Das mit ›*fromage*‹ tut mir leid«, sagte er. »Ich hätte dir die Punkte geben sollen.« Aber da hörte er nur noch das Besetztzeichen, das nach einer Weile in ein unangenehmes Piepen überging, und dann eine Computerstimme: *Wenn Sie einen Anruf tätigen möchten, dann legen Sie bitte auf und versuchen Sie es noch einmal. Wenn Sie Hilfe brauchen, drücken Sie bitte die Eins.*

Ich brauche Hilfe, dachte Jordan. Er nahm einen großen Schluck aus dem Eimer, dann legte er sich aufs Bett, schloss die Augen und dachte an Patti: Wie sie in hochhackigen Schuhen und dem engen schwarzen Rock, den er so gern an ihr gesehen hatte, forsch die Gangway entlangkam und einen Koffer hinter sich herzog, vielleicht mit einem kleinen Mädchen an der Hand; wie sie, einen Kaffee im Becherhalter, in einem Mietwagen durch die Straßen fuhr, die zum Meer führten, und nach ihm suchte.

Nachdem er eine Dreiviertelstunde so dagelegen hatte, ohne einschlafen zu können, beschloss er, dass er genauso gut arbeiten könne. Er nahm seine Autoschlüssel und seinen Voodoo Bucket und machte sich wieder auf die Suche.

## 46

*»Dan?« Es war Montagmorgen, und Chip Mason rüttelte ihn an der Schulter. Dan stöhnte und blinzelte ins Licht. Merry hatte ihn am Sonntagvormittag bei Chip abgesetzt. Er war zur Tür gelaufen, fast gerannt, und als Chip aufgemacht hatte, hatte er seinem Freund ins Ohr gezischt: »Halt mir jetzt bloß keine Predigt. Die da ist total durchgeknallt. Du musst mich reinlassen.« Chip hatte verblüfft an ihm vorbei zu Merrys Transporter geschaut und ihm dann die Tür aufgehalten.*

*»Hast du ein Bier?«, fragte Dan auf dem Weg in die Küche. Er hoffte, dass Chip nicht fragen würde, was passiert war und wie es kam, dass ihn die Heilige Merry Armbruster in ihrem Transporter durch die Gegend kutschierte.*

*»Es ist neun Uhr morgens«, sagte Chip.*

*»Sei nicht so ein Spießer.« Dan öffnete den Kühlschrank. Kein Bier. Chip hatte Milch und Apfelsaft – welcher erwachsene Mann trank denn Apfelsaft? –, aber nichts Stärkeres als Sprite.*

*»Was ist passiert?«, fragte Chip, während Dan die grüne Plastikflasche an den Mund setzte und ein paar kräftige Schlucke nahm. Der Tonfall von Chips Stimme, irgendwo zwischen Skepsis und Nachsicht, erinnerte ihn schmerzlich an seine Mutter.* Ach, Danny, was hast du jetzt wieder angestellt? *Und plötzlich wurde ihm mit einem flauen Gefühl im Magen bewusst, dass ihm Merry das gleiche Gefühl gegeben hatte – dass in ihrem Blick nicht Wut, sondern Enttäuschung gelegen hatte. Trauer. Seine Mutter hatte ihn abgeholt, wenn er vom Unterricht ausgeschlossen worden war, sie hatte ihn nach Hause gefahren, wenn er bei einem Footballspiel auf die Strafbank versetzt worden war, und jedes Mal hatte sie ihm diese Frage gestellt und geseufzt:* Du bringst mich noch ins Grab.

*Er stellte die Limo auf den Tisch. Als er und seine Freunde Ärger bekommen hatten, weil sie Addie Downs' Auffahrt beschmiert hatten (»Downs-Syndrom« hatten sie sie genannt; der Name war ihm eingefallen, und er fand ihn heute noch zum Brüllen komisch), hatte er seiner Mutter nur das Allernötigste mitgeteilt. Es seien nur ein paar Kritzeleien gewesen, nur ein Streich, keine große Sache, der blöde Vizerektor hätte ihn auf dem Kieker, sagte er. Er erinnerte sie daran, dass Addie ihn beschuldigt hatte, mit Valerie Adler herumgemacht zu haben. Zu Unrecht, wie er immer wieder betonte. Er sagte es nicht direkt, aber er deutete an, dass Addie es nicht anders verdient hätte. Doch in dem Fall hatte seine Mutter nicht geseufzt und wieder eingelenkt. Sie zitierte ihn zu sich an den Küchentisch – er war zu dem Zeitpunkt einen Kopf größer und fünfzig Kilo schwerer als sie, aber sie konnte ihm noch immer Angst machen – und sah ihn eine Weile an, bevor sie den Blick senkte und zu weinen begann.*

*»Was ist los?«, fragte er. »Mama, was ist denn?«*

*Sie wischte sich übers Gesicht und sah ihn mit funkelnden Augen an. Ihr Blick … Es hatte eine Weile gedauert, bis er ihren Blick zu deuten vermochte, und dann hatte ihn dieselbe Bestürzung und das flaue Gefühl im Magen überkommen wie in Chips Küche. Seine Mutter schämte sich für ihn.* Weißt du, wie es sich anfühlt, *fragte sie ihn,* einen missratenen Sohn großzuziehen? Hast du eine Ahnung, wie sich das anfühlt?

*Er wollte protestieren, wie üblich seine Ausflüchte abspulen – es sei doch nicht so schlimm, es sei nur Farbe, es ließe sich abwaschen –, aber sie stand mitten in seiner Litanei auf und drehte ihm den Rücken zu.* Ich bin fertig mit dir, *sagte sie.* Ich geb's auf. *Und obwohl sie weiterhin für ihn kochte und seine Sachen wusch, ihn an die Uni brachte und jahrelang Thanksgiving und Weihnachten ausrichtete, stimmte es, was sie an jenem Tag gesagt hatte. Auf eine schwer definierbare, aber dennoch eindeutige Art und Weise – die sich vor allem durch Abwesenheiten und Unterlassungen äußerte, in den Fragen, die sie ihm nicht stellte (ob er eine Freundin hätte, was seine Zukunftspläne seien) – zeigte sie ihm, dass sie ihren einzigen Sohn aufgegeben hatte. Er hatte sie enttäuscht. Er hatte ihr das Herz gebrochen.*

*Er setzte sich langsam auf einen Stuhl an Chips Küchentisch. »Was ist passiert?«, fragte sein langjähriger Freund noch einmal. Dan schüttelte den Kopf, dann ließ er ihn auf die gefalteten Hände sinken und saß mit geschlossenen Augen da, bis Chip ihn darauf aufmerksam machte, dass er in Kürze zum Gottesdienst müsse und Dan zu ihrer beider Überraschung sagte: »Ich komme mit.«*

*Er war nicht mehr in der Kirche gewesen, seit er von zu Hause ausgezogen war. Als Chip, der am Altar richtig offiziell aussah, sagte: »Lasset uns beten«, beugte Dan den Kopf so schnell nach vorn, dass seine Halswirbel knackten. Den Nachmittag verbrachte er wieder auf den Knien; er sagte noch immer nichts und antwortete nicht, als Chip ihn fragte, woran er dachte und ob er vielleicht darüber reden wollte. Anstatt nachzudenken, nahm er Eimer und Bürste, die er unter der Spüle gefunden hatte, und schrubbte Chips Fußböden, dann säuberte er mit einer alten Zahnbürste die Fugen im Bad. Aber so sehr er auch putzte, betete und fastete (Letzteres eher unbeabsichtigt, weil er wegen seines Katers keine feste Nahrung bei sich behalten konnte), Valerie Adler ging ihm nicht aus dem Kopf: wie sie ihn auf dem Parkplatz des Country Clubs anschrie, dass er ihr Leben ruiniert hätte, wie sie ihn als Mädchen mit tränenüberströmtem Gesicht weggestoßen und* Bitte nicht *gesagt hatte. In Valeries Flehen mischte sich die ruhige Stimme seiner Mutter:* Weißt du eigentlich, wie es sich anfühlt, einen missratenen Sohn großzuziehen?

*Chip hatte ihnen Abendessen gemacht – Spaghetti mit an-*

*gebrannter Soße, einen Fertigsalat aus der Tüte. Dan konnte nichts essen. »Was ist los?«, fragte sein Freund zum dritten Mal … und dieses Mal redete er.*

*»Sie sagte, sie würde es ihrem Vater erzählen«, stöhnte er am Ende seiner Schilderung. »Und weißt du, was ich gesagt habe? Ich habe gesagt: ›Du hast doch nicht einmal einen Vater.‹« Er kniff die Augen zu. Er hasste den dummen Halbstarken, der er damals gewesen war, der sich mit billigem Bier zugesoffen hatte, der sich genommen hatte, was er wollte, der seiner Mutter das Herz gebrochen hatte. Chip hörte zu, während Dan die ganze Geschichte wie ein Stück gammeliges Fleisch auskotzte und sich heiser redete, dann breitete er ein Laken über die Couch und sagte ihm, er solle sich ausruhen.*

*Jetzt war es Montagmorgen. Dan stand auf, noch immer in den Klamotten, die er von Merry bekommen hatte: die Hose, die ihm viel zu kurz war, und das Hemd, das roch, als wäre jemand darin gestorben, während derjenige eine ganze Packung filterloser Zigaretten rauchte. Er schlüpfte in die engen Gummistiefel und sah zu Chip auf, der in der Tür stand. »Kannst du mich fahren?«*

*Er wartete, bis Chip nickte, dann ging er in die Küche und trank zwei Gläser warmes, nach Chlor schmeckendes Leitungswasser. Bei dem Gedanken, dass es vielleicht das Letzte war, was er als freier Mann trinken und schmecken würde, musste er würgen und sich am Küchentisch festhalten. Er ließ sich auf einen Stuhl fallen. Chip beobachtete ihn eine Weile, dann ging er zu ihm und drückte ihm aufmunternd die Schultern.*

*»Wo soll's hingehen?«, fragte Chip.*

*Dan stand auf und bereitete sich innerlich auf das vor, was vor ihm lag. »Das sag ich dir im Auto.«*

*Chip nickte, nahm seine Schlüssel und verließ mit Dan das Haus.*

# 47

*Fahr nicht Auto,* hatte Patti gesagt. Aber Jordan musste nicht mehr auf Patti hören. *Zahnfleischprobleme,* hatte sie gesagt, und er hatte ihr geglaubt. Patti, die es mit dem Zahnarzt trieb und jetzt auch noch ein kleines Mädchen hatte. Jordan stieg in seinen Mietwagen und fuhr los, die eine Straße rauf, die nächste Straße runter. Key West war nicht so groß. Bestimmt konnte er bis Sonnenaufgang alle Häuser abklappern.

Er kam in ein Viertel namens East End, mit schmalen Straßen, die von gepflegten Holzcottages auf handtuchgroßen Rasenstücken gesäumt waren. Er drosselte das Tempo, um zu sehen, wo noch Licht brannte, und um die Autokennzeichen lesen zu können. Nach ungefähr einer Stunde blieb er hinter einem alten grünen Kombi mit Illinoiser Kennzeichen stehen, den er zuletzt gesehen hatte, als das Auto mit überhöhter Geschwindigkeit aus dem Crescent Drive brauste.

Er lehnte sich zurück und sah am Auto vorbei zu den dunklen Fenstern des kleinen weißen Cottages, das hinter roten und pinkfarbenen Blüten und spitzblättrigen Palmen verborgen lag. Erwischt, dachte er und wartete darauf, dass ihn ein Triumphgefühl durchströmte. Nichts dergleichen geschah. Er fühlte sich einfach nur einsam und traurig, und außerdem war ihm speiübel.

*Den Teufel mit dem Belzebub austreiben,* beschloss er. Er dachte daran, wie ihn Judy Nadeau betrunken angegrinst und gefragt hatte, ob er es mit ihr treiben wolle, und nahm einen Schluck aus dem Voodoo-Eimer, den er auf dem Beifahrersitz angeschnallt hatte. Er hörte Pattis Stimme: *Ihr Name ist Lily.* Es war kurz nach drei Uhr morgens. Lass sie schlafen, dachte er. Früher oder später müssten Val und Addie aus dem Haus kommen. Dann würde er sie stellen und ihnen ein Geständnis abringen. Er würde sie aufs Polizeirevier von Key West bringen, damit sie Selbstanzeige erstatteten. Dann würde er Sasha anrufen und sie informieren, dass er den Fall aufgeklärt hatte.

Jordan lehnte den Kopf gegen die Fensterscheibe. Als er die Augen wieder öffnete, ging die Sonne gerade auf und tauchte den Himmel in ein unnatürliches Flamingorosa. Er hörte das Rascheln der Bäume im Wind, das Rauschen des Meeres ... und ein Klopfen an seinem Fenster. Er richtete sich auf, in Erwartung eines genervten Nachbarn oder, schlimmer noch, eines Kollegen, der ihn fragen würde, was er hier zu suchen hatte, und ihn auffordern würde weiterzufahren. Stattdessen – er blinzelte und rieb sich sein tränendes Auge – erblickte er die Gute-Nacht-Fee. Er erkannte sie auch ohne ihre Schneckenpuppe. Sie hatte eine leichte Sonnenbräune bekommen, und mit dem rosafarbenen Himmel im Hintergrund war sie in natura noch schöner als im Fernsehen.

»Jordan?« Sie sah ihn verwirrt, gar ängstlich an. »Jordan Novick?«

Er blinzelte erneut, und die Gute-Nacht-Fee verwandelte sich in Addie Downs. Er stieg steifbeinig und verspannt aus und wartete auf den Adrenalinschub, der ihn munter machen würde.

»Was machen Sie denn hier?«, fragte sie.

»Das könnte ich Sie fragen«, konterte er.

Sie richtete ihren Blick auf einen Weißgummibaum. »Urlaub.« Sie sprach so leise, dass er sie kaum hören konnte. »Ich mache Urlaub.«

Er räusperte sich, um seiner Stimme einen autoritären, sachlichen Klang zu verleihen, stellte aber fest, dass er viel, viel betrunkener war, als er vorgehabt hatte. Er sprach langsam und betonte sorgfältig jedes Wort und jede Silbe. »Wo ist Dan Swansea?«

»Ich weiß es nicht.«

Sie schien die Wahrheit zu sagen – sie hatte weder gezögert noch den Blick abgewandt oder sich an die Haare oder den Mund gefasst.

»Warum sind Sie davongelaufen?«

»Ich bin nicht davongelaufen«, sagte sie. »Ich wollte einfach nur ein paar Tage Urlaub machen.«

Jordan machte einen Schritt nach vorn – wozu und weshalb, das wusste er selbst nicht. Er blieb mit dem Fuß an einer Baumwurzel hängen, stolperte und war erstaunt, mit welcher Geschwindigkeit sich der Boden seinem Gesicht näherte. Er hörte noch im Fallen, wie Addie »He!« sagte, spürte, wie ihre Finger seinen Arm streiften ... und dann prallte er mit der Stirn auf den Gehsteig. Noch während er stöhnte und ihm schwarz vor Augen wurde, dachte er, dass das gar nicht gut lief.

## 48

»Der Polizeichef?« Valerie sah Jordan Novicks Ausweis und dann mich an. »Was macht der denn hier?«

»Ich nehme an, er sucht uns. Er hatte Fotos von uns in der Tasche.«

Valerie überlegte. »War es ein gutes Foto? Du lieber Himmel! Hoffentlich nicht das auf Wikipedia. Irgend so ein Arsch, der wie besessen von mir ist, stellt immer wieder diese schreckliche Aufnahme von mir ins Internet, auf der ich aussehe, als hätte ich ein Dreifachkinn ...«

»Valerie. Konzentrier dich.«

Sie setzte sich in einen Sessel und schlug die Beine übereinander. »Scheiße«, sagte sie schließlich. »Was sollen wir jetzt tun?«

Ich hatte keine Ahnung. Ich war nach draußen gegangen, um mir den Sonnenaufgang anzusehen. Ich wollte mit der Billigkamera, die ich mir gekauft hatte, ein paar Fotos machen und vielleicht ein paar schnelle Skizzen. Wir waren am Abend zuvor am Strand spazieren gegangen, und die untergehende Sonne, das Spiel des seltsam feuerroten Lichts auf dem Wasser, hatte mich verzaubert. Ich wollte ein Bild davon malen, aber kein Aquarellbild in meinem üblichen Miniaturformat. Dafür bräuchte es eine große Leinwand, so breit wie eine Wand, das Ganze vielleicht als Enkaustik-Arbeit. Das Wachs würde dem Bild eine plastische Wirkung verleihen, die Illusion räumlicher Tiefe. Es eignete sich wunderbar zur Darstellung von Wasser, und es wäre bestimmt auch toll für den hiesigen Himmel geeignet.

Also war ich barfuß und im Nachthemd nach draußen gegangen, die Kamera in der einen und den Hausschlüssel in der anderen Hand, und da sah ich das Auto vor dem Haus, mit dem schlafenden Jordan Novick hinterm Steuer. Nach seinem Sturz war mein erster Gedanke, den Notruf zu benachrichtigen, aufzulegen und ihn einfach liegen zu lassen, aber als ich mich bückte, um nachzuschauen, ob er ein Handy in der Tasche hatte, stöhnte Jordan und packte mein Nachthemd. *Bitte,* flüsterte er. Ich half ihm ins Haus, wobei ich ihn halb zerrte und halb trug, und legte ihn in meinem Schlafzimmer seitlich aufs Bett, damit er nicht an seinem Erbrochenen erstickte. Dann weckte ich Val, die gerade schlaftrunken zur Toilette tapste. Sie blickte kurz in mein Zimmer, sah eine Gestalt auf meinem Bett liegen und sagte: »Hey! Du hast jemanden kennengelernt!«

Ich erzählte ihr, was passiert war. Zusammen zogen wir Jordan die Schuhe aus und wischten ihm sein Gesicht ab. Danach gingen wir ins Wohnzimmer, um uns zu beraten.

»Ich habe eine Idee«, sagte Val. »Wir legen ihn in einen

Einkaufswagen und stellen ihn vor der Notaufnahme ab. So wie sie es mit dem Mädchen in *Ich glaub, mich tritt ein Pferd* gemacht haben.«

Großer Gott. »Also erst einmal bezweifle ich, dass *Ich glaub, mich tritt ein Pferd* als Lehrfilm gedacht ist. Er könnte wirklich verletzt sein. Und wo sollen wir außerdem einen Einkaufswagen herbekommen?«

Val dachte darüber nach. »Hervorragende Argumente. Also gut, dann rufen wir ein Taxi …«

»Ich glaube, wir sollten ihn besser zur Polizei bringen.« Ich zögerte. »Und ein Geständnis ablegen.«

»Ich weiß nicht.« Val runzelte die Stirn. »Er scheint momentan nicht gerade für einen offiziellen Auftritt gerüstet zu sein.« Sie zupfte an ihrer Nagelhaut. »Vor allem, seit ich ihm die Hose ausgezogen habe.«

Ich starrte sie an. »Du hast was?«

»Japp.« Sie grinste zufrieden.

»Warum?«

»Sie war schmutzig.« Sie kaute an ihrem Daumennagel. »Und für den Fall, dass er zu fliehen versucht oder so. Das ist ohne Hose nicht so leicht.« Sie knabberte weiter an ihrem Nagel. »Nicht dass ich das aus eigener Erfahrung wüsste.«

»Valerie.« Ich kämpfte um Geduld. »Hast du dir jemals überlegt, dass mit deinem Kopf was nicht in Ordnung ist?«

Sie lächelte mich treuherzig an. »Ach was, ich glaube eher, dass bei allen anderen was nicht in Ordnung ist.«

Ich griff zum Telefon. »Vielleicht sollten wir einfach die Polizei rufen.«

»Warum so eilig?« Sie stand auf und streckte sich. »Lass uns warten, bis er aufwacht.«

»Ich sollte nach ihm sehen und mich vergewissern, dass es ihm gut geht.«

»Tu das«, sagte Val. »Aber tu nichts, was ich nicht auch

tun würde.« Sie ging zurück in ihr Schlafzimmer und ich in meines.

Jordan Novick lag unter der dünnen Daunendecke. Auf seiner Stirn bildete sich bereits eine Beule. Ich strich ihm die Haare aus dem Gesicht – aus rein professionellem Interesse natürlich, um mich zu vergewissern, dass er nicht blutete. Er seufzte im Schlaf und vergrub seinen Kopf im Kissen, und einen Moment lang sah er aus wie ein kleiner Junge. Ich ging in die Küche, wickelte Eiswürfel in ein Geschirrtuch und legte es ihm auf die Wange. Er stöhnte und drehte sich auf die andere Seite.

»Patti«, sagte er.

»Sch.« Ich strich ihm sanft über die Haare, nur ein einziges Mal, und berührte seine Wange. Das war es, was ich mir wünschte, vielleicht nicht mehr als das: einen Mann, der nachts neben mir lag, einen Mann, der mich kannte und meinen Namen sagte. Oder den Namen einer anderen. Zum jetzigen Zeitpunkt war ich nicht wählerisch.

»Gute Nacht, meine Fee«, sagte Jordan.

Hm, das war eigenartig. Hatte er vielleicht eine Gehirnerschütterung? Oder eine Gehirnblutung? Ich versuchte, mich an Dialoge aus Krimis oder Arztserien zu erinnern. *Lichtstarre und erweiterte Pupillen* waren schlecht. *Reagierende Pupillen* waren gut. Ein Patient, der *an Person, Zeit und Ort orientiert war,* war auch gut. Ich kniete mich neben ihn aufs Bett, entfernte den Schirm von der Nachttischlampe und leuchtete ihm mit der nackten Glühbirne ins Gesicht.

»Jordan«, flüsterte ich.

Er schlug die Augen auf. Seine Pupillen verengten sich zu Schlitzen. Er blinzelte, dann legte er die Hand über die Augen. »Au.«

Ich schaltete das Licht aus. »Wissen Sie, wo Sie sind?«, flüsterte ich.

»Im Bett«, sagte er. Kurze Pause. »In Florida.«

»Soll ich jemanden anrufen?«, fragte ich. »Ihre Frau oder …?«

»Nicht … verheiratet.« Er setzte sich mühsam auf. Die Decke rutschte nach unten und brachte weiße Retroshorts zum Vorschein. »Geschieden.« Er rieb sich mit schmerzverzerrtem Gesicht den Kopf. »Sie hat unseren Zahnarzt geheiratet. Sie haben ein kleines Mädchen adoptiert.«

»Oh.« Ich wusste nicht, was ich sagen sollte.

»Sie wissen ganz bestimmt nicht, wo Dan Swansea ist?«

Ich seufzte. »Valerie – meine Freundin Valerie Adler – sagt, dass sie ihn vielleicht nach dem Klassentreffen auf dem Parkplatz des Country Clubs angefahren hat.«

»Vielleicht?« Ich sah im Dunkeln nur seine Umrisse, aber ich konnte mir seinen skeptischen Blick vorstellen. »Würde man so etwas nicht mit Bestimmtheit wissen?«

»Die meisten von uns – ja. Aber meine Freundin stellt in vielerlei Hinsicht die Ausnahme von der Regel dar.« Ich gab Jordan Zeit, das zu verarbeiten, und sprach dann weiter. »Sie stand auf einmal ganz aufgewühlt vor meiner Haustür, weil sie dachte, sie hätte ihn überfahren …« Ich hielt inne. »Zu ihrer Verteidigung meinte sie aber, dass er ihr vors Auto gesprungen sei. Und er war nackt. Val hatte ihn gezwungen, sich auszuziehen.« Ich wartete darauf, dass Jordan fragen würde, warum sie das getan hatte, aber er schwieg. Dann fiel mir ein, dass Val ihm ebenfalls die Hose ausgezogen hatte. Vielleicht hielt er es für Vals Standardverfahren, Männern die Beinkleider zu entwenden. »Wir sind zum Country Club zurückgefahren …«

»Sie haben nicht die Polizei gerufen?«

Ich zog die Knie ans Kinn. »Wir wollten nur nachsehen, ob es ihm gut geht.«

»Es ist November, er war nackt, und er war von einem Auto angefahren worden.« Jordan klang skeptisch.

»Na ja, Val war sich ja nicht sicher, ob sie ihn angefahren hatte. Wir wollten einfach nur sehen …«

Ich hörte ihn langsam und bedächtig ausatmen, so wie es die Mütter im Café machten, wenn die Kinder ihre Milchkaffees ausschütteten. »Also gut«, sagte er. »Val kreuzt also bei Ihnen auf, Sie fahren zurück zum Club …«

»Aber Dan war weg! Wir fanden seinen Gürtel, und dann haben wir ihn gesucht …«

»In Key West?«

Ich biss mir auf die Lippe. »Nein. Wir fingen in Pleasant Ridge an. Das mit Key West kam uns erst später in den Sinn, nachdem wir ihn nirgendwo finden konnten. Wir dachten, wir verschwinden besser, bis er wieder auftaucht.«

Das Bett ächzte, als Jordan sein Gewicht verlagerte. »Ist er aber nicht.«

Ich schlang die Arme um die Knie. Jordan seufzte, und als er sprach, war seine Stimme ein raues Brummen. »Ich mochte Sie.«

»Sie … Sie mochten mich?«

»Ich mochte Ihr Haus.«

Ich schluckte und spürte Tränen in mir aufsteigen. »Oh.«

»Und Ihr Schlafzimmer.«

Ich bekam eine Gänsehaut. »Moment mal. Sie waren in meinem Schlafzimmer?«

»Um Sie zu suchen. Nur weil ich Sie gesucht habe. Ihre Nachbarin macht sich Sorgen.«

Ich seufzte. Mrs Bass. Gott segne sie. Und dennoch. Wie lange hatte ich darauf gewartet, dass mir ein Mann sagte, dass ihm mein Haus gefiel, dass er mich gesucht hatte? Natürlich unter anderen Umständen, wenn die Worte etwas völlig anderes bedeutet hätten. Jordan berührte meine Wange und drehte mein Gesicht zu sich.

»Ich mochte Sie«, sagte er wieder mit rauer Stimme und

zog mich an sich. Er presste seine warmen Lippen auf meine, fuhr mir mit den Fingern durchs Haar und drückte mich sachte mit seinem Körper aufs Bett. Ich fühlte mich, als würde ich ins Wasser eintauchen, als hätten sich die warme Luft, der kräftige Duft der Blumen, die Sonne draußen vor dem Fenster alle gegen mich verschworen, sodass ich Sachen tat, die ich im nüchternen, kalten Chicago nie tun würde. Jordans Dreitagebart kitzelte meine Wangen.

»Addie.« Wir küssten uns, immer und immer wieder. Das Bett schaukelte wie ein Boot auf offenem Meer, und ich spürte, wie mein ganzer Körper glühte, und irgendwo in der Nähe summte etwas, lauter und lauter.

Es bedurfte schier übermenschlicher Kräfte, mich von ihm loszureißen, das Geräusch zu identifizieren und zu sprechen. »Telefon«, sagte ich und beugte mich über ihn, um die Nachttischlampe einzuschalten.

Er setzte sich blinzelnd auf. »Hä?«

»Telefon«, flüsterte ich und zeigte auf den Stuhl, auf den Val seine Hose gelegt hatte.

Jordan war mit drei großen Schritten dort, zog sein Handy aus der Hosentasche und blickte auf das Display.

»Novick. Gary, bist du das?« Seinen stämmigen, aber eleganten Körper leicht abgewandt, hörte er eine Weile stirnrunzelnd zu und rieb sich den Kopf. »Er ist im Revier?« Seine Stimme war lauter geworden und klang leicht verwirrt. »Er hat Selbstanzeige erstattet. Weswegen?«

Ich konnte nicht ruhig bleiben. »Geht's um Dan Swansea? Geht es ihm gut?«

Ich hatte kaum zu Ende gesprochen, als Valerie durch die Tür gestürmt kam. Sie trug ihr Gap-Nachthemd und hatte eine kleine silberne Waffe in der Hand. »Hände hoch. Runter mit der Waffe.«

Jordan sah sie an und ließ das Handy zu Boden fallen.

»Chef?«, sagte eine blechern klingende Stimme. »Chef, sind Sie noch dran?«

Valerie beförderte das Handy mit einem Fußtritt in die Zimmerecke, den Blick und die Waffe weiterhin auf Jordan gerichtet, der mit erhobenen Händen vor ihr stand. »Jetzt hören Sie mir mal zu, Sie Arschgeige«, zischte sie. »Meine Freundin und ich ziehen jetzt Leine. Es ist mir scheißegal, ob wir Sie tot oder lebendig hier zurücklassen.«

»Val«, sagte ich.

»Chef?«, sagte die Stimme aus dem Handy. »Chef, können Sie mich hören?«

»Sie ist krank.« Val machte eine Kopfbewegung in meine Richtung. »Sie muss nach Hause. Sie muss zu ihrer Ärztin ...«

»CHEF! WAS SOLL ICH DENN JETZT MIT DIESEM SWANSEA MACHEN?«

Eine Weile war es still. Dann sah Jordan Valerie fragend an. »Darf ich?«

Sie zögerte, dann nickte sie und ließ die Waffe sinken. Jordan ging mit erhobenen Händen zum Handy und wartete auf Vals Okay, bevor er es aufhob und ans Ohr hielt. »Gary? Was ist los?«

Val setzte sich neben mich aufs Bett und umklammerte mit der Linken meine Hand, während sie mit der Rechten nach wie vor auf Jordans Kopf zielte. »Du solltest die Waffe weglegen«, flüsterte ich.

»Auf keinen Fall«, flüsterte sie zurück, als Jordan sagte: »Bin schon unterwegs. Ich rufe Sie vom Flughafen aus an« und das Handy zuklappte.

Einen Augenblick lang sagte keiner von uns etwas. Wir waren wie erstarrt – ich neben Val auf dem Bett, Jordan, der in seinem blutbespritzten Hemd und seinen Retroshorts vor uns stand, und Val, die noch immer die Waffe auf seinen Kopf gerichtet hielt.

»Swansea ist wieder aufgetaucht«, sagte er, woraufhin Val erleichtert ausatmete und blitzschnell die Waffe wegsteckte. Ich stand zitternd auf und sah Jordan an.

Sein Gesicht war so verschlossen wie sein Handy. »Ich melde mich«, sagte er, zog die Hose an, steckte sein Handy ein und verließ, ohne sich noch einmal umzudrehen, das Haus.

## 49

Das musste Jordan dem Mann lassen – Daniel Swansea hatte seine Version der Ereignisse, und er ließ sich nicht von ihr abbringen.

»Also noch ein Mal«, sagte Jordan zum vierten Mal an diesem Abend. Er war erschöpft. Die zweistündige Fahrt zurück zum Flughafen von Miami, die lange Wartezeit am Mietwagenschalter und die besondere Sicherheitsprüfung, die jedem zuteil wurde, der einen einfachen Last-Minute-Flug buchte, waren nicht spurlos an ihm vorübergegangen. »Sie haben also Ihren Gürtel auf dem Parkplatz des Country Clubs verloren?«

»Wenn Sie ihn auf dem Parkplatz gefunden haben, dann habe ich ihn wohl dort verloren.« Dan Swansea, der Jordan am Vernehmungstisch mit verschränkten Händen gegenübersaß, war, wie Christie gesagt hatte, ein gut aussehender Typ, aber er trug die Hose eines alten Mannes, die seine behaarten Schienbeine entblößte, und ein Hemd, das roch, als hätte es lange Zeit im Keller, wenn nicht gar im Sarg gelegen. Dan war groß, schlank und gut gebaut, er hatte ein markantes Kinn, dichtes, dunkelbraunes Haar und einen benommenen Gesichtsausdruck. Er wirkte nicht wie jemand, der Spinde kaputt gemacht, Auffahrten beschmiert oder eine

Mitschülerin vergewaltigt hatte. Wie er so dasaß, blass und frisch rasiert, sah er aus wie ein Mann, der fix und fertig war mit der Welt.

»Erinnern Sie sich, die Feier zusammen mit Valerie Adler verlassen zu haben?«

Swansea rieb sich den Kopf und schwieg.

»Erinnern Sie sich, von einem Auto angefahren worden zu sein?«

Dan blickte verwirrt drein, dann schüttelte er den Kopf. »Nein, Sir«, sagte er. »Ich erinnere mich an gar nichts. Ich glaube, ich bin auf dem Parkplatz gestürzt.« Er rieb sich die Stirn und lächelte Jordan an. Es sollte vermutlich reumütig wirken, aber es sah aus, als hätte er das Lächeln erst vor wenigen Stunden gelernt und noch keine große Übung darin. »Ich war ziemlich betrunken. Die Getränke beim Klassentreffen waren umsonst gewesen.«

»Und dann sind Sie mit einer Frau nach Hause gefahren.«

Ein seltsamer Ausdruck flackerte über Swanseas Gesicht. »Ja, das ist richtig.«

»Aber Sie wollen uns ihren Namen nicht sagen?«

Swansea schüttelte den Kopf. »Ein Gentleman genießt und schweigt.«

Jordan unterdrückte ein frustriertes Seufzen und blickte auf seine Notizen. »Sie waren am Sonntag und Montag bei Ihrem Freund, Reverend Charles Mason.«

»Chip. Er ist Pfarrer«, sagte Dan.

»Sie sagten, dass Sie etwas beichten wollten?«

Dan ballte die Hände zu Fäusten, legte sie vor sich auf den Tisch und blickte stur geradeaus. »Es gab da eine Party während meiner Schulzeit. Valerie Adler war auch dort. Wir hatten beide getrunken und machten miteinander rum, und dann sind wir in den Wald gegangen und …« Er rieb sich den Kopf und schluckte. »Sie sagte Nein.« Er sprach so leise, dass er kaum zu hören war. »Ich habe sie vergewaltigt. Das wollte ich beichten.«

»Wann war das?«

»In unserem letzten Schuljahr«, sagte Dan. »Im Herbst. Oktober 1991, glaube ich.«

Jordan schob ihm einen Block und einen Kugelschreiber hin. »Schreiben Sie es auf.« Dan beugte sich, den Kugelschreiber in der Hand, über das Blatt Papier und begann zu schreiben. Jordan verließ den Raum, machte leise die Tür hinter sich zu und ging in sein Büro. Es dauerte ein paar Minuten, bis er den Bezirksstaatsanwalt, Glen Hammond, am Telefon hatte.

»Sagen Sie das noch einmal. Er will was?«

»Beichten«, sagte Jordan.

»Du lieber Gott! Hat er an Thanksgiving etwa eine aufrüttelnde Predigt gehört?«

»Keine Ahnung«, sagte Jordan.

»Und wann ist das passiert?«

»Im Oktober 1991.«

»Schnee von gestern.« Glen Hammond lachte kurz auf. »Hören Sie, ich überbringe ungern schlechte Nachrichten, aber Ihr Kerl hat Pech. Die Verjährungsfrist beträgt zehn Jahre. Selbst wenn er sich und seine Kumpel dabei gefilmt hätte, wie sie es mit Drittklässlerinnen und deren Schoßhündchen getrieben haben, dann kümmert das den Bundesstaat Illinois offiziell nicht mehr.«

Jordan legte auf und dachte nach. Sein Opa Sam hätte jetzt wahrscheinlich gesagt, dass alles für die Katz gewesen sei. (»Alles für die Katz, Jordy!«, pflegte er mit gackernder Stimme zu sagen, während er seinen Cadillac einhändig durch das Stadtzentrum von New London steuerte. »Alles für die Katz!«) Er konnte weder Addie noch Valerie verhaften. Ohne ein Opfer, das Anzeige erstatten wollte, ohne Zeugen, ohne Beweise für ein Verbrechen, gab es keinen Fall. Und er konnte Daniel Swansea nicht wegen der Vergewaltigung von Valerie vor Gericht bringen. Blieb also nur ein großer, dampfender Haufen Nichts, wie sein Großvater ebenfalls gern zu sagen pflegte.

Dan blickte auf, als Jordan wieder in den Vernehmungsraum kam. »Es tut mir leid«, sagte Jordan verlegen. »Wir können Sie nicht mehr strafrechtlich belangen. Die Tat ist verjährt.«

Dan presste die Hand an seine Stirn und sah zu Jordan auf. »Was heißt das?«

»Das heißt, dass wir keine Anzeige gegen Sie erstatten können, selbst wenn wir Beweise haben oder Sie die Tat gestehen. Die Tat liegt zu lange zurück.«

Dan schüttelte den Kopf. »Ich habe etwas Schreckliches getan. Das weiß ich jetzt. Ich will es wiedergutmachen.«

»Hm …« Verdammt. Jordan konnte vieles: Verbrechen aufklären, Übeltäter bestrafen, verschollene Autos, verschollene Katzen und verschollene Schlüssel wiederfinden. Verschollene Damen in Florida. Aber er wusste nicht, wie er einem Straftäter den Wunsch nach Gerechtigkeit erfüllen konnte, wenn das Justiz- und Strafvollzugssystem nicht dafür ausgerichtet waren. »Sie könnten ja vielleicht etwas Gutes tun. Eine gute Tat vollbringen.«

»Eine gute Tat«, wiederholte Dan mit unglücklicher Miene. Er stand auf und streckte Jordan die Hand entgegen. »Entschuldigen Sie bitte, dass ich Ihnen Schwierigkeiten gemacht habe«, sagte er. »Dass man mich übers Wochenende gesucht hat. Es tut mir leid.«

Jordan schüttelte ihm die Hand. »Sie verstehen sicher, dass wir uns Sorgen gemacht haben.«

»Es tut mir leid«, sagte Dan noch einmal. Er hielt Jordans Hand noch immer umklammert und sah ihn forschend an.

»Wenn ich schuldig wäre … wenn man mich festnehmen würde … wo würden Sie mich dann hinstecken?«

Jordan runzelte die Stirn. »Bis zur Anklageerhebung in eine unserer Zellen.«

»Kann ich sie sehen?«

Jordan beschloss, dass es nicht schaden könne, und ging mit Dan vorbei an der engen Metallpritsche, an der drei Paar Handschellen befestigt waren, schloss die schwere Tür auf und zeigte auf die drei Gefängniszellen, einschließlich seiner Lieblingszelle. Dan seufzte. Es war das Seufzen eines hungrigen Mannes beim Anblick eines Festmahls, das Seufzen eines Sterbenden, der in der Wüste Wasser erblickt … ein Seufzen, das Jordan zu erkennen glaubte. Stieß er nicht ähnliche Seufzer aus, wenn er es sich mit einem Bier und der Fernbedienung in seinem Campingstuhl gemütlich machte, in der Hoffnung, zweiundzwanzig Minuten lang nicht an Patti und ihren Zahnarzt denken zu müssen? An all die Dinge, die er sich erhofft hatte, die aber nicht in Erfüllung gegangen waren?

Dan berührte die Gitterstäbe. »Könnte ich vielleicht …?«

»Nein«, sagte Jordan. »Das geht nicht.«

»Bitte«, sagte Dan. »Sie müssen auch nicht abschließen. Sie brauchen niemandem zu sagen, dass ich hier bin. Ich werde keinen Ärger machen, ich will nur … ich möchte …« Er zitterte am ganzen Körper. »Bitte.«

Jordan schloss verwirrt die erste Zelle auf. Daniel Swansea betrat sie, rollte die dünne Matratze mit dem blauen Plastiküberzug aus und legte sich mitsamt seinen Schuhen auf die Stahlpritsche, mit dem Rücken zu Jordan, die Hände unter seine Wange geschoben. Jordan beobachtete ihn eine Weile, dann machte er die Tür zu und ging.

Etwas war mit Daniel Swansea passiert, ob er es zugeben wollte oder nicht. Irgendetwas hatte da echt reingehauen, wie die Kids heutzutage sagen würden, und Jordan Novick, der Polizeichef von Pleasant Ridge, würde herausfinden, was es gewesen war.

## 50

»Wie war Ihr Thanksgiving-Wochenende?«, fragte Dr. Shoup, während sie sich am Waschbecken die Hände wusch.

»Gut, danke.« Ich konnte kaum glauben, dass es nicht einmal eine Woche her war. Es fühlte sich an, als wäre ein Jahr vergangen, seit Val vor meiner Tür aufkreuzte. Es war Donnerstagvormittag, und es war ungewöhnlich warm für die Jahreszeit, der Himmel leuchtete in sanftem Blau, und eine leichte Brise brachte die letzten Blätter an den Bäumen zum Schaukeln. Ich lag mit Kittel, Socken und Slip bekleidet auf dem Untersuchungstisch, während Valerie im Wartezimmer saß. »Ich war in Key West. Sind Sie schon mal dort gewesen?« Dr. Shoup schüttelte den Kopf. »Wie war Ihr Thanksgiving?«

»Ruhig.« Dr. Shoup war nicht gerade das, was man redselig nannte. Aber schließlich hatte ich sie mir nicht wegen ihrer Konversationskünste ausgesucht. »Dann wollen wir uns die Sache mal ansehen.«

Ich starrte in die Deckenleuchte. Falls ich nicht sofort ins Krankenhaus musste, würde ich heute Nachmittag schwimmen gehen. Die Tasche mit den Badesachen lag schon auf dem Autorücksitz. Vielleicht würde Val mitkommen. Vielleicht würde ich ihr danach den Tisch in der Saftbar zeigen, an dem Vijay und ich früher immer gesessen hatten, bevor er zu neuen Gewässern und Abenteuern aufgebrochen war. Dr. Shoup fuhr mit ihren kühlen Fingern über den Hubbel und drückte sanft von der einen, dann von der anderen Seite.

»Es ist nicht mein Hüftknochen, oder?«, fragte ich, obwohl ich die Antwort kannte.

Dr. Shoup antwortete nicht. »Tut das weh?«, fragte sie und drückte fester.

»Eigentlich nicht.«

»Und hier?«

Ich schüttelte den Kopf. »Ist es die Leber?«

Zu meiner Beunruhigung antwortete sie nicht. Stattdessen fragte sie: »Wie haben Sie sich in letzter Zeit gefühlt?«

Mir wurde mulmig. »Gut.« Ich zögerte. »Ich habe mir Sorgen gemacht.«

Sie tastete meinen Bauch ab und drückte an manchen Stellen fester. Schließlich rollte sie mit ihrem Hocker weg vom Tisch und zog ihre Gummihandschuhe aus. »Folgen Sie mir.«

»Wohin?«

»Ultraschall.«

Ich hielt mir den Kittel im Rücken zu und konnte vor Angst kaum atmen, während ich ihr durch einen langen Gang folgte. Es musste wirklich etwas Schlimmes sein, wenn sie eine Ultraschalluntersuchung vornahm, ohne dafür einen Termin anzusetzen, eine Überweisung anzufordern oder sich zu vergewissern, dass meine Versicherung auch die Kosten übernahm. Ich legte mich auf die Liege, zog den Kittel bis unter die Brüste hoch, und sagte vor lauter Angst kein Wort. Ich wagte nicht einmal zu atmen.

Sie strich Gel auf meinen Bauch und presste den Ultraschallkopf darauf. »War Ihnen in letzter Zeit übel? Haben Sie zugenommen? Abgenommen?«

Ich schüttelte den Kopf. »Nein. Nicht, dass mir etwas aufgefallen wäre. Nur der Knoten.«

»Was benutzen Sie zur Empfängnisverhütung?«

»Wie? Oh.« Mir wurde heiß im Gesicht. »Kondome.

Meistens.« Die Wahrheit war: *Kondome. Gelegentlich.* Vijay mochte sie nicht, und ich war davon ausgegangen, dass nichts passieren könne. Er versicherte mir, dass er sich hatte testen lassen … und ich war noch Jungfrau gewesen. Wenn ich also AIDS oder etwas in der Art hatte, dann wäre ich der erste Mensch der Welt, der es sich auf der Toilette eingefangen hatte, und was das Schwangerwerden anging … »Als ich so dick war, hatte ich meine Periode ganz unregelmäßig, und während ich abnahm, bekam ich sie auch nur ab und zu.« Toll. Jetzt hatte ich zusätzlich zu Leberkrebs im Endstadium auch noch eine eklige Geschlechtskrankheit.

Sie stellte den Bildschirm so, dass ich es auch sehen konnte. Nur was? Sie zeigte mir etwas Bohnenförmiges, Graues, das wie ein winziges Stroboskop flackerte. »Ich würde sagen, Sie sind im vierten Monat.«

Einen Augenblick lang verstand ich ihre Aussage so, dass ich seit vier Monaten Krebs hätte. Als mir bewusst wurde, was sie meinte, konnte ich weder sprechen noch atmen. Ich konnte nur die flackernde graue Bohne anstarren, die kein Tumor war, die das glatte Gegenteil von einem Tumor war. »Ich dachte …« Ich schluckte, fuhr mir mit der Zunge über die Lippen und versuchte es noch einmal. »Ich hätte nie gedacht …«

Sie sah mich kurz und nicht unfreundlich an, bevor sie die Untersuchung fortsetzte und sich wieder dem Bildschirm zuwandte. »Das kommt also überraschend?«

»Überraschend«, wiederholte ich. »Angesichts der Tatsache, dass ich dachte, ich hätte Krebs, bin ich in der Tat überrascht.«

Ich glaubte, ein Lächeln über ihr Gesicht huschen zu sehen. »Ein verständlicher Irrtum.« Das hatte sie damals natürlich auch über meine Hüftknochendiagnose gesagt. Sie drehte mir den Rücken zu, als sie die Handschuhe auszog und auf den Fußhebel des Abfalleimers trat. »Möchten Sie etwas Zeit, um über Ihre Optionen nachzudenken?«

»Nein. Nein.« Ich schüttelte den Kopf und legte meine Hände auf den Hubbel. Den Knoten. Das Baby. Später würde ich mich der vertrauten Umarmung des Wassers hingeben und dann nach Hause fahren, in mein schönes Zuhause. Ich würde mit meiner besten Freundin nach draußen unter den sonnigen Himmel gehen und die Neuigkeiten mit ihr feiern. Meine Zeit mit Vijay, die Küsse von Jordan – all das waren Erinnerungen, die ich hegen und pflegen und letztendlich wegschließen würde, so wie ich einst meine Schwärmerei für Dan Swansea weggeschlossen hatte. Ich würde nach vorn schauen, nicht zurück. »Danke.« Ich umarmte Dr. Shoup und drückte ihr einen Kuss auf die Wange. Falls sie darüber überrascht war, ließ sie es sich nicht anmerken.

Valerie saß im Wartezimmer. Seit Florida trug sie die Haare zu einem schlampigen Pferdeschwanz gebunden, und die Klamotten, die sie sich von mir ausgeliehen hatte – eine Jogginghose und ein langärmeliges T-Shirt – waren ihr viel zu weit. Sie tippte mit den Daumen auf ihrem BlackBerry. Während sich der Gepäckträger am Flughafen von Key West im Gegenzug für die alten Autoschlüssel meines Vaters um unsere Taschen gekümmert hatte, hatte sich Val einen Münzfernsprecher gesucht und ein langes, leises Gespräch mit Charlie Carstairs geführt. Er hatte erstaunlich schnell eingewilligt, sie einen Monat freizustellen, und sie hatte versprochen, die Zeit mit mir zu verbringen. Sie steckte ihren BlackBerry in die Handtasche und stand auf, als ich am Empfang vorbeiging, die Hand voller Zettel: die Telefonnummer einer Geburtshelferin, ein Rezept für pränatale Vitamine sowie Ratgeberbroschüren über Fötusentwicklung und richtige Ernährung in der Schwangerschaft. »Ist alles okay?«, fragte sie mit sorgenvoller Miene. »Müssen wir ins Krankenhaus fahren?«

Ich schüttelte den Kopf.

»Was ist es dann?«

Ich packte sie an der Hand und zog sie aus der Praxis, die Treppe hinunter, nach draußen ins Tageslicht.

»Was ist los?«

Ich grinste übers ganze Gesicht. »Ich bin schwanger.«

»Du bist … Wie? Was? Von diesem verheirateten Typen? Dem Arzt?«

»Ist doch egal.« Ich hüpfte vor Freude auf und ab. »Egal. Es ist mein Baby.«

»Wahnsinn!« Valerie lehnte sich an ihren Jaguar, den sie, kaum dass wir wieder in Pleasant Ridge gewesen waren, aus meiner Garage befreit hatte. »Wahnsinn!« Sie grinste mich an. »Ein Baby! Kann ich es haben?«

Ich starrte sie ungläubig an. »Ob du es haben kannst?«

»Das war nur ein Scherz! Komm.« Sie packte mich an den Händen. »Wir gehen Babyklamotten kaufen und trinken Champagner!«

»Ich darf nichts mehr trinken.« Ich sah auf die Broschüren in meinen Händen. Ich hatte keine Ahnung, wie man Babys auf die Welt brachte oder Kinder großzog. Ich würde mir Bücher besorgen müssen. Mich auf Wikipedia informieren müssen.

»Wir tun einfach so, als wüsstest du das nicht. Oder du trinkst Apfelsaft oder irgend so ein lahmes Zeug. Komm schon«, sagte sie. »Ich krieg hier Zustände.« Sie hielt mich noch immer an den Händen und sah mich plötzlich ernst an. »Ich wollte dein Baby nicht wirklich haben.«

»Ich weiß, Val.«

»Ich will, dass du alles bekommst, was du dir wünschst. Du bist meine beste Freundin«, sagte Val. Der Wind fuhr ihr in die Haare, und einen Augenblick lang sah ich uns wieder als kleine Mädchen, wie wir uns mit offenen Haaren im Wasser treiben ließen. Sie hielt mir die Autotür auf, und wieder einmal, wie immer, konnte ich ihr nicht widerstehen. »Jetzt komm schon. Steig ein. Es gibt haufenweise teure Babyklamotten, die nur darauf warten, von uns gekauft zu werden.«

## 51

»Sie kommt.« Holly beugte sich angespannt vor wie ein Vorstehhund. Ihre Augen waren auf das Wohnzimmerfenster gerichtet, ihre Brüste drückten gegen den Sicherheitsgurt. Jordan achtete kaum darauf, da er selbst Merry Armbrusters Haustür keine Sekunde aus den Augen ließ. Merry Armbruster, Abschlussjahrgang 92, die nach Auskunft von Christie Keogh bei dem Klassentreffen versucht hatte, ihre ehemaligen Mitschüler auf dem Parkplatz zu bekehren – Jordan vermutete, dass sie Dan Swanseas geheimnisvolle Lady gewesen war. Glen Hammond, der Staatsanwalt, hatte ihn mit seiner Frage, ob Dan eine aufrüttelnde Predigt gehört hätte, auf die Spur gebracht ... und als Jordan daraufhin Chip Mason anrief, erfuhr er, dass Dan am Sonntagmorgen von Merry Armbruster bei diesem abgeliefert worden war, woraus er schlussfolgerte, dass Dan und Merry die Nacht zusammen verbracht hatten.

Als die Tür aufging, rechnete er damit, jemanden wie diese Frau aus *Misery* vor sich zu haben – so einen Kathy-Bates-Typ mit funkelnden Augen und einer Axt in der Hand. Aber die Frau, die zu ihrem Briefkasten ging, war kaum ein Meter fünfzig groß, axtlos und kein bisschen furchteinflößend. Sie trug einen langen Daunenmantel, der bis auf ihre dicken, gefütterten violetten Stiefel reichte. In Jordans Jugend nannte man die Dinger Moonboots.

Er stieg aus, Holly hinterher. »Ms Armbruster?«

Die Frau blickte ihn argwöhnisch an. »Ja?«

»Wir würden Ihnen gern ein paar Fragen über das Klassentreffen stellen«, sagte Jordan.

Sie drückte ihre Mütze an den Kopf. »Kommen Sie rein«, sagte sie und führte sie ins Wohnzimmer. Jordan und Holly setzten sich auf ein schickes Ledersofa vor einem riesigen Flachbildschirmfernseher, der fast die ganze Wand einnahm.

»Der ist aber groß«, sagte Holly und zeigte auf den Fernseher.

»Er gehört meinen Eltern. Es ist ihr Haus«, sagte Merry schmallippig.

»Sind sie da?«, fragte Holly.

Merry schüttelte den Kopf. »Sie sind in Las Vegas.« Sie reckte das Kinn in die Luft. »›Was man mühelos gewinnt, das zerrinnt; was man aber mit seiner Hände Arbeit sammelt, das mehrt sich.‹ Buch der Sprüche 13,11.«

»Dann sind sie also im Spielkasino?«

»Wie kann ich Ihnen helfen?«, fragte Merry.

Jordan beugte sich vor. »Sind Sie am Freitagabend zufällig Dan Swansea über den Weg gelaufen?«

Einen Augenblick glaubte er, sie würde ihre dünnen Lippen noch fester zusammenpressen, ihr spitzes Kinn noch weiter nach oben recken und die Antwort verweigern oder erwidern, dass sie ohne Anwalt nichts sagen würde. Stattdessen sagte sie nach einer Weile: »Wir haben zusammen gebetet.«

»Gebetet? Worum?«, fragte Holly.

Merry sah sie beide stolz an. »Er hatte eine große Sünde auf dem Herzen. Aber er hat seine Verdorbenheit bereut. Jetzt wandelt er im Lichte des Herrn und der Vergebung. Jetzt sieht er …«

Jordan fiel ihr ins Wort. »Ma'am, war er verletzt, als Sie ihn fanden?«

»Er war verloren«, sagte Merry sanft wie eine Lehrerin, die ein Kleinkind korrigiert. »Er war verloren, aber er wurde wiedergefunden. Er war blind, aber jetzt kann er wieder sehen.«

Holly sah Jordan hilflos an. Jordan überlegte kurz, dann stand er auf und reichte Merry seine Visitenkarte. »Danke für Ihre Hilfe«, sagte er und stellte sich den Gesichtsausdruck vor, der mit Hollys Stöhnen einherging. »Rufen Sie uns an, wenn wir etwas für Sie tun können.«

Merry steckte die Karte ein. »Alles Gute«, sagte Jordan.

»Gott schütze Sie«, erwiderte Merry und schloss die Tür ihres Elternhauses hinter ihnen.

»Und was jetzt?«, fragte Holly, sobald sie die Heizung eingeschaltet und sich angeschnallt hatten. Sie blickte durch die Windschutzscheibe zum Haus. »Wir können also keine Hausdurchsuchung machen?« Ihrem Gesichtsausdruck nach zu urteilen kannte sie die Antwort auf die Frage. »Sie hat etwas mit ihm angestellt. Das ist doch offensichtlich.«

Jordan nickte. »Da bin ich ganz Ihrer Meinung. Aber ich weiß nicht, ob das, was sie getan hat, falsch war.« Er suchte nach den richtigen Worten. »Vielleicht war es ein Korrektiv.« Er dachte daran, wie sich Dan Swansea auf der Gefängnispritsche zusammengerollt hatte, wie er gesagt hatte: *Ich habe etwas Schreckliches getan. Das weiß ich jetzt.* »Mehr können wir nicht tun. Wir haben keinen Durchsuchungsbeschluss und keinen Grund, sie zu befragen.«

»Das war's dann also gewesen?«, rief Holly. »Sie kommt einfach so damit davon?«

»Wir behalten sie im Auge«, versprach er. »Beide. Sie und Dan Swansea. Und beim nächsten Fehltritt sind wir bereit.«

# 52

»Du hast jemanden kennengelernt.« Sasha Devine musterte Jordan von oben bis unten. »Ist es diese Adelaide?«

Er sah sie überrascht an.

Sie quittierte seinen Blick mit einem Lächeln. »Vielleicht bist du nicht der Einzige mit einem kleinen, mentalen Rückzugsort.«

Er war sprachlos.

»Du hast dich also in die Verdächtige verliebt?« Der Gedanke schien Sasha zu amüsieren. »Ist sie ein guter Mensch?«

»Ich glaube schon.«

»Sie ist wieder zu Hause, richtig?«

»Wahrscheinlich.« Er zuckte die Achseln. »Ich weiß nicht, ob sie mich sehen will.«

»Fahr zu ihr. Bring ihr Blumen oder etwas in der Art. Frauen mögen Blumen.«

»Ich wollte sie festnehmen«, sagte Jordan. »Wird das die Sache nicht etwas eigenartig machen?« Er verschwieg, dass er bereits bei ihr zu Hause gewesen war, dass er vor ihr kollabiert war, dass sie sich geküsst hatten – was alles natürlich nur noch eigenartiger machte und sich nicht gerade vorteilhaft auf seine nächste Beurteilung auswirken würde.

Sasha zuckte die Achseln. »Ich habe einmal einem Exfreund verziehen, der mich mit meiner Schwester betrogen hat«, sagte sie. »Und von dem wir uns beide Chlamydien eingefangen haben.« Sie verzog das Gesicht. »Schlechtes Beispiel. Wie dem auch sei, sie freut sich bestimmt, dich zu sehen.« Jordan war sich da nicht so sicher. »Also, was ist deiner Meinung nach vorgefallen?« Er wusste, was sie ihn fragte: Was ist Dan Swansea in jener Nacht zugestoßen? Hatten Addie und Val ein Verbrechen begangen, und kamen sie nun ungestraft davon?

Er zögerte einen Augenblick, bevor er antwortete. »Ich glaube, Dan Swansea hat sich gebessert.« Er überlegte noch einmal. »Ich glaube, er war jemand, der sich bessern musste.«

»Soll mir recht sein«, sagte Sasha.

Jordan stieg wieder in sein Auto. Der putzige kleine Kerzen- und Potpourriladen im Stadtzentrum war einer schicken Blumenboutique gewichen. Dort kaufte er einen sündhaft teuren Strauß pinkfarbener Tulpen mit einer Manschette aus blassgrünem Krepppapier. Er tankte, wusch die Autofenster, und als er es nicht noch länger hinauszögern konnte, machte er sich schließlich auf den Weg in den Crescent Drive.

## 53

Addie reagierte weder auf sein Klopfen noch auf sein Klingeln. Als er ihre Nummer auf seinem Handy wählte, klingelte ihr Telefon, bis sich der Anrufbeantworter einschaltete und eine computerisierte Stimme ihn in gleichgültigem Tonfall aufforderte, eine Nachricht zu hinterlassen. Jordan legte auf, wartete fünf Minuten, dann klopfte er wieder an die Tür und rief: »Polizei!« Schließlich hörte er ihre Stimme aus dem Schlafzimmerfenster im ersten Stock.

»Jordan?« In ihrem Gesichtsausdruck war etwas, das er auch auf dem Foto an der Wand ihres Bruders gesehen hatte: Hoffnung. Nur ein Fünkchen, aber immerhin. Dann wandte sie sich ab.

»Addie. Hey. Ich will nur reden.«

Ihre Stimme drang aus dem Fenster an sein Ohr. »Es gibt nichts zu reden.«

»Wir müssen über alles reden. Kommen Sie, Addie. Bitte!«

Einen Moment lang war er überzeugt, dass sie ihn mit seinen Tulpen vor der Tür stehen lassen würde. Aber dann ging die Tür auf, und sie stand vor ihm – in einer schwarzen Hose, einem weiten roten Top und mit einem Handtuch in der Hand. Ihre Haare – hellbraun, nicht blond – waren noch feucht von der Dusche.

Er sah sie an. »Ihre Haare sind anders.«

Sie fasste sich schüchtern an den Kopf. »Ich habe beschlossen, dass ich nicht für ein Leben als Blondine bestimmt bin.« Sie strich ihr T-Shirt glatt. »Valerie ist die Blondine.«

Er räusperte sich. »Sind Sie beide wieder gut nach Hause gekommen?«

»Ja.«

»Sind Sie …« Er räusperte sich erneut. »Ihre Freundin sagte in Florida, dass Sie krank seien.«

Sie lächelte verlegen. »Ich bin nicht krank. Es war ein Missverständnis. Es geht mir gut. Ich bin …«

Er hörte, wie jemand von oben »Addie?« rief. Dann kam Val barfuß und in Jogginghose die Treppe herab, mit einem Buch in der Hand. »Hast du das hier schon gelesen? Du sollst viel Grünkohl essen. Tonnenweise. Andernfalls könnte das Kind …« Sie hüpfte von der letzten Stufe. Jordan erkannte das Buch; Patti hatte es auch im Regal gehabt: *Ein Baby kommt.* »… einen Neuralrohrdefekt haben. Was, zum Kuckuck, ist das denn?«

Jordan sah von Valerie zu Addie. »Sie sind schwanger?«

Sie errötete. »Ja, ein bisschen.«

In Jordans Kopf drehte sich alles. »Sie …« Er dachte an die Kondome und an Mrs Bass' Beteuerung, dass Addie keinen Freund hätte. »Waren Sie bei einer Samenbank?«

»So ähnlich«, sagte sie.

Er zwang sich, sie nicht mehr anzustarren und sich an den eigentlichen Grund seines Besuchs zu erinnern. »Ich wollte Ihnen nur sagen, dass es mir leidtut. Das, was …« Er verstummte. Er hatte keine Ahnung, wie er das, was zwischen ihnen passiert war, nennen sollte, er wusste nicht einmal, was ihm leidtat, außer dass es ihm leidtat.

»Danke. Dan geht es gut, oder?«

Kommt darauf an, wie man *gut* definiert, dachte Jordan. Er musste daran denken, wie Dan sich in der Gefängniszelle zusammengerollt hatte und wie Meredith Armbruster ihm mit ruhiger Stimme versichert hatte, dass sie nur zusammen gebetet hatten. »Es geht ihm gut. Aber das ist der zweite Grund, warum ich gekommen bin. Ich wollte mich vergewissern, dass er Sie beide nicht belästigt hat.«

Vals Gesichtsausdruck verfinsterte sich. Addie legte eine Hand auf ihren Bauch. »Nein«, sagte sie. »Müssen wir denn damit rechnen?«

»Ich glaube nicht. Ich glaube, er hat ein neues Leben begonnen oder versucht es zumindest.«

Val schnaubte. Addie schwieg. Ein Windstoß fuhr durch die nackten Bäume in ihrem Garten. Jordan sah, wie Addie fror, und er hätte am liebsten seine Arme und seine Jacke um sie gelegt, damit sie sich an ihn schmiegen konnte. »Gehen Sie rein«, sagte Jordan mit rauer Stimme. »Es ist kalt.« Dann fielen ihm die Blumen ein, und er streckte ihr den Strauß entgegen. »Die sind für Sie.«

»Oh.« Sie nahm sie verlegen in Empfang und registrierte kaum, dass Val diskret wieder nach oben verschwand. »Danke, sie sind wunderschön.«

»Addie«, sagte er, »könnten wir uns vielleicht mal treffen? Auf einen Drink oder zum Essen?« Sein Blut pochte in seinen Ohren, und er hatte feuchte Hände und Achseln.

Sie sah ihn an. Ihr Lächeln schwand. »Sie sind in meinem Haus gewesen.« Er antwortete nicht. »Ich wette, Sie haben auch mit meinem Bruder gesprochen.« Er wartete. »Sie haben mich bis nach Florida gejagt …«

»Jagen ist ein bisschen zu stark ausgedrückt. Es war eher

eine Verfolgung.« Er sah sie mit ernster Miene an. »Eine offizielle Polizeimaßnahme.«

Sie wirkte nach wie vor skeptisch. »Sie haben ein Foto von mir herumgezeigt. Nicht einmal ein gutes. Und wir haben …« Sie zog schüchtern den Kopf ein. Die hübsche Röte war wieder da und färbte ihr die Wangen und den Hals.

»Na ja, so machen wir das üblicherweise bei einer Polizeifahndung. Hatte ich das bei meinem letzten Besuch nicht erwähnt? Das machen wir mit allen Verdächtigen. Zuerst küssen, dann festnehmen. Das Küssen macht sie ruhiger.«

Ihr Lachen klang wunderbar melodisch. Er sprach weiter. »Es tut mir leid, dass ich in Ihr Haus eingedrungen bin. Aber die Indizien waren ziemlich eindeutig. Und außerdem war Ihre Tür nicht abgeschlossen.«

»War sie wohl.«

»War sie nicht. Ihr Schlüssel lag unter dem Fußabtreter.«

»Das ist nicht das Gleiche.«

»Gehen Sie mit mir essen.«

Sie lehnte sich, eine Hand auf dem Bauch, an den Türrahmen und seufzte. »Es wird nicht funktionieren.«

»Ist es wegen des Babys?« Sie antwortete nicht. Jordan wischte sich die Handflächen an der Hose ab und ließ nicht locker. »Meine Frau und ich … meine Exfrau … wir konnten keine Kinder bekommen. Ich habe immer welche gewollt, sie auch, aber …« Er verstummte.

Addie schüttelte den Kopf. Sie sah aus, als würde sie gleich weinen. »Ich wünschte mir, die Situation wäre eine andere. Aber ich bin nicht tapfer.«

»Und ob.« Er sah ihr in die Augen. Er wollte, dass sie ihm glaubte.

Er schwitzte überall, an den Händen, unter den Achseln und in den Kniekehlen, weil er wusste, dass es jetzt darauf ankam, und weil er überzeugt war, dass er es vermasseln würde, so wie er in letzter Zeit alles vermasselt hatte. »Wir passen gut zusammen. Das wissen Sie.«

Sie erwiderte nichts. Sie sagte weder Ja noch Nein. Jordan redete weiter; wahrscheinlich hätte er nicht aufhören können, selbst wenn er gewollt hätte. »Nur eine Chance«, sagte er. »Das ist alles, was ich will.«

Addie schüttelte den Kopf. »Das Baby …« Sie zögerte und begann noch mal von vorn. »Der, äh, Vater …«

Jordan unterbrach sie. »Das ist mir egal. Solange es vorbei ist.«

»Ach, das ist so was von vorbei.«

»Dann ist es gut.«

Sie sah ihn an, wie er da so in der Kälte stand. Einen langen Augenblick lang glaubte er, dass sie den Kopf schütteln und ihm die Tür vor der Nase zumachen würde. Aber stattdessen atmete sie langsam aus und fragte ihn mit einem freundlichen Lächeln: »Möchten Sie reinkommen?« Sie hielt die Tür auf, und Jordan folgte ihr in die Wärme und das Licht.

## 54

»Weißt du eigentlich, wie toll ich das finde?«, fragte Valerie. Es war ein wunderschöner Juninachmittag, und wir waren im Garten, barfuß, in kurzen Hosen, T-Shirts und Gartenhandschuhen, um an der Stelle, wo meine Mutter einst Kräuter und Gemüse gezogen hatte, ein Beet anzulegen.

»Was, Unkraut jäten?«

»Nein. Die ganze Situation.« Sie strahlte mich an. »Du. Jordan. Das Baby. Das Ganze erinnert mich total an *South Pacific!*«

»Die Leute werden uns für verrückt halten.« Ich rammte den Spaten in die Erde, dann stand ich auf, drückte die Hände ins Kreuz und streckte mich. Bis zum Geburtstermin waren es noch zehn Tage, und ich fing gerade erst an, mir über das ganze Drumherum Gedanken zu machen. Meine Tochter würde mit großer Wahrscheinlichkeit dunkelhäutiger sein als ich oder Jordan. Vielleicht würde man sie für ein Adoptivkind halten ... oder mich für das Kindermädchen. Hm, das würde interessant werden.

Ich rieb mir den Rücken, dann kratzte ich mir den Bauch, der ständig juckte. Seit unserem »Abenteuer« – wie Val es nannte – hatte ich viel Zeit mit meiner besten Freundin verbracht. Nach ihrer einmonatigen Auszeit war Val wieder nach Chicago in ihre Wohnung und zu ihrem Job gezogen, aber sie belegte auch einen Improtheaterkurs – für den Fall, dass sie das glamouröse Leben eines Wetterfrosches für das noch glamourösere Leben einer Möchtegernschauspielerin Mitte dreißig an den Nagel hängte, wie sie sagte. Sie kam jedes Wochenende nach Pleasant Ridge, machte sich im Gästezimmer breit, das noch nie irgendwelche Gäste beherbergt hatte, und füllte das Haus mit ihrer Musik und ihrem Geplauder, ihren Ratgebern und Babybüchern, tütenweise Designerumstandsklamotten und kistenweise Grünkohl, und ihren Joggingschuhen, die sie aufgeschnürt und zusammen mit ihren Socken neben der Tür stehen ließ. Hin und wieder begleitete sie Jon und mich mittwochabends zum Piroggen-Essen. Jon freute sich darauf, Onkel zu werden. Er hatte für sein Zimmer ein Schild gebastelt, auf dem der Geburtstermin des Babys stand, außerdem noch eines für den Kühlschrank und eine Karte für seine Geldbörse. Und er hatte mir mit seinem Angestelltenrabatt bei Walgreens ein Strampelhöschen mit dem Aufdruck NUMBER ONE BABY gekauft sowie einen Superduper-Feuchttuchwärmer und mehr Windeln, als ich in einem Jahr brauchen würde.

»Wen kümmert's, was die anderen denken«, sagte Val ungeduldig. »Herrgott. Darüber kannst du dir keine Gedanken machen. Du solltest mal sehen, was über mich alles im Internet steht.«

Ich musste über ihre Einstellung grinsen. Jordan und ich hatten uns ebenfalls bereits darüber unterhalten. Er meinte, ich würde mir zu viele Sorgen machen – »das Unglück herbeirufen« waren seine genauen Worte. Heutzutage gäbe es überall Kinder, die nicht wie ihre Eltern aussahen, und nicht traditionelle Familienkonstellationen seien normal – »so gut wie normal«, hatte er, glaube ich, gesagt. Er kenne Kinder mit alleinerziehenden Müttern, mit zwei Müttern oder mit zwei Vätern, also würde uns niemand schief ansehen oder komische Bemerkungen über uns und das Baby machen. »Und falls dich jemand fragt, dann sagst du, du hättest sie im Supermarkt gekauft.« Irgendwann würde ich wohl eine Erklärung parat haben müssen: für den Rest der Welt, für meine Tochter, vielleicht sogar für Vijay, mit dem ich noch immer keinen Kontakt aufgenommen hatte – aber das konnte warten. Fürs Erste war ich damit beschäftigt, das Schlafzimmer zu streichen, den Kinderwagen und das Kinderbett zusammenzubauen, den Kindersitz im Auto zu installieren. Ich belegte einen Erste-Hilfe-Kurs für Babys, und ich verbrachte Zeit mit Jordan, der jeden Abend nach der Arbeit zu mir kam.

Val stand mit einem demonstrativen Stöhnen auf. (Sie hatte genau sieben Minuten lang Unkraut gezupft.) Dann beschirmte sie die Augen mit der flachen Hand und blickte zur anderen Straßenseite. »Schau mal«, sagte sie und zeigte mit dem Finger. »Neue Nachbarn.«

»Wirklich?« Das Haus der DiMeos – so würde ich es immer nennen, egal, wie oft es den Besitzer wechselte – war im April zum Verkauf angeboten worden. Sechs Wochen später war das Zu-Verkaufen-Schild weg gewesen, aber in der Euphorie meiner Schwangerschaft und meiner Beziehung mit

Jordan hatte ich keinen Gedanken an die neuen Hauseigentümer verschwendet. Jetzt hielt ein Umzugslaster vor dem Haus, aus dem zwei Männer ausstiegen. Der eine, mit einem geflochtenen Ziegenbärtchen, hatte einen iPod um den Arm geschnallt. Der andere trug korkengroße Ohrstöpsel in den Ohren. Sie gingen nach hinten und öffneten die Ladetür.

Ein Hybridauto hielt flüsterleise hinter dem Umzugswagen, und ein Mann und eine Frau stiegen aus. Die Frau schien ungefähr in unserem Alter zu sein – Anfang dreißig –, und sie war schwanger.

Valerie quiekte vor Freude und versetzte mir einen leichten Schubs. »Du meine Güte, das ist perfekt! Geh und sag hallo!«

Ich schüttelte den Kopf, als mich schlagartig meine alte Schüchternheit überkam. Die Frau sah das Haus der DiMeos an, das jetzt ihr Haus war. Dann sagte sie etwas zu den Möbelpackern, bevor sie sich noch weiter umdrehte und zu uns herüberblickte.

»Geh schon«, sagte Val. Ich holte tief Luft und ging hinüber zum Rasen der DiMeos, wo unsere neue Nachbarin wartete. »Hallo«, sagte ich. »Ich bin Addie Downs. Willkommen in unserer Straße.«

Das Gesicht der Frau hellte sich auf. »He, Sie auch!«

Ich tätschelte meinen Bauch. »Ich auch.«

»Wissen Sie schon, was es wird?«

»Ein Mädchen.«

Ihr Lächeln wurde breiter. »Bei mir auch!« Sie hieß Pam Rollins, ihr Mann hieß Sean, und sie war in der zweiundzwanzigsten Woche. »Es ist so hübsch hier. Ich hatte Bedenken, dass es mir hier nicht gefallen würde. Sean und ich haben in der Stadt in einem Hochhaus gewohnt, also ist das hier« – sie blickte sich um und schnitt eine Grimasse – »eine große Umstellung. An so viel Grün sind wir gar nicht gewöhnt. Aber Sie wissen ja, in der Stadt …« Sie zögerte. »Wir wollten, dass unsere Kinder an einem sicheren Ort aufwachsen.«

Ich nickte. Ich hätte ihr sagen können, dass Orte, die sicher aussahen, es manchmal nicht waren. Ich hätte ihr sagen können, dass auch in hübschen Häusern und gepflegten Gärten manchmal schlimme Dinge passierten. Aber ich hielt den Mund. Vielleicht würde sie es eines Tages erfahren. Oder aber sie hatte Glück und würde es nie herausfinden.

Valerie, die ihre Gartenhandschuhe ausgezogen und in die Gesäßtasche gesteckt hatte, kam über die Straße auf uns zu. »Valerie, das ist Pam Rollins.«

»In dem Haus habe ich mal gewohnt«, sagte Val.

Pam nickte und sagte dann schüchtern: »Ich kenne Sie doch vom Fernsehen. Fox News, stimmt's?«

»Stimmt.« Val sah mich an. »Siehst du, nicht jeder holt sich den Wetterbericht aufs Handy.«

»Da hast du recht.« Ich lächelte meine Freundin an und wandte mich dann wieder an Pam. »Brauchen Sie irgendetwas? Wissen Sie, wie Sie zum Supermarkt kommen? Wo der nächste Kinderarzt ist?«

»Für's Erste sind wir versorgt«, sagte sie. »Das ist absolut perfekt!«

»Perfekt«, stimmte Val zu. »Vielleicht werden die beiden Mädchen ja Freundinnen.«

# Danksagung

Wie immer gebührt mein Dank meiner unermüdlichen, ergebenen und enthusiastischen Agentin, Joanna Pulcini, die dazu neigt, meine Manuskripte mit der Randnotiz »Poetischer!« zu versehen (womit sie aber nicht meint, dass sich die betreffende Passage reimen soll). Joanna glaubte bei meinem ersten Buch an mich, und sechs Bücher später glaubt sie noch immer an mich, und es freut mich über alle Maßen, dass wir unsere Karriere gemeinsam aufgebaut haben – und dass ich nun endlich aufhören kann, das Wort »Nantucket« irgendwie in alle meine Romane einzubauen.

Meine großartige Lektorin, Greer Hendricks, hat mich ebenfalls von Anfang an begleitet. Mit ihrer Urteilsfähigkeit, ihrem Humor, ihrer Großzügigkeit, Güte und Geduld ist Greer ein wahres Juwel.

Mein Dank gilt auch Joannas Assistentin Molly Ahrens, Greers Assistentin Sarah Walsh sowie meiner Assistentin, der witzigen, warmherzigen und rundum wunderbaren Meghan Burnett.

Ich danke allen Mitarbeitern bei Atria Books, dem enthusiastischsten, aufmerksamsten und fleißigsten Verlag der Branche. Mein Dank geht an meine Verlegerinnen, Judith Curr bei Atria und Carolyn Reidy bei Simon & Schuster; an Nancy Inglis, die die bedauerliche Aufgabe hat, meine Manuskripte Korrektur zu lesen; und an Deb Darrock, Natalie White, Kathleen Schmidt, Lisa Keim, Christine Duplessis, Craig Dean und Jeanne Lee. Was meinen britischen Verlag angeht, schätze ich mich sehr glücklich, bei Simon & Schuster UK mit Suzanne Baboneau, Julie Wright, Ian Chapman, Jessica Leeke und Nigel Stoneman zusammenzuarbeiten.

Wenn man als Schriftstellerin das Glück hat, von der PR-Agentin Marcy Engelman und ihren Mädels Dana Gidney Fetaya und Emily Gambir betreut zu werden, und wenn die Planung der öffentlichen Auftritte in den Händen der fabelhaften Jessica Fee liegt, dann darf man sich wahrlich glücklich schätzen.

Für ihre fachlichen Informationen bedanke ich mich bei Detective Sergeant Gary Pierce von der Polizei in Haddonfield in New Jersey und bei Detective Sergeant John Stillwagon von der Polizei in Lower Merion; bei Sara Jacobson, die mich über die juristischen Folgen fiktiver Fahrerfluchtdelikte bei Klassentreffen aufgeklärt hat und bei Sue Serio von Fox 29 Philadelphia für ihre Auskünfte über das geheime Leben der TV-Stars.

Curtis Sittenfeld und Elizabeth LaBan waren großzügige und aufmerksame erste Leser.

Ich habe das große Glück, wunderbare Freunde, Bekannte und Verwandte zu haben – nah, fern und auf Facebook –, die mich zum Lachen bringen, mir Gesellschaft leisten und mich mit Material versorgen. (Ein besonderer Dank an Jeff Greenstein für seinen Humor, seine Hilfsbereitschaft und dafür, dass er den Roman *Body* von Harry Crews genauso sehr mag wie ich.) Jake und Joe Weiner, meine kleinen Brüder, kümmern sich um meine Geschäfte in Hollywood, und meine Schwester Molly ist eine unerschöpfliche Quelle der Inspiration und Belustigung. Ich danke meiner Großmutter Faye Frumin sowie meiner Mutter Fran und ihrer Lebensgefährtin Clair Kaplan, dass sie mit mir und über mich lachen. Mein Dank geht auch an Terri Gottlieb, die sich um meine Kinder kümmert, wenn ich arbeite.

Last but not least gilt meine ganze Liebe meinem Mann Adam und unseren Töchtern Phoebe und Lucy, für die alles andere der Mühe wert ist … und allen meinen Lesern, die mich bis hierher begleitet haben.